BESTSELLERWORLDBOOK 45

대 지

펄 S. 벅 지음 | 유혜경 옮김

소담출판사

유혜경

1960년생. 성심여자대학교 경영학과 졸업.
스페인 마드리드 국립언어학교 스페인어과 수료. 영국 옥스퍼드 Gadmer House 영어 연수.
한국외국어대학교 동시통역대학원 졸업. 동 대학원 통역번역학 박사과정 수료.
역서로『내 일생의 단 한번』『사랑의 충동』『아침 7시, 그 남자의 불행』『위대한 이혼』등이 있다.

BESTSELLER WORLDBOOK 45

대지

펴낸날 | 1994년 1월 15일 초판 1쇄
          2012년 1월 30일 초판 46쇄

지은이 | 펄 S. 벅
옮긴이 | 유혜경
펴낸이 | 이태권
펴낸곳 | (주)태일소담
          서울시 성북구 성북동 178-2 (우)136-020
          전화 | 745-8566~7 팩스 | 747-3238
          e-mail | sodam@dreamsodam.co.kr
          등록번호 | 제2-42호(1979년 11월 14일)
          홈페이지 | www.dreamsodam.co.kr

ISBN 89-7381-045-6 00840

● 책값은 뒤표지에 있습니다.
● 잘못된 책은 구입하신 곳에서 교환해드립니다.

The Good Earth

Pearl S. Buck

흙은 다시금 그를 치료해 주었다.
내리쬐는 강한 햇볕은 그의 가슴속에 맺힌 모든 울화를 녹여 버리고
뜨거운 실바람은 그의 마음에 평화를 가져왔다.

The Good Earth

차례

1

왕룽(王龍)이 결혼하는 날이었다. 침상을 둘러싼 휘장의 어둠 속에서 눈을 뜬 그는 오늘 새벽이 어째서 여느 날하고는 다르게 여겨지는지를 처음에는 생각해 낼 수가 없었다. 집안은 고요하고 건넌방에서는 늙은 아버지의 목쉰 가느다란 기침 소리만 들릴 뿐이었다. 여느 날 아침과 다름없이 제일 먼저 들려오는 것은 늙은 아버지의 기침 소리였다. 왕룽은 그 소리에 귀를 기울이며 가만히 누워 있기가 보통이었고, 그 소리가 점점 가까워지면서 건넌방 문을 여는 소리가 들릴 때까지 움직이지 않았다. 그러나 이날 아침만은 그때까지 기다리지 않았다. 그는 벌떡 일어나서 침대에 둘러쳐진 휘장을 밀어젖혔다. 아직 어둠침침한 새벽이었다. 네모난 봉창의 떨어진 종이 사이로 청동빛 하늘의 여명이 빛나고 있었다. 그는 그 떨어진 종이를 뜯어 버리면서 중얼거렸다.

"이제 봄이니까 이런 건 필요 없어."

그는 오늘만큼은 집이 깨끗해 보였으면 좋겠다는 말을 창피해서 차마 입 밖에 낼 수는 없었다. 봉창 구멍은 간신히 주먹이 드나들 수 있는 크기였으므로 그는 손을 내밀어 창 밖의 공기를 가늠해 보았다. 미약하고 부드러우며, 비를 함빡 머금어서 맑고 두런두런 얘기하는 듯한 바람이 동쪽에서 살랑살랑 불어왔다. 좋은 징조다. 곡식이 여물려면 밭에 비가 내려야 한다. 이 샛바람이 2, 3일만 계속되면 비가 내릴 것이다. 만약 그렇게 된다면 지극히 고마운 일이다. 놋빛 같은 해가 계속 내리쬔다면 밀 이삭이 잘 익지 않을 것이라고 그가 아버지에게 걱정한 것이 바로 어제였다. 그런데 하느님이 오늘 특히 그에게 복을 내려 주는 것만 같았다. 이제 풍년이 들 것이다.

왕룽은 푸른 바지를 주워 입으면서 가운뎃방으로 건너가 같은 빛깔의 무명 허리끈을 맸다. 세수를 할 때까지 그는 항상 이렇게 윗옷을 입지 않았다. 본채에 붙여 지은 부엌으로 들어가려 할 때 건너편의 어둠침침한 외양간에서 소가 머리를 내밀고는 그를 보고 나지막한 소리로 음매거렸다. 부엌은 본채와 마찬가지로 밭의 흙으로 만든 벽돌로 쌓아 올리고 밀짚으로 이엉을 엮어 얹은 것이었다. 그 부엌 안에는 그의 조부가 젊었을 때 만든 부뚜막이 오랫동안의 불기운으로 까맣게 그을려 있고 그 위에는 깊숙하고 둥그런 가마솥이 걸려 있었다.

그는 바가지로 곁에 있는 항아리의 물을 떠서 가마솥에 반쯤 부었다. 물이 매우 귀해서 헤프게 쓸 수가 없었다. 그는 몇 번 주저하다가 마침내 항아리를 들어서 물을 전부 가마솥에 부었다. 오늘만은 온몸을 씻자. 어머니의 슬하에서 지내던 어린 시절 이후에 그의 온몸을 본 사람이 없었는데, 이날만은 누군가에게 보이는 것이니 깨끗이 하자는 속셈이었다.

왕룽은 부뚜막 뒤로 돌아가서 마른 나뭇잎을 한줌 쥐어 한쪽에 세워 둔 나뭇가지와 함께 이파리 하나도 헤프지 않게 조심하면서 아궁이 속에 쌓아 놓고 오래 묵은 부싯돌로 불을 붙였다. 불은 짚에 옮고 다시 나무에 옮아 타기 시작했다. 이렇게 불을 지피는 것도 오늘 아침으로 마지막이라고 그는 생각했다. 6년 전에 어머니가 돌아가신 뒤로는 매일 아침 그가 이렇게 불을 지폈다. 그는 불을 지펴 물을 끓이고 나서 끓인 물을 찻잔에 따라 늙은 아버지의 방으로 가져갔다. 아버지는 침대에서 일어나 기침을 하면서 봉당에 있는 신을 찾고 있었다. 지난 6년 동안 매일 아침 이 노인은 아침의 기침을 가라앉히기 위해 따뜻한 물을 가져오는 아들을 기다리는 것이었다.

이제는 아버지와 아들이 한숨을 돌리게 되었다. 여자가 오는 것이다. 왕룽은 내일부터는 여름이나 겨울에도 늦도록 누워 있을 수가 있다. 그도 침대에서 아버지와 같이 따뜻한 물을 가져오게 할 수 있다. 대지의 수확이 풍성해지면 그 따뜻한 물에 찻잎도 띄울 수 있을 것이다. 5,6년 동안에 그런 행복한 일이 한두 번이나 있었는지…….

오늘 맞이하는 아내가 늙게 되면 또 아들이 불을 지피겠지. 아내는 왕룽을 위해 많은 자식을 낳을 것이다. 이 집안에서 아이들이 온통 부산하게 뛰고 돌아다닐 것을 상상하니 왕룽은 저절로 마음이 황홀해져 넋 나간 사람처럼 한동안 멍하니 서 있었다. 어머니가 돌아가신 뒤로 집안은 텅 빈 것 같았고, 방 세 개와 집안의 세간이 너무 많다고 느껴졌었다. 집은 좁고 식구는 많은 친척이 간혹 찾아오면 거절하기가 곤란했던 것이 생각났다. 가령 아이를 많이 낳은 숙부 같은 사람은 항상 이 집으로 들어올 틈을 엿보며 이렇게 말하곤 했다.

"단 두 사람이 단출하게 살면서 이렇게 큰 방을 쓰는 사람도 없지. 부자끼리 왜 함께 못 잔대? 젊은것들의 온기로 늙은이 기침도 낫는 법인데……."

그러나 아버지는 항상 이렇게 대답하는 것이었다.

"난 손자 녀석들을 위해서 내 잠자리를 남겨 두는 거야. 이제 곧 손자들이 이 늙은 뼈를 따뜻하게 해주겠지."

이제 손자들이, 많고도 많은 손자들이 태어날 것이다. 벽을 따라, 그리고 가운뎃방에도 침대들을 들여놓아야 하리라. 온 집안에 침대가 가득하도록……. 왕룽이 이런 공상의 날개를 펼치고 있을 때 아궁이의 불이 사그라져서 물이 식기 시작했다. 노인의 그림자가 부엌문 앞에 나타났다. 노인은 단추를 잠그지 않은 윗옷 섶을 한 손으로 잡아 누르면서 쿨룩쿨룩 기침을 하고는 가래를 탁 뱉더니 숨찬 듯이 헐떡거렸다.

"어째서 아직 내 속을 데워 줄 물이 들어오지 않느냐?"

물끄러미 아버지 얼굴을 바라보던 왕룽은 제정신이 들자 갑자기 부끄러워졌다.

"나무가 젖어서요……."

그는 솥 뒷머리에서 어물어물했다.

"날씨가 눅진해서……."

노인은 물이 끓을 때까지 수없이 쿨룩거렸다. 왕룽은 끓인 물을 찻잔에 뜨고는 부뚜막에 얹어 놓은 오지 항아리에서 잘 마른 찻잎을 두세 장 꺼내 찻잔에 넣었다. 노인은 갑자기 눈이 둥그레지더니 말했다.

"저런 변이 있나? 차를 마신다는 건 돈을 먹는 게 아니냐?"

"오늘은 경사스러운 날이잖아요."

왕룽은 웃었다.

"잡수세요. 염려 마시고."

노인은 못마땅한 듯 뭐라고 중얼거리면서 앙상한 손으로 찻잔을 잡은 채 귀중한 차를 마실 엄두가 나지 않는지 찻잎이 풀려 흩어지는 것을 물끄러미 들여다보기만 했다. 왕룽은 언성을 높여 말했다.

"식겠어요."

"응, 참."

노인은 깜짝 놀라 말하고는 뜨거운 차를 후루룩 마시기 시작했다. 마치 어린애가 먹을 것을 잡은 듯이 만족한 표정이었다. 그러나 왕룽이 솥의 물을 아낌없이 들통에다 퍼 담아 내자 안타까운 듯이 지켜보았다.

"저런, 그 정도 물이라면 농사를 짓기에도 넉넉하겠구나."

노인은 갑자기 이렇게 말했다. 그러나 왕룽은 대답하지 않고 물을 다 퍼냈다.

"어쩔 작정이냐?"

노인의 음성은 거칠었다.

"저는 정초부터 지금까지 몸을 다 씻어 본 적이 한 번도 없어요."

왕룽의 말소리는 나직했다. 장가를 가는 날이므로 몸을 씻어야겠다고 아버지에게 말하기는 거북했다. 그는 황급히 들통을 들고 자기 방으로 옮졌다. 문짝은 뒤틀린 나무틀에 엉성하게 달려 있어 잘 맞지 않았다. 노인은 비척거리면서 가운뎃방까지 따라가 문틈에다 입을 대고 버럭 소리를 질렀다.

"새사람한테 그따위 본을 보이면 살림을 어떻게 하니? 아침부터 차를 마시고, 목욕한다고 물을 마구 쓰고……."

"오늘 하루뿐이잖아요!"

왕룽은 지지 않겠다는 듯이 대꾸를 하고는 다시 이어서 말했다.

"목욕을 다 한 다음에 물을 밭에다 뿌릴 거니까 완전히 낭비하는 건 아니에요."

노인은 그 말에 잠잠해졌다. 왕룽은 허리띠를 풀고 옷을 벗은 다음 네모난 밝은 봉창 밑에서 수건을 물에 적시어 여위고 때가 낀 몸을 부지런히 문질렀다. 봉창으로 새어드는 햇살이 따뜻한 것 같았지만, 그래도 몸이 물에 닿으니 추웠다. 그는 더욱 빨리 몸을 문질렀다. 그러는 동안에 온몸에서 김이 피어올랐다.

몸을 다 씻은 다음 그는 어머니가 쓰던 상자 속에서 푸른 무명으로 지은 새 옷을 꺼냈다. 오늘 같은 날에는 솜옷이 아니면 추울 것 같았지만 몸을 깨끗이 씻고 보니 헌옷을 입기가 싫어졌다. 지금까지 입고 있던 옷은 거죽은 찢어지고 더러웠으며, 여기저기 찢어진 구멍으로 찌들어 회색이 되어 버린 솜이 비죽비죽 나와 있었다. 그는 처음 대하는 아내에게 그런 꼴을 보이기가 싫었다. 나중엔 아내가 그런 옷을 빨아 주기도 하고 꿰매어 주기도 하겠지만 첫날밤은 그럴 수 없는 일이다. 그는 푸른 무명 바지저고리 위에 같은 바탕의 긴 두루마기를 입었다. 일년 중 열흘밖에 없는 명절날만 입는 단벌 두루마기였다. 그러고는 재빠르게 손가락을 놀려 머리를 풀고 헌 궤짝 같은 조그마한 책상 서랍에서 나무 빗을 꺼내어 빗기 시작했다.

노인이 다시 다가와서 문틈에 입을 대고 걱정스럽게 말했다.

"오늘은 먹을 것을 아무것도 주지 않을 테냐? 늙은이들은 아침에 무얼 먹지 않으면 뼈가 흐물흐물해진단 말이야."

"곧 가져갈게요."

술이 달린 검은 비단 끈처럼 머리를 엮어 내려 얼른 매끄럽게 땋으면서 왕룽이 말했다. 그리고 얼른 두루마기를 벗고 변발을 뭉쳐 올리고는 들통을 들고 문 밖으로 나갔다. 사실 아침 준비를 까맣게 잊어버리고 있었던 것이다. 아버지에게는 옥수수 가루 죽을 끓여 드리면 될 것이지만 자신은 아무것도 먹기 싫었다. 그는 목욕통을 들고 문간으로 비틀거리며 걸어가서 문에서 가장 가까운 밭에다 물을 붓고 나서야 비로소 솥의 물을 다 써 버렸다는 것을 깨달았다. 또 불을 지펴야 한다고 생각하니 아버지에 대한 울화가 왈칵 치밀었다.

"저 늙은이는 먹는 것과 마시는 것밖에 생각하지 않거든."

· 그는 솥 옆에서 중얼거렸으나 들릴 만하게 말하지는 않았다. 아버지를 위한 식사 준비도 이것이 마지막이라고 생각했기 때문이다. 그는 문에서 가까운 곳에 있는 우물에 가서 물통에 길어 온 물을 아주 조금만 솥에 부어 물이 빨리 끓게 해서 옥수수 가루를 넣고 휘휘 저어 아버지에게 가져갔다.

"오늘 밤엔 쌀밥을 자실 테니까 아침은 이걸로 요기하세요."

"쌀이 얼마 없을 텐데……."

노인은 이렇게 중얼거리면서 가운뎃방 탁자 앞에 앉아서 긴 젓가락으로 누르스름한 죽을 저었다.

"그러면 신춘 명절에 덜 먹으면 되잖아요."

노인은 못 들은 척하고 입맛을 쩝쩝 다시며 죽만 들이켜고 있었다. 왕룽은 자기 방으로 들어가서 다시 두루마기를 입고 변발을 길게 드리웠다. 그리고 머리와 뺨을 한번 만져 보고는 면도를 할까 망설였다. 아직도 해는 뜨지 않았다. 돈만 있다면 시간이 넉넉하니 색시 집에 가기 전에 면도를 할 수 있을 것이다. 그는 허리끈에 맨 때문은 조그마한 주머니에서 돈을 꺼내 세어 보았다. 은전 여섯 닢과 동전 두어 줌 가량이 있었다.

그는 아버지에게 오늘 밤에 친한 이웃 사람들을 청했다는 말을 하지는 않았지만 숙부와 그의 아들인 사촌, 그리고 세 명의 마을 사람들을 청할 작정이었다. 그래서 그들을 대접하기 위해서 성내에 나간 김에 돼지고기와 생선과 과일을 조금씩 사 올 셈이었다. 경우에 따라서는 남방에서 온 죽순과 쇠고기도 사다가 자신이 심은 배추를 넣고 국을 끓일 생각도 있었다. 그러나 그것은 기름과 간장을 사고도 돈이 남아야 가능한 일이다. 그래서 면도를 하면 아마 쇠고기는 사기 어려울 것 같았다. 어쨌든 면도를 해야지, 그는 갑자기 결심했다.

왕룽은 아버지에게는 아무 말도 하지 않고 밖으로 나섰다. 이른 아침이라 어두컴컴하고 붉게 동이 터 오기는 했어도, 날씨가 좋아져 태양이 멀리 하늘가의 구름을 뚫고 나타나서 보리와 밀짚 위에 맺힌 이슬이 반짝였다. 천성이 농부인 왕룽은 잠깐 정신이 팔려 허리를 숙이고는 움트는 이삭들

16

을 살펴보았다. 아직 알은 들지 않았다. 비가 와야만 한다. 그는 대기의 냄새를 맡고 공기의 촉감을 느끼며 근심스러운 듯이 하늘을 올려다보았다. 무겁게 바람을 짓누르는 듯한 구름들은 시커먼 저 속에 비를 머금고 있었다. 왕룽은 향을 사서 사당에 모신 지신(地神)님 앞에 피우리라 생각했다. 그는 언제나 이런 날엔 그렇게 지신에게 빌어 보고 싶어졌다.

왕룽은 밭 가운데의 좁은 길을 따라 걸었다. 얼마 가지 않아서 회색 성벽이 보였다. 그 성벽 옆을 지나면 황 부잣집이 있고, 거기에는 그가 아내로 맞이할 여자가 어릴 때 종으로 팔려 와 살고 있다. 세상 사람들은 부잣집 종에게 장가들 바에는 차라리 혼자 지내는 것이 낫다고들 말했다. 그러나 왕룽이 아버지에게 "저는 색시를 절대로 얻지 못하게 되나요?" 하고 물었을 때, 그의 아버지는, "참 세상 살기 어렵구나. 여자라면 누구나 금반지하고 비단옷을 받아야만 남편을 맞으려고 하는 험악한 시절인지라 결혼 비용이 너무나 엄청나게 들어가니, 가난한 사람들이야 어디 종년밖에 더 얻을 수 있겠니?"라고 대답했던 것이다.

그러고 나서 노인은 몸소 황 부잣집에 찾아가 시집보낼 만한 나이로 이 댁 종으로 있을 필요가 없는 계집애가 있거든 달라고 사정했다. 그리고 노인이 원한 것은 너무 젊지도 않고 또 예쁘지도 않은 계집이었다. 그런데 왕룽은 예쁘장한 색시는 바라지도 말아야 한다는 것이 불만이었다. 남들이 부러워할 만큼 예쁜 아내라면 자기 자신도 남들에게 버젓하게 보일 것이라고 생각했기 때문이다. 그러나 아버지는 그런 불평을 눈치로 알고 화를 버럭 내며 이렇게 말했다.

"예쁜 아내를 얻어 어쩌겠다는 거냐? 우린 집안일을 하고 아이도 낳고 밭에 나가 일도 해야 하는 여자를 구해야 하는데, 예쁘장하게 생겨 먹은 계집년이 그런 것을 할 줄 알겠느냐? 몸치장만 해서 아무 소용이 없어. 우리 같은 가난한 살림에는 그 따위 예쁜 계집은 안 돼. 너나 나나 농사꾼이 아니냐? 그리고 부잣집 예쁜 종년 중에 성한 게 있는 줄 아니? 전부 도련님이니 뭐니 하는 젊은것들이 건드렸을 텐데. 실제로는 못난 계집이 좋아. 네 생각엔 예쁜 여자가 오면, 부잣집 아들의 보들보들한 손보다 농부인 네 손이 더 좋고, 재미로 자기를 데리고 놀았던 남자들의 황금빛 살갗만큼 햇볕에 그을린 시커먼 네 얼굴이 멋있다고 그럴 것 같으냐? 아무리 못난 계집이라도 음탕한 계집보단 나을 게다."

왕룽도 이런 아버지의 말에 동감했지만 그래도 미련은 있었다. 그래서 퉁명스럽게 말했다.

"그렇지만 곰보나 언청이를 색시로 맞지는 않겠어요."

"어떤 여자를 구할 수 있을지는 두고 봐야 되겠지."

노인은 이렇게 고집했던 것이다.

아무튼 그 여자는 곰보도 아니고 언청이도 아닌 것은 확실하지만, 그 외에는 아무것도 몰랐다. 이들 부자가 산 도금한 은반지와 귀고리를 노인이 황 부잣집에 약혼 예물로 보냈다. 왕룽은 그 외에는 아는 것이 아무것도 없었고, 오늘 가서 그 색시를 데려오는 것뿐이었다.

그는 썰렁하고 어둠침침한 성문 굴 안으로 걸어 들어갔다. 물장수가 손수레에 물통을 싣고 다니다가 흘린 물의 냉기로 여름인데도 시원했다. 이곳에서는 축축하고 서늘한 곳에서 후루룩 빨아먹으라고, 손님을 끌려는 참외 장수들이 모여들어 가게를 벌이고 참외를 쪽으로 갈라 팔기도 했다.

그러나 아직 철이 일러서 참외 장수는 나와 있지 않았고, 설익은 복숭아 상자가 벽을 따라서 놓여 있고 그 옆에서 장사꾼이 목청을 돋워 가며 외쳤다.

"자아, 복숭아 사려! 햇복숭아 사려! 뱃속의 겨울 독기를 몰아내는 햇복숭아 사려!'

왕룽은 생각했다. '혹시 색시가 복숭아를 좋아하면 돌아가는 길에 사 줘야지.' 그러나 그는 다시 성문을 나올 때 한 여자가 자신의 뒤를 따라오리라는 것이 믿어지지가 않았다.

성문에서 오른쪽으로 꺾어 들면 이발사들만 있는 거리였다. 이른 아침이었기 때문에 오가는 사람이 적었다. 새벽녘에 채소를 팔기 위해 밤부터 와서 있다가 이제 집으로 돌아가려는 농부들만 몇 사람 있을 뿐이었다. 그들은 몸을 웅크린 채 덜덜 떨며 잠을 잤는데, 그들의 바구니가 지금은 빈 채로 놓여 있었다. 왕룽은 그들과 얼굴이 마주치면 놀림을 받을 것 같아 겁이 나서 될 수 있는 대로 그들을 피해서 걸었다.

이 거리에는 앞에 걸상을 놓은 이발사들이 수없이 늘어서 있었다. 왕룽은 맨 끝에 놓여 있는 걸상에 앉아서 이발사를 불렀다. 동료들과 이야기를 나누던 이발사가 재빨리 달려와서 화로 위에 얹어 놓은 주전자의 물을 유기 그릇에 따르고는 친절한 말씨로 물었다.

"이발을 제대로 다 하시겠어요?"

"머리를 깎고 면도를 해주시오."

"귀와 콧구멍 청소는요?"

"그러면 얼마나 더 받나요?"

왕룽은 주저하며 물었다.

"네 푼 받습니다."

이발사는 이렇게 말하면서 뜨거운 물에 때묻은 수건을 적셔서 짰다.

"두 푼으로 합시다."

"그러시면 한쪽 귀와 한쪽 코만 합니다. 어느 쪽을 해 드릴까요?"

이발사는 곁에 있는 동업자에게 얼굴을 찡긋해 보였다. 그러자 옆 사람이 웃음을 터뜨렸다. 왕룽은 고약한 장난꾼을 만났다고 속으로 생각했으나 어쩐지 성내 사람들에게는 기가 죽어, 이발사란 제일 하층 인간들이라고 생각은 하면서도 대항할 용기는 나지 않았다.

"맘대로 하시오."

그는 비누질을 하고 문지르고 면도를 하는 이발사의 손에 자신을 맡겼다. 이발사는 유쾌하지 않은 농담은 했을망정 그래도 호인이었기 때문에 요금을 더 받지 않고 어깨부터 등까지 기분 좋게 안마도 해주었다. 그리고 다시 앞이마를 깎으면서 왕룽에게 말했다.

"전부 깎아 버리면 훨씬 더 근사해 보이겠는데요. 요즘은 변발을 자르는 것이 유행이지요."

이발사의 면도날이 머리 위의 변발 있는 곳을 스치자 왕룽은 놀란 듯이 황급히 말했다.

"안 돼요. 난 아버지한테 말씀드리지 않고는 그걸 잘라 버릴 수가 없어요."

이발사는 웃으면서 그곳만 동그랗게 남겼다. 이발이 끝나고 이발사의 물 묻은 손에 돈을 치르는 순간 왕룽은 아차 싶은 생각이 들었다. 돈이 아까웠던 것이다. 그러나 할 수 없다는 듯이 일어나 걸으면서 새로 깎은 머리에 시원한 바람이 스며드는 것을 느끼며 중얼거렸다.

"이번뿐이니 괜찮아."

그리고 그는 장터로 가서 돼지고기 두 근을 샀다. 고기 장수가 마른 연이파리로 고기를 싸는 것을 물끄러미 바라보다가 잠시 주저하면서 쇠고기 반 근을 더 샀다. 이파리 위에 얹혀 묵처럼 출렁거리는 신선한 두부 몇모를 포함해서 살 것을 모두 산 다음 왕룽은 향촉 파는 집에 가서 향을 샀다. 그러고는 자꾸 부끄러운 생각이 들었지만 그래도 황 부잣집으로 걸어갔다.

황 부잣집 대문 앞까지 온 그는 갑자기 덜컥 겁이 났다. 왜 혼자 왔을까. 아버지든 숙부든 이웃 칭(陳) 서방이든 누구하고 같이 왔으면 좋았을 텐데……. 그는 지금까지 한 번도 이렇게 큰 대문을 드나든 적이 없었다. 음식을 담은 광주리를 끼고 "색시 데리러 왔습니다." 하고 말하기는 아무래도 그에겐 어려운 노릇이었다. 그는 한참 동안이나 얼빠진 사람처럼 굳게 닫혀 있는 대문을 물끄러미 쳐다보기만 했다. 검은 칠을 한 묵중한 널빤지로 만든 대문 옆에 돌사자가 호위를 하는 것처럼 앉아 있을 뿐 아무도 없었다. 그는 돌아서서 다시 걸어나왔다. 아무래도 들어갈 용기가 나지 않았던 것이다.

그는 갑자기 맥이 탁 풀렸다. 우선 어디 가서 무얼 좀 먹어야 했다. 아침부터 아무것도 먹지 않은 것을 잊고 있었던 것이다. 그는 좁은 골목에 있는 음식점을 발견했다. 동전 두 푼을 탁자 위에 얹어 놓고 기름때가 자르르한 행주치마를 걸친 아이에게 국수 두 그릇을 청했다. 이윽고 국수가 나오자 단숨에 먹어 치웠다. 아이는 때문은 손으로 동전을 만지작거리며 시원치 않게 물었다.

"더 가져올까요?"

왕룽은 고개를 흔들며 일어서서 사방을 둘러보았다. 탁자가 수두룩하게 놓여 있었다. 이 작고 컴컴하고 비좁은 식당 안에 아는 사람은 한 사람도 없었다. 두세 사람이 국수를 먹거나 차를 마시고 있을 뿐이었다. 여기서는 그의 차림이 약간 깨끗했기 때문에 제법 돈푼이나 있어 보이기까지 했다. 거지가 다가와서 구걸했다.

"점잖으신 선생님, 한푼 적선합쇼. 굶어 죽겠습니다."

왕룽은 이제껏 거지에게 적선해 본 적이 없었다. 그리고 선생님이란 말을 들어 본 적도 없었다. 그는 그만 마음이 흡족해져서 닷 푼짜리 동전 두 닢을 던져 주었다. 거지는 손톱이 새까맣게 자란 손으로 재빨리 돈을 주워 누더기 속에 집어넣고는 물러났다. 왕룽은 하릴없이 앉아 있었다. 해는 점점 높이 떠올랐다. 심부름하는 아이가 그의 곁을 몇 번이나 오가더니 마침내 못 참겠다는 듯 불만 섞인 목소리로 말했다.

"무얼 더 잡수시지 않으면 자리 값을 내셔야 합니다."

왕룽은 그런 건방진 꼴을 보니 화가 치밀어 당장 일어서고 싶었으나 저 크나큰 황 부잣집에 가서 색시를 데려올 생각을 하니 밭에서 일할 때처럼 온몸에 땀이 날 지경이었다.

"차를 갖다 줘."

기가 꺾인 그는 마지못해 아이에게 이렇게 말했다. 그러자 아이는 그의 말이 떨어지기도 전에 차를 날라 와서 재촉을 했다.

"돈은요?"

왕룽은 어쩔 수 없이 허리춤을 뒤져서 동전 한 닢을 내놓았다.

"날강도 같으니라고."

그는 분한 듯이 중얼거렸다. 그때 오늘 저녁에 청하려던 이웃 농부가 가게 안으로 들어오는 것을 보자 그는 얼른 차를 꿀꺽 마시고는 옆문으로 나갔다. 한길로 나간 그는 다시 용기를 내어 그 어마어마한 대문을 향해서 천천히 걷기 시작했다. 벌써 한낮이 지났으며, 대문은 반쯤 열려 있었고 식사를 끝낸 문지기가 대나무를 깎아 만든 이쑤시개로 이를 쑤시면서 무료하게 서 있었다. 문지기는 키가 큰 사내로, 왼뺨에 커다란 사마귀가 있고 그 사마귀에는 검고 긴 털이 세 개 붙어 있었다. 그는 광주리를 끼고 있는 왕룽을 보자 무얼 팔러 온 것이라고 생각했는지 소리를 질렀다.

"이번엔 또 뭐야?"

"저어, 저는 농사를 짓는 왕룽입니다."

그는 간신히 대답했다.

"그래, 농사 짓은 왕룽이 왜 왔소?"

바깥주인이나 안주인의 부자 친구들 이외에는 어느 누구에게도 공손할 줄 모르는 문지기가 따졌다.

"제가 온 것은…… 저, 제가 온 것은……."

왕룽은 머뭇거리며 간신히 이렇게 더듬었다.

"그래 무슨 볼일로 왔어?"

문지기는 사뭇 사마귀 털을 만지작거리면서 빨리 용건을 말하라고 재촉했다.

"저어, 이 댁의 색시를……."

이렇게 말하는 왕룽은 갑자기 목이 쉰 것 같았다. 그의 얼굴에 어린 땀이 햇빛에 반짝였다. 문지기는 한바탕 너털웃음을 터뜨리고 나서 큰 소리로, "아아, 바로 자네로구먼! 오늘 신랑이 올 것이라는 말은 들었지만, 이렇게 웬 광주리를 끼고 올 줄이야 누가 알았나."

"고기가 좀 들어 있을 뿐이에요."

문지기가 안으로 데려다 주기만을 기다리며 왕룽은 변명 삼아 말했다. 그러나 문지기는 태연스럽기만 했다. 조금도 어떻게 할 태도를 보이지 않았기 때문에 왕룽은 초조해서 조심스럽게 말했다.

"저 혼자 들어가도……."

그러자 문지기는 깜짝 놀란 듯 무서운 표정을 지으며 말했다.

"그리 해 보게. 자넨 영감님한테 맞아 죽을 거야."

그래도 왕룽이 아무런 눈치도 못 채는 것을 보자 다시 이렇게 말했다.

"은화 한 닢이면 문이 잘 열릴 텐데."

왕룽은 그제야 돈을 달라는 것임을 알아차렸다.

"나는 가난한 농군이라서……."

"허리춤에 무엇이 있는 것 같은데, 어디 좀 봐."

문지기가 말했다. 순진한 왕룽은 광주리를 돌 위에 올려놓고 두루마기 자락을 쳐들고 허리춤에서 주머니를 꺼낸 다음 장을 보고 남은 돈을 전부 손바닥에 털어 놓았다. 문지기는 히죽 웃었다. 은전 한 닢과 동전 열네 푼이 나왔다.

"그 은전 이리 내."

문지기는 왕룽의 말도 듣기 전에 서슴지 않고 은전을 자기 소매 속에 집어넣고는 "신랑이오, 새신랑 왔소!" 하고 외치면서 성큼성큼 안으로 걸어 들어갔다. 왕룽은 돈을 빼앗긴 것도 분했지만 그렇게 큰 소리로 외쳐 대어 아연실색했어도 그 문지기를 따라갈 수밖에 없었다. 그는 광주리를 든 채 옆도 돌아보지 않고 묵묵히 문지기 뒤만 따라갔다. 부잣집에 이렇게 발을 들여놓는 것이 처음이었어도 나중에 아무것도 기억할 수가 없었다. 그저 화끈화끈하게 달아오른 얼굴을 푹 숙인 채 중간 뜰을 몇 개나 돌아 들어갔다.

  "새신랑, 새신랑!"

  문지기가 외치는 소리가 연달아 집안을 들썩거렸다. 그리하여 여기저기 모여 있는 집안 사람들의 킥킥거리는 웃음소리를 들으면서 중간 뜰을 백 개나 지나온 듯 생각되었을 무렵에야 비로소 문지기가 잠잠해지더니 그를 조그마한 방으로 밀어 넣었다. 그가 혼자 기다리고 서 있으니까 안으로 들어갔던 문지기가 다시 나와서 말했다.

  "마님께서 들라고 하시는구먼."

  그래서 왕룽이 앞으로 나서려고 했더니 문지기가 그를 막으며 어림없다는 듯이 소리를 질렀다.

  "자네 그 광주리를 낀 채로 큰마나님 앞에 나설 건가. 그건 돼지고기하고 두부가 든 게 아닌가. 자네, 그래 가지고 어떻게 절을 하려나?"

  "참…… 그렇군요."

  왕룽은 당황했다. 그러나 광주리를 그곳에 두었다간 도둑맞을까 염려가 되어 섣불리 내려놓을 수가 없었다. 돼지고기가 두 근, 쇠고기가 반 근,

생선이 몇 마리이다. 이런 반찬에 욕심 내지 않는 사람은 이 세상에 한 명도 없을 것이다. 문지기는 왕룽이 걱정하는 눈치를 알아차리고 업신여기는 투로 말했다.

"아, 이 사람아, 그따위 고기쯤은 이런 부잣집에서는 개도 안 먹어."

문지기는 왕룽의 손에서 광주리를 빼앗아 문 뒤에 놓고는 어서 가자는 듯이 앞장을 섰다. 그들은 길고 좁다란 난간을 내려가 섬세한 조각을 한 기둥들로 떠받쳐진 몇 개의 지붕을 지나 왕룽이 여태껏 구경조차 해 본 적이 없는 큰 대청으로 들어갔다. 그의 집이 스무 채 정도나 들어갈 만큼 넓고 천장도 높았다. 아름답게 조각된 대들보 단청에 정신을 팔고 걸어가던 왕룽은 높은 문지방에 걸려서 문지기가 부축해 주지 않았더라면 엎어질 뻔했다.

"노부인을 대할 땐 지금같이 공손히 엎드려 인사해야 돼."

그는 무척 부끄러웠으나 간신히 정신을 가다듬고 앞을 바라보았다. 방에는 또 하나의 지붕이 있는 높은 단이 있고, 거기에 매우 나이가 든 부인이 앉아 있었다. 노부인의 작고 섬세한 몸에는 진주처럼 회색 광택이 나는 공단 옷을 걸쳤고, 옆의 낮은 탁자 위에는 아편을 태우는 담뱃대가 놓여 있었다. 노부인은 야위고 쪼글쪼글한 얼굴에서 원숭이의 눈처럼 푹 꺼지고 날카로운 작고 예리한 검은 눈이 왕룽을 쳐다보았다. 담뱃대를 잡고 있는 한쪽 손의 등은 마치 금박을 한 부처의 손 같았다. 왕룽은 무릎을 꿇고 머리를 타일이 깔린 방바닥에 댔다.

"일어나라고 일러라."

노부인은 사뭇 위엄 있게 문지기에게 말했다. 그리고 다시 왕룽에게 말했다.

"그렇게까지 공손할 필요는 없어. 자네가 계집아이를 데리러 왔나?"

"네, 그렇습니다."

문지기가 대신 말했다.

"왜 저 사람은 자기가 말하지 않나?"

노부인이 말했다.

"멍청해서 그렇습니다."

문지기는 이렇게 말하고는 사마귀의 털을 만지작거렸다. 왕룽은 이 말을 듣자 왈칵 화가 나서 문지기를 노려본 뒤 말했다.

"저는 미천한 농사꾼입니다. 저는 이런 자리에서는 무슨 말을 해야 할지 잘 모릅니다."

노부인은 위엄 있는 얼굴로 왕룽을 바라보다가 이윽고 무슨 말을 하려고 했다. 그때 곁에서 시중드는 여종이 아편 담뱃대를 바치자 그것을 잡고 허리를 굽히면서 반색하며 빨았다. 다음 순간 노부인의 눈이 몽롱해진 것 같았고 세상일을 다 잊은 듯했다. 왕룽은 노부인이 그녀의 눈길이 지나가는 길에 그의 모습을 볼 때까지 그대로 서 있었다.

"이 사람은 왜 여기에 있느냐?"

노부인의 음성이 갑자기 노기를 띠었다. 마치 모든 것을 잊어버린 것 같았다. 문지기는 아무 표정도 없이 잠자코 있었다.

"마님, 저는 색시를 데리러 왔습니다."

왕룽이 놀라서 이렇게 말했다.

"색시라니? 무슨 색시?"

노부인이 말했다. 노부인은 아직도 생각이 나지 않는 모양이었다. 그러자 여종이 몸을 굽혀 노부인의 귀에다 무어라고 소곤거렸다.

"아아, 그래. 깜박 잊었구나. 뭐, 그리 큰 일은 아니니까. 자네, 오란(阿藍)을 데리러 왔군그래. 우린 그 애를 어떤 농가에 시집보내기로 했지. 자네가 그 농부란 말인가?"

"그렇습니다."

"오란을 어서 들라고 하거라."

노부인이 여종에게 분부했다. 그녀는 이런 문제는 얼른 처리해 버리고 고요한 이 넓은 방에서 홀로 마음껏 아편을 즐기고 싶어서 짜증이 난 것 같았다. 이윽고 여종이 얼굴이 넓적하고 키가 약간 크며 깨끗한 무명 저고리와 치마를 입은 여인을 데리고 왔다. 왕룽은 여인을 언뜻 보고 눈을 돌렸다. 가슴이 울렁거렸다. '이 여인이 내 아내가 될 사람이구나.'

"이리 오너라."

노부인은 아무렇게나 말했다.

"이 사람이 너를 데리러 왔단다."

여인은 조용히 노부인 앞으로 나가 허리를 굽혔다.

"그래, 갈 준비는 됐느냐?"

"네, 됐습니다."

여인은 매우 공손하게 대답했다. 왕룽은 여인의 음성을 처음 들었다. 그리고 그녀의 뒷모습을 눈여겨보았다. 음성은 그리 높지 않고 또 거칠지도 않고 그저 평범했으나, 듣기에 그리 나쁘지 않았고 순박하게 들렸다. 머리도 매끈하게 빗었고 옷도 깨끗해 보였다. 그러나 그녀의 발이 전족이 아닌 것을 보고는 잠깐 실망했다. 그는 노부인이 문지기에게 지시를 내리는 바람에 그런 것에 신경을 쓸 틈이 없었다.

"이 애의 짐을 문간까지 들어다 주고, 이 두 사람을 돌아가게 해라."

그러고 나서 노부인은 왕룽에게 말했다.

"내가 얘기하는 동안 오란 곁에 서 있거라."

왕룽이 오란과 나란히 서자 노부인이 입을 열었다.

"오란은 열살 때 우리 집에 와서 지금까지 지냈으니까 아마 지금 나이가 스물일 걸세. 이 애의 양친이 흉년이 들어 먹을 것이 없어서 떠돌아다닐 때 내가 사들인 애야. 그들은 북쪽 산둥 지방에서 왔었는데, 그곳으로 되돌아간 다음에 어떻게 되었는지 더 이상 소식을 듣지 못했어. 나는 그 밖의 일은 아무것도 모르지만, 아무튼 자네가 보다시피 이렇게 몸이 튼튼하니 무슨 일이라도 잘할 걸세. 예쁘지는 않지만 자네한테 필요한 건 반반한 얼굴이 아니잖나. 그런 계집들은 일없는 사람들이 탐내는 것이거든. 그리고 오란은 영리하지는 않지만 무슨 일이나 하라는 대로 잘하고 부지런하네. 내가 알기로는 우리 집에서 제일 깨끗한 애지. 또 이 애는 언제나 부엌에만 있었으니 내 아들이나 손자들도 치근거리지 않았어. 만일 불미한 일이 있었다 해도 그건 하인들이 그랬겠지. 하지만 다른 계집종들이 많으니까 그런 일도 없었겠고. 여하튼 의좋게 살라고. 손이 약간 느리지만 그래도 쓸모는 있어. 만일 세상에 더 많은 생명이 태어나게 함으로써 내세를 위해 부처님 앞에 은덕을 쌓고 싶은 생각만 없었다면 내가 언제까지나 데리고 부엌일을 시키고 싶지만, 나는 그렇지 않은 사람이야. 집안사람들이 꼭 필요로 하지 않는 종이라면 남김없이 다들 시집보내고 싶어."

그러고 나고 노부인은 오란을 내려다보며 말했다.

"저 사람의 말에 순종하고 아들을 많이 낳아 주도록 해라. 그리고 첫아들은 데리고 와서 나한테 보여줘야 하고."

"예, 마님."

오란은 공손히 대답했다. 두 사람은 한참 동안 머뭇거렸다. 왕룽은 무척 당황해서 무슨 말을 해야 좋을지 몰라 주저했다.

"그럼 가 보아라."

노부인은 조급한 모양이었다. 왕룽은 얼른 절을 하고 몸을 돌려 대청에서 나왔다. 오란이 그 뒤를 따라나섰다. 문지기는 오란의 전 재산인 상자를 걸머지고 그들의 뒤를 따라오다가 왕룽의 광주리를 던져 둔 방 앞까지 오자 걸머진 상자를 내려놓고는 아무 말도 없이 사라져 버렸다.

이때 왕룽은 비로소 오란을 자세히 쳐다보았다. 정직해 보이는 네모난 얼굴에 코가 짧고 납작했으며 커다란 콧구멍은 시커멓고, 입은 커다랗고, 가느다란 눈은 몽롱하게 검고 알 수 없는 슬픔이 깃들어 있었다. 말을 하고 싶어도 묵묵히 참는 표정이었다. 왕룽이 쳐다보아도 당황하지 않고 아무런 반응도 나타내지 않은 채 그가 다 살펴볼 때까지 그의 시선을 참을성 있게 기다렸다. 왕룽은 그 거무스레하고 평범한, 참을성 있어 보이는 얼굴에는 어떤 종류의 아름다움도 없다고 한 말이 사실임을 깨달았다. 그러나 그 거무스레한 얼굴은 곰보도 아니었고 언청이도 아니었으며, 귀에는 그가 보낸 귀고리를 달고 있었다. 또 손에는 그가 보낸 반지를 끼고 있었다. 그것을 보고야 그는 자기도 아내가 있다는 생각에 만족감을 느꼈다.

"여기에 상자와 광주리가 있어……."

왕룽은 무뚝뚝하게 말했다. 오란은 아무 대꾸도 없이 그 상자를 어깨에 메고는 그 무게에 눌려 비틀거리며 일어서려고 했다. 왕룽은 그것을 보고 황급히 말했다.

"상자는 내가 질 테니 임자는 광주리를 들어."

그는 한 벌뿐인 두루마기를 입었다는 것도 잊고 상자를 짊어졌다. 오란은 아무 말도 없이 광주리를 들었다. 왕룽은 방금 전에 지나온 헤아릴 수 없이 많은 중간 뜰이 생각났고, 무거운 짐에 짓눌린 자신의 모습이 한심하다고 여겨졌다.

"뒷문이 있으면 좋겠는데……."

그는 자기도 모르게 중얼거렸다. 오란은 그의 말뜻을 짐작 못한 듯이 한참 동안 생각하고서야 고개를 끄덕였다. 그러고는 평상시에는 사람이 잘 드나들지 않는 뜰로 그를 인도했다. 그곳은 잡초가 무성하고 연못에도 풀이 엉켜 있었으며 오래 묵은 노송 밑에 둥근 대문이 있었다. 오란은 그 빗장을 벗기고 문을 열었다. 그들은 그 문으로 빠져 나와 큰길로 나섰다. 왕룽은 걸으면서 한두 번 오란을 돌아다보았다. 오란은 그 넓은 얼굴에 아무 표정도 없이 그 길에 이력이라도 난 듯 줄기차게 큼직한 발로 터벅거리며 걸어갔다. 성문에 이르자 왕룽은 조금 머뭇거리다가 걸음을 멈추었다. 한 손으로는 어깨의 상자를 받치고 다른 한 손으로는 허리춤 안에 남아 있는 동전 두 닢을 꺼내어 설익은 복숭아 여섯 개를 샀다.

"자, 이거 먹어."

왕룽은 무뚝뚝하게 말했다. 그녀는 아이처럼 탐스럽게 복숭아를 움켜

쥐더니 아무 말도 없이 손으로 꼭 쥐었다. 보리밭을 따라 걸으면서 왕룽
이 돌아보니 오란은 매우 소중한 물건처럼 복숭아를 먹고 있었다. 그러다
왕룽이 돌아다보자 주춤하면서 우물거리던 입을 다물고 아무 일도 없었
던 듯이 복숭아를 손으로 가렸다.

그들은 사당이 있는 서쪽 밭 길까지 이렇게 죽 걸었다. 사당은 작은 건
물이어서 사람 키보다 낮았고 기와로 이어져 있었다. 지금 왕룽이 평생을
바치고 있는 바로 그 밭들을 경작했던 그의 할아버지가 외바퀴 수레로 손
수 성내에 가서 기와를 사서 날라다가 그 사당을 지은 것이었다. 바깥벽
에 회칠을 하고 풍년이 든 어느 해에는 마을에서 화공을 불러 벽에 산과
대숲을 그렸었다. 그러나 지금은 오랜 비바람으로 대숲만이 새털같이 희
미하게 남아 있고, 산은 자취도 없이 사라져 버렸다.

사당 안에는 지붕 밑에 주변의 밭에서 가져온 흙으로 빚은 두 개의 작고
거룩한 형상을 잘 모셔 놓았다. 그것은 지신(地神)과 그 아내의 상(像)이
었다. 지신은 붉은 종이와 금종이로 만든 두루마기를 입었고, 진짜 머리
털로 만든 엉성한 수염까지 붙이고 있었다. 왕룽의 아버지는 새해를 맞이
할 때마다 색종이를 사서 정성껏 그런 옷을 지어 입히는 것이었다. 그러
나 얼마 가지 않아 비와 눈이 들이치고 햇볕이 쬐어 들어 그만 그 고운 옷
이 모양 없이 낡아 버리곤 했다. 그러나 지금은 새해가 시작된 지 얼마 안
되어서 옷이 아직 새것이었으며 왕룽은 그 붉고 누런 빛이 찬란한 옷을 보
자 자랑스럽게 생각되었다.

그는 색시가 가지고 있는 광주리를 받아서 돼지고기 밑에 넣어 두었던
향을 조심스럽게 찾았다. 만일 그 향이 부러졌다면 불길한 징조인 것이

다. 그래서 매우 마음을 죄었으나 다행히 부러지지 않은 것을 보자 마음이 놓였다. 이 두 작은 형상을 모든 이웃 사람들이 섬겼기 때문에 지신 앞에 쌓여 있는 잿더미에다 나란히 향을 꽂고 부싯돌을 꺼내어 불을 붙였다. 그들은 그들의 밭을 다스리는 지신 앞에 나란히 서서 향 끝이 점점 타내려가 재가 되는 것을 물끄러미 바라보았다. 오란은 그 재가 길어지자 약간 허리를 굽히고 손가락으로 재를 털고는 왕룽이 나무랄까 겁을 내는 듯 힐끗 그의 눈치를 살폈다. 그러나 왕룽은 그녀의 이런 동작이 마음에 들었다. 오란도 이 향불로 그들 두 사람의 장래 운명을 보는 것 같았다. 그러고 보니 그것은 두 사람의 결혼이 성립되는 순간이었다. 향이 타 올라서 재만 남는 사이에 그들은 완전히 침묵을 지키며 나란히 서 있었다. 어느새 해가 기울기 시작했다. 왕룽이 다시 상자를 걸머진 뒤 두 사람은 집으로 향했다.

대문간에는 그의 아버지가 넘어가는 해의 마지막 빛을 받으며 서 있었다. 그는 아들이 며느리를 데리고 오는 것을 알면서도 일부러 움직이지 않았다. 며느리를 아는 체한다는 것은 체면이 깎이는 짓이라고 생각했다. 그는 하늘의 뜬구름에 정신이 팔린 체하며 큰 소리로 말했다.

"구름이 초승달 왼편에 걸리면 꼭 비가 내리지. 내일 밤 안으로는 비가 오겠어."

노인은 왕룽이 색시 손에서 광주리를 받아 드는 것을 보자 또 소리를 질렀다.

"너 또 돈을 썼구나."

왕룽은 광주리를 탁자 위에 올려놓으며 간단히 대꾸했다.

"오늘 저녁에 손님을 청했어요."

그러고는 상자를 그의 방안으로 옮겨서 자기 옷 상자 곁에 가지런히 놓았다. 그는 야릇한 느낌으로 그것을 물끄러미 바라보았다. 그때 노인이 방문 앞까지 따라와서 큰 소리로 말했다.

"이 집에서는 끝도 없이 돈 쓸 구멍이 생기는구나."

그러나 노인도 속으로는 이웃 사람을 청한 것이 좋았다. 다만 새 며느리가 처음부터 사치에 빠지지 않도록 바로잡기 위해서는 당분간은 이렇게 잔소리를 해야 된다고 생각했다. 왕룽은 말없이 밖으로 나가서 광주리를 들고 부엌으로 들어갔다. 오란도 그의 뒤를 따라 들어갔다. 그는 광주리에서 반찬거리를 한 가지씩 꺼내어 부뚜막에 늘어놓으면서 아내에게 말했다.

"돼지고기와 쇠고기, 그리고 생선을 사 왔는데 이걸로 일곱 사람이 먹을 거야. 요리할 줄 아나?"

그는 아내의 얼굴을 보지 않고 말했다. 바로 보면서 말하는 것은 점잖지 못한 일이기 때문이다. 그러나 그녀는 아무렇지도 않은 듯 대답했다.

"저는 황 부잣집으로 간 이후에 줄곧 부엌에서 일했기 때문에 끼니때마다 고기 반찬을 준비해 봤어요."

왕룽은 고개를 끄덕이며 만사를 맡긴다는 듯이 밖으로 나온 뒤 손님들이 올 때까지 한 번도 부엌에 들어가지 않았다. 이윽고 쾌활하고 능청맞으며 언제나 허기져 있는 듯한 숙부와 열다섯 살짜리 장난꾸러기 사촌이 들어왔다. 그리고 이웃 농부 세 사람이 쑥스러운 듯이 웃으며 들어왔다. 그중 두 사람은 추수기에 왕룽이 종자와 품을 교환하는 사이였고, 나머지

34

한 사람은 이웃의 칭(陳) 서방이란 사람인데 좀처럼 입을 열지 않는 조그
맣게 생긴 얌전한 사람이었다. 예의를 갖추느라고 자리에 앉지 않겠다느
니 사양해 가면서 그들이 가운뎃방에 자리를 잡고 앉은 다음 왕룽은 음식
을 차리라고 이르기 위해 부엌으로 갔다.

"음식을 쟁반에 차려 낼 테니 당신이 상에다 옮겨 가세요. 저는 남자분
들 앞에 나가기가 싫어요."

여자가 이렇게 말하자 왕룽은 여간 기쁘지 않았다. 오란은 그의 아내라
서 그에게는 꺼리지 않고 대하지만 다른 남자들에게는 얼굴을 안 보이겠
다는 것이 여간 대견하지 않았다. 그는 아내가 차려 놓은 음식을 손수 손
님 앞에 날라 놓고는 큰 소리로 말했다.

"자, 어서들 드십시오."

농담을 잘하는 숙부가 한마디했다.

"그래, 눈썹이 초승달 같은 색시는 우리한테 구경시켜 주지 않을 모양
인가?"

왕룽은 서슴지 않고 잘라 말했다.

"금방 데려왔는데 뭘 그래요. 결혼이 완전히 이루어질 때까지는 다른
남자들이 색시를 봐서는 안 돼요."

왕룽은 정성껏 그들을 대접했고 그들은 정신없이 맛있게 먹어 댔다. 이
야기할 사이도 없었다. 다만 한 사람이 생선에 바른 간장을 칭찬하자 다
른 한 사람은 돼지고기를 맛있게 구웠다고 했다. 그런 말을 들을 때마다
왕룽은 같은 말만 되풀이했다.

"뭐 별로 변변치 못한걸요. 잘 차리지도 못했어요."

그러나 속으로는 매우 자랑스러웠다. 오란은 그가 사 온 고기에다 설탕과 초와 약간의 술과 간장을 섞어서 양념하여 고기 맛이 충분히 나게 한 것이다. 왕룽 자신도 이렇게 맛있는 요리를 남의 집에 가서도 한 번도 먹어 본 적이 없었다.

밤이 되어 음식을 다 먹은 손님들이 차를 마시며 한가롭게 농담을 하면서 좀처럼 자리에서 일어나지 않았으나 오란은 언제까지나 부엌에서 나오지 않았다.

왕룽이 마지막 손님을 전송해 보내고 부엌으로 가 보니 오란은 외양간에 쌓아 둔 짚단 위에 웅크린 채 잠이 들어 있었다. 그가 잠을 깨웠을 때 그녀의 머리카락에 지푸라기가 묻어 있었고, 왕룽이 불렀더니 여자는 매를 맞지 않으려는 듯 잠결에도 갑자기 팔을 쳐들었다.

마침내 눈을 뜬 그녀는 멍하니 왕룽의 얼굴을 쳐다보았다. 왕룽은 마치 어린애를 다루듯 그녀의 손목을 잡고 오늘 아침에 그가 목욕을 하던 자기 방으로 들어갔다. 그러고는 붉은 초에 불을 붙였다. 불을 켜자 그는 한 여자와 단둘이서 한방에 앉아 있다는 것이 새삼스럽게 부끄러웠다. 그래서 속으로 몇 번이나 다짐해 두었다.

'이 여자는 내 색시야. 이제 일을 치러야지.' 그리고 마음을 다져 먹고 옷을 벗었다. 그녀는 조용히 침대 곁으로 가서 잠자리를 살펴보았다. 왕룽이 무뚝뚝하게 말했다.

"불은 당신이 눕기 전에 꺼."

그는 잠자리에 누워 두터운 이불을 어깨 위까지 끌어올리고 잠든 척했다. 하지만 잠을 자는 것이 아니었다. 그는 전신이 떨렸다. 그의 모든 신경이 살아 있는 것이다. 이윽고 방이 어두워지고 여자가 천천히 소리 없이 기어 들어오는 움직임이 곁에서 느껴지자 더욱 흥분되었다. 그는 어둠 속에다 대고 거칠게 웃고는 힘껏 여자의 몸을 껴안았다.

2

삶이 이토록 호사스러울 수도 있었다. 그의 생활에도 행복을 맛볼 수 있는 때가 온 것이다. 이튿날 아침, 왕룽은 잠자리에 누워서 그의 아내가 된 오란을 쳐다보았다. 그녀는 일어나더니 흐트러진 옷을 가다듬어 천천히 몸을 꿈틀거리면서 목과 허리에 꼭 맞도록 여몄다. 그런 다음 형겊 신을 신고 뒤꿈치에 달린 끈을 졸라맸다. 아침 햇살이 봉창 구멍으로 실같이 흘러 들어와 오란의 얼굴이 은은하게 보였다. 하나도 달라지지 않은 것 같았다. 그것이 왕룽에겐 놀랄 만큼 이상했다. 지난밤에 어떤 변화가 있을 것 같았기 때문이다. 그러나 오란은 평생 동안 날마다 그의 침대에서 잠을 자고 일어난 여자 같기만 했다. 노인의 기침 소리가 어두컴컴한 새벽에 카랑거리며 들려왔다.

"아버지는 속이 안 좋으시니까 얼른 물을 데워다 드려야 해. 속을 뜨겁게 하셔야 하니까."

오란은 어제와 같은 음성으로 물었다.

"차를 끓일까요?"

이 말에 왕룽은 매우 당황했다. 그는 대뜸 '물론 차를 끓여야지. 우리가 거지라고 생각하나?' 하고 대답하고 싶었다. 그는 아내에게 차쯤은 아무 것도 아니라고 알려 주고 싶었다. 물론 황 부잣집에서는 종들까지 항상 진한 차를 마실 것이라고 생각했다. 결코 맹물은 마시지 않을 것 같았다. 그러나 늙은 아버지는 며느리가 첫날 아침부터 차를 끓여 가져간다면 살림살이가 헤프다고 야단할 것이다. 그뿐 아니라 사실 그들은 그렇게 차를 흔히 마실 만큼 넉넉한 살림이 아닌 것이다. 그래서 그는 일부러 아무 일도 아닌 것처럼 대답했다.

"차? 차는 그만둬. 차를 넣으면 기침이 더 심해지서."

그리고 아내가 부엌에서 불을 지피고 물을 끓이는 동안 포근하게 침대에 누워 있었다. 이젠 늦도록 잘 수 있는 팔자니까 좀더 자고 싶었다. 그러나 여러 해 동안 아침 일찍 일어나는 것이 버릇이 되어 있는 그는 더 잘 수가 없었다. 그래서 게으름의 사치를 몸과 마음으로 맛보고 누리며 자리에 누워 있었다.

그는 자기의 아내가 된 오란을 생각하니 아직도 어딘지 부끄러운 생각이 들었다. 그래서 일부러 한동안 밭에 심어 둔 밀이 비가 내리기만 하면 풍년이 들 것이라는 것과 곡식 가격만 합의되면 칭 서방한테 사려고 했던 배추 씨 같은 것을 생각했다. 하지만 날마다 그의 머리를 떠나지 않는 이런 모든 생각 틈틈이 지금 자신의 삶이 어떠한가에 관한 새로운 생각이 불현듯 끼어들기도 했으며, 밤에 있었던 일을 생각하면 문득 아내가 정말로 자기를 좋아하는가 하는 생각이 떠올랐다. 그에겐 새로운 의문이었다. 이 제까지는 자기가 그녀를 사랑할 수 있을까, 또 그녀가 자기 집 같은 구차한 살림살이에 만족할 수 있을까 하는 생각뿐이었고, 그녀의 생각이 어떨까 하는 것은 생각해 보지도 않았다. 그녀의 얼굴이 수수하고 손도 매우 거칠었지만 뚱뚱한 몸집은 부드러웠고 또 처녀였다. 그는 이런 생각을 하며 지난밤에 캄캄한 이불 속에서 웃었던 것처럼 키득거렸다. 황 부잣집 젊은 서방님들은 부엌에서 일하는 그 못난 얼굴 뒤에 무엇이 숨겨져 있는지 알지 못했던 것이다.

그녀의 몸은 아름다웠다. 뼈대는 굵지만 살결은 포근하고 부드러웠다. 아무튼 왕룽은 그녀가 자기를 남편으로서 사랑해 주기만 하면 좋다고 생각했고, 이런 생각이 들자 갑자기 또 부끄러운 느낌이 들었다. 그때 문이 열렸다. 아내가 아무 말도 없이 조용히 김이 모락모락 나는 보시기를 두 손으로 받쳐 들고 조심스럽게 들어왔다. 그는 일어나서 그것을 받았다. 더운 물 위에 차 이파리가 떠 있는 것을 본 그는 아내의 얼굴을 쳐다보았다. 그러자 그녀는 겁이 나는 듯이 멈칫거리며 말했다.

"아버님에겐 찻잎을 넣지 않았어요. 그렇지만 당신에겐."

왕룽은 아내가 자기를 겁내는 것을 보자 만족스러웠다. 그래서 아내의 말이 끝나기도 전에 흡족한 듯이 말했다.

"아, 나는 차가 좋아. 차를 무척 즐기니까."

'아내가 나를 무척 좋아하는 모양이다.' 자신에게까지도 분명하게 이야기하기가 부끄러운 이 새로운 환희가 그의 마음속에서 치솟았다.

몇 달 동안 왕룽은 아내의 동정에만 마음이 팔렸다. 그 자신은 아무 일도 하지 않는 것처럼 생각되었다. 그러나 실제로는 전날과 다름없이 줄곧 일을 해 왔다. 그는 괭이를 어깨에 메고 들로 나가서 밭이랑을 가꾸었고 소에 쟁기를 채워서 밭을 갈고 마늘과 파를 심기도 했다.

한낮이 되어 집에 돌아오면 점심 준비가 되어 있었다. 밥상을 말끔하게 닦아 놓고 밥그릇과 수저도 보기 좋게 놓여 있었다. 지금까지는 일에 시달려 매우 지쳤어도 자기 손으로 식사 준비를 했던 것이다. 때로 늙은 아버지가 시장기를 참지 못해 부엌에 나와서 손수 죽을 끓이거나, 밀가루를 반죽해 빵을 구워 마늘 줄거리를 싸서 먹을 납작한 호떡을 구워 놓지 않았을 때는 아무리 피곤해도 그가 식사 준비를 해야 했다. 그러나 이제는 무엇이든 그를 위해서 준비되어 있는 것이다. 그저 밥상 앞에 앉아서 먹기만 하면 되었다. 부엌 바닥도 언제나 깨끗이 치워져 있고, 구석에는 항상 땔나무가 쌓여 있는 것이다. 그가 들에 나간 뒤면 아내는 갈퀴와 새끼를 들고 마을 근처를 돌아다니면서 나뭇가지나 낙엽 따위를 주워 모아서 점심을 짓는 데 쓰고도 남을 만큼 나무를 해 오는 것이다. 왕룽은 나무를 살 걱정이 없어진 것도 여간 고맙지 않았다.

오후에 그녀는 괭이와 바구니를 어깨에 메고, 읍내로 가는 짐을 실은 노새와 나귀와 말들이 지나다니는 한길로 나가서 짐승의 똥을 주워 모아 집으로 가져왔다. 거름으로 쓰려는 것이었다. 그녀는 떨어진 헌 옷들을 꺼내어 손수 목화송이에서 대나무 물레로 뽑은 실로 정성껏 꿰매기도 하고, 침대를 밖에 내다 볕에 쬐고 이불잇을 뜯어 빨기도 했다. 여러 해 동안 내버려두어 그을고 굳어진 솜을 새로 타고 그 속에 틀어박혀 있던 빈대를 잡기도 했다. 그녀는 누가 시키지 않아도 묵묵히 일을 잘했다. 그리고 해가 지고 하루 일이 끝나도 쇠여물을 주고 물이 떨어지지 않도록 길어다 놓기 전에는 결코 자지 않았다.

그녀는 이렇게 매일 쉬지 않고 무엇이든 했다. 그러는 동안에 세 개의 방이 놀랄 만큼 깨끗해져 제법 풍족한 살림 같아졌다. 늙은 아버지도 기침이 점점 나아지고 집안일도 마음에 흡족해서 이젠 아무 걱정도 없다는 듯이 양지쪽에 나와 앉아 햇볕을 쬐면서 낮잠을 자기가 일쑤였다.

그러나 오란은 말이 없었다. 꼭 해야 할 말 이외에는 말을 하지 않았다. 왕룽은 그 큼직한 발로 집안을 걸어다니는 그녀를 바라볼 때도, 또 네모진 얼굴을 볼 때도 약간 겁을 내는 듯하면서 아무 표정도 찾아볼 수 없는 아내를 이해할 수가 없었다. 밤이면 그 부드럽고 탄탄한 육체의 촉감을 느낄 수 있었으나 날이 밝으면 언제나 입는 그 푸른 무명옷이 왕룽이 아는 모든 것을 가려 버렸고, 그녀는 충실하고 말없는 하녀처럼 되었다. 그저 종 이외에는 아무것도 아닌 것처럼 묵묵히 일만 할 뿐이었다. 그렇다고 왜 그렇게 말을 하지 않느냐고 꾸짖을 수도 없는 일이었다. 아내로서 일만 충실히 잘해 나가면 될 것이기 때문이었다.

왕룽은 때로 밭에서 일을 하다가도 아내에 대한 생각에 빠지고는 했다. 그 수없이 많은 뜰이 있는 황 부잣집에서 그녀는 무엇을 보아 왔을까? 그녀의 삶, 그녀가 그에게 조금도 털어놓지 않은 삶은 어떠했을까? 그로서는 알 수 없는 일이었다. 그러나 그는 그녀에게 호기심을 가지고 이런 생각을 한다는 것이 부끄럽기도 했다. 요컨대 아내는 그저 평범한 한 여자일 뿐이다.

하루에 세 개의 방을 치우고 세끼의 식사를 준비하는 것만으로는 대갓집 종으로 새벽부터 밤늦도록 고되게 일하던 오란에게는 무료하기 짝이 없었다. 밀 싹이 터서 허리가 지끈지끈 쑤실 때까지 날이면 날마다 괭이로 김을 매느라 몹시 바쁘던 어느 날, 왕룽이 허리를 숙이고 일하는 밭이랑을 가로질러 밭둑 위에 여자의 그림자가 보였다. 오란이 어깨에 삽을 메고 나온 것이었다.

"해질 때까지 집에서 할 일이 없어요."

오란은 이렇게 말하고 왕룽과 나란히 서서 이랑을 갈기 시작했다. 이른 여름이라 그녀의 머리에서는 곧 땀방울이 흐르기 시작했다. 왕룽은 윗옷을 훌훌 벗어 버리고 일했으나 오란은 엷은 적삼을 입은 채였다. 마침내 그 적삼이 땀에 젖어서 몸에 착 달라붙었다. 두 사람은 말없이 서로 장단에 맞추어 삽을 움직일 뿐이었다. 몇 시간 동안 묵묵히 일하면서도 고된 줄을 몰랐다.

그는 아무것도 생각하지 않았다. 그들의 가정을 형성해 주고 그들을 먹여 주고 그들의 신을 이루는 이 흙, 그들의 소유인 이 흙이 거듭거듭 햇빛을 받도록 파헤치는 이 완벽한 움직임의 일치감만이 존재할 따름이었다. 기름진 검은 흙덩이가 삽을 내려찍을 때마다 가볍게 갈라졌다. 때로는 기와 조각이나 나뭇조각이 나왔다. 그러나 이런 것은 아무것도 아니다. 옛날에는 여기에 사람의 시체를 묻었을 것이고 집을 짓기도 했을 것이다. 그런 것이 이젠 모두 흙이 되고 말았을 것이다. 모든 것이 이 흙에서 나서 다시 흙으로 변해 버린다. 그들도 지금 나란히 서서 부지런히 일해 이 대지의 열매를 얻으려고 하지만 마침내는 다시 대지로 돌아가게 되는 것이다.

해가 지자 왕룽은 가만히 허리를 펴고 아내를 물끄러미 바라보았다. 얼굴은 땀으로 젖어 있었고 흙먼지로 얼룩져 흙처럼 갈색이었다. 땀에 흠뻑 젖은 거무스름한 옷이 펑퍼짐한 몸에 착 달라붙어 있었다. 그녀는 마지막 이랑을 천천히 골랐다. 그러더니 조용한 저녁의 대기 속에서 보통 때의 꾸밈없는 목소리보다 훨씬 더 꾸밈없고 단조로운 목소리로, 늘 그렇듯이 꾸밈없는 태도로 단도직입적으로 말했다.

"애를 가졌어요."

왕룽은 한동안 멍하니 서 있었다. 얼마나 좋은지 무슨 말을 해야 할지 몰랐다. 오란은 발 밑에 있는 기와 조각을 주워서 밭둑 밖으로 던졌다. "차를 가져왔어요."라든가 "식사하세요."와 같은 말을 한 것처럼 생각하는 모양이다. 그녀에게는 보통 일과 같은 평범한 일로만 생각되는 듯했다. 그러나 왕룽에게는 큰 사건이었다. 갑자기 가슴이 울렁거리고 말도 안 나올 지경이었다. 그렇다. 지금 이 땅 위에 살고 있는 그들에게도 이제 아이를 낳을 차례가 온 것이다. 왕룽은 아내의 손에서 급히 삽을 빼앗으며 목이 메인 듯한 소리로 말했다.

"이제 일은 그만 해. 해가 졌으니. 집에 가서 아버지에게도 말씀드려야지."

그들은 집을 향해 걸어갔는데 그녀는 여자답게 남편보다 여섯 걸음쯤 떨어져서 따라왔다. 이제는 집안에 여자가 생겨서 절대로 손수 식사를 짓는 일이 없어진 늙은 아버지는 시장기를 참으며 문 밖에 서서 며느리를 기다렸다. 노인은 왕룽을 보자 몹시 기다렸다는 듯이 말했다.

"저녁이 이렇게 늦어서 어떡하냐. 난 이렇게 먹을 걸 기다리기에는 너무 늙었단 말이야."

그러나 왕룽은 그 말은 못 들은 체하며 집안으로 들어가면서 말했다.

"애를 뱄대요."

그는 '오늘은 건너 밭에 씨를 뿌렸어요.' 라고 말하듯 아무렇지도 않게 말하려 했으나 마음대로 되지 않았다. 나지막한 소리로 말하려 했지만 그의 귀에는 생각했던 것보다 훨씬 큰 소리로 외친 것처럼 들렸다. 노인은 한동안 눈만 끔벅거릴 뿐 그 말이 무슨 뜻인지 알아듣지 못하는 것 같다가 갑자기 소리를 내어 웃었다.

"그래, 하하하!"

노인은 좀처럼 웃음을 그치지 않았다. 그러고는 이윽고 며느리를 바라보며 말했다.

"그럼 곧 손자를 보겠구나."

어두워져서 며느리의 얼굴을 잘 볼 수 없었다. 평범한 그녀의 음성만이 들렸다.

"곧 저녁 준비를 하겠어요."

"오냐, 오냐. 저녁도 빨리 해야지."

노인은 이렇게 말하면서 아이들처럼 며느리를 따라 부엌으로 들어갔다. 손자를 본다는 바람에 저녁 생각을 잊어버리고, 저녁이란 소리를 듣는 바람에 손자 생각을 잊어버린 것이다. 그러나 왕룽은 어둠침침한 방안으로 들어가 팔짱을 끼고 탁자 옆에 고개를 숙인 채 앉아 생각에 잠겼다. '이 몸에서, 나 자신의 몸에서 새 생명이 창조되는 것이다!'

3

몸을 풀 날이 가까워지자 왕룽은 아내에게 말했다.

"해산할 때 도와줄 사람이 있어야 할 텐데."

그러나 오란은 고개를 흔들고는 저녁 먹은 그릇을 씻을 뿐이었다. 노인은 이미 잠이 들었고 두 사람만이 있을 뿐이었다. 콩기름을 채우고 솜을 꼬아 만든 심지를 띄운 희미한 호롱불이 너울거리며 그들을 비춰 주고 있었다.

"아니 도와줄 필요가 없단 말이야?"

왕룽은 놀란 듯이 물었다. 그는 기껏해야 큼직한 입에서 가끔 마지못해 몇 마디 흘리는 정도가 고작인 이런 대화에 길이 들어 가는 중이었다. 왕룽은 이제 이런 방식의 대화에도 아무런 불편을 느끼지 않았다.

"그렇지만 집안에 사람이라곤 남자밖에 없지 않아?"

왕룽이 잇따라 물었다.

"우리 어머니 때는 동네 여자를 불러왔었어. 나는 아무것도 모르는데. 저 황 부잣집의 늙은이들이나 당신하고 친했던 사람 없어?"

오란이 팔려 갔던 황 부잣집 말을 꺼낸 것은 이번이 처음이었다. 아내는 남편을 흘겨보았다. 왕룽이 이제껏 보지 못하던 얼굴이었다. 분함을 이기지 못하는 모양이었다.

"그 집 사람은 어느 누구도 안 돼요."

아내가 이렇게 쏘아붙이는 바람에 왕룽은 담배를 재우던 대를 떨어뜨리고는 깜짝 놀라면서 아내를 쳐다보았다. 그러나 아내는 곧 아무 말도 안 했다는 듯이 설거지 그릇에서 씻은 젓가락을 간추릴 뿐이었다.

"왜 그래?"

왕룽이 놀라서 물었으나 오란은 아무 대꾸도 하지 않았다. 그래서 그는 다시 말했다.

"우리 집엔 남자들뿐이니 해산하는 데 무슨 소용이 있어. 아버지는 당신 방에 들어갈 수 없고, 나는 송아지 낳는 것도 본 일이 없으니 만약에 내 바보 같은 솜씨에 아이가 다치기라도 하면 어떻게 한단 말이야. 황 부잣집에는 사람들이 많아서 해마다 아이를 낳을 테니 그 일을 잘하는 사람이 있을 것 아니야. 그런 사람에게 부탁하자는 거지……."

오란은 씻은 젓가락을 간추려 상에 놓고 남편을 쳐다보았다. 그리고 얼마 후에 입을 열었다.

"전 아들을 내 품에 안고서가 아니면 그 집을 찾아가지 않겠어요. 아이에게는 붉은 저고리와 붉은 꽃무늬를 수놓은 바지를 입히고 머리에는 금

부처를 수놓은 모자를 씌우고 발에는 호랑이를 그린 신을 신기고, 나도 새 신발에 까만 공단으로 지은 새 저고리를 입고 내가 일하던 부엌에도 가 보고 큰마나님이 아편을 피우시는 대청에도 가서 우리 모자의 모습을 여러 사람들에게 보이겠어요."

왕룽은 이제껏 아내가 이렇게 많은 말을 하는 것을 한 번도 들어 본 적이 없었다. 비록 말이 느리기는 했지만 입에서 술술 거침없이 나오는 말이었으며, 아내가 벌써부터 이런 생각을 하고 있었다는 것을 알 수 있었다. 자기와 함께 밭에서 삽질을 하고 있을 때도 아내는 이 모든 계획을 빈틈없이 세워 두고 있었다. 얼마나 놀라운 여자인가. 아내는 아이에 대해 아무 생각도 없는 것처럼 밤낮 일만 부지런히 하는 것으로 알았더니, 실상은 아이를 낳아서 어떤 옷을 입히고 또 자기도 아기 어머니로서 새 옷을 입은 모습까지 마음속에 그리고 있었던 것이 분명하다. 그는 갑자기 말문이 막혔다. 그는 엄지와 검지 손가락으로 부지런히 잎담배를 동그랗게 뭉쳐 담뱃대를 집어 들고 담배 덩어리를 대통에 넣었다.

"당신 돈이 좀 필요하겠군."

왕룽은 일부러 무뚝뚝하게 말했다.

"은전 세 닢만 주시면……."

오란은 주저하면서 말했다. 그리고 다시 조심스럽게 말을 이었다.

"큰돈이긴 하지만 여러 가지로 셈해 봤어요. 그렇지만 동전 한 닢도 헤프게 쓰지 않고, 포목점에서도 한 치도 안 빼고 다 받아 내겠어요."

왕룽은 허리춤을 더듬었다. 그는 그저께 서쪽 밭에 있는 못에서 갈대를 한 차 반이나 베어 팔았기 때문에 아내가 청하는 돈보다 조금 더 많이 가지고 있었다. 그는 은전 세 닢을 상 위에 내놓았다. 그리고 조금 주저하다가 은전 한 닢을 마저 내놓았다. 그것은 찻집에 가서 도박을 하고 싶을 때 쓸 작정이었다. 그러나 대개 그는 잃는 것이 아까워 구경만 했다. 거리에 나가서도 시간이 있으면 야담이나 듣고 주발이 돌아오면 동전 한 닢만 집어넣곤 했었다.

"그 한 닢도 당신이 쓰는 게 좋겠어."

그는 담배에 불을 붙이려고 종잇조각으로 호롱불을 붙이면서 말했다.

"이왕이면 비단옷으로 해줘. 돈도 귀하지만 첫애니까."

그녀는 당장 돈을 받지 않고 무표정한 표정으로 쳐다보기만 하며 서 있었다.

"은전을 가져 보긴 평생 처음이에요."

그녀는 낮은 소리로 중얼거리더니 얼른 손을 내밀어 은전을 움켜쥐고 침실로 들어갔다. 왕룽은 그대로 앉아서 담배를 피웠다. 마치 아직도 탁자 위에 은전이 그대로 놓여 있는 것 같았다. 그것은 흙에서 나온 것이다. 그 은전은 그가 땅을 파고 씨앗을 뿌리고 열심히 일한 땅에서 나온 것이다. 그는 땅으로부터 생명을 얻었고, 땀 흘려 일해서 흙에서 먹을 것을 얻고, 그 먹을 것이 또 은전으로 되는 것이다. 지금까지는 남에게 은전을 줄 때 마치 자신의 살이 에는 듯했었다. 그러나 오늘만은 아무런 고통도 느끼지 않았다. 처음 느껴 보는 일이다. 읍내 상인의 낯선 손에 은화를 넘겨준다는 생각이 들지 않았다. 진정 가치 있는 쓰임이다. 귀여운 아들에게 입힐 옷값이다. 왕룽은 또 아내의 태도가 이상스럽기도 했다. 아내는 언제나 묵묵히 아무런 생각도 없는 듯이 꾸준히 일만 하는 것 같으면서도 그런 옷을 해 입힐 자식을 생각하고 있었던 것이다.

오란은 해산할 때 누구에게도 도움을 청하지 않는다고 했다. 마침내 해산할 때가 왔다. 어느 날 저녁 해가 지고 얼마 지나지 않았을 때였다. 그 시간까지 오란은 남편과 같이 들에서 벼를 거두어들였다. 밀이 여물어 베어 낸 뒤 밭에다 물을 대어 모를 심었더니 이제는 쌀을 추수할 때가 되었다. 여름철 비도 알맞게 내리고 초가을 따가운 햇살에 벼 이삭이 탐스럽게 여물었다. 그들은 하루 종일 허리가 굽어지도록 자루가 짧은 낫으로 벼를 베었다. 오란은 산달이라 배가 불러서 몸을 쓰기가 거북했다. 그녀는 일손이 더뎌서 왕룽이 베는 고랑에서 점점 멀어졌다. 해가 질 무렵에는 더욱 힘이 없어지고 잘 베지도 못했다. 왕룽은 참을성 있게 돌아서서 아내를 쳐다보고는 했다. 갑자기 오란이 허리를 펴고 일어서서 안타깝게 남편을 돌아보며 낫을 놓았다. 얼굴에는 진땀이 좌르르 흘렀다. 매우 괴로운 모양이었다.

"애를 낳으려나 봐요."

그녀가 말했다.

"집에 가야겠어요. 내가 부를 때까지 방에 들어오지 마세요. 그리고 탯줄을 끊게 갈대를 벗겨서 날카롭게 잘라 가지고 오세요."

오란은 아무렇지도 않은 듯이 논을 건너 집으로 향했다. 아내의 뒷모습을 바라보던 왕룽은 좀 떨어진 못으로 가서 성성한 갈대를 잘라 정성껏 껍질을 벗기고 낫으로 날카롭게 베었다. 가을 해는 이미 저물었다. 그는 낫을 허리에 차고 집으로 돌아왔다.

식탁에는 김이 무럭무럭 나는 저녁밥이 기다리고 있었다. 늙은 아버지는 벌써 식사를 하는 중이었다. 아내는 배가 그렇게 아프면서도 그들을 위해 저녁을 지어 둔 것이다. 이런 아내는 그리 흔치 않을 것이라고 왕룽은 생각했다. 왕룽은 방문 앞으로 가서 큰 소리로 말했다.

"갈대 가져왔어."

갈대를 안으로 갖다 달라고 아내가 소리치리라고 생각했으나 그녀는 그렇게 하지 않았다. 아내는 문틈으로 손을 내밀어 그것을 받았다. 그리고 아무 말도 하지 않았다. 마치 먼길을 달려온 짐승처럼 숨을 헐떡이기만 했다. 노인은 차를 마시다가 아들을 쳐다보며 말했다.

"식기 전에 빨리 먹어라. 낳으려면 아직 멀었어. 네 어미도 첫애를 낳을 때 지금쯤 시작해서 아침에야 낳았다. 아마 네 어미는 애를 스물은 낳았을 거야. 그런데 지금 살아 있는 건 너뿐이야. 여자가 왜 아기를 낳고 또 낳아야 하는지 너도 알겠지."

그리고 노인은 새삼스럽게 생각난 듯이 말을 이었다.

"내일 이맘때면 나도 사내아이의 할아버지가 되는구나."

이렇게 말하더니 갑자기 웃기 시작했다. 그는 숟가락을 놓고 어둠침침한 방안에 혼자 앉아서 오랫동안 웃었다. 그러나 왕룽은 문 앞에 서서 아내의 신음 소리를 안타까운 듯이 듣기만 했다. 문구멍으로 뜨거운 피 냄새가 풍겼다. 역한 피비린내가 코를 찔렀다. 헐떡이는 소리는 점점 더 높아졌다. 그러나 소리를 지르지는 않았다. 왕룽이 더 이상 참을 수 없어 문을 열고 들어가려는 순간, 가느다란 아기 울음소리가 들렸다. 그 순간 왕룽은 모든 것을 잊었다.

"아들인가?"

왕룽은 아내 생각도 잊고 큰 소리로 물었다. 가냘프면서도 강인하고 끈질긴 울음소리가 다시 터져 나왔다.

"아들이야?"

그는 연거푸 물었다.

"그것만이라도 얘기해 줘. 아들이야?"

오란의 대답 소리가 메아리처럼 간신히 들렸다.

"아들이에요."

왕룽은 그제야 밥상 앞에 앉았다. 그 모두가 얼마나 빨리 일어난 일인가! 저녁밥은 다 식어 버렸고 노인은 걸상에 기대앉은 채 자고 있었다. 그는 아버지의 어깨를 흔들었다.

"아들이래요."

왕룽은 자랑스러운 듯이 이렇게 말하고 다시 말을 이었다.

"이제 아버지는 할아버지가 되고, 저는 아비가 됐어요."

잠을 깬 노인은 잠들기 전처럼 또 한바탕 웃기 시작했다.

"암, 그러면 그렇지."

노인은 웃음을 그칠 줄 몰랐다.

"내가 할아버지가 됐다. 할아버지가……."

그는 계속 웃으면서 침실로 들어갔다.

왕룽은 식은 밥그릇을 들고 먹기 시작했다. 갑자기 시장기를 느껴 입으로 음식을 미처 퍼 넣을 틈도 없을 정도로 급했다. 아내가 무엇을 치우는지 부스럭거리는 소리가 들리고, 아기 우는 소리도 들렸다. 왕룽은 배불리 밥을 먹은 다음 다시 문 앞으로 갔다. 그녀가 들어오라고 하자 곧 방안으로 들어갔다. 아직도 방안에는 피비린내가 풍기고 있었으나 깨끗이 청소해 놓아서 그 흔적은 보이지 않았다. 다만 나무통에 피 흔적이 약간 보였으나 그것도 침대 밑에 보이지 않게 밀어 넣어 두었다. 붉은 촛불이 켜 있고 오란은 말끔하게 몸을 가리고 침대에 누워 있었다. 아내 곁의 아기는 그 지방의 풍습대로 왕룽의 헌 바지에 싸여 반듯하게 누워 있었다.

아기를 보니 왕룽은 잠시 동안 입이 벌어지지를 않았다. 그는 가슴이 뭉클하며 치밀어 오르는 기분을 느끼면서 몸을 수그려 아기를 들여다보았다. 둥글고 주름진 거무스레한 얼굴이었다. 검은 머리털은 젖어 있었고 울음을 그친 채 눈을 꼭 감고 잠들어 있었다. 그는 아내를 쳐다보았다. 아내의 머리카락은 아직도 땀에 젖어 있고 눈시울이 푹 꺼져 있었으나 그 밖에는 평상시와 같았다. 그러나 아내가 누워 있는 모습에는 그의 가슴을 때리는 것이 있었다. 그는 이 두 사람에 대해 가슴이 터져 나가는 느낌을 받았으나 뭐라고 말해야 좋을지 몰라 망설이다가 이렇게 말했다.

"내일 장에 가서 누런 설탕을 한 근 사 올 테니 끓는 물에 타 먹어."

그리고 다시 아기를 들여다보았다. 그러고는 갑자기 생각난 듯 중얼거렸다.

"달걀을 한 바구니 사다가 빨갛게 물을 들여서 마을 사람들에게 나누어 주어야지. 사람들에게 아들 낳은 것을 알려야 할 테니까."

4

해산한 다음날 오란은 평상시와 같이 일어나서 아침 준비는 했으나 들에는 나가지 않았다. 왕룽은 혼자서 점심때까지 나락을 베고 나서 두루마기를 입고 시장에 나가 한 개에 한 푼씩 달걀 쉰 개를 샀다. 새로 낳은 달걀은 아니지만 상하지는 않았기 때문에 먹을 수 있는 것이었다. 그리고 달걀에 물을 들이기 위해 빨간 종이도 샀다. 종이와 함께 달걀을 삶으면 물이 드는 것이다. 그는 달걀을 바구니에 넣고 사탕 가게로 가서 사탕 한 근과 붉은 설탕을 조금 사고 갈색 종이로 꼼꼼하게 포장해 달라고 부탁했다. 점원은 설탕을 지푸라기로 모양 있게 싸고는 그 위에 붉은 종잇조각을 끼워 주면서 빙그레 웃었다.

"부인이 해산하신 모양이군요!"

"첫아들이라서요."

왕릉은 자랑스럽게 말했다.

"축하합니다."

그때 옷을 잘입은 손님이 가게로 들어왔기 때문에 점원은 그 사람에게 눈을 돌리며 건성으로 말했다. 점원은 매일같이 이런 인사말을 하는 것이지만 왕릉은 자기에게만 이렇게 인사하는 것이라고 생각하며 무척 흐뭇해했다. 그래서 가게를 나오면서 머리를 숙여 인사했다. 햇볕이 따갑게 내리쬐는 거리로 나서니 자기만큼 행복한 사람은 이 세상에 없는 것 같은 기분이 들었다.

그는 처음에는 이렇게 기뻐했으나 곧 불안한 생각이 들기 시작했다. 이 승에서 너무 복을 많이 받으면 좋은 일이 아니기 때문이다. 이렇게 행복할 때는 더욱 조심해야 한다. 하늘과 땅에는, 특히 가난한 사람에게는 행복을 방해하는 귀신이 많은 것이다. 그는 갑자기 발을 돌려 향을 파는 가게로 가서 식구 한 사람에 하나씩 네 가닥의 향을 샀다. 그리고 곧장 사당으로 가서 결혼하던 날 아내와 함께 향을 피우던 것같이 그 잿더미 위에 향을 꽂아 놓고 그것이 다 타는 것을 지켜본 다음에야 집으로 돌아왔다. 그 작은 사당에 모신 두 지신은 얼마나 엄청난 힘을 지녔던가.

어느 누구도 깨닫지 못하는 사이에 오란은 산후 조리도 않고 남편과 함께 들로 나가 일을 하기 시작했다. 들에 있는 곡식을 다 거두어들인 그들은 타작을 하기 시작했다. 그들은 도리깨질을 하고, 그 일이 끝나자 키에 넣어서 부치기 위해 대나무로 얽은 큰 광주리에 담았다. 대 광주리에 담아 바람을 타게 공중으로 까불려 올려서는 쓸 만한 낟알은 떨어지는 대로 받고 검불과 껍질은 구름처럼 바람에 날아가 버리게 했다.

이 일이 끝나자 그들은 또 밭에 나가서 밭을 갈았다. 겨울 밀을 심기 위해서였다. 왕룽이 소를 몰고 밭을 갈아 나가면 오란은 그 뒤를 따라가며 삽으로 커다란 흙덩이를 부수었다. 그녀가 이렇게 온종일 일할 때는 아기를 헌 이불에 싸서 땅바닥에 눕혀 두었다. 아기가 울면 그녀는 잠시 일을 멈추고 아기한테 가서 젖가슴을 헤치고 젖을 먹였다. 다가오는 겨울의 추위가 억지로 밀어낼 때까지는 여름의 더위를 포기하지 않으려는 듯 늦가을의 태양이 그들 모자에게 맹렬히 내리쬐었다. 그녀의 머리와 어린아이의 머리 위에 흙먼지가 뽀얗게 앉았다.

흙빛처럼 검은 오란의 젖가슴에서는 눈처럼 흰 젖이 흘렀다. 아기가 한쪽 젖을 빨면 다른 한쪽의 젖도 샘물처럼 흘러나왔는데 오란은 젖이 흐르게 그냥 내버려두었다. 아무리 먹여도 다른 몇 아이를 더 먹일 수 있을 만큼 젖이 넉넉하다는 것을 잘 아는 오란은 젖이 그렇게 흘러내려도 아깝지 않은 것이다. 언제나 연이어 흘러내렸다. 이따금 너무 흐르면 옷을 버릴까 봐 일부러 젖을 잡아 쥐고 쭉 짜 버렸다. 그러면 젖이 땅으로 떨어지고 흙 속에 스며들어 푹신한 흙 위에 얼룩이 졌다. 아기는 순하고 건강한 어머니가 주는 무진장한 생명수를 받아먹었다.

가을이 지나고 겨울이 왔다. 그들은 월동 준비에 바빴다. 이 해는 전에 없는 풍년이어서 조그마한 세 방이 꽉 찼다. 천장에는 파와 마늘 단이 주렁주렁 매달리고 나락, 밀 등을 가득 넣은 갈대로 엮은 섬이 가운뎃방, 아버지 방, 그들 방 할 것 없이 가득 쌓여 있었다. 물론 이 곡식들은 내다 팔 것이었으나, 검소한 왕룽은 마을의 다른 사람들처럼 노름을 하거나 음식에 낭비하지 않았기 때문에 곡식 값이 헐한 추수 후에는 팔지 않았다. 그는 곡식을 저장해 두었다가 눈이 내려 땅을 덮은 다음이나 정초가 되어 읍내 사람들이 식량이라면 어떤 가격이라도 선뜻 사게 될 때 팔았다.

그러나 그의 숙부는 곡식이 채 익기도 전에 팔곤 했다. 추수하는 일이나 타작하는 수고를 덜고, 또 현금을 갖기 위해서 헐값에라도 밭에 심어 놓은 채로 팔아 버렸다. 그의 숙모는 뚱뚱하고 게으르고 어리석은 여자였다. 밤낮 맛있는 음식만 찾고, 시장에서 새 신을 사고 싶다거나 무얼 하고 싶다고 안달을 했다. 그러나 왕룽의 아내는 남편의 신이건 시아버지의 신이건, 또 아이의 신이건 모두 자기 손으로 집에서 만들었다. 만약 오란이 신을 사겠다고 하면 왕룽은 그 말이 무슨 말인지 알아듣지 못할 것이다.

숙부의 그 쓰러져 가는 낡은 집 천장엔 아무것도 달아맨 것이 없었다. 그러나 왕룽의 집 천장에는 돼지 다리까지 매달려 있었다. 이웃 칭 서방 집에서 먹이던 돼지가 병이 든 것 같아서 잡을 때 사 둔 것이었다. 살이 빠지기 전에 잡은 것이라 살점도 많았다. 오란이 그것을 말려 두려고 소금에 푹 절여 매달아 둔 것이다. 그것말고도 창자를 빼낸 뒤 소금을 넣어 말린 닭도 털이 덜 뽑힌 채로 두 마리나 매달려 있었다.

그러므로 겨울에 동북쪽 사막에서 살을 에는 듯한 찬바람이 불어와도 왕룽의 가족은 풍성한 가운데서 단란하게 지냈다. 어린아이도 무럭무럭 잘 자랐다. 아이의 백일에는 장수를 상징하는 국수로 잔치를 벌여 아이의 명이 길도록 축복해 주었다. 왕룽은 결혼 피로연에 왔던 사람들을 다시 청해 붉게 물들인 달걀을 열 개씩 나누어주었다. 모두들 허우대 좋고 투실투실한 어머니처럼 둥근 얼굴에 허우대 좋은 아들을 가진 왕룽을 부러워하는 것 같았다. 겨울이 되자 아이는 밭이 아니라 집의 흙바닥에 깔아 놓은 포대기 위에 앉아서 지냈다. 그들은 방안 양지쪽에 이불을 펴 놓고 남쪽 창문을 열어 햇볕이 잘 들어오게 했다. 거센 북풍이 불었으나 북쪽의 흙담이 두터워 춥지 않았다.

뜰 앞의 대추나무나 밭 가에 있는 버드나무와 배나무 잎이 남김없이 바람에 떨어졌다. 집 동편에 있는 성긴 대숲의 잎만 달라붙어 있었다. 거센 바람에 줄기가 부러질 것 같아도 댓잎만은 떨어지지 않았다. 이렇게 거센 바람이 계속해서 불면 밭에 뿌린 밀의 싹이 나지 않을 것 같아 왕룽은 걱정을 하면서 비가 내리기만 기다렸다. 그러던 어느 날 바람이 잠잠해지고 하늘이 흐려지더니 갑자기 비가 내리기 시작했다. 그들은 마음이 흐뭇해져서 방안에 앉아, 비가 억세게 쏟아져 앞마당 주변의 밭으로 스며들고 문 위쪽 처마 끝에서 낙숫물 떨어지는 것을 구경했다. 아이는 신기해서 은빛 줄처럼 떨어지는 빗물을 잡으려고 두 손을 뻗었고, 아이가 웃으면 그들도 함께 따라 웃었다. 노인도 손자 옆에 앉아 있다가 손자가 하는 양을 보고 좋아했다.

"이렇게 영리한 놈은 없을 거야. 작은집 아이들은 걸음마를 배울 때까지는 아무것도 눈여겨보는 게 없었지."

밭에서는 밀의 씨앗이 싹터서 섬세하고 푸른 창 끝처럼 축축한 갈색 흙을 밀치고 솟아올랐다. 이런 때면 농군들은 서로의 집을 찾아다니며 놀았다. 하느님이 그들 대신 말라 가는 곡식에 비를 내려 주기 때문에 그들은 뼈가 아프도록 물통을 짊어지고 밭으로 물을 나르지 않아도 되는 것이었다. 그래서 그들은 우산을 쓰고 맨발로 좁은 밭둑 길을 따라 이 집 저 집 찾아다니면서 차를 마시기도 했다. 여자들은 집에 남아서 알뜰한 사람들은 신발을 만들고 옷을 꿰맸으며, 정초에 차릴 음식 준비를 생각했다.

그러나 왕룽과 오란은 그다지 나다니지 않았다. 이 마을에는 조그마한 집이 여섯 채나 있었으나 왕룽의 집같이 풍성하지 않았다. 그래서 너무 친해지면 돈을 빌려 달라고 할까 봐 왕룽은 은근히 두려웠다. 설도 가까워 오니 음식도 하고 새 옷도 지으려고 모두들 돈을 빌려 쓰고 싶어하는 것이었다. 그래서 왕룽은 될 수 있으면 그들을 피하기로 하고 밖에 나가려 하지 않았다. 오란은 옷을 꿰매고 그는 대 갈퀴를 꺼내다가 부러진 곳을 새로 갈거나 삼노끈으로 잡아매기도 했다.

그가 이렇게 농구를 손질하면 아내는 그릇을 손질했다. 그녀는 옹기 그릇 같은 것이 금이 가도 다른 아낙네들처럼 내버리고 새것을 사지 않고 진흙으로 그 틈을 메우고 숯불에 구워 새것처럼 만들었다. 그들은 집안에만 눌러앉아 두 사람만의 즐거움을 나누는 것으로 만족했다. 두 사람이 주고받는 이야기는 언제나 간단했다. "저 호박씨를 받아 두었나?"라든가 "보리 짚은 팔기로 하고 콩 줄기는 부엌에서 땔감으로 쓰지." 따위의 이야기였다. 간혹 왕룽이 "국수가 맛있는데." 하고 음식을 칭찬하기라도 하면 오란은, "올해는 밀이 잘 익어서 그렇죠." 하고 쑥스럽게 대답하곤 했다.

풍년이었기 때문에 채소 농사에서도 왕룽은 추수한 것을 팔아 그들이 쓰고도 남을 만한 상당한 은전을 가질 수 있었다. 그는 돈을 허리에 차고 다니는 것은 위험하고 아내 이외의 사람이 알게 되면 곤란한 일이라고 생각했다. 그래서 두 사람이 그 은전을 어디에 숨겨둘 것인가를 의논한 결과, 오란의 생각대로 침대 뒤쪽 벽에 구멍을 파고 은전을 집어넣은 다음 진흙으로 바르기로 했다. 겉으로 보기에는 감쪽같았다. 그것이 왕룽과 오란 두 사람에게는 부유하고 여유가 있다는 비밀스러운 인식을 갖게 해주었다. 왕릉은 다 쓸 수 없을 만큼 많은 돈을 가지고 있다는 생각에 마을 사람들을 대할 때도 어쩐지 어깨가 으쓱해지는 것 같았다.

5

설날이 가까워지자 집집마다 설 준비에 바빴다. 왕룽도 성내 가게에 가서 금적 잉크로 복자를 붓글씨로 써넣은 네모난 붉은 종이와 부유함을 나타내는 글자가 박힌 종이 몇 장을 샀다. 그 종이를 농구에 붙여 놓으면 새해에는 복을 많이 받는다는 것이다. 왕룽은 그 붉은 종이를 소 멍에도 붙이고 거름이나 물을 나르는 통과 가래에도 오려 붙였다.

그리고 대문에는 복이 찾아 든다는 글귀를 쓴 긴 종이를 붙이고, 대문 위에는 아주 꼼꼼하게 오려 꽃무늬를 만든 붉은 종이를 붙여 테를 둘렀다. 사당의 지신을 위해서도 붉은 종이를 사 왔는데 노인이 떨리는 손으로도 모양 있게 종이 옷을 만들었다. 왕룽은 그것을 사당으로 가져가서 두 지신에게 입히고 향을 피워 새해의 복을 빌었다. 그리고 섣달 그믐날 밤에 가운뎃방 벽에 붙인 화상에게 정성을 드리기 위해 붉은 초를 두 자루 샀다. 음식을 차리는 상이 바로 그 밑에 놓이기 때문에 상 위에 촛불을 켜는 것이다.

왕룽은 다시 성내에 갔을 때 비계와 백설탕을 사 왔다. 오란은 비계를 부드럽고 새하얗게 손질해서, 연자매에다 그들이 직접 재배한 쌀을 갈아 만든 쌀가루를 꺼내 쌀가루에 비계와 설탕을 넣고 개어 설떡을 만들었다. 그것은 황 부잣집 같은 집에서나 만들어 먹는 월병(月餠)이었다. 그런 귀한 떡을 만들어서 탁자 위에 늘어놓은 것을 본 왕룽은 가슴이 터질 듯이 기뻤다. 부잣집에서만 먹는 그런 떡을 만들 수 있는 여자는 이 마을에서 자기 아내밖에 없다는 것을 생각했기 때문이다. 어떤 떡에는 작고 빨간 산사나무 열매를 줄지어 박고 말린 푸른 자두를 듬성듬성 꽂아 꽃과 무늬를 새겼다. "이건 먹기가 아까운데……."하고 왕룽이 중얼거렸다. 옆에 앉아 있던 노인도 그 훌륭한 모양에 정신이 팔려 자리에서 일어날 줄을 몰랐다.

"네 숙부와 사촌을 불러서 구경시키는 것도 좋을 거야."

하지만 생활이 넉넉해지니까 왕룽은 조심스러워졌다. 여유가 없는 사람들에게 그런 것을 보여주면 안 된다고 생각했다.

"설이 되기 전에 그런 음식을 남에게 보이면 재수 없어요."

왕룽은 아버지의 뜻을 가로막았다. 오란은 손에 가루를 묻힌 채 "이건 우리가 먹을 게 아니에요. 꽃무늬가 없는 걸로 손님들에게 약간 대접하지요. 우리는 백설탕이나 비계를 먹을 처지가 못 돼요. 이건 황 부자 댁 큰마님께 드리려고 만든 거예요. 초이튿날 그 댁에 아이를 업고 갈 때 가져갈 거예요."

이 말을 듣고 보니 그 떡이 더한층 소중하게 생각되었다. 왕룽은 지난날 초라한 모습으로 갔던 대청에 이번에는 고운 옷으로 단장한 아들을 데리고, 또 이렇게 귀한 떡을 선물로 가지고 간다는 것을 생각하니 마음이 흐뭇해졌다. 이렇게 정초에 황 부잣집에 갈 일을 생각하니 설날의 다른 일들은 모두 대수롭지 않게 생각되었다. 아내가 새로 만든 검은 무명옷을 입어 볼 때에도 '난 큰 집 대문으로 아내와 아이를 데리고 들어갈 때 꼭 이 옷을 입어야 되겠어.' 하는 생각뿐이었다.

초하룻날 숙부와 이웃 사람들이 놀러 와서 마음껏 먹고 마시고 난 뒤 아버지와 그에게 온갖 축하의 말을 했으나 왕룽의 귀에는 그런 이야기가 거의 들어오지 않았다. 그는 꽃무늬를 놓은 떡을 그들에게 내놓으면 큰 일이라고 해서 미리 다른 바구니에 담아 치워 두도록 했다. 그러나 꽃무늬가 없는 떡을 맛보고도 그들은 맛이 굉장하다고 떠들어 댔다. '그것보다 훨씬 좋은 떡도 있는데 보여 줄까?' 왕룽은 그렇게 소리치고 싶은 것을 참기 어려웠다. 그는 황 부잣집의 큰 대문으로 활개를 치며 들어가는 것만이 기뻤다.

초하룻날은 남자들이 서로 세배하고 마시고 한다. 이튿날은 여자들이 세배를 다니는 날이다. 이날 오란은 새벽 일찍 일어났다. 그녀는 어린아이에게 자신이 지은 붉은 옷을 입히고 호랑이를 수놓은 신을 신겼다. 그 이튿날 왕룽이 손수 다시 면도로 밀어 준 머리에는 앞쪽에 작은 금박 불상을 수놓고 꼭대기가 솟아오르지 않은 빨간 모자를 씌워 침대에 앉혀 놓았다. 그리고 남편이 옷을 갈아입는 동안 오란은 검고 긴 머리를 빗어 낭자를 틀어 올리고 남편이 사다 준 은도금한 비녀를 꽂고 새 옷으로 갈아입었다.

그 옷감은 왕룽이 자기 옷감과 함께 마련한 것으로, 스물넉 자를 포목 가게에서 산 것이다. 포목 가게에서는 한꺼번에 그만큼 사면 두 자를 더 붙여 주는 것이었다.

준비를 마치자 왕룽은 아들을 안고 오란은 광주리를 들고 성내로 향했다. 그들은 겨울이 되어 지금은 황량해진 밭을 가로지르는 길로 나섰다. 이윽고 황 부잣집 대문 앞에 다다랐다. 그리고 그가 상상했던 대로 보람을 느낄 만한 일이 일어났다. 오란이 부르는 소리에 나온 문지기는 그들의 차림새에 눈이 휘둥그레져서는 언제나 하는 버릇으로 사마귀에 난 긴 수염을 만지작거리며 큰 소리로 말했다.

"아니, 왕 서방 아니오. 이번엔 세 사람이 오셨군!"

그는 그들이 모두 새 옷을 차려입고 어린아이까지 안고 있는 것을 보자 다시 말을 이었다.

"지난해는 운수가 좋았는가 보구려. 새해에도 복 많이 받으시오."

왕룽은 손아랫사람을 대하는 것처럼 대수롭지 않게 의기양양하게 말했다.

"농사가 제법 잘돼서 그렇다네. 풍작이라서……."

문지기는 그가 본 모든 것에 감탄이라도 하는 듯이 왕룽에게 말했다.

"누추하지만 잠시 내 방에서 기다리시오. 아주머니를 안으로 인도하고 오리다."

왕룽은 굉장한 큰 집의 주인인 마님에게 선물을 가지고 가는 아내의 뒷모습을 멀리 사라질 때까지 만족한 듯이 바라보았다. 모두가 그에게는 영광스러운 일이었다. 아내가 안으로 깊이 들어가서 안 보이게 되자 비로소 문지기 집으로 들어가 그 곰보 마누라가 인도하는 대로 가운데 탁자 왼편인 윗자리에 당연한 것처럼 당당한 태도로 앉았다. 그러고는 곰보 마누라가 조심스럽게 날라 온 찻잔을 보고서도 이따위 차는 마시지 않는다는 듯이 입도 대지 않았다.

문지기가 오란 모자를 안으로 인도하여 다시 돌아 나올 때까지의 시간이 왕룽에게는 무척 지루했다. 그는 아내의 얼굴을 대하는 순간 안에서 어떠했는지를 먼저 알고 싶었다. 안에서 어떠한 대접을 받았는지 아내의 표정으로 곧 알 수 있었다. 그는 요즈음에서야 좀처럼 표정이 없는 아내의 얼굴에서도 쉽게 그 감정을 알아차릴 수 있게 된 것이다. 아내는 지극히 만족한 얼굴이었다. 그는 명절이라 아무 일도 없는 아낙네들만 모여 있는 뒷방에서의 일이 몹시 궁금했다. 그래서 문지기와 곰보 마누라에게는 눈인사만 하고 아내를 재촉해서 대문 밖으로 나와 아이를 받았다. 아이는 푹신한 새 옷에 싸여 포근히 잠들어 있었다.

"그래, 어땠소?"

그는 뒤따라오는 아내에게 말을 건넸다. 얼른 아내의 대답을 듣고 싶었다. 아내는 그에게 가까이 다가와서 나지막하게 말했다.

"혹시 누가 나한테 묻는다면, 저 집이 올해는 생활이 궁색한 모양이라고 말해 주겠어요."

아내는 마치 신(神)이 굶주리고 있더라는 말을 하듯이 조심스럽게 말했다.

"그게 무슨 소리야?"

왕룽은 대답을 재촉했다. 그러나 그녀는 아무리 재촉해도 곧바로 대답하지 않았다. 그녀는 평소 한마디씩 띄엄띄엄 힘들여 말하는 버릇이 있었다.

"큰마님은 헌 옷을 그대로 입고 있었어요. 이런 일은 지금까지 한 번도 없었는데. 종들도 새 옷을 입은 사람이 한 사람도 없었어요."

그러고는 약간 사이를 두고 말했다.

"우리 아들에 대해서 말하자면, 옷이나 잘생긴 용모로 보나 이 아이한테 비할 만한 아들이 대감님의 소실들 태생 중에서는 찾아볼 수가 없었어요."

아내의 얼굴에는 매우 조용한 미소가 피어올랐다. 왕룽은 소리를 내어 유쾌한 듯이 웃었다. 그리고 아들을 다시 한 번 힘차게 껴안았다. 그의 삶이 얼마나 잘 풀려 나가는 것인가. 그러나 다음 순간 한 가닥 불안한 생각이 들었다. 이렇게 탐스러운 아들을 안고 넓은 하늘 밑을 뽐내며 걷다가 우연히 지나가는 잡귀를 만나기라도 하면 어떻게 될 것이냐는 거였다. 그는 갑자기 두려운 생각이 들어 황급히 앞섶을 벌려 아들의 머리를 품안으로 집어넣고 큰 소리로 외쳤다.

"못난 계집 같으니. 게다가 곰보가 되었으니 누가 너를 달라고 하겠니. 차라리 죽어 버리기나 해라."

아내도 어렴풋이 그 뜻을 짐작하고 얼른 맞장구를 쳤다.

"그래요, 그래요."

이렇게 하고서야 두 사람은 안심을 했다. 왕룽은 다시 먼저 이야기로 돌아갔다.

"그래, 그 댁이 왜 궁색해졌는지 들었소?"

"이전에 모시고 일하던 요리사와 잠시 이야기를 했는데요, 그 댁 젊은 서방님들이 돈을 헤프게 써서 그 큰 집도 오래가지 않을 거래요. 젊은 서방님이 다섯 분이나 계시는데 모두들 먼 외국에 가서 돈을 물 쓰듯 하고 계집을 자꾸 사 가지곤 싫어지면 본집으로 보낸대요. 그리고 영감님도 해마다 한둘씩은 꼭 첩을 얻는대요. 또 큰마님이 피우시는 아편 값만 해도 돈으로 치면 금화로 두 신짝에 가득 찰 만큼 많대요."

"그러니까 그렇지!"

왕룽이 중얼거렸다. 오란은 말을 이었다.

"그런데 또 올봄에 셋째 아가씨의 혼사를 치른대요. 그 혼숫감에 든 돈이 공주님 몸값만큼이나 된다나요. 그만한 돈이면 큰 도시의 관직을 사기에도 충분할 정도래요. 아가씨 옷은 모두 쑤저우(蘇州)나 항저우(杭州)에서 특별히 맞춘 거고, 그 옷을 짓는 데도 상하이(上海)에서 일류 재봉사를 불러서 했대요. 아가씨는 절대 다른 여자들보다 유행에 뒤떨어지지 않으려고 애를 쓴대요."

"대체 누구한테 시집을 가기에 그렇게 많은 돈을 들이지?"

왕룽은 그 막대한 비용에 놀라기도 했지만 부럽기도 했다.

"상하이의 어느 대관(大官) 집 둘째 아들이래요."

오란은 잠깐 쉬었다가 다시 말을 이었다.

"그 댁에서 돈이 아주 궁색한 모양이에요. 영감님이 땅을 팔겠다고 내놓으셨대요. 그 댁에서 남쪽 바로 성밖에 있는 땅인데, 위치도 좋지만 언제나 해자(垓字)에서 물을 끌어들일 수 있기 때문에 항상 벼만 심었던 땅이래요."

"땅을 팔아?"

납득이 안 간다는 듯 왕룽이 물었다.

"그렇다면 정말 어려운 모양이군. 땅은 살이나 피와 같은 건데."

그는 잠깐 동안 무슨 생각을 하면서 걷다가 생각난 듯 손바닥으로 자기 이마를 탁 쳤다.

"왜 그 생각을 진작 못했을까."

그는 아내를 돌아보았다.

"그 땅을 우리가 사지."

두 사람의 눈이 서로 마주쳤다. 왕룽은 매우 기뻐했으나 오란은 너무나 뜻밖이라 얼떨떨한 모양이었다.

"땅을…… 그 땅은……."

오란은 말을 더듬었다.

"그 땅을 내가 사겠어."

왕룽은 음성을 높여 말했다.

"그 황 부잣집 땅을 내가 꼭 사고야 말겠어."

"거긴 너무 멀어요."

오란은 놀라서 말했다.

"거기까지 걸어가서 농사를 짓자면 아마 아침나절은 그냥 보내게 될 거예요."

"아무튼 나는 사고야 말겠어."

왕룽은 마치 어머니에게 자기 욕심대로 조르는 어린아이처럼 고집을 부렸다.

"땅을 사는 것은 좋은 일이에요. 돈을 벽 속에 묻어 두기보다는 나은 일이니까요. 그렇지만 왜 작은집 땅은 안 돼요? 우리 서편 밭에 잇달아 있는 땅을 판다는데."

오란이 조용히 말했다.

"숙부 땅 말이야?"

왕룽은 음성을 높여 말했다.

"그 따위 땅을 누가 사. 숙부는 20년 동안 거름 한줌 안 주고 콩 깻묵 한 덩이 넣지 않고 지어 먹었기 때문에 흙이 마치 석회 같다고. 그 땅은 못써. 나는 황 부잣집 땅을 살 거야."

그는 '황 부잣집 땅' 이란 말을 마치 이웃집 칭 서방네 땅이란 말처럼 아무렇지 않게 지껄였다. 그는 어리석고 낭비가 심한 집안에서 사는 사람들과 맞먹고도 남을 만했다. 그는 은화를 손에 들고 찾아가서 당당하게 말할 것이다. '돈을 가지고 왔소. 땅값이 얼마요?' 하면서 영감이나 관리인에게, '나도 다른 사람과 마찬가지로 대해 주시오. 시세대로 말씀하시오. 돈은 있으니까.' 하고 말하는 자신의 모습을 상상해 보았다. 그리고 그 부잣집에서 종노릇을 하던 그의 아내가 지금까지 몇 대를 내려오면서 그 집의 큰 밑천이었던 그 땅의 일부분을 가지게 되는 것이다. 오란도 왕룽의 생각을 알아챈 듯 자기 고집을 꺾었다.

"그렇다면 사도록 해요. 누가 뭐라고 해도 논은 좋으니까요. 또 해자가 가까워서 가물어 벼를 못 심는 일도 없으니까요."

오란의 얼굴에 다시 만족의 미소가 천천히 피어올랐다. 그녀의 가늘고 검은 눈의 우울한 빛을 전혀 밝혀 주지 못하던 미소가 그녀의 얼굴에 번졌다. 그리고 한동안 그대로 있다가 문득 생각난 듯 입을 열었다.

"작년 이맘때 나는 그 댁 종이었는데……."

그들은 이런 일들을 생각하면서 마음 뿌듯해하며 걸어갔다.

6

왕룽이 새로 산 땅은 그들의 생활에 큰 변화를 가져왔다. 처음 그가 벽
에 숨겨 두었던 돈을 꺼내 가지고 황 부잣집으로 가서 주인 영감과 대등한
입장에서 말할 수 있는 영광이 지나간 다음, 그는 처음으로 거의 후회에
가까운 우울한 기분을 맛보았다. 당장에 쓸 돈은 아니지만 그래도 돈을
넣어 두었던 벽 구멍이 텅 비어 있는 것을 생각하니 땅을 도로 무르고 싶
었다. 결국은 땅을 더 가지면 힘도 더 많이 든다. 또 아내의 말처럼 십 리
나 멀리 떨어져 있는 곳이다. 그 땅을 사는 데에서도 그가 생각했던 것처
럼 영광이 가슴을 가득 채우지도 못했다.

그가 황 부잣집에 찾아간 것은 점심때가 지났을 때였다. 그는 뽐내는 어
조로 말했다.

"영감님에게 내가 중요한 일로 찾아왔다고 전하게. 돈과 관련된 일이라

고 말하게."

그러나 문지기는 단호하게 거절했다.

"온 세상의 금덩이를 다 준대도 나는 저 호랑이 같은 영감님이 주무실 때는 깨울 수 없소. 영감님은 사흘 전에 도화(桃花)라는 새 첩을 얻었는데 지금 주무시고 계시오. 만약에 깨웠다가는 내 모가지가 날아갈지도 모르오."

문지기는 이렇게 말하고 나서 사마귀에 있는 세 가닥 수염을 만지작거리면서 익살스럽게 말을 이었다.

"그리고 돈 얘기쯤으로 영감님이 깰 거라고 생각하는 건 오해요. 영감님은 태어나서부터 지금까지 늘 은화를 손에 쥐고 살아오셨으니까."

그래서 결국 땅 흥정은 대리인과 하게 되었는데 그 사내는 개기름이 번질번질한 능글맞은 사내였다. 또 이런 거래에서는 반드시 한몫 떼어먹는 것이었다. 그래서 흥정이 끝난 뒤에도 가끔 왕릉은 역시 돈이 땅보다 낫다고 생각했다. 그에게 주어 버린 빛나는 은전이 아깝게 생각되었던 것이다.

하여튼 땅은 왕릉의 소유가 됐다. 2월 어느 흐린 날 그는 땅을 보러 갔다. 아직 아무도 그 땅이 왕릉의 것이 된 줄은 모른다. 그는 혼자서 긴 네모꼴로 성벽을 둘러싼 해자를 따라 뻗어 나간 푹신하고 시커먼 그 땅을 보고 싶어 길을 나선 것이다. 그는 조심스럽게 발자국으로 땅을 재어 보았더니 길이가 300보, 넓이가 120보였다. 네 귀퉁이에는 황씨의 소유라는 큼직한 표석이 아직도 서 있었다.

이 표석 대신에 그의 이름을 새긴 표석을 세워야 한다. 그러나 지금은 아니다. 그가 황 부잣집 땅을 살 만큼 넉넉한 살림이란 것을 세상 사람들에게 알리기에는 아직 이르다. 언제든 더 큰 부자가 되어 무엇을 해도 상관없을 때 알려도 좋을 것이다. 그때 해도 좋을 것이라고 생각하면서 그는 둑에 서서 한동안 생각에 잠겼다. '이 손바닥만한 땅이 황 부잣집 사람들에게는 아무것도 아닐지 몰라도 나에게는 얼마나 큰 의미를 지니는가.' 다음 순간 그는 또 기분이 바뀌었다. 이 한 뙈기 땅을 소중하게 생각하는 자신이 가여웠다. 그것은 그가 뽐내면서 영감의 대리인에게 돈을 건넬 때의 대리인의 태도가 머리에 떠올랐기 때문이다. 그때 대리인은 아무렇게나 돈을 집어넣으면서 말했다.

"아무튼 이것으로 큰마님이 며칠 쓰실 아편 값은 되겠구먼."

그 생각을 하니 그와 황 부자 사이의 거리는 그의 눈앞에 넘치는 강물처럼 건널 수 없는 것이고, 또 그의 눈앞에 높이 솟아 있는 옛 성벽처럼 넘어갈 수 없는 것임을 새삼 느꼈다. 그러나 다음 순간 그는 다시 분노의 결심이 마음속에 가득해졌다. '저 침실 벽에다 몇 번이라도 은전을 메우고 지금의 이 한 뙈기 땅은 문제도 안 될 만큼 황 부잣집 땅을 얼마든지 사고야 말리라!' 이렇게 이 한 뙈기의 땅은 왕룽을 분발시키는 계기가 되었다.

비를 실은 구름덩이를 모는 훈훈한 바람과 함께 다시 봄이 찾아왔다. 겨울 동안 집안에만 틀어박혀 있던 왕룽은 들에 나가 부지런히 일하기 시작했다. 늙은 아버지가 손자를 돌보아 주었기 때문에 아내도 그와 함께 첫새벽부터 어두울 때까지 일할 수 있었다. 어느 날 왕룽은 아내가 또 임신한 것을 짐작할 수 있었다. 그는 가을 추수 때 또 아내가 일을 못하게 될 것을 생각하니 짜증이 났다. 그는 일에 지치고 신경이 날카로워져서 못마땅한 듯이 그녀에게 소리쳤다.

"또 애를 뺐어. 꼭 바쁠 때만 애를 낳는구먼."

"이번엔 아무렇지도 않을 거예요. 처음이나 고생스럽지."

오란은 걱정 말라는 듯이 못을 박았다. 그녀의 배가 불러 오는 것을 왕룽이 깨달았을 때부터 가을의 어느 날 아침 그녀가 괭이를 놓고 집으로 기어 들어가게 될 때까지 그 이상은 두 번째 아이에 대해서 별다른 이야기가 오고가지 않았다. 그날 잔뜩 여문 쌀을 짚단으로 빨리 묶어야겠는데 뇌운으로 하늘이 무겁게 덮여 있었기 때문에 그는 점심을 먹으러 가지도 않았다. 하늘에 비를 실은 검은 구름이 몰려오는데 들에는 익은 벼가 그대로 있어서 일각이 아까웠던 것이다. 해가 거의 질 무렵에 아내 가 다시 그의 곁에 나타났다. 그녀는 배가 홀쭉하게 들어갔고 기진맥진해 있었으나 겉으로는 나타내지 않았다. '오늘은 그만두고 들어가 누워 있어.' 왕룽은 이런 말이 곧 입 밖으로 나올 것 같았으나 지친 몸이 쑤시다 보니 잔인해졌고, 아내가 아이 낳느라 고생한 것만큼 자신도 일에 지쳐서 못 견딜 지경이라는 생각이 들어 단지 낫을 움직거리며 한마디로 묻기만 했다.

"아들이야, 딸이야?"

오란은 나직이 대답했다.

"또 아들이에요."

더 이상 그들은 아무 말도 없었으나 왕룽은 기분이 좋았다. 쉴 새 없이 엎드려서 나락을 베는 것도 고통스럽지 않았다. 그들은 멀리 지평선 위의 자줏빛 구름 위로 달이 떠오를 때에야 비로소 밭일을 마치고 돌아왔다.

왕룽은 늦은 저녁을 끝내고 햇볕에 탄 몸을 찬물에 씻고 나서 찬물로 입을 가신 다음에야 갓난아이를 보러 침실로 들어갔다. 저녁 준비를 마치고 들어가 누워 있는 아내 곁에 갓난아이가 누워 있었다. 첫아이보다는 크지 않았지만 그래도 토실토실한 게 얌전했다. 왕룽은 만족스러운 얼굴을 하고 가운뎃방으로 돌아갔다. '해마다 아들을 낳는다. 그럴 때마다 붉게 물들인 달걀을 여러 집에 돌릴 수는 없는 노릇이니 지금부터는 그만두기로 하자. 그건 첫아이 때만 하면 되는 거다. 해마다 아들을 낳고, 집에는 복이 가득 들어오고, 아내가 시집온 후로는 모든 일이 잘된다.' 그는 큰 소리로 아버지를 불렀다.

"아버지, 또 손자가 태어났어요. 큰놈은 아버지가 데리고 주무시지요."

노인도 매우 기뻐했다. 그는 벌써 오래전부터 이 아이가 자신의 침대에서 자면서 어린 뼈와 피의 힘으로 그의 늙고 추운 육신을 따스하게 해주기를 바랐지만 지금까지는 아이가 어미 곁에서 떨어지지를 않았다. 그러나 이제는 그 뒤뚱거리는 다리로 버티고 서서 어미 곁에 누워 있는 동생을 시무룩하게 들여다보다가 제자리가 없어진 것을 알았는지 고분고분하게 할아버지 방으로 가서 자게 되었다.

그해도 풍년이었다. 왕룽은 곡식을 팔아서 다시 벽 구멍에다 은전을 간직해 둘 수 있었다. 황 부잣집에서 산 땅에서는 그가 이제까지 짓던 땅에서보다 두 배나 많이 추수할 수 있었다. 토질도 좋거니와 물길이 좋아서 마치 잡초가 우거지듯이 모를 심지 않은 곳에도 벼가 번졌다. 이제는 그 땅이 왕룽의 소유라는 것을 누구나 알게 되었다. 마을에서는 그를 이장 (里長)으로 떠받들자는 이야기까지 나돌았다.

7

왕룽의 숙부는 왕룽이 처음부터 염려하던 것과 같이 이 무렵부터 골칫거리가 되었다. 그는 자기가 왕룽 아버지의 동생이기 때문에 먹고살기가 곤란하게 되면 당연히 왕룽의 부양을 받을 권리가 있다고 생각했다. 왕룽의 집이 가난해서 그날그날 끼니가 궁색했을 적에는 숙부네 전답에서 나온 곡식으로 자신의 일곱 아이와 처를 부양했었다. 그러나 그들은 한번 얻어먹고 난 뒤에는 손 하나 까딱하지 않았다.

숙모는 집안 청소도 하지 않고 아이들은 얼굴에 붙은 밥알조차 씻지 않았다. 딸아이들은 시집갈 나이가 되어도 머리에 빗질 한 번 하지 않을 뿐 아니라, 거리로 나다니면서 예사로이 남자들과 얼굴을 맞대고 말을 건네기까지 했다. 이것은 집안 친척에게까지 매우 수치스러운 일이었다. 어느날 왕룽은 사촌 맏누이의 그런 꼴을 보자 집안 망신이라는 생각에 어찌나

화가 나던지 용기를 내어 숙모를 찾아가 말했다.

"저렇게 마구 나다니면서 이 사람 저 사람과 말을 함부로 건네면 누가 장가들려고 하겠어요. 이제 시집갈 나이도 됐는데 거리의 놈팡이가 어깨에 손을 얹어도 창피한 줄도 모르고 웃기만 하는 걸 오늘도 봤어요."

그러나 숙모는 도리어 왕릉에게 악을 썼다.

"아니, 시집을 보내려 해도 지참금과 결혼식 비용과 중매비는 누가 내나? 그야 그렇겠지. 누구처럼 처치 못할 만큼 돈이 남아서 부잣집 땅을 사들이는 사람이야 무슨 소리라고 못하겠어. 그렇지만 자네 숙부는 운이 없어. 처음부터 그런 사람이니까. 그것이 자네 숙부 죄인지 천명인지, 다른 사람들은 곡식이 잘되는데 우리 집 곡식은 나기도 전에 땅 속에서 말라 버리고 몹쓸 잡풀만 무성하네. 자네 숙부는 등골이 부러져라 일해도 그러니 하는 수 없지."

그녀는 까닭 없이 눈물을 짜고 제풀에 화를 내기 시작해서 미친 사람 모양으로 자기 머리를 쥐어뜯으며 고래고래 소리질렀다.

"그야 남들은 아무도 모르지. 팔자 소관이니까. 자네야 그런 걸 알 턱이 있나. 다른 집들 밭에는 벼나 밀이나 다 잘되는데 우리 밭에는 풀만 나고, 다른 사람들 집은 몇 백 년이 됐어도 아무렇지 않은데 우리 집은 축대고 벽이고 모두 허물어지니 말이야. 다른 여자들은 아들만 잘 낳는데 이년은 아들을 배도 낳을 때는 계집애란 말이야. 아이고, 이 망할 년의 팔자를 어떻게 할꼬."

너무나 큰 소리로 떠들어 대는 바람에 이웃 아낙네들이 무슨 변고가 생겼나 하고 문 밖으로 뛰어나와 구경을 했다. 왕릉은 숙모의 발악을 꾹 참고 듣다가 할말만 했다.

"그야 그렇겠죠. 제가 숙부님께 충고하겠다고 덤비는 것이 제 도리는 아니겠지만, 그렇지만 이 말만은 해 두어야겠어요. 누구나 딸자식이란 다 소문이 나기 전에 치워야 해요. 암캐를 아무렇게나 거리에 내놓으면 새끼를 내지르기 쉽단 말예요."

그는 이렇게 바른말을 하고는 악다구니를 하며 덤비는 숙모를 그대로 내버려두고 집으로 돌아왔다. 이 해에도 그는 황 부자의 땅을 살 작정이고 여유만 있다면 해마다 살 생각이었다. 그리고 집을 새로 지을 것도 생각했다. 그는 이렇게 큰 지주로 성공할 꿈을 꾸고 있는데 게을러빠진 숙부가 근방에 돌아다니면서 귀찮게 굴 것을 생각하니 걱정이 되었다.

이튿날 숙부가 왕룽이 일하는 밭으로 찾아왔다. 오란은 둘째 아이를 낳은 지 벌써 열 달이 지나 세 번째 해산이 가까웠다. 이번에는 몸이 무거워 며칠간 누워 있느라 밭에 나오지 않았다. 왕룽은 혼자서 일하고 있었다. 숙부는 이랑을 따라 터덜거리며 밭둑 길을 걸어왔다. 그는 언제나 윗옷 단추를 채우지 않았다. 그리고 허리끈을 아무렇게나 둘러매 갑자기 바람이라도 불면 옷이 벗겨질 것 같았다. 그는 왕룽의 곁으로 다가와 왕룽이 콩밭 고랑에 괭이질하는 모습을 물끄러미 바라보았다. 마침내 왕룽이 고개도 들지 않은 채 퉁명스럽게 말했다.

"숙부님이 오셨는데 안됐지만 손을 뗄 새도 없으니 용서하세요. 이 콩이 잘되게 하려면 아시다시피 두세 번 이렇게 갈아엎어야 하니까요. 숙부님 밭은 다 갈았겠죠? 전 형편없는 농부라 솜씨가 느리고, 제때 일을 끝내는 적이 없어서 쉴 시간도 없어요."

숙부는 왕룽이 빈정대는 눈치를 알았으나 그래도 부드러운 말투로 대답했다.

"나는 팔자가 사나운 모양이다. 금년에 심은 콩은 스무 알에 한 알밖에 싹이 나오질 않았어. 그런데 그것조차 제대로 자라질 않으니 아무리 애써도 소용이 없어. 금년엔 콩을 사다 먹을 판국이니."

숙부는 깊이 한숨을 쉬었다. 왕룽은 마음을 단단히 먹었다. 숙부가 어떤 청을 하러 온 것이 분명하기 때문이었다. 그는 그저 모른 척하고 부지런히 밭고랑을 갈기만 했다. 작은 흙덩이를 더 곱게 부수기도 했다. 무럭무럭 자란 콩은 줄도 곧게 나란히 서서 밝은 햇볕을 받으며 땅 위에 뚜렷한 그림자를 드리웠다. 마침내 숙부는 참다못해서 입을 열었다.

"네 숙모 말을 들으니, 쓸모 없는 종년 같은 우리 큰딸에 대해서 네가 걱정하더라고. 정말로 네 말처럼 아직 나이는 어려도 성숙했어. 그 애가 벌써 열다섯이나 되었으니 그대로 나다니게 두었다가 개 모양으로 애나 배면 집안 꼴이 어떻게 되겠니. 생각해 봐라. 그런 일이 우리 출중한 가문에, 나한테, 네 아버지의 동생인 나한테 일어난다고 생각해 보라고!"

왕룽은 힘껏 곡괭이를 내리찍어 가슴속에 있는 말을 쏘아 주고 싶었다. '그러면 왜 그 애를 단속하지 않으시나요? 왜 숙부는 그 애를 얌전히 집안에서 지내며 바느질을 하게 시키거나 부엌일을 시키거나 집안 청소를 시키지 않고요?' 그러나 이런 말을 어른에게 함부로 할 수는 없는 것이다. 그는 콩 포기 주위에 있는 흙덩이를 괭이로 곱게 부수면서 못마땅한 얼굴로 잠자코 숙부의 말을 듣기만 했다. 숙부는 슬픈 어조로 말했다.

"네 아버지처럼 너같이 부지런한 자식을 두었더라면 좋았을 텐데. 네 숙모는 계집애만 낳고, 하나 있는 아들이란 건 게을러 빠져서 일을 안 하니 차라리 없는 것이 나을 거야. 그렇지 않다면야 나도 너처럼 부자가 됐을 테지. 그리고 내가 부자가 됐더라면 너와도 나눠 쓰겠지. 그야 틀림없이 나눠 쓰고말고. 그뿐일까, 네 딸이 있다면 훌륭한 남자한테 시집을 보내 주었을 테고, 또 네 아들이 있다면 내가 보증금을 대서라도 큰 상점에 점원으로 보내 줬을 거야. 네 집도 돈 아끼지 않고 고쳐 주고, 네 먹고 싶은 대로 먹게도 하고, 네 아버지와 조카까지도 소중히 생각하고 잘 먹일 거야. 같은 피를 나눈 형제이니만큼⋯⋯."

왕룽은 간단히 대꾸했다.

"제가 부자가 아닌 것은 숙부님도 잘 아시죠. 이제는 제가 먹여살려야 할 식구가 다섯이나 되고, 아버지는 늙으셔서 일을 못하시고 잡수시긴 해야 되고, 거기다가 이번에 또 아이를 낳으니 말이에요."

이 말을 들은 숙부의 음성이 갑자기 날카로워졌다.

"그게 무슨 말이냐. 너는 부자야, 부자. 얼마나 비싼 값을 주었는지는 신령님들이나 알 노릇이지만, 아무튼 너는 황 부잣집 땅을 샀으니까. 이 마을에 그런 사람이 어디 있니?"

이런 말을 듣고 보니 왕룽은 왈칵 화가 치밀어 올랐다. 그는 괭이를 땅에 내리꽂고 숙부를 흘겨보면서 소리쳤다.

"제게 약간의 돈이 있다면, 그것은 저와 제 아내가 뼈빠지게 일한 덕분이에요. 누구 모양으로 밭에 김을 안 매서 잡초나 나게 하고 아이들을 굶기면서 노름판에나 드나들거나, 또 쓸지도 않은 지저분한 문간에서 쓸데없는 말을 늘어놓으면서 세월을 보내지는 않았어요."

숙부의 얼굴빛이 붉으락푸르락하더니 와락 조카에게 달려들어 두 뺨을 때리면서 소리 질렀다.

"이건 네 아버지 세대한테 그런 소리를 했기 때문에 내리는 벌이다. 어른 앞에서 그따위로 처신하다니, 너는 종교도 모르고 도덕도 모른단 말이냐? 절대로 어른의 흠을 잡아서는 안 된다고 명령한 『중용』의 가르침을 들어 보지도 못했니?"

왕룽은 어른에게 지나친 말을 한 것이 잘못이라고는 생각했으나 마음속 깊은 곳에서 분한 생각이 들어 그저 시무룩하게 서 있었다.

"이놈, 네가 한 말을 그대로 동네 사람들한테 다 말할 테다."

숙부는 격분해서 갈라지고 날카로운 목소리로 소리를 질렀다.

"이놈, 어제는 내 집에 와서 동네 사람들 다 듣게 내 딸이 성하지 않다고 외치더니, 오늘은 내게 이렇게 거역을 해. 이놈아, 네 아비가 죽으면 내가 네 아비 노릇을 할 것 아니냐. 내 딸년이 화냥년인지는 몰라도 그 애들은 어느 누구도 나한테 그런 말버릇을 쓰지는 않는다."

숙부는 몇 번이나 되풀이하여 말했다.

"마을 사람들한테 말하지, 말해. 이놈의 행실을."

마침내 왕룽은 마음에 없는 말이지만 "그럼 저더러 어떻게 하란 말입니까?" 하고 물었다. 행실이 나쁘다고 마을 사람들에게 소문을 퍼뜨리면 면목이 없기 때문이었다. 그리고 아무튼 일가가 아닌가 하고도 생각했다. 숙부의 태도는 돌변했다. 화가 났던 얼굴을 곧 풀고 웃음까지 띠더니 다정스럽게 조카의 어깨를 두드리며 입을 열었다.

"그래, 그러면 그렇지. 이 늙은 숙부도 너를 아들같이 여긴다. 그래서 너를 믿고 말하지만 이 늙은이 손에 은전 열 닢 아니, 아홉 닢도 좋으니 조금만 다오. 그러면 난 형편없는 내 딸년을 위해 중매쟁이하고 매파한테 손을 쓸 수 있겠지. 네 말대로 시집을 보낼 때가 되었잖니."

숙부는 한숨을 쉬며 머리를 흔들고는 하염없이 하늘을 올려다보았다. 왕룽은 집어 들었던 괭이를 다시 땅에 내던지며 말했다.

"집으로 오세요. 전 부자들처럼 언제나 돈을 허리춤에 차고 다니진 않으니까요."

땅을 사려던 은전이 숙부의 손으로 들어가고, 그 돈이 해가 지기 전에 노름판 탁자 위에서 사라질 거라고 생각하니 왕룽은 목이 콱 막힐 만큼 분해서 아무 말도 나오지 않았다. 그는 그냥 앞장서서 걷기 시작했다. 문간에서 따가운 햇살을 받으며 발가벗고 노는 어린 두 아들을 스쳐 지나서 뚜벅뚜벅 집안으로 들어갔다. 숙부는 매우 다정스럽게 아이들을 불러 남루한 허리춤에서 동전을 꺼내어 한 닢씩 나누어주었다. 그리고 그 토실토실한 아이들을 얼싸안으며 귀여워 못 견디겠다는 듯이 볼을 비벼 대며 햇볕에 그을린 살 냄새를 맡았다.

"그놈들, 잘도 생겼다."

그러나 왕룽은 쳐다보지도 않고 아내와 같이 쓰는 방으로 들어갔다. 갑자기 밖에서 들어온 그에게는 창구멍으로 새어드는 한줄기 햇빛밖에 보이지 않았으나 전날의 기억에 있던 비린 냄새가 코를 찔렀다. 그는 얼른 아내에게 물었다.

"아니, 벌써 해산했어? 무얼 낳았어?"

그러자 아내는 맥없이 가느다란 소리로 대답했다.

"낳긴 낳았어요. 이번엔 계집애예요."

왕룽은 주춤했다. 계집애라니. 불길한 예감이 그를 엄습했다. 숙부 집이 재수가 없는 것도 계집애만 낳았기 때문이 아니던가! 그런 계집애가 자기의 집에도 태어나다니. 그래서 그는 아무 대답도 없이 벽으로 가서 숨겨 놓은 곳을 나타내는 울퉁불퉁한 자리를 더듬어 찾아내고는 흙덩이를 치웠다. 거기에 은전을 간직해 둔 것이다. 그는 덮개를 열고 은전 아홉 닢을 꺼냈다.

"돈은 왜 꺼내요?"

오란은 어둠침침한 속에서 물었다.

"숙부에게 빌려 주는 거야."

오란은 처음엔 아무런 대꾸도 없었다. 그녀는 잠시 사이를 둔 다음에야 그 묵중한 태도로 말했다.

"빌려 준다는 말은 마세요. 거저 주는 거지. 그 집에서 어디 빌려 쓰는 일이 있나요.

"나도 잘 알아. 일가라고 해도 돈을 주는 것만은 내 살을 베어 주는 것과 같아."

왕룽은 불쾌한 듯이 입맛을 다셨다. 그는 사립문 밖으로 나가서 던지다시피 숙부에게 돈을 주고는 다시 밭으로 돌아갔다. 그러고 나서 지축을 뚫을 듯이 힘차게 흙을 뒤지면서도 한동안 은전만 생각했다. 자기가 내준 은전이 노름판 탁자 위에서 놈팡이들 손에 사라져 가는 모습이 눈앞에 보이는 듯했다. 그의 은화, 자기 소유의 땅을 더 많이 만들기 위해 밭에서 맺은 결실로부터 그토록 고생하면서 모아 놓은 은화가 어느 게으른 인간의 손으로 굴러들어 가는 광경이 눈에 선했다.

그는 일에 지쳤을 무렵에야 비로소 분노가 가라앉고 다시금 집안 생각
이 머리에 떠올랐다. 허리를 폈을 때는 이미 해가 저물어 있었다. 그리고
다시 생각나는 것은 집안 식구가 하나 더 늘었다는 사실과, 계집애를 낳기
시작했다는 것이다. 부모에게 속하는 자식이 아니라 다른 집안을 위해 태
어나는 딸, 그런 딸이 자기 집안에 태어나기 시작했다는 생각을 하자 마음
이 무거웠다. 아까 집에 갔을 때는 숙부에 대한 노여움 때문에 아이의 얼
굴조차 잘 보지 않았다. 지친 몸을 괭이로 받치고 서 있노라니 점점 슬픈
생각을 이길 수가 없었다. 가까이 있는 밭을 사려고 했으나 그 계획은 다
음 추수까지 미루어야만 한다. 집안에는 식구만 늘어가고 있는 것이다.

석양이 깃든 희뿌연 하늘을 가로질러 새까만 까마귀 한 떼가 시끄럽게
깍깍거리며 그의 집 가까이 있는 나무숲에 내려앉았다. 왕룽은 그 뒤를
달려가며 소리를 지르고 괭이를 내저었다. 까마귀 떼는 하늘로 날아올라
그의 머리 위를 두 번이나 빙빙 돌면서 그를 비웃기라도 하듯이 깍깍거리
다가 어두워지는 하늘 저 멀리 사라졌다. 그는 자기도 모르게 신음했다.
불길한 징조인 것이다.

8

하느님은 한번 사람과 등을 지면 다시는 그 사람이 어떻게 하든 살려 주지 않는 모양이다. 이른 여름에 내려야 할 비가 내리지 않고 날이면 날마다 무심하게 햇볕만 내리쬐었다. 목마르고 굶주린 대지를 하느님은 거들떠보지도 않았다. 하늘에는 한 점의 구름도 찾아볼 수 없었고 밤이면 아름다운 별만 무정하게 반짝였다.

왕룽은 죽을힘을 다해 김을 맸어도 전답은 모두 마르고 갈라졌다. 봄이 옴과 함께 힘차게 돋아났던 밀이 이삭을 맺으려 했으나, 하늘에서나 땅에서나 조금도 양분을 받지 못하고 따가운 햇볕을 받고 있는 동안 점점 타들어 가기만 했다. 왕룽이 처음으로 씨앗을 뿌린 어린 못자리들은 갈색 흙에 엎혀진 네모난 비취 토막 같았다. 그는 밀 농사는 포기하고 묵직한 나무 물통을 대나무 장대에 달아 어깨에 메고 날마다 못자리로 물을 길어다

부었다. 그러나 그의 어깨가 움푹해지고 커다란 못이 박혔건만 비는 아직도 내리지 않았다. 마침내 못물까지 말라서 바닥이 드러나고 우물물도 줄어들었다. 오란은 참다못해 왕룽에게 말했다.

"아이들에게 물을 마시게 하고 아버님께 뜨거운 물을 드리려면 벼를 포기해야 되겠어요."

왕룽은 화를 냈으나 그도 역시 목멘 음성이었다.

"그렇지, 모판마저 마른다면 우리는 굶어 죽을 수밖에 없어."

그것은 사실이었다. 그들 모두의 삶이 흙에 매달려 있기 때문이다. 약간의 추수를 할 수 있는 것은 해자 곁의 논뿐이었다. 왕룽은 다른 밭을 전부 단념하고 오직 이 해자 곁의 논에만 매달려 아침부터 저녁까지 해자 물을 퍼올렸다. 그래서 간신히 이 논만은 추수할 것이 있었다. 이 해에 왕룽은 처음으로 추수한 쌀을 곧 팔았다. 손에 은전을 받았을 때 이 돈을 어디다 쓸 것인지 속으로 생각하면서 굳게 움켜쥐었다. 하느님이 어떻게 하든, 흉년이 얼마나 심하든 간에 그는 처음의 결심을 그대로 밀고 나갈 생각이었다. 이 한줌의 은을 얻기 위해 그는 뼈가 부서지도록 피땀을 흘렸던 것이다. 그래서 그는 돈으로 소원을 이루어 보고 싶었다. 그는 곧장 황 부잣집 논을 사기 위해 그 집 대리인을 찾아가 인사 치레도 잊고 말을 꺼냈다.

"해자 곁의 내 논에 붙은 이 댁 논을 사려고 돈을 가지고 왔소."

최근에 왕룽이 여기저기서 들은 얘기로는 벌써 일년 전부터 황 부잣집이 거의 파산 지경에 이르렀다는 것이었다. 큰마님의 아편조차 못 사는 날이 며칠이나 계속되었고, 그럴 때면 큰마님은 마치 늙은 호랑이처럼 미친 듯이 대리인을 불러서 욕을 퍼붓고 부채로 얼굴을 때리며 윽박지르는 것이었다.

"그래 팔 땅이 없단 말이냐?"

마님은 대리인이 정신도 못 차리게 소리를 질러 댔다. 그래서 대리인은 남몰래 떼어먹던 구전까지 큰마님의 아편을 사기 위해 바쳤건만 그래도 부족했다.

그리고 영감님은 이런 낭비가 오히려 부족한지 또 새로 첩을 얻어 들였다. 이 새로 들인 첩은 젊은 시절에 그가 사랑하던 종의 딸이었다. 그 종을 첩으로 들여앉히기 전에 그녀에 대한 욕정이 사그라져 혼인을 시켰는데 열여섯 된 그 딸을 보자 새로운 욕정이 불타기 시작했던 것이다. 나이가 들고 살이 흐물흐물해지니까 가냘프고 젊은 여자들을 점점 더 탐하게 되어서인지 그는 욕정을 가라앉히지 못하던 터였다. 큰마님이 아편에 팔려 있는 것처럼 영감님은 정욕에 빠져 있었다. 아무리 설명을 해도 그는 애첩을 위해 옥 귀고리나 금팔찌를 살 만한 여유가 없다는 것을 납득하지 못했다. 어릴 때부터 부잣집에서 자란 까닭에 손만 내밀면 돈은 얼마든지 있는 것이라고 생각했다. "돈이 없습니다."라는 것은 그로서는 이해할 수 없는 말이었다.

또 자식들도 궁핍한 집에 대해서 아무 생각이 없었다. 자신들이 일생을 호화롭게 지낼 만큼의 재산은 아직도 있다고 생각했다. 그들은 오직 한 가지 면에서만 단결이 되었는데, 그것은 재산 관리를 잘못한다고 관리인을 들볶는 일이었다. 흥청거리고 편하게 지냈기 때문에 그렇게 비대하던 대리인의 몸도 요즈음에 와서는 뼈가 드러나도록 수척해졌다. 하느님은 황 부자의 전답에도 비를 내리지 않았기 때문에 추수할 것이 없었다. 그래서 왕룽이 대리인을 찾아와 "돈을 가지고 왔소."라고 말하는 것은 굶주린 사람에게 "먹을 것을 가져왔소."라고 말하는 셈이었다.

대리인은 두말없이 왕룽에게 달려들다시피 했다. 전날 같으면 차를 마셔 가며 흥정을 했을 텐데, 이번에는 눈이 번쩍 뜨이는 양 나지막한 음성으로 열심히 수군대더니 간단하게 흥정해 버렸다. 그래서 돈이 대리인의 손으로 넘어가고 증서의 서명 날인이 끝나니 땅은 왕룽의 것이 되었다. 이번에도 역시 왕룽은 그의 피와 살이나 마찬가지인 소중한 물건이, 은화가 나가는 것을 헤아리지 않았다. 그 돈으로 그가 가장 소원하던 땅을 손에 넣었기 때문이었다. 새 땅은 처음에 산 것보다 배나 넓었다. 이렇게 그의 땅은 점점 늘어만 갔다. 그는 그것이 토질이 좋은 땅이라는 것보다 몇 대나 두고 부귀를 자랑하던 황 부잣집의 땅이었다는 데에 더한층 무한한 만족을 느꼈다. 그는 새 땅을 샀다는 사실을 누구에게도 말하지 않았다. 오란에게까지도 말하지 않았다.

몇 달이 지나도 비는 내리지 않았다. 가을이 가까워지자 하늘에는 마지못한 듯이 구름덩이가 나타나기도 했다. 거리에는 하릴없는 사람들이 모여서 걱정스러운 듯이 하늘을 쳐다보며 저 구름이 비를 싣고 있느니 없느니 하고 이야기들을 했다. 그러나 비를 가져올 만한 구름이 보이기도 전에 먼 사막에서 불어오는 북서풍이 구름을 빗자루로 쓸어버리듯이 몰아갔다. 맑게 개인 하늘엔 아침마다 불같은 태양이 솟아올라 저녁이면 쓸쓸히 져 버렸다. 그리고 밤이 오면 밝은 달이 태양처럼 빛났다.

왕룽은 밭에서 타다 남은 얼마큼의 콩을 거두었다. 또 모를 옮겨 심기도 전에 누렇게 마른 못자리에 심었던 옥수수도 조금 추수할 수 있었다. 한 알의 콩도 허술히 할 수 없었다. 그는 아내와 콩단을 헤쳐 놓고 도리깨질을 한 다음에 두 아이를 시켜 여기저기 흩어진 콩알을 낱낱이 줍게 했다. 옥수수를 갈 때도 한 알도 흘리지 않도록 조심했다. 옥숫대를 땔감으로 간수해 두려고 하자 오란이 말했다.

"그건 때지 않는 게 좋겠어요. 내가 어려서 산둥(山東)에 있을 적에 흉년이 들자 옥숫대를 갈아 먹은 적이 있거든요. 다른 풀을 먹는 것보다 나아요."

그 말에 그들은 아이들까지도 모두 넋잃은 사람 모양으로 멍하니 한동안 말이 없었다. 대기가 그들을 실망시키던 이 눈부시고 이상한 날에는 불길한 예감이 감돌았다. 어린 젖먹이 계집아이만이 아무런 두려움도 모르는 것이었다. 어미의 불룩한 두 젖이 있어 배불리 먹을 수 있기 때문이다. 오란은 아이에게 젖을 물리면서 중얼거렸다.

"실컷 빨아라, 이 불쌍한 것아. 지금 많이 먹어 두어라. 머지않아 못 먹게 될 테니."

그런데 하느님은 아직도 그들의 고생이 충분하지 않다는 것인지, 오란은 또 아이를 배었다. 임신한 탓인지 젖이 나오지 않았다. 집안 식구들은 배가 고파서 무섭게 보채는 젖먹이의 울음소리에 몸을 떨었다. 만약 누가 왕룽에게 "그 어려운 가을을 어떻게 살아왔소?" 하고 묻는다면 그는, "나도 모르겠소, 그럭저럭 살아왔지." 하고 대답했을 것이다. 그러나 아무도 그렇게 묻지 않았다. "어떻게 살아가오?" 하고 남의 사정을 물어 볼 만한 여유 있는 사람이 이 지방에는 한 사람도 없었기 때문이다. '오늘은 뭘 먹고 지낼까? 모두 그렇게 자신에게만 물어 볼 따름이었다. 또 '우리는 뭘 먹고 아이들에겐 뭘 먹이나?' 하는 걱정들뿐이었다.

이제 왕룽은 그가 키우는 황소를 힘 자라는 데까지 열심히 돌보았다. 처음에는 짚도 먹이고 콩깍지나 콩대도 조금씩 주었다. 그것이 없어지자 나뭇잎을 뜯어다 주기도 했으나 겨울이 되자 그것조차 구할 수가 없었다. 이젠 밭갈이할 땅도 없었다. 씨앗을 뿌려 보았자 말라 버릴 뿐이었다. 그뿐 아니라 그 씨앗조차 먹어 버렸기 때문에 소를 그냥 들판에 내놓아 풀을 마음대로 찾아 먹게 했다. 그러나 소도둑을 맞을 염려가 있어서 맏아들을 소 등에 태워 소의 코에 꿴 고삐를 잡고 있게 했다. 그러나 마침내 그렇게도 할 수가 없었다. 마을 사람들이라 할지라도 아이가 타고 있는 만큼 빼앗아 가서 잡아먹을지도 모를 일이었다. 그래서 그는 소를 문간에 매어 두었더니 날이 갈수록 뼈와 가죽만 남게 되었다. 그러는 동안에 쌀도 떨어지고 밀도 떨어져 한줌의 콩과 옥수수만 남았다. 소는 배가 고파서 웅얼거렸다. 그 소리를 들은 노인이 말했다.

"이젠 소를 잡아먹는 수밖에 없다."

왕룽은 소리 내어 울었다. 그에게는 그 말이 '다음엔 사람을 잡아먹을 수밖에 없다'는 말과 다름없이 들렸기 때문이다. 그 소는 송아지 때 사들인 이후 왕룽과 같이 자라다시피 했다. 언제나 같이 일하면서 기분에 따라 나무라기도 하고 칭찬도 해 오던, 사랑하는 친구같이 정든 소였다.

"소를 잡아먹으면 어떻게 해요. 어떻게 다시 밭을 갈려고."

그러나 노인은 예사롭게 대답했다.

"그렇지만 사람 목숨과 바꿀 수 있니. 내 목숨과 소 목숨과 어느 것이 더 소중하단 말이냐? 그리고 또 네 아이들 목숨보다 소 목숨이 더 소중하단 말이냐? 아무리 해도 사람의 목숨은 다시 살 수 없지만 소는 다시 사 올 수 있는 일이 아니냐!"

그러나 왕룽은 그날 소를 잡을 용기가 나지 않았다. 이튿날도 또 이튿날도 그대로 지냈다. 아이들은 배가 고파서 울어 댔지만 먹을 것은 아무것도 없었다. 오란은 아이들을 생각하며 그의 눈치만 살폈다. 마침내 왕룽도 소를 잡기로 했지만 간장이 끊어지는 것 같았다.

"잡으려면 잡아. 그렇지만 내 손으로는 못 잡겠어."

그는 방안으로 들어가 침대에 누워 이불을 뒤집어썼다. 소의 비명을 듣기 싫었기 때문이다.

오란은 가만히 밖으로 나가 큰 부엌칼로 소의 경동맥을 끊었다. 그리고 선지를 끊여 식구들을 먹이기 위해 흘러내리는 피를 그릇에 받아 모으고, 다시 가죽을 벗겨 살 한 점이라도 버리지 않도록 처리했다. 왕룽은 그 일이 끝나고 고기를 요리해 식탁에 올려놓을 때까지 방에서 나오려고 하지 않았다. 요리한 고기를 들여와도 목으로 잘 넘어가지 않았다. 그는 억지로 국물만 조금 마셨다. 그러자 오란이 말했다.

"이미 죽은 소를 생각하면 뭐 해요. 그 소는 이미 늙었어요. 나중에 훨씬 더 좋은 소를 사면 되잖아요. 얼른 드세요."

왕룽은 마음이 조금 누그러져 고기를 한 입 두 입 먹기 시작했다. 다른 식구들도 먹었다. 그들은 그 고기를 아껴 먹었다. 마침내는 뼈를 갈라 골을 빼 먹었다. 남은 것은 가죽뿐이었다. 그것은 오란이 대나무 테에 펴서 말려 두었기 때문에 벌써 굳어져 있었다.

마을 사람들은 왕룽이 분명히 돈과 곡식을 숨겨 두었으리라고 생각해서 처음에는 그에 대한 감정이 좋지 않았다. 제일 먼저 양식이 떨어진 숙부가 찾아왔다. 숙부네 아홉 식구는 벌써부터 굶고 있었다. 왕룽은 하는 수 없이 숙부의 두루마기 자락에 콩 얼마큼과 금쪽같이 간직해 두었던 옥수수 한줌을 넣어 주면서 말했다.

"제가 나눠 드릴 수 있는 건 그게 전부예요. 만일 나한테 아이들이 없다고 해도, 전 우선 늙으신 아버님부터 생각해 드려야 해요."

다음날 또 숙부가 찾아왔을 때 그는 소리를 버럭 질렀다.

"일가 생각을 하다가는 우리가 굶어 죽겠소."

그리고 그는 숙부를 빈손으로 쫓아 버렸다. 그날부터 숙부는 발길에 채인 개 모양으로 왕룽에게서 돌아섰다. 그리고 마을을 돌아다니면서 욕설을 퍼부었다.

"저기 사는 내 조카 말인데, 그 애는 은화도 있고 식량도 있지만 우리한테, 그리고 우리 집 아이들한테, 자기 뼈와 살이나 마찬가지인 우리들한테까지 아무것도 주지 않으려고 하더군. 죽일 놈 같으니."

이 조그마한 마을의 모든 집에는 양식이 다 떨어지고 남은 몇 푼의 동전까지도 장에 가서 다 써 버렸다. 사막에서 불어오는 차디찬 겨울바람은 살을 에는 듯했다. 마을 사람들은 자신의 굶주림과 앙상하게 뼈만 남은 아내와 배가 고파 보채는 아이들의 울음소리에 미칠 지경이었다. 그 무렵에 왕룽의 숙부는 초상집 개처럼 길거리에서 부들부들 떨면서 그 주린 입술로 소곤거렸다.

"저놈의 집엔 먹을 것이 있어. 저놈의 집 아이들은 모두 피둥피둥 살이

92

쪘단 말이야."

어느 날 밤 마을 사람들은 몽둥이를 들고 왕룽의 집에 몰려가서 대문을 두드렸다. 마을 사람들의 고함 소리를 들은 왕룽이 대문을 열자 그들은 왕룽을 문 밖으로 밀어내고 벌벌 떠는 아이들을 몰아낸 다음 온 집안을 샅샅이 뒤지기 시작했다. 그러나 그들이 찾아낸 것은 약간의 콩과 옥수수뿐이었다. 그들은 너무나 실망한 나머지 고함을 치면서 자질구레한 가구와 탁자와 긴 의자들과 노인이 겁에 질려 흐느껴 울면서 누워 있는 침대를 움켜잡았다. 그때 오란이 그들을 가로막고 서서 침착한 어조로 입을 열었다. 오란은 솔직하고도 차근차근하게 말했다.

"그건 안 돼요. 아직은 안 돼요. 아직 탁자나 의자나 침대를 빼앗을 때는 아니에요. 당신들은 우리가 먹을 것을 한 알도 안 남기고 빼앗았지만 아직 당신들이 탁자나 의자는 팔지 않았으니 우리 것도 가져가서는 안 돼요. 우리들은 다 같은 처지예요. 이젠 우리도 당신들보다 더 가진 게 없잖아요. 우리는 당신들보다 콩 한 알이나 옥수수 한 알도 더 많이 가지고 있지 않아요. 당신들이 우리 것을 빼앗았으니 그것만큼 우리보다 더 많이 가졌잖아요. 더 많이 가지려는 사람은 벼락을 맞을 거예요. 이러지 말고 우리 다 같이 풀뿌리도 캐고 나무껍질도 벗겨서 아이들을 먹여살려야 할 것 아니에요. 당신들도 자식이 있지 않아요? 나도 세 명의 자식과 또 배 안에 든 자식이 있으니……."

오란은 이렇게 말하면서 자기의 아픈 배를 눌렀다. 마을 사람들은 원래가 악한 사람들이 아니었기 때문에 이런 말을 듣자 도리어 부끄러운 듯이 슬금슬금 한 사람씩 나가 버렸다. 그러나 이웃의 칭 서방만은 나가지 않왔다. 그는 본래 키가 작고 말이 없으며 원숭이 얼굴 같은 모습이었다. 지금은 한층 더 여위어서 얼굴에도 뼈만 남아 더욱 수심이 가득해 보였다. 그는 사과할 생각이었다. 그는 원래 착한 사내였는데 배가 고파서 보채는 아이들 때문에 이런 행동을 한 것뿐이었다. 그러나 이제 사과를 하려면 아까 한줌 빼앗아 쥐고 있던 옥수수를 도로 내놓아야 했으므로 그것이 애통했다. 그래서 움푹 파인 눈으로 왕룽을 쳐다보기만 하다가 그도 슬그머니 어둠 속으로 사라져 버렸다.

왕룽은 해마다 풍작을 이룬 곡식을 타작했지만 이제는 여러 달째 쓸모없이 버려 둔 앞마당에 멀거니 서 있었다. 집에는 아버지와 아이들을 먹일 양식이 아무것도 남아 있지 않았고, 자신의 육체에 영양분을 공급하는 것 외에도 악착같고 새로운 생명의 잔인한 본능으로 어머니의 피와 육체 그 자체로부터 훔쳐내는 또 다른 존재, 그 존재가 성장하도록 먹여야 하는 아내에게 제공할 양식이 하나도 없었다. 순간 왕룽은 극도의 공포를 느꼈다. 그러나 곧 그는 마치 혈관에 술기운이 도는 듯이 어떤 생각이 떠올라 어느 정도 위안이 되었다.

'아, 다행이다! 저들이 내 땅을 빼앗아 갈 수 없다. 내 육체의 노동과 정성을 쏟은 밭의 결실을 빼앗아 갈 수는 있을 테지. 그러나 나는 다행히 곡식을 팔아서 땅과 바꾸어 두었다. 만약 내가 돈을 가지고 있었더라면 오늘 저들에게 모두 빼앗겼을 것이다. 그 돈으로 곡식을 장만해 두었더라도 저들이 남김없이 가져갔을 것이다. 땅을 사 두었기 때문에 남아 있는 것이다. 아무튼 땅은 내 것이다!'

9

멍하니 문간에 앉아 있던 왕룽은 이래서는 안 되겠다고 생각했다. 아무 것도 없는 집안에서 그대로 앉아 죽기만을 기다릴 수는 없었다. 날이 갈 수록 옷이 헐렁해져서 허리끈을 더욱 졸라매야 하는 몸이지만 그래도 살 아야겠다는 마음만은 남아 있었다. 그는 남자의 삶이 막 무르익으려던 참 에 이런 식으로 갑자기 한심한 운명에 의해서 모든 것을 박탈당하고 싶지 않았다. 그는 형용할 수 없는 분노에 사로잡힐 때가 많았다. 때때로 그 분 노가 광란처럼 어찌나 심하게 그를 사로잡던지 그는 썰렁한 타작마당으 로 달려나가서 한없이 파랗고 맑고 차갑고 구름도 없이 그 위에서 빛나는 무정한 하늘에다 대고 두 팔을 휘둘렀다.

"이 빌어먹을 하늘아!"

그는 아무렇게나 되라는 듯 욕을 했으나 다음 순간 천벌이 두렵기도 했다. 그러나 다시 화가 치밀어 원망스러운 듯이 소리를 질렀다.

"네 마음대로 해라. 천벌을 받아도 이보다 더하려고!"

어느 날 그는 굶주려서 후들거리는 무거운 다리를 이끌고 사당으로 갔다. 그리고 태연히 여신령과 나란히 앉아 있는 지신의 얼굴에 마음껏 침을 뱉었다. 두 지신 앞에 향을 피워 본 지도 이미 오래된 일이다. 요 몇 달 동안 어느 한 사람도 향을 피워 올리지 않았다. 붉은 종이로 만든 옷이 낡아져서 흙살이 보이건만 어디 바람이 부느냐는 격으로 그대로 앉아만 있었다. 왕룽은 이를 부드득 갈고 지신을 저주하면서 집으로 돌아가 고된 몸을 그대로 침대에 던졌다.

이제는 어느 누구도 자리에서 일어나는 일이 별로 없었다. 누워 있으면 간혹 잠이 오기도 해서 그동안만이라도 배고픔을 잊을 수 있었다. 그들은 말린 옥수숫대를 갈아서 가루로 만들어 먹었다. 또 나무껍질을 벗겨 먹기도 했다. 마을 사람들은 말라 버린 겨울 들판을 헤매면서 풀뿌리까지 캐다 먹었다. 동물이라곤 하나도 없었다. 아무리 돌아다녀도 소나 당나귀는커녕 새 한 마리 찾아볼 수 없었다.

아이들의 배는 아무것도 먹지 않았는데도 이상하게 불룩했다. 거리에 나와 노는 아이들은 하나도 구경할 수 없었다. 왕룽의 두 아이도 겨우 문턱까지 기어 나와, 전혀 멈추지 않고 끝없이 빛나기만 하는 잔인한 태양볕을 쬐고 앉아 있는 정도가 고작이었다. 토실토실하던 아이들의 몸뚱이는 여윌 대로 여위어서 닭 갈비 같은 뼈들이 앙상하게 드러나기 시작했다. 계집애는 앉을 때가 되었는데도 제대로 앉지 못하고 낡은 포대기에 싸여 몇 시간이고 잠만 잤다. 처음엔 온 집안이 떠나가게 울어 대더니 이젠 힘없이 드러누워 입에 무얼 대 주면 간신히 빨고 전혀 목청을 높이지 않고 가만히 있게 되었다. 작은 얼굴에는 뼈만 남았다. 입은 마치 늙은이처럼 언저리가 오므라들고 입술은 파랬다. 퀭하고 검은 두 눈이 그들을 멀거니 쳐다보았다.

이렇게 되어도 죽지 않는 생명의 끈질긴 강인함은 부모의 심금만을 울렸다. 만약 다른 아이들이 자랄 때처럼 토실토실하고 생기가 있었더라면 왕룽은 딸아이인 만큼 이렇게 사랑하지는 않았을 것이다. 그 기막힌 일을 생각해서 때때로 그는 애처롭게 중얼거렸다.

"불쌍한 것 같으니, 불쌍한 아가야."

언젠가 이가 나지 않는 잇몸을 드러내며 아이가 힘없이 미소 지으려고 애쓸 때 그는 울음을 터뜨렸고, 야위고 뻣뻣한 자신의 검지손가락을 딸의 자그마하고 가느다란 손가락으로 감아쥐게 해주었다. 그 후부터 그는 가끔 발가벗고 누운 딸을 집어 들어 별로 따뜻하지도 못한 저고리 속 그의 살이 닿게끔 안아 주고, 딸과 함께 문간에 앉아 편편하고 메마른 들판을 내다보고는 했다.

노인은 누구보다도 잘 지냈다. 무엇이든 먹을 것이 있으면 아이들에게는 안 주더라도 노인에게는 주었기 때문이다. 누구나 왕룽은 효자라고 생각했다. 왕룽 자신도 그렇게 자부했다. 그는 살을 베어서라도 아버지를 섬기고 싶었다. 노인은 낮이나 밤이나 누워 있었고 무엇이든 주는 대로 먹었다. 그래서 햇볕이 따뜻한 낮이면 문턱까지 기어 나올 기력이 아직 남아 있었다. 그는 누구보다도 즐거운 마음이었다. 어느 날 노인은 마치 깨진 대통에서 간신히 나오는 바람 소리 같은 목소리로 말했다.

"이보다 더 심한 해도 있었단다. 그때는 얼마나 혹심했던지 아이를 잡아먹는 것을 보았다."

"우리 집에서 그런 일은 없어요."

왕룽은 그 말이 무서워 이렇게 대답했다. 그러던 어느 날 이제는 인간의 그림자만도 못할 정도로 수척해진 이웃의 칭이 찾아왔다. 그는 흙처럼 검게 마른 입술로 이렇게 말했다.

"성내에선 개까지 다 잡아먹었대. 말이거나 새거나 동물은 한 마리도 없이 다 잡아먹었대. 우리도 농사 지을 소든 풀이든 나무껍질이든 이젠 다 먹어 버렸으니 앞으론 무얼 먹고살지?"

왕룽은 절망적으로 머리만 흔들었다. 그는 가슴에 앙상하게 뼈만 남은 딸아이를 안고 있었다. 앙상하고 나약한 얼굴로 그의 가슴에서 끊임없이 아버지를 쳐다보는 구슬프고 예리한 눈을 내려다보았다. 두 눈이 마주칠 때면 아이 얼굴에는 방긋 웃음이 떠올랐다. 그는 가슴이 미어지는 것 같았다. 칭 서방이 해골 같은 얼굴로 다가서며 속삭였다.

"마을에선 벌써 사람 고기를 먹고 있어. 자네 숙부도 숙모도 먹었대. 그 댁에 아무것도 없는 것은 온 마을이 다 아는 일인데 그래도 살아서 나다니는 힘이 있는 것을 보더라도 알 일이지."

왕룽은 갑자기 주춤했다. 이야기를 하느라고 칭이 앞으로 내밀었던 죽음 같은 얼굴로부터 몸을 뒤로 뺐다. 칭의 눈이 그렇게 가까이 다가오니까 무서웠기 때문이다. 왕룽은 그가 이해하지 못하는 어떤 두려움 때문에 갑자기 겁이 났다. 그는 옭아 들어오는 어떤 위험을 떨쳐 버리려는 듯 얼른 몸을 일으켰다.

"우리 이 마을을 떠나세."

그는 일부러 음성을 높여 말했다.

"남방으로 가세. 여기서는 다 굶어 죽을 테니. 하늘이 아무리 무심하다 해도 설마 이 한(漢)의 자손들을 한꺼번에 모조리 쓸어 내지는 않을 게 아닌가."

칭 서방은 서글픈 어조로 왕룽에게 말했다.

"아, 자네는 젊으니까. 나는 자네보다 나이도 많고 마누라도 젊지 않네. 자식이라곤 몹쓸 계집애뿐이라 나는 죽어도 한이 없으니까 여기서 죽겠네."

"그런 말 말게. 자네는 나보다 팔자가 좋으이. 나는 나이 많은 아버지가 계시고 아이가 셋이나 된단 말이야. 그뿐인가. 또 뱃속에도 들어 있으니. 아무튼 남방으로 가지 않고 여기 있다가는 미친 개 모양으로 서로 잡아먹게 될 것 같네."

이렇게 말하고 보니 왕룽은 자기 말이 옳다고 생각되었다. 그래서 큰 소리로 아내를 불렀다. 오란은 음식거리도 없는 부엌에 불을 지필 나무조차 없기 때문에 언제나 침대에 누워 있기만 했다.

"여보, 여보! 우리 남방으로 가야겠소."

이렇게 말하는 그의 음성은 이 몇 달 동안 누구도 들어본 적이 없는 힘찬 목소리였다. 아이들이 그의 얼굴을 쳐다보았다. 노인도 침실에서 비실거리면서 나오고 오란도 간신히 일어나서 문설주를 잡으며 말했다.

"그럽시다. 죽더라도 걷다가 죽게."

오란의 몸 속에 있는 아이는 야윈 아랫배에 응어리진 열매처럼 매달려 있고, 그녀의 얼굴에는 살이 하나도 남아 있지 않아 울퉁불퉁한 뼈들이 가죽 밑에서 돌처럼 불거져 나왔다.

"내일까지만 기다려 봐요. 애를 낳을 것 같아요. 배가 꿈틀거리는 모양이……."

"그럼 내일 떠나기로 하지."

왕룽은 아내의 얼굴을 보니 지금까지 자신에 대해서 느낀 연민보다도 더 큰 연민에 가슴이 뭉클했다. 저렇게까지 굶주린 아내가 홀몸이 아님을 생각할 때 더욱 그러했다. '가엾은 여편네…… 당신이 어떻게 걷겠어.' 그는 속으로 이렇게 중얼거렸다. 그리고 그때까지 문턱에 기대어 있던 칭 서방에게 거북해하면서 말했다.

"자네 집에 무엇이든 있거든 한줌이라도 좋으니 불쌍한 두 목숨 살리는 셈치고 나누어주게. 그러면 지난날의 일도 잊어버리겠네."

칭 서방은 무안한 얼굴로 변명하듯이 말했다.

"그때부터 나는 자네에게 항상 미안스러워서 맘이 편할 날이 없었네. 자네 숙부가 공연히 자네 집에 곡식이 많이 있다고 하면서 부추기는 바람에 저질렀던 짓이지. 내 진정 하느님한테 맹세하지만 우리 집 문 앞 돌 밑에 팥을 조금 묻어 둔 것밖엔 없네. 그건 나와 내 아내가 숨겨 둔 것인데, 우리가 죽을 때 그래도 마지막으로 뱃속에 무얼 넣고 죽겠다는 생각으로 간직해 둔 것이지만 한줌 나눠 줌세. 그리고 내일 남방으로 가려거든 가게. 나나 우리 식구는 여기에 남아 있겠네. 나는 나이도 들었고 아들도 없으니 죽든 살든 상관없는 사람이야."

칭 서방은 집에 돌아가더니 이윽고 팥 두 줌을 보자기에 싸 가지고 왔다. 흙에 묻어 두었던 탓인지 곰팡이 냄새가 났다. 먹을 것을 보자 아이들은 왕룽에게 달려들고 노인도 눈을 번뜩였으나 왕룽은 이때만은 그들을 뿌리치고 누워 있는 아내에게 갖다 주었다. 오란은 아무것도 먹질 않으면 해산하다가 죽고 말 것 같아서 미안하게 여기면서도 한 알씩 씹어 먹었다. 왕룽은 몇 알의 팥을 손아귀에 숨겨 두고는 입에 넣어 부드럽게 씹어서 어린 딸아이 입에 옮겨 주었다. 조그마한 입술이 오물오물하는 것을 보니 자기가 먹는 것같이 느껴졌다.

그날 밤 왕룽은 가운뎃방에서 밤을 세웠다. 두 아이는 늙은이와 같이 자고 또 한 방에서는 아내가 해산을 기다리고 있었다. 그는 맏아들을 낳을 때처럼 귀를 기울이고 앉아 있었다. 굶어서 이렇게까지 쇠약해졌는데도 오란은 해산하는 방에 남편이 들어오지 못하게 했다. 그녀는 이런 목적을 위해서 마련해 두었던 낡은 함지박 위에 몸을 쪼그리고 혼자 아기를 낳고는 방안을 이리저리 기어다니며 출산의 흔적을 없앴고, 동물이 그러하듯이 아기가 태어난 흔적을 숨겼다. 왕룽은 몇 번이나 들어서 익숙해진 아이 우는 소리가 나기만을 기다렸고, 절망을 느끼며 그 소리를 들으려고 귀 기울였다. 사내아이건 계집아이건 그런 건 문제가 아니었다. 또 한 식구가 늘어나는 일만이 문제인 것이다.

"차라리 죽어서 나오면 태어나서 굶어 죽는 것보다 불쌍하지나 않지."

그는 이렇게 중얼거렸다. 그때 가느다란 울음소리가, 너무나도 나약한 울음소리가 정적 속에서 짤막하게 울리는 것을 들었다.

"이런 때 일이 제대로 될 리 있나."

그는 쓴 입맛을 다시며 다시 귀를 기울였다. 그러나 울음소리는 다시 들리지 않았다. 온 집안은 또다시 무거운 정적에 잠겼다. 요즈음에는 어느 집이나 이렇게 조용했다. 모두들 죽기만 기다리면서 누워 있기 때문이었다. 왕릉의 집도 그러했다. 왕릉은 갑자기 무서운 생각이 들었다. 그는 벌떡 일어나 오란이 아이를 낳은 방문 앞으로 가서 문틈으로 소리를 질렀다. 그는 자기 소리에 약간 기운을 얻었다.

"여보, 괜찮소?"

왕릉은 다시금 귀를 기울였다. 그는 그렇게 앉아 있는 동안에 아내가 죽었으면 어쩌나 하는 공포에 사로잡혔다. 대답은 없었으나 약간 부스럭거리는 소리가 들렸다. 아내가 뒤처리를 하는 모양이었다. 이윽고 아내의 한숨 섞인 소리가 들렸다.

"들어오세요."

그는 방안으로 들어갔다. 아내는 침대 위에 누워 있었다. 얼마나 여위었는지 덮고 있는 이불조차 거의 펑펑했다. 아내는 어쩐 일인지 혼자 누워 있었다.

"아이는?"

왕릉이 물었다. 오란은 이불 위로 손을 뻗어 간신히 한쪽을 가리켰다. 마룻바닥에 갓난아이가 누워 있었다.

"죽었나?"

그는 문득 소리를 높여 물었다.

"죽었어요."

아내는 낮은 소리로 대답했다. 왕릉은 몸을 굽혀 한줌뿐인 갓난애의 시체를 쳐다보았다. 말라서 한줌의 뼈와 가죽뿐인 계집애였다. '방금 우는 소리를 들었는데…… 살았는 줄 알았더니…….' 하고 말하려던 왕룽은 문득 아내를 쳐다보았다. 오란은 눈을 감고 있었다. 그녀의 피부는 잿빛 같았고 뼈가 앙상하게 드러나 보였다. 극도의 고통을 이겨내고 누워 있는 그녀의 애처로운 얼굴을 보니 그는 말문이 막혔다. 아무튼 이 몇 달 동안 그의 고통은 자기 한 몸뿐이었지만, 뱃속에 결사적으로 그녀를 갉아먹던 굶주린 생명체를 지니고 이 여자는 어떤 굶주림의 고통을 겪었을 것인가? 그녀에 대한 연민이 가슴에서 치밀어 올랐다.

왕룽은 아무 말도 않고 아이의 시체를 봉당으로 옮긴 다음 찢어진 거적 한 조각을 찾아내어 그것으로 시체를 감쌌다. 동그란 머리가 이리저리 달랑거리고 목에는 두 곳에나 검은 상처가 있었다. 시체를 거적에 싼 그는 걸을 수 있는 한 집에서 멀리 걸어가서 오래된 무덤이 있는 데까지 시체를 옮겼다. 그곳은 왕룽의 서편 밭을 따라 있는 언덕의 중턱으로 여기저기 임자 없는 무덤이 있는 곳이다. 그가 시체를 땅에 내려놓자마자 난데없이 늑대 같은 개 한 마리가 등 뒤에 나타났다. 왕룽이 돌멩이를 집어던져 그 여윈 옆구리를 맞혔으나 그 개는 몇 발자국 물러섰을 뿐이었다. 한동안 서 있던 왕룽은 다리가 후들거리기 시작해서 손으로 얼굴을 가리고 그곳을 떠나 버렸다.

"이대로 두는 수밖에 없구나."

그는 이렇게 중얼거렸다. 왕룽은 이때처럼 절망을 느낀 적이 없었다.

이튿날 아침, 한결같이 변함없는 푸른 창공에 태양이 떠오르자 왕룽은 이 무기력한 어린 자식들과 쇠잔한 아내와 늙은 아버지를 이끌고 집을 떠날 결심을 했던 어제가 꿈만 같았다. 아무리 풍요한 삶이 그들을 기다리고 있다 해도 어떻게 그들이 수십 리나 되는 길을 저 몸을 이끌고 갈 수 있겠는가? 또 과연 남방에는 먹을 것이 있을 것인가? 이 구릿빛 나는 가문 하늘이 끝없이 남방에까지 이어져 있을 것 같았다. 아마 어떤 사람들은 뻔뻔스러운 하늘의 무심함에는 끝이 없다고 말하리라. 힘껏 걷기는 걸어도 여기보다 더 심한 흉년만 구경할 뿐이고 마침내는 알지도 못하는 사람들 속에서 죽게 될지도 모른다. 차라리 낯익은 고향에서 죽는 것이 나을 것 같았다.

이렇게 그만 용기를 잃어버린 그는 대문 앞에 앉아서 지금까지 먹을 양식이나 땔나무라도 될 만한 것은 깡그리 훑어 내어 말라붙고 단단하게 굳어 버린 밭들을 음울한 마음으로 물끄러미 둘러보았다. 그에게는 동전 한 닢도 남지 않았다. 하지만 살 식량이 없었으므로 이제는 돈도 별로 쓸모가 없어졌다. 곡식을 가진 사람이 부자들에게만 판다는 소문을 들은 적이 있었다. 그러나 그것조차 지금의 그에게는 아무런 흥미도 없는 일이었다. 성내에만 가면 먹을 것을 거저 준대도 성내까지 걸어갈 힘이 나지 않았다. 사실 그는 극도로 절망에 빠져 이젠 배고픈 것조차 모르게 되었다. 배고픈 것이 고통스러운 것은 처음뿐이다. 그때가 지난 지 이미 오래다. 이제 뱃속에서는 그렇게 심한 요구를 하지 않았다.

그는 밭의 흙을 파다가 아이들에게 먹였으나 자기는 먹지 않았다. 이 흙을 물에 풀어서 그들은 며칠간 요기를 했다. '관세음보살님의 흙'이란 이름을 가진 그 흙에는 약간의 영양분이 있다는 것이다. 이 흙으로 언제까지나 생명을 이어갈 수는 없지만 그래도 얼마 동안은 배고픔을 잊을 수 있었다. 헛배 부른 배를 메울 수가 있었다. 왕룽은 오란이 누가 뭐라든 이제까지 먹지 않고 소중하게 간직해 둔 팥에 손대려 하지 않았다. 그리고 그녀가 이따금 한 알씩 깨무는 소리를 들을 때마다 마음의 위로를 느꼈다.

그 후 며칠이 지났다. 문턱에 앉아 있던 왕룽이 만사를 단념하고 침대에 누워 죽음의 즐거움을 꿈같이 생각하고 있을 때 밭길을 건너서 이쪽으로 걸어오는 사람들이 있었다. 그들 가운데 한 사람은 숙부이고 동행한 세 남자는 처음 보는 사람들이었다.

"오랜만이다."

숙부는 큰 소리로 다정스럽게 불렀다. 그리고 가까이 다가서면서 같은 어조로 말했다.

"그래, 잘 지내는구나. 네 아버지는…… 우리 형님도 잘 계시냐?"

왕룽은 숙부를 쳐다보았다. 여위기는 했으나 자기처럼 굶주린 것 같지는 않았다. 왕룽의 몸에 남아 있던 마지막 생명력이 눈앞에 서 있는 숙부에 대한 분노로 불같이 타올랐다.

"숙부님은 어떻게 지내왔어요? 어떻게 먹고살지요?"

왕룽은 무거운 혀를 간신히 움직여 이렇게 물었다. 그는 곁에 서 있는 낯모르는 사람들에 대한 체면도 생각하지 않았다. 다만 아직도 뼈에 살이 붙어 있는 숙부만을 노려보았다. 눈이 휘둥그레진 숙부는 손을 들어 자기 집이 있는 방향을 가리키며 말했다.

"나? 어떻게 사느냐고? 우리 집에 와 봐라. 참새 한 마리 쪼아먹을 부스러기도 없어. 네가 잘 알지. 그렇게 살쪘던 네 숙모는 그 살이 얼마나 희고 통통하고 기름졌었는지 말야. 그런데 뼈만 남아서 마치 빨래를 대나무에 널어놓은 것 같아. 아이놈도 넷밖에 안 남았다. 작은놈 셋은 죽었다, 죽었어. 이 숙부도 네가 보는 대로 이 모양 이 꼴이 아니냐!"

숙부는 가만히 소매 끝으로 두 눈을 닦았다.

"그렇지만 숙부님은 무엇이든 자셨지요?"

왕룽은 바보처럼 거듭 중얼거렸다.

"나는 언제나 큰집 일만 걱정했다. 너나 네 아버지가 어떻게 지내는지 말야."

그는 재빠르게 말을 이었다.

"그래서 지금 그 증거를 보이러 왔다. 가능한 한 빨리 나는 읍내에 계신 이 좋은 분들에게서 약간의 식량을 빌려 오는 조건으로 마을 주변의 땅을 좀 사도록 내가 도와주겠다고 약속했단다. 그래서 나는 우선 네 땅을 사시게 해서 네 목숨을 이어 가게 해 보려고 왔단 말야. 다른 집보다 큰집 것을 먼저 사시게 하려고 이렇게 온 거란 말야. 뭐니뭐니 해도 목숨이 제일 소중하잖니."

그는 이렇게 말하고는 한 걸음 물러서며 누더기 같은 두루마기를 펄럭 거리고는 팔짱을 꼈다. 그러나 왕룽은 꿈쩍도 안 했다. 그는 일어서지도 않았고 손님들에게 인사도 하지 않았다. 고개를 들고 그들을 물끄러미 쳐다볼 뿐이었다. 그들이 성내에서 온 것은 틀림없었다. 때묻은 비단 두루마기를 입었으며 손은 부드러웠고 손톱은 길었다. 그들은 먹을 것이 얼마든지 있는 것 같았고 기운도 나는 모양이었다. 그는 굉장한 증오가 솟구치며 갑자기 그들이 미워졌다. 자식들이 굶주려 밭의 흙을 파먹어야 하는 그의 옆에 제대로 먹고 마시며 살아온 읍내 사람들이 서 있었으며, 극심한 곤경에 처한 그에게서 땅을 쥐어짜 빼앗으려고 그들이 이곳에 와 있는 것이었다. 그는 해골같이 뼈만 남은 얼굴에 분기를 돋우며 그들을 쏘아보았다.

"난 땅을 안 팔겠소."

그는 한마디로 쏘아붙였다. 숙부가 또 앞으로 나섰다. 이때 왕룽의 두 어린 자식이 기어 나왔다. 아이들은 허약해질 대로 허약해져 마치 어린애 모양으로 기어다녔다.

"이 애가 네 아이냐?"

숙부는 놀란 듯이 물었다.

"지난여름에 내가 동전을 준 그 토실토실하던 놈이란 말이냐?"

그들의 눈은 모두 아이에게로 쏠렸다. 이 몇 달 동안 한 번도 울어 본 적이 없는 왕룽이 갑자기 흐느껴 울었다. 눈물이 그의 목구멍에서 커다랗고 고통스러운 응어리를 이루면서 두 뺨을 타고 흘러내렸다.

"값은 얼마나 주겠소?"

마침내 왕룽이 물었다. 그렇다, 먹여살려야 할 아이가 그에게는 셋이나 되었고 게다가 늙은 아버지도 있었다. 자신과 아내는 굴을 파고 그 속에 누웠다가 죽을 수 있으나 아버지와 아이들만은 살려야 했다. 성내에서 온 사람들 중에서 한쪽 눈이 꺼진 사내가 다가서면서 부드러운 어조로 말을 꺼냈다.

"가엾은 양반. 우린 굶어 죽어 가는 아이를 위해서라도 요즈음 어디에 가서 받을 수 있는 가격보다도 많은 돈을 내놓겠소. 우리가 당신에게 주려는 돈은……."

그는 잠시 사이를 두더니 곧 칼로 끊듯이 잘라 말했다.

"1정보에 동전 백 닢 드리죠."

왕룽은 어처구니없다는 듯이 쓴웃음을 지었다.

"뭐요? 그건 거저 달라는 것과 마찬가지 아니오. 나는 그 스무 곱이나 주고 샀소."

"그렇지만 당신은 굶어 죽어 가는 사람에게서 산 것은 아니겠죠."

또 다른 사내가 입을 열었다. 그는 키가 작달막하고 여위었으며 콧날만 우뚝했고, 체격에 어울리지 않을 만큼 소리가 크고 야비했다. 왕룽은 새삼스럽게 세 사람을 둘러보았다. 이 사람들은 자신만만했다. 굶주린 아이들과 늙은 아버지가 있으니 자기들 말대로 팔고야 말 것이라고 생각하는 모양이었다. 그것을 보자 그의 마음속에서는 굴복의 나약함이 지금까지 그가 전혀 경험하지 못했을 정도의 분노로 바뀌었다. 그는 마치 사나운 개가 도둑에게 달려들 듯 벌떡 일어섰다.

"죽어도 땅은 안 팔겠소. 난 이 땅의 흙을 파서 자식을 먹여살리겠소. 그러다가 아이들이 죽으면 이 땅에 묻겠소. 나나 내 아내나 아버지까지 우리에게 삶을 준 이 땅에서 죽겠소."

그는 이렇게 말하고는 소리 내어 울었다. 전신에 용솟음치던 분노가 사라지는 것 같았으나 그래도 몸을 부들부들 떨면서 울었다. 성내에서 온 사람들은 빙그레 웃으면서 바라보았고 숙부는 무표정한 얼굴로 서 있었다. 그들은 왕룽의 말을 미친 사람의 헛소리처럼 생각하고 화가 가라앉기만을 기다리는 모양이었다. 그때 갑자기 오란이 문으로 나오더니 마치 날마다 이런 일이 벌어지기라도 하는 듯이 변함없고 차분한 목소리로 그들에게 말했다.

"땅은 팔지 않아요. 팔아 버리면 남방에서 돌아왔을 때 농사 지을 땅이 없어지니까요. 그러나 탁자하고 침대 두 개, 이불, 의자 두 개, 부엌에 있는 솥은 팔겠어요. 그리고 쇠스랑과 괭이나 호미 같은 농구는 안 팔아요. 아무튼 땅은 안 팔겠어요."

오란의 침착한 이 말은 왕룽이 고함을 친 것보다 더한층 힘을 지닌 차분함이 있었고 숙부는 의심스러운 듯이 물었다.

"정말 남방에 가려고?"

잠시 후 애꾸눈이 그들에게 눈짓을 하더니 한동안 수군댔다. 이윽고 그는 오란을 쳐다보며 말했다.

"그따위 물건이야 땔나무밖에 더 되겠소. 전부 합해서 은전 두 푼에 판다면 사고 그렇지 않으면 그만두겠소."

그는 경멸하는 태도로 이렇게 말했으나 오란은 침착한 태도로 말했다.

"그런 값이라면 침대 한 개 값밖에 안 됩니다만, 돈을 가지셨거든 지금 주십시오. 물건은 바로 가져가면 되니까."

그 사람은 허리춤에서 은전을 꺼내어 오란이 내민 손 위에 놓았다. 그들은 집안으로 들어가서 탁자, 의자, 침대, 이불 등을 꺼내고 부엌에서는 솥을 들어냈다. 노인 방에서 물건을 들어낼 때 숙부는 밖으로 나가서 기다렸다. 형과 얼굴을 대하기가 싫었고, 노인을 마룻바닥에 눕히고 침대를 꺼내는 꼴을 보기 싫었던 것이다. 집안 가구를 들어내고 두 개의 쇠스랑과 두 자루의 괭이와 호미만이 가운뎃방 모서리에 남았을 때 오란이 남편에게 말했다.

"이 은전이 있는 동안에 얼른 남방으로 갑시다. 이대로 있다간 대들보까지 팔아먹게 돼요. 나중엔 들어갈 움막조차 없어지겠어요."

"그래. 떠나세, 떠나."

왕룽은 허공에 뜬 소리로 중얼거렸다. 그리고 밭을 건너서 멀리 사라지는 성내 사람들을 바라보면서 몇 번이고 중얼거렸다.

"그래도 아직 땅은 있어. 그래도 땅만은 가지고 있단 말이야."

10

남방으로 떠날 준비를 한댔자 나무 경첩에 달린 문을 꼭 닫고 쇠고리를 채우는 일말고는 할 일도 없었다. 옷은 있는 대로 모조리 껴입었다. 오란은 아이들 손에 밥그릇과 젓가락을 쥐여 주었다. 아이들은 언제 먹게 될지 모르는 그릇을 밥이나 든 것처럼 안아 들었다. 이렇게 그들은 영원히 읍내의 성벽에 다다르지 못할 것처럼 보일 정도로 천천히 움직이는 초라하고 짤막한 행렬을 이루고 들판을 건너기 시작했다.

왕룽은 어린 계집아이를 안았다가 아버지가 걷지 못해서 넘어지는 것을 보자 아이를 아내에게 맡기고 아버지를 업었다. 노인은 바람개비처럼 쇠약했으나 왕룽은 그래도 다리가 후들거렸다. 그들은 묵묵히 사당 앞을 지나갔으나 두 지신은 무엇이 지나든 관심 없는 것처럼 태연했다. 쇠약한 왕룽은 살을 에는 듯한 찬바람이 부는데도 땀을 흘렸다. 차디찬 바람이 계속해서 그들 앞으로 불어왔다. 아이들은 추위를 견디다 못해 울음 을 터뜨렸다. 왕룽은 아이들을 달래며 말했다.

"울지 마라. 너희들은 둘 다 큰 어른이고, 이제 남방에 가면 날씨도 따뜻하고 날마다 먹을 것도 있어. 모두 쌀밥을 먹게 돼. 너희들도 잘 먹을 수 있어."

그들은 조금 걷고 쉬고 또 쉬곤 했다. 그래도 그럭저럭 성문 앞까지 왔다. 이곳은 언제나 시원해서 왕룽이 땀을 말리곤 하던 곳인데 오늘은 너무 추워 이를 갈 지경이었다. 벼랑에서 얼음물이 흘러내리는 것처럼 호되게 찬바람이 휘몰아쳤다. 발 밑의 진흙 바닥에는 얼음이 칼날같이 끝을 내밀고 있어 아이들은 걸을 수가 없었다. 딸아이를 업은 오란도 발을 옮겨 놓기가 어려워 쩔쩔맸다. 왕룽은 하는 수 없이 아버지를 업어다 놓고 다시 돌아와서 두 아이를 하나씩 들어다 옮겼다. 겨우 그 일이 끝나자 땀이 비 오듯 흘렀다. 그나마 남은 기운도 모두 빠졌다. 그는 기진맥진해서 성벽에 기대어 눈을 감고 숨을 헐떡였다. 가족들은 추위에 부들부들 떨면서 왕룽을 둘러싸고 그가 움직이기만을 기다렸다.

이윽고 황 부잣집까지 다다랐다. 대문은 굳게 닫혀 있었고 양쪽에 있는 돌사자는 모진 바람에 시달려 잿빛이 되어 있었다. 문 앞에는 초라한 행색의 남자와 여자들이 웅크리고 앉아 닫혀 있는 대문만 쳐다보고 있었다. 비참한 왕룽의 일행이 지나가자 웅크리고 있던 사람들 중에서 한 사람이 서글픈 목소리로 말했다.

"이 돈 많은 사람들의 마음은 신령님들의 마음만큼이나 무정하군. 그들은 아직도 먹을 쌀이 있고 우리들은 굶어 죽어 가는 판인데도 먹지 않는 쌀을 가지고는 요즈음에도 술을 담근대."

그러자 또 다른 사람이 중얼거렸다.

"내가 조금만 힘이 있다면 그놈의 대문짝에다 불을 지르겠는데. 이놈의 안채까지 불을 지르고 그 속에서 타 죽어도 한이 없겠어. 이런 황가 놈 집에 벼락도 안 내리나."

그러나 왕릉은 묵묵히 남쪽으로만 걸었다. 어찌나 걸음이 느렸던지 날이 저물어 거의 어둠이 깔릴 때쯤에야 성내를 지나 남쪽으로 온 그들은 그곳에서 남방으로 몰려가는 수많은 사람들을 보았다. 왕릉이 가족과 함께 하룻밤을 지낼 만한 자리를 찾으려고 성벽 밑을 둘러보는 동안에 그의 가족도 어느 결에 군중 속에 휩쓸리고 말았다. 그는 곁에서 비비적거리는 사람에게 물었다.

"이 사람들은 어딜 가는 거요?"

"여기선 먹고살 수 없어서 남방으로 가는 기차를 타러 가는 길이오. 저 큰 집에서 기차가 떠나는데 몇 푼만 내면 탈 수 있대요."

기차! 기차라는 말은 누구든지 들은 적이 있다. 왕릉도 언젠가 찻집에서 그 이야기를 들은 적이 있었다. 여러 개의 찻간을 쇠사슬로 이어서 사람도 짐승도 아닌 용 대가리 같은 기계가 불과 물을 토하면서 달린다는 것이다. 그런 이야기를 들었을 때 그는 언제 쉬는 날 한번 구경을 가야겠다고 몇 번이나 별렀었다. 그러나 그는 성내 북쪽으로 떨어진 곳에 살고 있는 관계로 농사일에 시달려 그런 틈을 못 얻었었다. 더구나 그는 자신이 잘 이해하지 못하는 일에 대해서는 항상 믿지 않았다. 사람이란 매일 생활에 필요한 것만 알면 되는 것이고, 그 이상의 것을 알면 오히려 해로운 것이라고 믿었던 것이다. 그러나 지금만은 그도 주저하는 눈치로 아내에게 말했다.

"우리도 기차를 타고 갈까?"

그들은 노인과 아이들을 이끌고 군중과 약간 떨어진 곳에 비켜서서 두렵고 불안한 표정으로 마주 보았다. 노인은 금방 땅에 주저앉아 버리고 아이들은 사람들 발길에 밟히는 것도 생각지 않고 길바닥에 누워 버렸다. 딸아이는 아직도 아내가 안고 있었지만 엄마의 팔 위로 늘어진 머리와 눈을 감은 모습이 꼭 죽은 것만 같아서 왕룽은 놀라 큰 소리로 물었다.

"아니, 아이가 죽지 않았어?"

오란은 머리를 내저었다.

"아직은 살아 있어요. 이대로 놔두면 아마 오늘 밤 안으로 죽을 거예요. 우리도 다 죽겠어요."

그러더니 마치 다른 말은 하나도 할 수 없다는 듯 그녀는 넓적한 얼굴에 지치고 핼쑥한 표정을 짓고는 그를 쳐다보았다. 왕룽은 아무 말도 하지 않았으나 그도 그렇게 하루만 더 걷는다면 내일 밤쯤에는 꼭 죽을 것만 같았다. 그래서 남아 있는 기운을 다 내어 말했다.

"자, 얘들아, 일어나거라. 할아버지도 일으켜 드려라. 지금부터는 걷지 않고 기차를 타고 앉아서 남쪽으로 갈 거야."

그때 마침 캄캄한 어둠 속에서 벽력 같은 소리를 내며 두 눈으로 불을 토하는 괴물이 달려오지 않았더라면 그들은 움직일 기력조차 나지 않았을 것이다. 그는 깜짝 놀라 소리를 지르며 일어섰다. 그리고 혼란 속에서 앞으로 헤치고 나아가던 그들은 이리저리 밀렸지만 결사적으로 끝까지 서로 매달렸으며, 그러다가 결국 수많은 목소리들이 고함치고 울부짖는 어둠 속에서 어쩌다 보니 열려 있는 작은 문을 지나 궤짝처럼 생긴 방으로 들어가게 되었다. 이윽고 그들을 뱃속에 담은 괴물이 어둠 속으로 쿵쿵거리며 달리기 시작했다.

11

왕룽은 은전 두 닢을 꺼내어 4백 리 길의 차비를 치렀는데 그것을 받은 차장은 거스름돈으로 동전 한줌을 쥐여 주었다. 다음 정거장에 기차가 정거하니 여러 가지 장사치들이 모여들었다. 그는 빵 네 개와 딸아이에게 먹일 죽 한 그릇을 샀다. 요 몇 달 동안 그들은 한 번도 이런 것을 먹어 본 일이 없었다. 그러나 막상 음식을 입에 넣고 보니 식욕이 나지 않았다. 아이들에게는 어르기도 하고 달래기도 해서 먹였다. 그러나 노인만은 이도 없는 잇몸으로 끈기 있게 우물거렸다.

"아무래도 사람은 그저 먹어야 해."

노인은 곁의 사람들에게 다정스럽게 말을 건넸다. 기차가 흔들릴 때마다 여러 사람의 어깨가 서로 부딪혔다.

"그토록 오랫동안 거의 쓰지를 않아 내 멍청한 뱃속이 게을러지기는 했

지만 상관없어. 꼭 먹어야만 해. 난 창자가 움직이지 않는다고 해서 죽지
는 않을 거야."

사람들은 이렇게 말하면서 빙그레 웃는 노인에게 눈길을 모으며 소리
내어 웃었다.

왕룽은 돈을 아껴 썼다. 남방에 도착하면 움막을 지을 거적이라도 사야
하기 때문이었다. 그래서 그것을 살 만큼 돈을 남기고 먹을 것을 사 먹기
로 했다. 찻간에는 남방에 가 본 적이 있는 남녀들이 많았다. 어떤 사람은
먹을 것을 구하러, 또 어떤 사람은 일을 하거나 구걸하기 위해 해마다 남
방의 부유한 도시들을 찾아갔다. 기차라는 괴물과 창 밖으로 휙휙 달아나
는 풍경에 눈이 익숙해진 왕룽은 비로소 그런 사람들의 이야기에 귀를 기
울이기 시작했다. 남방 사정에 밝은 사람들은 그들이 모르는 고장의 이야
기를 자랑삼아 큰 소리로 떠들어 댔다.

"우선 거적을 여섯 장 사야 되죠."

한 사내가 말했다. 입이 낙타 주둥이같이 생긴 험상궂은 사내였다.

"거적 한 장에 동전 두 닢씩이에요. 그렇지만 그것도 영리해야 돼요. 시
골뜨기같이 보이면 세 닢을 달라고 하거든요. 그런 것을 알아서 사야 된
단 말예요. 나는 잘 알지요. 나는 이래 봬도, 아무리 부자라고 해도 남쪽
도시 사람들에게 당하지 않아요."

이렇게 말하고 그는 여러 사람들을 둘러보았다. 열심히 귀를 기울이고
있던 왕룽은 얼른 다음 이야기가 듣고 싶어서 "그 다음엔 어떻게 하지
요?" 하고 물었다. 그는 깔고 앉을 것이 하나도 없고 바닥의 틈으로 바람
과 먼지가 휘날려 들어오는, 나무로 만든 텅 빈방에 지나지 않는 차의 밑

바닥에 엉덩이를 깔고 쪼그려 앉아 있었다.

"그러고는……"

사내는 더욱 목소리를 높여 말했다. 그들이 앉아 있는 바닥 밑에서 울리는 소리가 시끄러웠기 때문이었다.

"그 거적으로 움막을 짓고는 거지가 되는 거요. 얼굴에다 진흙이나 검정을 발라 될 수 있는 대로 불쌍하게 보이게 하고 구걸을 하는 거지요."

왕룽은 구걸을 해 본 적이 없었다. 도회의 낯선 사람들에게 구걸을 한다는 것은 아무리 생각해도 싫었다.

"꼭 구걸을 해야만 하나요?"

그는 몇 번이나 물었다.

"그럼요."

입이 낙타 주둥이 같은 그 사람은 예사롭게 말했다.

"그렇지만 구걸도 배가 부른 다음에 하는 거요. 남방 도회엔 쌀이 흔해서 아침마다 공설 식당에 가서 동전 한 닢만 주면 쌀 죽을 배불리 먹을 수 있소. 그리고 나서 구걸을 한 다음 그 돈으로 두부나 배추나물 등을 사서 살아갈 수 있죠."

왕룽은 그들에게서 뒤로 약간 물러나 돌아앉아서 허리춤에 넣어 둔 동전을 세어 보았다. 거적을 여섯 장 사고 온 식구가 쌀 죽 한 그릇씩을 사 먹어도 동전 세 닢이 남는 셈이었다. 이만하면 새 살림을 시작할 수 있다는 생각이 들어 흐뭇한 심정이었다. 그러나 그릇을 들고 이 집 저 집 돌아다니면서 구걸을 해야 한다는 것은 아무리 생각해도 싫었다. 늙은 아버지나 아이들이나 아내 같으면 혹시 모르겠지만 자기는 그래도 사지가 성하지 않은가.

"거기 가면 남자가 할 만한 일이 없을까요?"

왕룽은 다시 돌아앉아 그 사내에게 물었다.

"뭐? 일거리요?"

사내는 왕룽을 보고 멸시하듯 말하고는 찻간 바닥에 침을 탁 뱉었다.

"그야 당신이 하고 싶다면 인력거라도 끌 수는 있지요. 번지르르한 부자들을 태우고 한참 달리고 나면 땀이 흐르고, 다음 손님을 기다리노라면 그 땀이 얼어서 얼음 옷을 입은 것같이 되지요. 나 같으면 차라리 비럭질을 하겠소."

그가 말을 마치고 다시 못마땅한 듯이 중얼거렸기 때문에 왕룽은 더 이상 묻지 않았다. 그렇기는 해도 그에게서 그나마 이야기를 들어 둔 것이 다행이었다. 기차가 도착하여 다른 여러 사람들과 함께 기차에서 내린 왕룽은 이미 모든 계획이 서 있었다.

정거장을 나서니 웅장한 집들을 둘러싼 석벽들이 줄지어 있었다. 왕룽은 아버지와 아들들을 석벽 밑에 앉혀 놓고 아내더러 지키라고 하고는 거적을 사러 나섰다. 그러나 어디서 파는지 알 수가 없어서 지나가는 사람에게 물어 볼 수밖에 없었다. 그런데 남방 사람들의 말씨가 어찌나 날카롭고 카랑카랑한지 처음에는 알아들을 수가 없었다. 몇 번이나 거듭 물으니 그들은 짜증을 냈다. 남방 사람들은 성미가 급해서 화를 잘 냈다. 그는 될 수 있는 대로 친절해 보이는 사람을 골라서 묻기로 했다.

마침내 왕룽은 시가에서 좀 떨어진 곳에서 거적 파는 곳을 찾아냈다. 그는 거적 값을 잘 아는 사람처럼 동전을 척 내주고는 거적 여섯 장을 사서 어깨에 걸머졌다. 가족을 남겨 둔 곳으로 돌아오니 그들은 그가 돌아오기만을 기다리고 있었다. 아이들은 그를 보자 너무나 반가워서 울기 시작했다. 노인은 혼자서만 재미있고 놀랍다는 듯 모든 것을 구경하다가 아들에게 중얼거렸다.

"너도 알겠지만, 남방 사람들은 모두가 살이 쪘구나. 살결이 희고 기름기가 번지르르한 것이 매일같이 돼지고기를 먹나 보다."

지나가는 사람들은 아무도 왕룽의 가족을 거들떠보지 않았다. 분주하고 건장한 남자들은 거지들을 전혀 거들떠보지도 않고 도시로 가는 포장된 한길을 따라 오고갔으며, 이따금 나귀 떼가 그 작은 발로 자갈을 밟으며 자박자박 지나갔다. 나귀들은 벽돌이나 곡식 포대를 등에 얹고 있었다. 그런 나귀 떼마다 맨 뒤의 한 필에는 마부가 타고 앉아 큰 채찍을 내두르며 소리를 쳤다. 휙휙 하고 채찍을 내두르는 소리가 났다.

마부들은 왕룽의 곁을 지날 때마다 저마다 교만하게 비웃는 표정을 지어 보였다. 길가에 어리벙벙하게 멀거니 서 있는 사람들의 작은 집단 앞을 지나가는 허름한 작업복 차림의 이 마부들만큼 오만해 보이는 군주를 찾아보기도 힘들 지경이었다. 그들은 왕룽 일행의 차림새로 보아 멀리서 온 시골뜨기라는 것을 짐작하고는 그 앞을 지날 때마다 일부러 익살스럽게 왕룽 가족의 머리 위로 말채찍을 휘둘러 깜짝깜짝 놀라게 했다. 마부들은 그것이 재미있다는 듯이 낄낄 웃었다. 왕룽은 이런 일을 두서너 번 당하자 그만 화가 나서 움막을 다른 데로 옮기려고 생각했다.

그들이 지금까지 기대서 있던 기다란 잿빛 석벽을 따라 거지 움막들이 있었다. 그러나 그 담 뒤에는 무엇이 있는지 아는 사람이 없었다. 다만 잿빛 돌로 쌓인 높은 담이 끝없이 이어져 있을 뿐이었다. 그 밑에 마치 개 등의 붉은 벼룩처럼 움막들이 붙어 있었다. 왕룽은 다른 움막을 자세히 살펴본 뒤 그대로 본떠 지으려 했으나 좀처럼 잘되지가 않았다. 거적은 갈대를 베어 만든 것이라 다루기가 거북했다. 아무리 해도 되지가 않아서 맥없이 서 있으려니까 오란이 불쑥 나서며 말했다.

"제가 하죠. 어릴 때 만들어 본 적이 있어요."

오란은 아이를 땅에 내려놓고 거적을 어떻게 다루더니 곧 동그란 움막을 지었다. 한복판은 앉아도 머리가 닿지 않을 만한 높이였고, 땅바닥에 드리워진 거적 끝에는 벽돌을 주워다 날리지 않게 눌러 놓았다. 그런 다음 오란은 안으로 들어가서 남은 거적을 바닥에 깔았다. 이 안에 들어앉아 있으면 비바람은 넉넉히 피할 수 있었다. 이렇게 앉아 서로 얼굴을 쳐다보니 어제 그들이 집과 땅을 버리고 떠나 지금은 수십 리 떨어진 곳에 와 있다는 사실이 잘 믿어지지 않았다. 이렇게 먼길을 걸어서 왔더라면 몇 주일은 걸렸을 것이고, 또 도중에 누가 죽어 버렸을지도 모른다. 굶는 사람이라고는 한 명도 찾아볼 수 없는 도회의 광경에 그들은 마음이 안정되었다.

"자, 공설 식당을 찾아가자."

왕룽의 말에 모두 신이 난 듯 기운차게 일어나 움막을 나섰다. 아이들은 이제 곧 음식을 먹게 된다는 기대에 젓가락으로 그릇을 두들기면서 즐거워했다. 이 높고 긴 돌담 밑에 움막이 많은 이유를 그들도 알아차렸다. 그것은 공설 식당과 가깝기 때문이었다. 그 긴 돌담 북쪽 끝을 지나서 조금만 가면 다른 큰길이 나왔다. 그 길에는 많은 빈민들이 사발, 바가지 등 빈

그릇을 들고 웅성거렸다. 모두 공설 식당으로 몰려가는 빈민들이었다. 왕 룽 일행도 그 행렬에 섞여 밀려가니 거적으로 얽은 큰 집이 나타났다. 사 람들은 웅성거리며 그 집 속으로 밀려 들어갔다.

그 안에는 뒤쪽에 흙으로 만든 아궁이들이 있었고 왕룽이 처음 보는 굉 장히 큰 가마솥이 걸려 있었다. 작은 연못만한 큰 솥이었다. 그런 솥이 몇 곳에나 있었다. 커다란 나무 뚜껑을 열어젖히니 흰죽이 부글부글 끓고 구 수한 냄새와 구름 같은 김이 솟아올랐다. 그 구수한 쌀 죽 냄새는 세상에 서 가장 감미로운 냄새였다. 그들은 앞 다투어 몰려들며 고함을 쳤다. 여 자들은 아이들이 밟힐까 봐 악을 쓰고 어린애들은 큰 소리로 울어 댔다. 큰 나무 뚜껑을 열던 사내가 소리를 질렀다.

"모든 사람에게 먹을 것이 돌아갈 테니까 질서를 지키세요!"

그러나 아무리 소리를 질러도 배고픈 그들을 막을 수가 없었고 그들은 먹을 것을 받을 때까지 짐승같이 사나웠다. 그 속에 휩쓸린 왕룽은 아버 지와 아이들을 놓치지 않게 붙잡고 있는 것만도 힘이 들었다. 그러는 동 안 가마솥 앞까지 밀려왔다. 왕룽은 커다란 그릇을 불쑥 내밀어 죽을 받 고는 동전 한 닢을 내주었으나 그동안 죽을 흘리지 않으려고 몸을 가누기 도 매우 힘이 들었다. 그들은 거리로 빠져 나와 길가에 서서 죽을 먹었다. 모두들 먹어도 남았다.

"남은 것은 집에 갖다 두었다가 저녁때 먹자."

왕룽은 죽이 그릇에 조금 남은 것을 보고 말했다. 그러나 붉고 푸른 제 복을 입은 경비원인 듯한 사람이 다가서며 말했다.

"그건 안 돼. 뱃속에 넣은 것 외에는 가져갈 수 없어."

"뭐라고요? 내가 돈 주고 산 건데, 먹고 가건 가져가건 당신이 무슨 상관이오?"

그 사람은 설명했다.

"규칙을 모르는 소리야. 동전 한 닢에 죽을 그렇게 많이 주는 곳이 어디 있어! 이 죽은 가난한 사람들을 위해서 나누어주는 건데, 어떤 못된 이들은 이 죽을 사 가지고 가서 돼지에게 먹인단 말이야. 그래서 절대로 가져가진 못해."

왕룽은 이 말을 듣자 어안이 벙벙했다.

"아니, 그런 놈이 다 있어요?"

그리고 또 계속해서 물었다.

"한데 가난한 사람들한테 이렇게 베풀어 주는 사람은 어디 있지요? 그 사람이 누군가요?"

"그건 이 도시의 부자와 유지들이 하는 건데, 그분들은 이렇게 해서 죽은 뒤에 극락에 가려는 이도 있고, 또 훌륭한 사람이라고 세상 사람들한테 칭찬받기 위해서 하는 이도 있지."

"아무튼 훌륭한 일이네요. 그중엔 부처님 같은 어진 마음으로 그러는 분도 있겠지요."

그러나 그 사내는 왕룽 따위는 더 상대하기가 귀찮다는 듯이 돌아서면서 콧노래를 흥얼거리기 시작했다. 그때 아이들이 빨리 돌아가자고 아버지의 옷깃을 잡아당겼기 때문에 그는 모두를 이끌고 움막으로 돌아왔다. 이번 여름 이후로 처음으로 배불리 먹었다. 배가 부르니 온몸이 노곤해지고 잠이 쏟아졌다. 가족들은 움막에 들어가 눕기가 무섭게 이튿날 아침까지 잠을 잤다.

이튿날 아침 그들은 마지막 남은 동전 한 닢으로 공설 식당에 가서 끼니를 이었다. 지금부터는 어떻게 해서든지 돈을 벌어야 한다고 생각한 왕룽은 아내의 의견을 묻는다는 듯 오란의 얼굴을 쳐다보았다. 그러나 황폐한 들판에서 오란을 바라볼 때처럼 절망적인 눈빛은 아니었다. 이 도시에서 굶주리는 사람은 없다. 시장에는 고기도 있고 채소도 있다. 생선 시장에는 살아 있는 고기가 물에 담겨 있지 않은가! 이곳에서는 남자와 그의 자식들이 굶주린다는 것은 불가능한 일이었다. 식량이 전혀 없기 때문에 은화를 주고도 먹을 것을 살 수 없는 그들의 고향 땅하고는 사정이 전혀 달랐다. 오란은 이런 도시 생활에 익숙한 듯이 자신 있는 어조로 말했다.

"나와 아이들은 구걸을 할 수 있어요. 아버님도 할 수 있어요. 내겐 주지 않더라도 저런 백발 노인에겐 마음이 움직일 거예요."

그녀는 말을 마치자 아이들을 불렀다. 역시 아이들은 아이들인지라 배불리 먹고 나니 지금까지의 모든 일을 잊어버리고 오가는 사람들을 신기한 듯 바라보기만 했다.

"자, 이리들 오너라. 밥그릇을 이렇게 드는 거야."

오란은 빈 그릇을 손에 들고 앞으로 나서면서 처량한 음성으로 거지 흉내를 내보였다.

"서방님, 마님, 적선합쇼. 선한 마음으로 극락에서의 내세를 위해 적선합쇼. 이 배고픈 어린것들에게 적선합쇼."

아이들은 기가 막히다는 듯 어머니의 얼굴을 쳐다보았다. 왕룽도 말없이 바라보았다. 어디서 저런 시늉을 배웠을까, 아내의 지난날에 자기도 모르는 처참한 시절이 있었던가 하고 왕룽은 가슴이 쓰렸다. 오란은 그 말없는 질문에 대답했다.

"나는 어렸을 때 이렇게 살아 본 적이 있어요. 지금과 같은 흉년에 내가 남의 집 종으로 팔려가던 때 말예요."

이때 누워 있던 노인이 일어났기 때문에 그들은 노인에게도 빈 밥그릇을 들려 주었다. 네 식구는 거리로 나서서 구걸을 시작했다. 오란은 애처로운 소리를 내며 길 가는 사람에게 밥그릇을 내밀었다. 그녀는 딸아이의 머리를 늘어지게 안았다. 그녀가 몸을 움직일 때마다 잠든 아이의 머리가 흔들렸다. 그녀는 이렇게 여러 사람들에게 아이를 보이면서 슬픈 음성으로 구걸을 하는 것이었다.

"거룩하신 마님! 이 애가 굶어 죽어 갑니다. 제발 적선합쇼."

실상 아이의 머리가 굶어 죽어 가는 모양으로 축 늘어져 있었기 때문에 마지못해 동전을 던지고 가는 사람도 있기는 했다. 아이들은 구걸하는 것이 곧 장난처럼 생각되는 모양이었다. 큰놈은 부끄러워서 애걸하다가 웃기까지 했다. 오란은 아이들을 움막으로 불러들여 뺨을 호되게 때리며 윽박질렀다.

"그렇게 웃으면서 굶어 죽겠다는 소리를 하다니! 바보들 같으니라고. 그렇다면 어디 굶어 봐라."

오란은 손이 아프도록 아이들을 때렸다. 아이들의 눈에서는 쉴 새 없이 눈물이 흘러내렸다. 오란은 우는 아이들을 밖으로 내쫓으며 말했다.

"그렇게 우는 꼴을 하고 구걸을 해야 돼. 또 웃기만 해 봐라. 아주 혼을 내 줄 테니……."

왕룽은 거리로 나가 여기저기 수소문하여 간신히 인력거를 세놓는 집을 찾았다. 하루치 세로 은전 반 냥을 저녁에 치르기로 하고 그는 인력거를 빌렸다. 낡은 바퀴가 달린 인력거를 끌고 거리로 나서니 지나가는 사람마다 자기를 쳐다보는 것만 같았다. 두 개의 끌채 사이에 서 있으니까 처음으로 밭갈이를 하려고 멍에를 맨 소처럼 어색했고 잘 걷지도 못할 지경이었다. 그러나 다른 인력거꾼들은 사람을 태우고도 잘들 달렸다. 그도 먹고살기 위해서는 그렇게 해야만 한다고 생각했다. 그는 가게가 없는 뒷골목으로 들어가서 달리는 연습을 하느라고 얼마 동안 인력거를 끌고 오르락내리락했다. 힘이 들었다. 비럭질이 훨씬 낫겠다는 생각을 하고 있을 때 어느 집 현관에서 노인이 나와 그를 불렀다. 안경을 썼는데 차림으로 봐서 학자 같았다.

처음에 왕룽은 인력거를 끄는 것이 처음이라 달릴 수가 없다고 변명했으나, 노인은 귀가 먹어서 듣지를 못했다. 그는 태연히 다가서며 앞채를 내리게 하고 그냥 올라앉았다. 왕룽은 손님이 귀머거리인 줄 알자 어떻게 하면 좋을지 몰라 망설였다. 그러다 차림이 훌륭한 나이 많은 학자인지라 그의 말대로 해야겠다고 생각했다. 노인은 점잖게 앉아 말했다.

"향교로 가세."

노인은 태연하고 침착했다. 그 점잖은 태도는 왕룽에게 입을 열 틈을 주지 않았다. 그는 다른 인력거꾼처럼 무턱대고 출발했다. 그러나 그는 향교가 어느 쪽에 있는지도 전혀 몰랐다. 그는 달리면서 몇 번이나 길을 물었다. 길이 얼마나 복잡한지 광주리를 이고 물건 팔러 다니는 장사치, 장에 가는 여인네, 말을 몰고 가는 마부들, 그리고 왕룽처럼 인력거를 끄는 사람들이 수없이 오갔다. 그는 그들과 부딪힐까 봐 조심스러워 마음놓고 달리기가 어려웠다. 그리고 솜씨가 없어 차체도 덜커덩거려 마음이 쓰였다. 그러나 될 수 있는 대로 빨리 걸었다. 그는 무거운 짐은 질 수 있게 단련되었으나 이렇게 인력거를 끌기는 처음이었다. 향교가 보일 즈음에는 벌써 양팔이 빠질 듯이 아프고 손에 물집이 생겼다. 괭이를 잡던 손 자리는 인력거 채를 잡는 손 자리와 달랐던 것이다. 향교 문 앞에서 인력거를 멈추니, 천천히 내린 노인이 품속에서 작은 은전 한 닢을 꺼내 주며 말했다.

"난 이보다 더 준 일이 없으니 아무 말 말고 받아."

노인은 몸을 돌려 향교 안으로 사라졌다. 왕룽은 이런 은전을 본 일이 없었다. 동전으로 셈하면 얼마나 되는지도 몰랐다. 그래서 그 옆의 쌀집으로 가서 동전으로 바꾸니 스물여섯 닢이었다. 이 남방 도시에서는 돈 벌기가 얼마나 쉬운 것인지 그는 새삼스럽게 놀랐다. 그때 가까이 있던 인력거꾼이 돈 세는 것을 들여다보며 물었다.

"겨우 스물여섯 푼이오? 그 손님을 어디서 태웠기에?"

왕룽의 대답을 들은 그 인력거꾼은 다시 큰 소리로 말했다.

"참 인색한 늙은이로군! 당신한테 제대로 줘야 할 돈의 절반밖에 안 주었어. 처음에 얼마 받기로 했소?"

"그런 거 따지지 않았소. 그저 부르기에 태웠죠."

그 사내는 가엾다는 듯이 왕룽을 쳐다보면서 옆 사람에게 들리도록 큰 소리로 말했다.

"돼지 꼬리 같은 변발에다 어딜 보나 촌뜨기라 할 수 없구먼!"

그는 한바탕 웃고 나서 다시 떠들어 댔다.

"부른답시고 값도 정하지 않고 태우는 바보가 어디 있어. 이 바보 같은 양반아, 값을 정하지 않고 태워도 되는 건 서양 사람들뿐이야. 그놈들은 성질은 급하지만 그래도 값을 깎진 않아. 그 친구들, 어찌나 바보 같은지 무엇 하나 제 값을 아는 게 없고 돈을 물 쓰듯 한단 말이야."

듣고 있던 사람들도 모두 소리를 내어 웃었다. 왕룽은 아무 대꾸도 하지 않았다. 이렇게 잔뜩 모인 도시 사람들 속에서 자신이 아주 무식하고 초라하게 느껴진 것도 사실이었다. 그는 아무 말도 않고 인력거를 끌고 나섰다. '그렇지만 이만해도 내일 아이들 밥거리는 되니까.' 그는 속으로 어깨를 으쓱했으나 문득 인력거 세를 줘야 한다는 생각이 떠올랐다. 저녁이면 줘야 할 텐데 이것으로는 절반도 안 되었다.

그는 아침나절에 또 한 사람을 태웠다. 이번에는 값을 정하고 태웠다. 오후에는 두 사람을 태웠으나 저녁때 차 세를 치르고 나니 그의 손에는 동전 한 닢밖에 남지 않았다. 고향에서 가을 추수를 하는 것보다 고되게 일하고 동전 한 닢밖에 못 얻은 것을 생각하니 가슴이 무척 쓰렸다. 그는 가족이 기다리는 움막으로 돌아가며 고향 생각을 했다. 하루 동안 고향에 땅이 있다는 것을 까마득히 잊고 있던 그는 오늘 이렇게 신기하고 쓰라린 경험을 하고 보니, 멀기는 하지만 고향만이 그를 기다리고 있는 것 같아 이제는 평화가 가득한 마음으로 움막으로 돌아갔다.

오란은 그날 하루 동안 엽전 마흔 닢을 벌었다. 동전으로 셈하면 다섯 닢도 못 되는 것이었다. 아이들은 큰놈이 쇠전 여덟 닢, 작은놈이 열세 닢 벌었다. 전부 합하면 내일 아침 죽 값은 넉넉했다. 그것을 한데 합치려고 하니 작은놈이 악을 쓰며 울었다. 자기가 구걸해 번 돈을 어찌나 좋아하는지 잘 때도 손에서 놓지 않았다. 그러나 이튿날 아침에 죽 값을 치를 때는 비로소 자기 몫으로 내놓았다.

노인은 한 푼도 벌지 못했다. 온종일 하라는 대로 길바닥에 앉아 있었으나 애걸하지는 않았다. 졸기만 하다가 눈을 떴을 때는 거리에 오고가는 것들을 신기한 듯이 바라다보기만 했다. 그것조차 싫증이 나면 또 졸았다. 노인이라고 나무랄 수도 없었다. 그는 빈 밥그릇을 내놓으며 그저 이렇게만 말했다.

"난 밭을 갈고 씨앗도 뿌리고 추수도 하면서 내 밥그릇을 채워 왔어. 그뿐 아니라 아들을 낳았고 손자들도 두었어."

그는 아들이 있고 손자도 있으니 그들이 당연히 자기를 먹여 줄 것이라고 어린아이처럼 믿는 것이었다.

12

굶주림의 첫 고비를 넘긴 다음에 왕룽은 아이들에게 날마다 먹을 것이 생긴다는 것을 알았으며, 그가 하루 종일 일하고 오란이 구걸을 하면 아침마다 밥을 먹을 돈이 생긴다는 것도 알았다. 낯설던 것도 차차 익숙해졌다. 그래서 이 도회 생활에 대해 여러 가지를 생각해 볼 마음의 여유가 생겼다. 매일같이 아침부터 저녁까지 인력거를 끌고 달리기 때문에 이 도회의 여러 가지 사정도 알게 되었다. 이곳의 이러저러한 비밀스러운 곳들도 보았다.

그가 인력거에 태우는 사람들은 아침이면 대개 시장에 가는 아낙네들이고, 남자는 학교에 가거나 회사에 출근하는 사람들이었다. 그러나 그가 실어다 주는 학교란 곳이 어떤 곳인지 그는 잘 알 수 없었다. 태서대학(泰西大學)이라든가 중국대학(中國大學)이란 이름만 알았을 뿐, 그 문 안에 들어가 본 적은 없었다. 만약 들어가려고 하면 무슨 일이냐고 따져 물을 것만 같았다. 또 회사들이 많이 있는 곳에서도 그랬다. 그렇게 큰 집 안에서 무엇을 하는지 그는 알 수가 없었다. 단지 그런 집 앞까지 손님을 실어다 내려놓고 돈이나 받을 뿐이었다.

밤에 탄 손님들이 가는 곳은 대개 호화로운 여관이 아니면 오락장이었다. 거기선 음악 소리가 거리까지 흘러나왔고, 상아와 대나무로 만든 마작 패를 던지는 소리도 들렸다. 그리고 더 깊숙한 방에서는 조용하고 비밀스럽게 벽 속에 숨겨진 쾌락이 있음을 알았다. 그러나 그로서는 어떤 환락인지 알 수 없는 것이었다. 그가 집안 속까지 들어간 곳은 자기 움막 뿐이고 다른 장소에서는 한 걸음도 문 안에 들어선 일이 없었기 때문이다. 왕룽은 이렇게 번화한 도시에 살아도 부잣집에 살고 있는 쥐와 마찬가지였다. 부자들이 떨어뜨리는 것을 주워 먹고 구멍 속에만 숨어 있는 것이다. 화려한 도회 생활이 그와는 아무 관계도 없는 것이었다.

그래서 비록 백 리가 천 리만큼 멀지는 않고, 뭍 길이 물길만큼 멀지는 않더라도 왕룽의 가족에게는 이 남방 도시가 먼 외국 같은 느낌이었다. 물론 이 도시 사람들도 왕룽의 가족이나 그의 고향 사람들과 같이 머리털이나 눈이 검고, 하는 말도 좀 알아듣기 어려울 뿐 별다른 말이 아닌데도 어쩐지 그들은 외국인 같은 생각이 들었다. 그러나 안후이성(安徽省)의 말은 장쑤성(江蘇省)의 말과 판이하게 달랐다. 왕룽이 태어난 안후이의 말은 느리고 묵중하며 목구멍에서 우러나오는 것인데, 장쑤라는 이 도회에서는 입술로, 혀끝에서 부스러지며 튀는 듯 음절을 잘라 가며 말했다.

그리고 고향에서는 일년에 두 번, 즉 밀과 벼를 짓고 다음에는 옥수수와 마늘을 약간씩 지을 뿐이라 땅이 한가한 때가 있는데, 여기서는 벼와 여러 가지 채소를 서둘러 생산하도록 땅에 악취가 나는 인간의 배설물로 한없이 비료를 주어 흙을 못살게 굴었다. 음식은 고향에서는 밀가루와 마늘만 있으면 그만이었으나 여기서는 돼지고기, 죽순, 닭고기, 거위 고기 등등에 또 여러 가지 채소를 갖추어 먹는 것이었다. 괴팍스런 사람들은 마늘 냄새가 나는 사람을 대하기만 하면, "여기에 악취를 풍기고 변발을 한 북부 사람이 와 있구먼."하고 코를 씰룩거리며 조롱하기도 했다. 마늘 냄새를 풍기기만 하면 포목 가게에서도 외국 사람을 대하는 것처럼 값을 올려 부르곤 했다.

이 부잣집 담에 눌어붙어 있는 움막들은 이 남방 도시의 일부분도 아니고, 또 그렇다고 해서 거기서부터 시작되는 농촌도 아니었다. 언젠가 왕룽은 한 청년이 향교 모서리에 모인 군중들에게 연설하는 것을 들은 적이 있었다. 거기서는 용기만 있으면 누구나 마음대로 연설할 수 있었다. 그때 그 청년은 "우리 중국은 혁명을 일으켜야 합니다. 그리고 모든 외국 놈들에게 대항하여 봉기해야 합니다."라고 열변을 토했다. 왕룽은 청년이 그렇게 열렬히 배척하는 외국 놈이란 바로 자기처럼 북쪽에서 온 사람들을 말하는 것이라고 생각하고 그만 겁을 집어먹고 슬슬 그 자리를 피해 버렸다.

그 뒤 다른 장소에서 또 다른 사람의 연설을 들었는데, 이 도시에는 이처럼 연설하는 청년이 많았다. 그 연설자는, "우리 국민은 단결하지 않으면 안 됩니다. 그리고 우리들 자신을 교육해야 합니다."라고 외쳤다. 그러나 왕룽은 자기도 중국 국민의 한 사람이라든가, 그것이 자기에게 하는 말이라고는 생각하지 않았다. 그가 외국 사람이란 뜻을 안 것은, 어느 날 비단 파는 시장으로 가는 거리에서 손님을 찾고 있던 중 자기보다 더 색다른 사람이 이 도시에 있다는 것을 발견했을 때였다. 비단 가게에서 나오는 아낙네들은 흔히 차 삯을 후하게 주기 때문에 왕룽은 일부러 그 앞을 지나고 있었다. 그때 가게에서 불쑥 한 사람이 나왔는데 지금까지 그가 한 번도 본 적이 없는 이상한 사람이었다. 여자인지 남자인지도 전혀 알 수가 없는 그 사람은 키가 매우 크고 올이 굵은 천으로 지은 검은 빛깔의 긴 옷을 입고 목에는 죽은 짐승 껍질을 둘렀다.

왕룽이 앞을 지나려니까 그 이상한 사람이 날카로운 소리로 인력거 채를 내리라고 손짓했다. 그는 하라는 대로 했다. 그런 다음 어떻게 해야 할지 몰라 어리벙벙한 표정을 지으니까 그 이상한 사람이 서투른 중국말로 다리(橋) 거리까지 가자고 했다. 자신이 하고 있는 행동을 거의 의식하지 못하면서 정신없이 거리를 달리던 그는 도중에 낯익은 차부를 만나자 물어 보았다.

"여기 좀 보게. 내 인력거에 탄 게 뭐요?"

"외국 사람이야. 미국 여자일세. 자네 땡잡았네."

그 인력거꾼은 소리쳐 대답했다. 그러나 왕룽은 어쩐지 무서운 생각이 들어서 정신없이 달렸다. 목적지에 도착했을 때는 땀이 비 오듯 했다. 그 여자는 인력거에서 내리자 서투른 중국말로, "그처럼 죽도록 달릴 필요는 없소." 하고 말하며 은전 두 닢을 주었다. 보통 요금의 갑절이나 되는 돈이었다.

왕룽은 이 사람이 정말로 다른 나라 사람이고 이 도시에서 자기보다 더 이질적인 사람이며, 누가 뭐라고 해도 머리가 검고 눈이 검은 모든 사람은 한 족속이고, 머리가 엷은 빛깔이고 눈도 엷은 빛깔인 사람들은 또 다른 족속이어서 자기는 더 이상 이 도시에서 완전히 이질적인 사람이 아니라는 사실을 깨달았다. 그날 밤 그 은전을 고스란히 들고 움막으로 돌아온 왕룽은 아내에게 그 이야기를 했다. 오란도 그런 외국 사람을 본 적이 있다고 말했다.

"나도 보았어요. 동전이 아닌 은화를 주는 사람은 그 사람들뿐이에요. 난 만나기만 하면 꼭 달라고 해요."

그러나 왕룽도 오란도 외국 사람이 그렇게 돈을 많이 주는 것은 친절해서 그런 것이 아니고 물건 값을 몰라서 그런 것이라고 생각했다. 거지에게 은전을 주는 것도 쇠전으로 주어도 되는 것을 몰라서 그러는 것이라고 생각했다. 아무튼 이 일로 왕룽은 연설하던 청년이 가르쳐 주지 않은 사실도 알게 되었다. 즉, 자기가 검은 머리와 검은 눈을 가진 민족에 속한다는 사실을 알게 된 것이다.

왕룽은 이 번화한 큰 도시의 한구석에 붙어만 있으면 어떻게든 먹는 것만은 궁색하지 않으리라고 생각했다. 고향에서는 흉년이 들기만 하면 전혀 다른 도리가 없는 것이다. 아무리 돈이 있다고 해도 물건을 살 수가 없는 것이다. 그런데 이 도시에는 먹을 것이 얼마든지 있다. 생선 시장에 가면 자갈을 펴놓은 길 양쪽으로 강물에 밤 그물을 놓아서 잡은 은어가 큰 광주리에 담겨 있고, 웅덩이에 던진 그물에서 퍼낸 작고 빛나는 물고기가 함지박에 담겨 있으며, 기묘하게 생긴 누런 게가 불편한 듯 꿈틀거리며 쌓여 있기도 하고, 사치스러운 사람들의 진미로 유명한 뱀장어가 우글거리기도 했다.

곡물 시장에 가면 사람이 들어섰다가는 가라앉아 파묻혀 질식해 죽더라도 실제로 보지 못하면 다른 사람은 눈치도 못 챌 정도로 큰 통이 있고 눈같이 흰 쌀, 검붉은 빛깔이나 누런 빛깔의 밀, 누런 콩과 팥, 카나리아 빛깔의 조, 푸른색 땅콩, 회색 참깨 등이 산더미처럼 쌓여 있었다. 고기전에는 큰 돼지의 배를 길게 갈라서 붉은 살과 먹음직스런 비계와 연하고 두툼한 껍질이 보이게 목덜미를 매달아 두었고, 오리 고기 파는 가게에는 문 앞에서 천장까지 빈틈없이 불에 구운 거무스름한 고기와 소금에 절인 흰 살코기와 타래로 엮은 내장 등이 걸려 있다. 그 밖에 거위 고기며 꿩 고기 등 온갖 날짐승 고기도 팔고 있다.

채소 시장에는 사람이 먹을 수 있는 것이라면 무엇이든 있다. 반들거리는 붉은 무, 하얗고 속이 빈 연근, 감자, 푸른 배추, 미나리, 콩나물, 생밤, 향기로운 해초 등 구미를 돋우는 온갖 채소가 가게에 진열되어 있다. 인간의 식욕을 돋울 만한 먹을 것치고 그 도시의 장터 거리에서 구하지 못할 것은 하나도 없었다. 그 밖에도 행상인들이 과자, 과실, 기름에 튀긴 감자찜이며 돼지고기의 밀가루 찜이라든가 쌀로 만든 떡 등을 팔러 다녔다. 그러면 쇠전을 가진 아이들이 뛰어나와 그것을 사서 얼굴에 기름이 번지르르하도록 실컷 먹었다. 이런 도시의 흥청거리는 모습을 보고 누가 굶주리는 사람이 있다고 말하겠는가.

그러나 아침마다 해가 뜬 뒤 왕룽의 가족이 밥그릇과 젓가락을 들고 움막에서 나오면, 그 곁의 움막에서도 그렇게 나오는 사람들이 있는 것이다. 그들은 강에서 아침 안개를 몰아오는 냉랭한 찬바람을 막기에는 너무나 엷은 옷을 걸치고 등을 웅크린 채 부들부들 떨면서 동전 한 닢으로 쌀죽을 사 먹으러 공설 식당으로 가는 것이었다. 왕룽이 아무리 죽을힘을 다해서 인력거를 끌고 오란이 애처로운 소리로 구걸을 해도 도저히 움막 안에서 밥을 지어 먹을 만큼은 되지 않았다.

공설 식당에서 죽 값을 치르고 동전 한 닢이라도 남으면 그들은 배추를 샀다. 그러나 배추는 값이 무척 비쌌다. 오란이 주워 온 벽돌을 모아 만든 아궁이에 냄비를 걸고 음식을 만들려면 땔나무가 있어야 하기 때문에 두 아이가 땔나무를 구하러 나갔다. 아이들은 농부들이 시내 땔감 시장으로 실어 가는 갈대와 잡초 더미에서 재주껏 한줌씩 땔감을 뽑아 내어 훔쳐와야 했다. 이따금 아이들은 농부들에게 들켜 혼이 나기도 했다. 어느 날 밤에는 큰놈이 매를 맞아서 눈을 뜨지 못할 정도로 퉁퉁 부어 오르기도 했다. 큰놈은 훔치는 것을 매우 부끄럽게 여겼기 때문에 솜씨가 서툴렀다. 그러나 작은놈은 점점 익숙해져서 구걸하기보다도 훔치기를 훨씬 더 잘 했다.

그런 일쯤은 오란에게는 아무것도 아니었다. 오란은 아이들이 웃든 장난을 치든 간에 구걸을 못하면 도둑질이라도 해서 먹고살아야 한다고 생각했다. 그러나 왕룽은 아내가 그렇게 말할 때 어떻게 대답해야 할지 몰랐다. 어쨌든 자식들에게 도둑질을 시키는 것만은 매우 싫었다. 그래서 큰놈이 도둑질에 서툴러도 결코 나무라고 싶지 않았다. 이렇게 남의 집 담 밑에 움막을 짓고 산다는 것도 왕룽에게는 결코 유쾌한 노릇이 아니었다. 그는 언제나 고향의 땅만 생각하는 것이었다.

어느 날 왕룽이 밤늦게 움막으로 돌아오니 오란이 배추와 돼지고기를 넣은 국을 끓이고 있었다. 고기를 먹는 일은 고향에 있을 때 소를 잡아먹은 이후로는 처음이어서 그는 눈이 휘둥그레졌다.

"당신 오늘 외국 사람에게 은전이라도 얻었나?"

그는 아내에게 물었다. 오란은 늘 하던 버릇대로 묵묵히 있었다. 그랬더니 지혜를 터득하기에는 너무 어리고 자신의 영리함을 무척 자랑으로 여기는 둘째 아들이 말했다.

"그건 제가 슬쩍해 온 거예요. 이 고기는 내 거예요. 고깃간에 고기 사러 온 할아버지 소매 밑에 숨었다가, 계산대 위에서 주인이 고기를 잘라 놓고 한눈파는 사이에 내가 얼른 집어 가지고 옆 골목으로 도망쳐서 빈 물통에 숨어 형이 오기를 기다렸어요."

"그런 고기라면 나는 먹지 않겠다."

작은놈의 말을 들은 왕룽은 화를 내며 말했다.

"사거나 구걸해서 얻은 고기는 먹어도 되지만 훔치는 건 안 돼. 우린 구걸을 할 망정 도둑놈은 아니야!"

화가 난 그는 작은놈이 발악을 하건 말건 그 고기를 건져 내어 길바닥에 내동댕이쳤다. 그러나 오란은 아무렇지도 않은 듯 그 고기를 주워 물에 씻어서 다시 솥에 넣으며 조용히 말했다.

"아무튼 고기는 고긴데 왜 그래요?"

왕룽은 아무 대꾸도 하지 않았으나 노기가 가라앉지 않았다. 이런 곳에서 살면 자식들이 모두 도둑놈이 되어 버릴 것이다. 갑자기 장래가 무서워졌다. 오란은 젓가락으로 익은 고기를 나눠주고 자기도 먹었다. 그러나 왕룽은 고기에는 손도 대지 않고 배추로 만족했다. 그리고 식사가 끝난 뒤 작은놈을 끌고 아내에게 들리지 않을 만한 거리의 뒷골목으로 가서 머리를 팔로 휘감아 안고 주먹으로 마구 두들겼다.

"이놈! 맞아 봐라, 맞아 봐. 이건 도둑질을 한 데 대한 벌이다."

아이는 죽는다고 고함을 쳤으나 그는 두들기는 손을 멈추지 않았다. 그리고 아이가 사뭇 흐느껴 울면서 움막으로 돌아간 다음 이렇게 중얼거렸다.

"우린 대지로 돌아가야 해."

13

　왕룽은 이 도시의 풍요함의 바탕이 된 가난의 밑바닥에서 하루하루를 살아갔다. 시장에는 온갖 음식이 산더미처럼 쌓여 있었다. 비단 가게 거리에는 그런 상품을 선전하기 위한 붉은빛, 검은빛 등 가지각색의 찬란한 비단 천 깃발이 바람에 나부꼈다. 돈 있는 사람들은 공단이나 벨벳 따위를 마음대로 골라 그 부드러운 몸에 감았다. 그들의 손은 분결처럼 곱고 향수를 뿌려서 꽃처럼 아름다웠다. 이런 모든 것들이 도시의 으리으리한 아름다움을 꾸며 주었지만, 왕룽이 살아가는 곳에는 맹수 같은 배고픔을 채우기에 충분한 식량도 없었고 몸을 가릴 옷도 충분하지 못했다.

　가난한 사람들은 밤낮 부자의 향연을 위해 빵과 과자를 만들어야 했다. 어린아이들도 밤늦도록 일해야만 했다. 온갖 기름때가 묻은 옷을 입은 채 고달픈 몸을 이끌고 침대도 없는 마룻바닥에서 짚을 깔고 자야만 했다.

그리고 새벽이면 또 남보다 먼저 눈을 비비고 일어나 비틀거리면서라도 그날 일을 시작해야 했다. 이렇게 고된 노동으로 받는 대가는 그들이 부자들을 위해 만드는 빵 한 조각을 사기에도 넉넉하지 못했다. 또 한편으로는 산해진미에 파묻힌 부자들을 위해 여러 남녀 직공들이 호화로운 옷을 재단해서 짓고 겨울에 입을 두툼한 털옷과 봄에 입을 가벼운 털옷과 두꺼운 수를 놓은 비단을 자르고 만드느라 고생하면서도, 그들 자신은 허름한 푸른 무명 천을 겨우 조금 구해서 아무렇게나 꿰매어 벌거숭이 몸을 가리고는 했다.

이렇게 다른 사람들을 산해진미로 잘 먹게 하고 화려한 옷을 입게 하기 위해 꾸준히 노동하는 사람들 사이에서 살고 있는 왕룽은 그가 알 수 없는 이상한 말들을 듣기도 했지만 별로 귀담아듣지 않았다. 나이를 먹은 사람들은 남자나 여자나 누구에게도 아무 말도 하지 않았다. 백발이 성성해도 인력거를 끌거나 석탄이나 무거운 나무를 손수레에 싣고 이 집 저 집으로 나르는 늙은이들은 자갈을 간 큰길을 걷기가 힘들어 등골이 휘고 힘줄이 험한 밧줄처럼 앙상하게 드러나 보였다. 그들은 먹는 것도 보잘것없는 데다 잠자는 시간도 짧았다. 그래서 묵묵히 아무 말도 하지 않는 것이다. 오란의 얼굴처럼 그들의 얼굴은 멍청하고 표정이 뚜렷하지 않았다. 벙어리처럼 마음속에 무얼 생각하는지 말하는 사람이 없었다. 간혹 말을 해도 음식 이야기나 돈 이야기뿐이었다. 은전이란 말도 좀처럼 그들의 입에서는 흘러나오지 않았다. 그들의 생활은 은전과 아무 인연도 없는 것이었다.

휴식을 취하는 동안 그들의 얼굴은 화가 난 듯 뒤틀렸지만 그것은 분노가 아니었다. 오랜 세월 무거운 짐을 다루어 오는 동안에 윗입술이 자연히 말려 올라가서 이가 드러난 것뿐이었다. 그리고 눈자위나 입가에는 깊은 주름이 잡혔다. 그러나 그들은 자신의 얼굴이 어떤 모습인지 전혀 알지 못했다. 그들 중 어떤 한 사람이 한 번은 수레로 살림 짐을 끌고 가면서 수레에 실은 가구의 거울을 들여다보며, "괴팍하게 생긴 늙은이로군." 하고 자기의 모습이라고는 생각하지 않는 것처럼 말한 적이 있었다. 그것을 본 옆에 있던 사람들이 큰 소리로 웃었으나 왜 그렇게들 웃는지 모르는 모양이었다. 그래도 약간 멋쩍은 듯이 덩달아 웃으면서 혹시 자기가 어떤 사람의 비위를 상하게 하지나 않았는지 싶어서 얼른 주변을 둘러보았다.

왕릉의 움막 근처에는 그러한 사람들이 사는 움막들이 다닥다닥 붙어 있었다. 여인네들은 수없이 아이를 낳아 누더기를 주워 모아서 꿰매어 입히고, 남의 밭에 가서 배추를 훔쳐 오기도 하고 곡물 가게에 가서 쌀을 한 줌씩 훔쳐 오기도 했다. 때로는 부근의 산에 가서 나무뿌리나 나무껍질을 구해 오기도 하여 그날그날 살아나가는 것이었다. 그리고 추수 때는 떨어진 낱알이나 줄기를 주우려고 날카로운 눈을 두리번거리면서 추수하는 농부들을 새처럼 따라다녔다.

움막에서는 아이들이 계속 자랐다. 연이어 죽고 또 낳고 해서 얼마나 낳고 죽었는지 그 부모조차 잘 모를 지경이었다. 지금 자라고 있는 아이들의 수효조차 모르는 사람들이 허다했다. 아이를 낳으면 식구가 또 하나 늘었다고 걱정할 뿐이었다. 남자들은 장터와 포목점을 드나들고 도시의 언저리에 있는 시골을 돌아다니며 몇 푼의 동전을 벌려고 어떤 일이라도 했다. 여자와 아이들은 구걸이나 도둑질이나 소매치기나 아무것이나 했다. 왕룽과 오란과 그의 자식들은 이런 사람들 틈에 섞여서 헤매는 것이었다.

노인들은 생활의 모든 것을 단념해 버려 별다른 불평이 없었다. 하지만 사내아이들이 어른도 아니고 더 이상 어린아이도 아닌 어느 시기에 이르면 그들의 마음은 불만으로 가득했다. 자신의 운명을 저주하는 젊은이들은 울분에 섞인 말들을 했다. 그러는 동안 완전히 성숙한 어른이 되어 결혼을 하고 늘어나는 식구에 대한 경악이 마음을 짓누르게 되면 젊었던 시절의 산발적인 분노가 사나운 절망으로 침전되고, 이렇게 일생 동안 소나 말처럼 노동으로 세월을 보내면서 남들이 떨어뜨린 찌꺼기로 간신히 연명을 해 나가는 것이었다. 입 밖에 내지 못한 반항 의식은 그대로 가슴속에 파묻어 두어야만 했다.

어느 날 밤 왕룽은 이런 사람들의 이야기를 듣고 있는 동안에 처음으로 자신의 움막이 의지하고 있는 높은 담 안의 사정을 알게 되었다. 늦가을의 어느 날이 다 저물어 갈 무렵이었는데, 봄이 다시 찾아오리라는 가능성이 처음으로 보였다. 움막 앞 길바닥은 눈이 녹아서 진흙탕이 되고 흙물이 움막 안까지 흘러들었다. 모두들 벽돌 조각을 주워다 깔고 그 위에서 자는 형편이었다. 그러나 그렇게 눅눅하고 퀴퀴한 습기 속에서도 아늑한 봄기운이 움직이기 시작했다. 왕룽은 어쩐지 마음이 잡히지 않았다. 여느 때 같으면 식사 뒤에 바로 자리에 누워 버렸겠지만 그날 밤은 거리에 나가 멍하니 서 있었다.

거기는 늙은 아버지가 온종일 담에 몸을 기대고 앉아 있는 곳이었다. 아이들은 움막이 떠나갈 만큼 시끄럽게 장난을 쳤다. 저녁 식사를 마친 노

142

인은 며느리가 허리띠를 찢어서 만들어 준 줄로 손녀를 묶고 그 한끝을 쥐고 있었다. 계집아이는 끈 길이의 범위 안에서 비틀거리면서도 좀처럼 넘어지지 않고 걸었다. 계집아이도 이젠 커서 어미 품안에만 있으려고 하지 않았다. 그래서 구걸하는 데 주체스러워 노인이 이렇게 손녀를 맡아 보는 것이었다. 그리고 오란은 또 아이를 배어서 딸을 안고 있기가 고통스러웠다.

왕룽은 아이가 쓰러지고 비틀거리며 일어났다가 다시 쓰러지고 노인이 끈을 잡아당기는 것을 지켜보고 서 있으면서 저녁 바람의 상큼함을 얼굴로 느끼고는, 자신의 밭에 대한 벅찬 그리움이 마음속에서 치밀어 오르는 것을 느꼈다.

"이런 날은 밭 갈기에 좋겠어요."

그는 아버지를 바라보며 큰 소리로 말했다.

"음…… 네 말을 짐작하겠다. 나도 내 평생에 몇 번이나 이런 고비를 당해서 고향을 떠난 일도 있었다. 나중에 돌아가 뿌릴 씨앗도 구할 수 없었던 때도 있었지."

아버지의 말소리는 침착했다.

"그렇지만 아버지는 언제나 고향으로 되돌아가셨어요?"

"땅이 있었으니까 그렇지, 얘야."

노인은 간단하게 대답했다. '그래. 나도 그렇게 돌아가자! 금년에 못 가면 내년에 가자.' 왕룽은 마음속으로 다짐했다. '땅이 있는 한 반드시 돌아가리라!' 고향에 있는 그의 땅이 봄비에 촉촉이 젖어 씨앗을 뿌리기만 기다리고 있는 것을 생각하니 더욱 초조해졌다. 그는 움막 안으로 들어서며 아내에게 무뚝뚝하게 말했다.

"무엇이든 팔 게 있다면 난 그걸 팔아서 고향으로 가겠어. 늙은 아버지만 아니면 가다가 굶어 죽는 한이 있더라도 걸어가겠는데. 노인과 어린애들이 수백 리 길을 배겨 낼 수 있을까. 더구나 당신도 홀몸이 아니고……."

오란은 밥그릇을 씻어서 움막 한구석에 엎어 놓고 자리에 앉아 남편을 물끄러미 쳐다보면서 대답했다.

"딸아이 외에는 팔 것이 없어요."

왕룽은 기가 막혔다.

"나는 죽어도 자식은 팔지 않아!"

그의 음성은 높았다.

"나도 팔렸는걸요. 부모님이 고향에 갈 노비를 마련하려고 나를 황 부잣집에 팔았었죠."

오란의 말은 한결같이 침착했다.

"그렇다면 임자는 저 애를 팔겠단 말이야?"

"난들 그런 맘이야 있겠어요. 차라리 죽이면 죽이지…… 나도 남의 종노릇을 했었는데요…… 그러나 달리 생각해 보면 죽인들 무슨 소용이 있겠어요. 뼈아픈 노릇이지만 당신을 고향에 돌아가게 해주기 위해서라면 이 딸을 팔겠어요."

"난 안 팔아. 설사 이 삭막한 곳에서 평생을 보내는 한이 있어도……."

왕룽은 다시 움막 밖으로 나갔다. 그로서는 아직 한 번도 생각해 본 적이 없었던 아내의 말이 자꾸만 그를 유혹했다. 그는 어린 딸아이를 바라보았다. 여전히 노인이 잡고 있는 줄에 매여서 아장거리고 걷다간 넘어지고 또 일어나서 걷곤 했다. 비록 이렇게나마 굶기지 않고 먹였기 때문에 제법 살이 토실토실하게 올랐다. 그러나 아직 말은 못했다. 처음 이곳에 왔을 때는 늙은 노파 모양으로 홀쭉했으나, 지금은 빨간 입술로 미소를 지었으며 날이 갈수록 점점 명랑해져서 왕룽과 눈이 마주치면 웃음을 지었다. '내 품에 안겨 저렇게 방글방글 웃지만 않는다면 팔아 버릴지도 모르지.' 하고 그는 생각했다. 그러다 다시 고향 생각이 떠오르자 자기도 모르게 외쳤다.

"나는 그 땅을 절대로 다시 보지 못할 거야! 이만큼 일하고 비럭질을 해도 겨우 그날그날 입에 풀칠밖에 못하니!"

이때 어둠 속에서 그에게 대꾸하는 말소리가 들렸다. 굵직한 힘있는 음성이었다.

"당신뿐인 줄 아쇼? 당신 같은 사람이 거리에 몇 만 명이나 있소."

이렇게 말하면서 곰방대를 물고 나타난 사람은 두 집 건너 있는 움막 주인이었다. 이 사내는 낮에는 결코 나타나지 않았다. 낮 동안은 잠을 자는 것이었다. 그가 하는 일이란 거리가 번잡한 낮에는 운반을 허락하지 않는 큰 짐 마차를 부리는 일이었다. 왕룽은 그가 새벽에 돌아오는 것을 몇 번 본 적이 있었다. 어깨를 축 늘어뜨리고 매우 피곤한 듯이 숨을 헐떡이면서 기어오듯이 걸어오는 것이었다. 왕룽이 새벽녘에 일하러 나갈 무렵에 그와 마주치기도 하고, 그가 밤일을 나가기 전에 밖으로 나왔다가 잠을 자러 움막으로 들어가려는 다른 남자들과 함께 서 있는 것을 본 적도 있었기 때문에 왕룽은 그를 잘 알고 있었다.

"정말 그런가요? 언제까지나 이 모양 이 꼴로 살아야 한단 말이오?"

그 사내는 곰방대를 서너 모금 더 빨고 나서 재를 땅에 털면서 천천히 말했다.

"그럴 리야 있겠소. 부자가 너무 부자가 되면 무슨 변동이 생기듯, 가난한 사람이 너무 가난해져도 또 무슨 도리가 생기는 법이오. 지난겨울에 우리는 두 딸을 팔아서 근근히 지탱해 왔고, 만일 내 처가 지금 밴 아이가 딸이라면 이번 겨울에 우린 그 애를 또 팔아 버릴 거요. 계집아이는 하나, 첫딸만 키우죠. 세상에는 아이를 낳자마자 곧 죽여 버리는 사람도 있지만 죽이는 것보다는 파는 게 나을 거요. 이것이 가난한 사람이 더욱 가난해질 때 살아가는 한 가지 방도요. 또 부자가 자꾸 더 부자가 돼도 반드시 변동이 생기는 법이오. 내가 잘못 알고 있지 않다면 그 길이 머지않아 열리게 될 거요."

그는 이렇게 말을 맺고 나서, 곰방대로 그들의 등 뒤로 우뚝 솟아 있는 높은 벽을 가리키며 물었다.

"당신 저 성벽 안을 구경해 본 적이 있소?"

왕룽은 고개를 저었다.

"난 딸자식을 팔러 갔을 때 본 일이 있소. 돈이 얼마나 흔한지, 말해도 당신은 곧이듣지 않을 거요. 그렇지만 내 말을 들어 보시오. 저 집에서는 종놈들까지 은을 입힌 상아 젓가락으로 밥을 먹어요. 종년들도 옥이나 진주 귀고리를 하고, 신발까지 진주 박은 것을 신고 다니면서 어쩌다 흙이 묻거나 우리 같으면 흠이라고 할 것도 없는 작은 흠이라도 생기면 진주가 달린 채 그 신을 내버린단 말이오."

그 사람은 곰방대를 깊이 빨았다. 왕룽은 입을 벌린 채 멍하니 듣고만 있었다. 이 성벽 너머에는 정말로 그런 세상이 있단 말인가!

"사람이란 부자가 되면 그렇게 되어 버리는 거요."

사내는 그렇게 말하고 한동안 침묵을 지키더니 혼잣말처럼 말했다.

"그만 일하러 가 봐야지."

그는 밤의 어둠 속으로 사라졌다. 그날 밤 왕룽은 밤이 새도록 잠을 이루지 못했다. 그는 벽돌 위에 거적만 깔았을 뿐 덮을 이불이 없었기 때문에 날마다 입는 옷을 걸친 몸을 기대고 휴식을 취하는 것이었다. 움막의 한쪽 벽이 되는 저편 담 안에 흔하다는 금은보화가 자꾸만 머리 속에 떠올랐다. 그리고 딸아이를 팔고 싶은 생각이 자꾸 일어났다. '저 애가 예쁘게 자라서 이런 부잣집의 젊은 서방님 눈에라도 들면 잘 먹고 잘 입을 수도 있을 거야. 그렇다면 파는 것이 좋을지도 몰라.' 그러다 또 이런 생각이 떠올랐다. '저 아이를 판들 금은보화를 주지는 않을 게고, 노자를 얻어 고향에 돌아간들 농사 지를 소도 없고 탁자나 침대 같은 살림도 살 수 없을 테니, 여기서 굶어 죽을 것을 고향에 가서 굶어 죽는 것밖엔 아무것도 아니야. 첫째 밭을 갈 씨앗이 없지 않은가.'

왕룽은 부자가 너무 부자가 되면 무슨 변동이 있다던 그 사내의 말을 되풀이 생각해 보았으나, 어떤 변동이 있을지 그로서는 알 수 없는 일이었다.

14

봄은 이 움막 촌에도 찾아 들었다. 거지 노릇을 하던 사람들은 이제 언덕과 공동묘지에서 연약한 새잎을 내미는 민들레와 냉이 따위를 캐먹을 수 있었기 때문에 전처럼 여기저기서 채소를 훔쳐 올 필요가 없었다. 낡아 빠진 옷차림의 아낙네들과 아이들이 함석 조각이나 날카로운 돌이나 부러진 칼끝 따위를 준비해 대나무 광주리나 갈대 광주리를 들고 들판으로, 길가로 헤맸다. 그것은 돈도 들지 않고 구걸하지 않아도 구할 수 있는 양식인 것이다. 오란과 두 아이도 매일같이 이 무리에 끼였다.

그러나 남자들은 전과 같은 일을 계속했다. 낮이 길어지고 따사로운 날씨와 햇살과 갑자기 쏟아지는 비가 모든 사람의 마음을 그리움과 욕망으로 가득 채우기는 했어도 왕룽은 변함없이 일했다. 겨울 동안 그들은 묵묵히 일만 했다. 맨발에 짚신을 신고 얼음과 눈을 밟으면서도 추위를 참고, 해가 저물어 움막으로 돌아오면 그날의 품삯과 구걸로 얻은 끼니를 아무 불평 없이 먹고 나서 그 음식으로 부족한 영양은 잠으로 메웠다. 남자나 여자나 아이나 아무 말 없이 자 버리는 것이었다. 왕룽의 움막에서도 역시 삶은 그러했고, 다른 모든 가족의 생활도 틀림없이 그러리라고 그는 생각했다.

그러나 봄이 되니 그들의 가슴에 쌓이고 쌓였던 여러 가지 생각들이 입으로 터져 나오기 시작했다. 기나긴 해의 저녁 무렵이 되면 그들은 움막 앞에 모여 불평들을 하는 것이었다. 왕룽이 겨울 동안에는 보지 못했던 사람들도 있었다. 만약 그의 아내가 보통 아낙네들처럼 이야기를 잘 했다면 이웃의 아무개는 툭하면 계집을 두들긴다거나, 또 아무개는 문둥병자니 아무개는 비적 두목이니 하는 이야기들을 본 대로 들은 대로 남편에게 옮겼을 것이다. 그러나 그녀는 언제나 묻는 말에나 대답할 뿐이었으므로 왕룽은 그런 것은 전혀 모르고 그들 사이에 끼여 앉아서 이야기를 듣기만 했다.

누더기를 걸친 이 사람들은 대부분 날품팔이와 비럭질로 벌어들인 것 외에는 가진 것이 없었고, 왕룽은 늘 자기는 그들과 같은 처지라고는 생각하지 않았다. 그에게는 전답이 있었고 그의 농토가 그를 기다리고 있었다. 그들은 어떻게 해야 내일 생선 한 토막을 먹게 되고, 어떻게 해야 약간의 게으름을 피우고, 심지어는 한두 푼이나마 조금쯤 노름도 해 볼 수 없을까 하는 생각이 고작이었다. 이렇게 그들은 언제나 변함없는 가난과 고생에 찌들어 있는 사람들이다.

그러나 왕룽은 고향에 있는 농토만 생각했다. 그리고 이루어지지 못한 희망으로 마음이 병든 채 어떻게 하면 하루빨리 고향으로 돌아갈까 하는 생각뿐이었다. 그는 이 부잣집의 높은 담 밑에 붙어 사는 그들 속에 끼이는 가치 없는 인간은 아니었다. 그렇다고 이 담 안에 사는 부자도 아닌 것이다. 그는 어디까지나 농토에 속해 있는 인간인 것이다. 흙을 밟으며 봄이면 소를 몰아 밭을 갈고, 가을이면 낫을 들고 곡식을 거두어 살아가지 않는다면 그에게 삶은 아무런 보람도 없는 것이다. 이렇듯 그는 자신의 땅, 조상들로부터 물려받은 훌륭한 밀 밭과 황 부잣집에서 사들인 풍요로운 논을 소유하고 있다는 인식을 마음속에 숨기고 있었으므로 다른 사람들과 떨어져서 이야기를 들었다.

모여 앉은 사람들의 이야기는 언제나 돈타령이었다. 옷감 한 자를 사는 데 동전 몇 닢을 주었다느니, 손가락만한 고기를 얼마에 샀다느니, 또 하루에 돈을 얼마나 벌었다느니 하는 이야기였다. 그리고 그런 이야기 끝에는 으레 그 높은 담에 둘러싸인 부잣집 창고의 금은보화를 준다면 무엇에 쓰겠느냐는 말이 나오는 것이었다.

"만약에 저 집 양반이 갖고 다니는 금덩이가 내 것이 되고, 허리춤에 든 은전이라든가 그 많은 첩들이 가진 진주라든가 큰마누라가 가진 보석이 내 것이 된다면……."

그러한 금은보화를 얻었을 때 그들은 그것을 어떻게 쓸 것인가? 왕룽은 거의 좋은 음식이라든가 노름에 대한 이야기만 들었을 뿐이었다. 지금까지 한 번도 먹어 보지 못했던 산해진미를 먹어 본다든지, 어느 골목의 찻집에 가서 한바탕 큰 노름을 해 보고 싶다든지, 또는 예쁘장한 계집을 사 보겠다는 이야기들뿐이었다. 그리고 결국 누구나 그 부자 양반이 일하지 않고 편하게 지내는 것처럼 자기도 편하게 지내 보겠다는 말뿐이었다. 이런 이야기들을 할 때 불쑥 왕룽이 한마디했다.

"만일 내가 그 황금과 은과 보석을 가지고 있다면 나는 그걸로 땅을, 비옥한 땅을 사겠고 그 땅에서 곡식을 거두겠소."

이 말을 들은 그들은 약속이나 한 듯 일제히 왕룽을 비웃고 비난했다.

"돼지 꼬리 머리를 한 촌놈은 도시 생활을 전혀 이해하지 못하고, 돈으로 무엇을 할 수 있는지도 모르는구먼. 이 친구는 소나 나귀를 쫓아다니며 계속해서 노예처럼 일만 하고 싶은 모양이네."

그들은 모두 자기가 왕룽보다 돈을 쓸 줄 알기 때문에 부자가 될 자격이 더 있다는 듯 우월감을 갖는 모양이었다. 그러나 혼자 조롱을 받고서도 왕룽의 마음은 변하지 않았다. 그는 그들처럼 큰 소리로 떠드는 대신에 속으로 이렇게 다짐할 뿐이었다. '그래도 나는 금은보화를 비옥하고 풍요한 땅에다 바치겠어.' 언제나 왕룽은 이렇게만 생각했다. 그리고 밤이나 낮이나 고향으로 돌아가고 싶은 생각에 그리움이 더해 갔다.

그의 머리 속에는 고향에 있는 자신의 땅 생각뿐이었기 때문에 이 도회에서 매일같이 보는 모든 것이 다만 꿈으로밖에 생각되지 않았다. 그는 오늘은 이런 일이 있었구나 하는 정도 이외에는 어떤 상황이 왜 벌어졌는지 전혀 묻지도 않고 그 이상한 현상들을 그냥 받아들였다. 예를 들면 거리에서 사람들이 나누어주는 종이, 때로는 그에게도 나누어주는 종이가 있었다. 왕룽은 어려서부터 글을 배우지 않았다. 그로서는 이 도시의 성문이나 벽에 붙은 벽보나 지나가는 사람들에게 나누어주는 종이에 어떤 말이 씌어 있는지 몰랐다. 왕룽은 그런 종잇조각을 두 번이나 받아 보았다.

처음에 받은 것은 어느 날 마지못해 태워 준 어떤 외국 사람에게서 한 장 받은 것이었다. 그 외국 사람은 굉장히 키가 크고 마른나무처럼 후리후리한 사내였다. 눈은 깊은 물빛처럼 파랗고 얼굴에는 유달리 털이 많았다. 왕룽에게 그 종잇조각을 주는 손에도 역시 털이 많이 나 있었고 살빛은 붉었다. 특히 굉장히 큰 코가 배의 앞쪽에 뱃머리가 불쑥 튀어나오듯 뺨 앞으로 우뚝 튀어나왔다. 왕룽은 그런 사내에게 무얼 받는다는 것이 무서웠지만 그런 기묘한 눈이라든가 무서운 코가 더한층 무서워서 거절하지를 못했다. 그래서 그가 주는 대로 받았다. 그리고 그 사내가 가 버린 다음에 그 종잇조각을 들여다보니 나무를 십자로 엇갈린 틀에 매달린 하얀 피부의 남자가 그려져 있었다. 허리에 베 조각을 둘렀을 뿐 발가숭이였다. 수염이 난 턱을 어깨 위에 축 늘어뜨리고 눈을 감고 있는 것이 분명히 죽은 사람 같았다. 그 그림을 본 왕룽은 무서운 생각이 들기도 하고 궁금하기도 했다. 그림 밑에 글이 씌어 있었으나 그는 읽을 수가 없었다.

그날 저녁 왕룽은 그 그림을 움막으로 가지고 와서 아버지에게 보였으나 노인도 역시 무식하여 무엇인지 알 수가 없었다. 두 아이 놈까지 무슨 그림인지 알려고 끼어들었다. 아이들은 무서워하면서도 흥미 있는 듯이 말했다.

"옆구리에서 줄줄 흘러나오는 피 좀 보세요."

노인도 이렇게 말했다.

"이렇게 처형을 당한 걸 보니 틀림없이 아주 나쁜 사람인가 보구나."

왕룽은 그 그림이 무섭기만 했다. 왜 그 외국 사람이 자기에게 이런 그림을 준 것일까? 혹시 그 외국 사람의 형제가 이런 악형을 받았기 때문에 그 원수를 갚으려는 것이 아닐까? 다음날부터 그는 그 외국 사람을 만났던 거리에는 가지 않기로 했다. 그러나 여러 날이 지나자 그는 그 일을 잊어버렸다. 오란은 신발 바닥을 튼튼하게 하려고 다른 종이와 함께 그 그림도 신발 밑바닥감으로 써 버렸다.

그 다음에 왕룽에게 종잇조각을 준 사람은 아주 옷을 잘입은 훌륭한 도시 청년이었다. 그 청년은 길거리에서 새롭고 신기한 구경거리가 있기만 하면 떼를 지어 몰려다니는 사람들에게 종이를 나눠주며 큰 소리로 떠들었다. 이 종잇조각에도 피를 흘리면서 죽은 사람이 그려져 있었다. 그런데 먼젓번 그림처럼 살빛이 희고 털이 많이 난 사람이 아니고 왕룽처럼 눈도 검고 머리털도 검은 푸른 무명옷을 입은 누런 가난뱅이였다. 그 죽은 사람 위에는 뒤룩뒤룩 살찐 사내가 버티고 서서 긴 칼로 죽은 사람을 마구 찌르는 그림이었다. 처참한 광경이었다. 왕룽은 물끄러미 그 그림을 들여다보다가 그 밑에 씌어 있는 글귀가 알고 싶어졌다. 그래서 옆에 있는 사람에게 물어 보았다.

"대체 이 무서운 그림이 뭐요? 글을 아시거든 좀 가르쳐 주시오."

"조용히 저 젊은 선생의 얘기를 들으면 그가 우리들에게 모든 것을 알려 줄 거요."

그래서 왕룽은 귀를 기울였다. 그는 거기서 여태까지 한 번도 들어본 적이 없는 이야기를 들었다.

"여러분, 그 피를 흘리면서 죽은 사람은 바로 여러분 자신입니다."

청년은 계속 부르짖었다.

"여러분을 죽이고도 마음이 차지 않아서 이렇게 칼로 찌르는 사람들은 바로 부자들이요, 자본가들입니다. 가난한 여러분들이 죽은 뒤에도 이렇게 찌르는 것입니다. 여러분은 가난합니다. 이 사회에서 한없이 피를 빨리고 짓밟히고 있는 것입니다. 자본가들이 모든 것을 독차지하고 있기 때문입니다."

왕룽은 자신이 가난한 줄을 잘 안다. 그러나 자신이 가난한 원인은 다만 하늘이 때맞추어 비를 내려 주지 않거나 비가 몇 달 동안 계속 내려서 홍수가 나기 때문이니 나쁜 것은 하늘이라고 생각했다. 햇볕이 알맞게 내리쬐고 비만 적당히 내려 준다면 밭에 뿌린 씨앗이 싹트고 열매를 맺는 것이니 그는 결코 가난한 사람이라고 생각할 수 없는 것이다. 따라서 그는 하늘이 때맞춰 비를 내려 주지 않는 이 상황과 부자들이 무슨 관계가 있는지를 더 자세히 알고 싶어서 귀를 기울였다. 청년은 구변 좋게 연설을 계속했으나 그가 궁금하게 생각하는 대목에 대해서는 한마디도 비치지 않았다. 마침내 그는 참다못해 용기를 내어 물었다.

"선생님, 그럼 우리를 압박한다는 부자들은 농사를 지을 수 있도록 비도 맘대로 내릴 수 있나요?"

청년은 이 말을 듣자 어처구니없다는 듯이 왕룽을 내려다보며 경멸하는 투로 대답했다.

"참, 기막힌 친구로군. 저 친구는 아직까지 돼지 꼬리를 늘어뜨린 촌뜨기를 못 면했구려. 내리지 않는 비를 내리게 할 수 있는 사람은 아무도 없지요. 그러나 그런 것과 내 말이 무슨 관계가 있소? 만약 부자와 자본가들이 가진 모든 것을 여러 사람들에게 고루 나눠준다면 우리들은 모두 잘 먹

154

고 잘살 수 있단 말이오. 비가 오든 안 오든 관계없이."

들고 있던 사람들 속에서 환호성이 터져 나왔다. 왕룽은 그 대답이 만족스럽지 않아서 거기서 물러나왔다. 그럴지도 모르지만 땅은 역시 중요하다. 만일 태양과 비가 알맞게 어울리지 못하면 또다시 굶주림이 찾아오리라. 왕룽은 이렇게 생각했지만 아내가 신을 고칠 때 종이를 쓰는 것을 생각했기 때문에 그 종잇조각을 얼른 받았다. 그는 움막에 돌아와 그 종잇조각을 오란에게 주면서 말했다.

"이거 신바닥 고칠 때 쓰구려."

그러고는 전날과 다름없이 열심히 일했다. 그가 저녁 무렵에 만나서 이야기를 나누는 움막 사람들 중에도 그 청년의 연설을 열심히 듣는 이가 있었다. 봄철의 불만에다 그들이 가지고 있지 못한 것들을 부당하게 다른 사람이 소유하고 있다는 인식을 그 젊은이 같은 사람들이 움막에 사는 사람들의 마음에 심어 주어 새로운 불만들이 늘어났다. 여기저기서 그런 연설을 들은 움막 사람들은 더욱 그렇게 생각하게 되었다. 저녁때만 되면 그들은 옹기종기 모여 서로 이야기들을 나누었다. 그들은 아무리 고되게 노동을 해도 생활이 조금도 나아지질 않았으므로, 힘깨나 쓴다는 젊은이들은 겨울 동안 내린 눈이 녹아서 물이 넘쳐흐르는 강물처럼 가슴속의 거세고 난폭한 욕망을 안은 불평을 억누를 수가 없었다. 그러나 왕룽은 이런 것을 보고 또 그들이 지껄이는 이야기를 듣고 그들의 불평과 분노를 느끼며 형용할 수 없는 불안에 휩싸였으나 그의 가슴은 다시 자신의 땅을 밟고 싶다는 것 이외에는 아무런 욕망도 없었다.

항상 끊이지 않고 신기한 일이 일어나는 이 도회에서 왕룽은 그가 이해

못할 또 다른 새로운 사실에 부딪히게 되었다. 어느 날 그가 빈 인력거를 끌고 손님을 찾고 있을 때 근처에 있던 어떤 사람이 한 떼의 군사들에게 붙들렸다. 붙잡힌 사람이 무어라고 반항을 하니까 무장한 군사가 그의 턱 밑으로 총칼을 내밀고 위협했다. 무슨 일인가 하고 왕룽이 놀라 바라보았더니 또 한 사람이 붙들렸다. 그들은 자꾸만 여러 사람들을 붙들었다. 왕룽은 그렇게 붙들리는 사람들은 하나같이 막일을 하는 평범한 사람들이라는 사실을 깨달았다. 그는 더욱 놀라서 지켜보고 있으려니까 또 한 사람이 붙들렸는데, 그는 왕룽과 같이 담 밑에서 움막살이를 하는 이웃 사람이었다.

정신없이 바라보고 있던 왕룽은 그제야 덮어놓고 아무나 사람들을 붙들어 가는 것을 알았다. 그는 자신도 그렇게 끌려갈지 모른다는 무서운 생각이 들어서 허둥지둥 인력거를 옆 골목에 끌어다 놓고, 옆에 있는 더운 물 파는 가게로 들어가 군사들이 지나갈 때까지 큰 가마솥 뒤에 숨어 있었다. 얼마 후 군사들이 다 지나간 뒤에야 그는 마음을 놓고 일어서서 가게 주인에게 무슨 일이냐고 물었다. 늙은 가게 주인은 밥벌이를 하는 솥에서 올라오는 더운 김 때문에 얼굴을 찡그리며 예사롭게 대답했다.

"어디서 또 난리가 난 모양이외다. 도대체 무엇 때문에 밀고 밀리는 그런 싸움을 계속 벌이는지 누가 알겠나? 내가 어렸을 때부터 전쟁판이니 아마 내가 죽은 뒤에도 그럴 거야."

"그런데 왜 사람들을 끌고 가지요? 막 끌려간 한 사람은 우리 이웃집 사람인데 그 사람은 전쟁을 알지도 못하는데요."

왕룽이 놀라서 물었다. 노인은 가마솥 뚜껑을 밀어젖히면서 대답했다.

"저 군사들이 어디로 전쟁을 나가니까 침구라든가 총과 탄약을 운반할 일꾼들이 필요해서 자네 같은 사람들을 끌고 가는 걸세. 그런데 자넨 어디서 왔기에 이런 일을 모르나? 여기선 조금도 신기한 일이 아니네."

"그러면 그런 다음에는 어떻게 되나요?"

왕룽은 숨을 몰아쉬며 계속해서 물었다.

"품삯은 얼마나 주나요? 나중에 돌아올 수 있나요?"

노인은 나이도 많거니와 물 끓이는 가마솥 이외의 일에는 아무 흥미도 없고 세상일에 희망을 잃었기 때문에 되는대로 대꾸했다.

"거기 가서 받는 품삯이라는 게 하루에 말라비틀어진 빵 두 쪽에다 물은 못물을 퍼 마셔야 하고, 그리고 전쟁이 끝나고 두 다리가 성하면 돌아올 수도 있겠지."

"그럼 그 사람들의 식구들은 어떻게 되나요?"

왕룽은 얼굴이 새파랗게 질려서 물었다.

"홍, 식구가 어떻게 되든 군대가 그런 걸 아나? 안대도 모른 척할걸."

노인은 왕룽을 경멸하듯이 이렇게 말하고 나서 물이 끓는 가마솥 뚜껑을 열었다. 김이 구름같이 피어올라 그 속을 들여다보는 노인의 얼굴이 잘 보이지 않았다. 그래도 노인은 친절했다. 김 속에서 다시 나온 노인은 길거리에 군사들이 또다시 나타나 노동자들을 찾아다니는 것을 창 너머로 내다보고는 왕룽에게 일러 주었다.

"군사들이 또 왔군. 조금 더 숨어 있구려."

왕룽은 한동안 더 가마솥 뒤에 숨어 있다가 군사들의 구두 소리가 멀리 사라지자 곧 거기서 뛰어나와 부리나케 인력거를 끌고 움막으로 쏜살같이 달려갔다. 오란은 길거리에서 주워 모은 푸성귀로 음식을 장만하고 있었다. 왕룽은 숨을 헐떡이며 더듬더듬 지금 무슨 일이 벌어지는 중이며, 자기가 얼마나 아슬아슬하게 그 고비를 넘겼는지 말해 주었다. 왕룽은 이 새로운 공포로 전신에 소름이 끼치는 듯했다. 자기가 전쟁터에 끌려갔더라면 아버지와 남아 있는 식구들은 모두 굶어 죽을 뿐만 아니라, 자신도 전쟁터의 주검이 될 것이고 고향의 그리운 농토를 다시는 밟아 보지 못할 것이라고 생각하니 잠시도 견딜 수 없을 만큼 무서웠다. 그는 부들부들 떨면서 오란을 바라보며 말했다.

"이제는 나도 정말로 어린 딸년을 팔고 북쪽에 있는 땅으로 돌아가고 싶은 유혹을 느껴."

그러나 이런 이야기에 귀를 기울이고 있던 오란은 한참 생각하고 나서 흐트러지지 않은 태도로 말했다.

"며칠만 더 기다려 봐요. 이상한 얘기를 들었으니까요."

왕룽은 그날부터 낮에는 결코 밖에 나가려 하지 않았다. 그날도 그는 빌려온 인력거를 맏아들을 시켜 돌려주었다. 그는 밤에만 일하기로 했다. 그 일이란 장사꾼들의 짐을 실은 수레를 끄는 일이라 품삯이 낮일의 절반밖에 되지 않았다. 많은 궤짝을 실은 손수레를 열두세 사람이나 붙어서 간신히 끄는 것이었다. 그런 궤짝에는 비단이라든가 무명이라든가 향기좋은 담배가 들어 있었다. 궤짝 사이로 그런 좋은 냄새가 풍기는 것이었다. 그중에는 좋은 기름이라든가 술통이 들어 있는 것도 있었다.

그는 캄캄한 거리에서 밤새도록 벌거벗은 몸에서 땀을 줄줄 흘리며, 밤이슬에 흠뻑 젖은 자갈에 맨발이 몇 번이고 미끄러지도록 낑낑거리면서 밧줄을 끌었다. 그들의 선두에는 아이가 횃불을 들고 길을 비춰 주었다. 그 불에 비치는 그들의 얼굴이나 몸뚱이는 길바닥의 자갈처럼 번들거렸다. 동쪽에서 해가 뜰 무렵에야 돌아오면 그는 고된 몸을 이기지 못해 한숨 자지 않고서는 아침밥도 목구멍으로 넘기지 못했다. 대신 군사들이 인부를 징발하기 위해 거리로 찾아다니는 낮에는 오란이 몸을 가리도록 지푸라기를 주워다가 무더기로 쌓아 놓은 움막의 깊숙한 곳에 숨어서 실컷 잠을 잤다.

그는 전쟁이 어디서 벌어지고 또 누구와 싸우는지 알 수가 없었다. 다만 봄이 짙어 감에 따라서 온 시가에는 점점 더 무서운 불안감이 감돌 뿐이었다. 매일같이 낮에는 부자들이 마차에 의복, 침구, 그리고 예쁜 애첩이라든가 그 여인네들이 가졌던 보석 등을 싣고 강변으로 가서 다시 배로 어디론지 운반하는 것이었다. 어떤 사람들은 기차로 이 도시를 떠나간다고, 진종일 집에 숨어 있는 그에게 밖에서 돌아온 아이들이 눈이 휘둥그레져서 지껄이는 것이었다.

"난 이런 사람을 봤어요. 절에 있는 부처님처럼 굉장히 뚱뚱한 사람이 비단옷을 입고 누워 있는데, 손가락에 새파란 보석이 번쩍번쩍하는 금가락지를 꼈어요. 얼마나 잘 먹었는지 살이 쪄서 번질번질해요."

큰아이도 이런 소리를 했다.

"이상한 상자를 많이 싣고 가는데 그 속에 무엇이 있냐고 물었더니 금은이 가득 들어 있대요. 그렇지만 부자들은 모두 끌고 다닐 수가 없어서 남은 건 곧 우리 것이 될 거래요. 그런데 그게 무슨 뜻인지 모르겠어요. 아버지 그게 무슨 말이에요?"

아이들은 매우 궁금한 듯이 왕룽의 얼굴을 쳐다보았다.

"한가한 도시 사람들이 하는 말이 무슨 뜻인지 내가 어떻게 알겠니?"

왕룽이 무뚝뚝하게 대꾸하자 아이들은 못마땅한 듯이 소리를 질렀다.

"정말 그게 우리 거라면 지금 당장 가져오겠는데. 맛있는 과자가 먹고 싶어. 난 위에다 깨를 뿌린 달콤한 과자를 한 번도 먹어 본 적이 없어."

이 말을 들은 노인은 꿈꾸는 듯한 얼굴을 들더니 혼자 콧노래를 부르듯이 말했다.

"풍년이 든 해엔 우리도 가을 제사 때 그런 과자를 먹었단다. 참깨를 털어서 조금 남겨 두었다가 그런 참깨 박은 과자를 해 먹었었지."

왕룽도 언젠가 정초에 오란이 만들었던 떡이 생각났는데 쌀가루와 비계와 설탕으로 만든 떡을 생각하고는 가슴이 미어지는 듯 지나간 날을 회상했다.

"아, 고향에만 갈 수 있다면……."

그는 이렇게 중얼거리고 나자, 갑자기 지푸라기 더미 뒤에서 다리도 제대로 뻗지 못할 만큼 비좁은 이 초라한 움막에서는 하루도 더 누워 있을 수가 없을 것 같은 생각이 들었다. 밤이면 살을 파고드는 듯한 수레 밧줄을 끌고 자갈길로 무거운 짐을 끄는 것도 이젠 진저리가 났다. 그 길에 깔린 자갈 하나하나가 원수같이 생각되었고, 한 걸음이라도 그 자갈을 피해 나갈 때면 그는 생명의 한 도막이라도 얻은 듯 대견했다. 어두운 밤에 어쩌다 거리에 비가 내려서 길바닥이 다른 때보다 더 미끄러우면 그의 마음속에 담긴 모든 증오가 발에 박히는 돌멩이들에게로, 무지막지하게 짐을 실은 수레의 바퀴에 매달리고 달라붙는 듯한 그 돌멩이들에게로 쏠렸다.

"아, 그 좋은 땅을 두고……."

그는 이렇게 소리치고 엉엉 울었다. 아이들은 무슨 영문인지 몰라 어리 둥절했고, 노인도 아들이 하는 양을 마치 어머니가 우는 어린애를 멍하니 바라보듯이 흰 수염이 듬성듬성 난 얼굴을 찡그리며 바라보았다. 그러나 오란은 보통 때와 다름없는 침착한 어조로 입을 열었다.

"조금만 더 기다려 봐요. 무슨 일이 일어날 것 같아요. 이제는 어딜 가 나 소문이 나돌고 있으니까요."

왕릉은 움막 속에 누워서 몇 시간이나 군사들이 전쟁터를 향해 가는 발 자국 소리를 들었다. 그는 이따금 거적을 조금 쳐들고 그 사이로 군사들 이 지나가는 광경을 바라보았다. 가죽 구두를 신고 각반을 찬 수백 수천 의 발이 열을 지어 지나갔다. 그는 밤에 수레를 끌다가도 앞을 비추는 횃 불 빛으로 어둠 속을 행진하는 군사들을 보았으나 그 군사들이 어디를 향 해 가는지 누구에게도 물어 보지 않았다. 그저 정신없이 짐수레만 끌고 부리나케 밥을 먹고는 짚더미 위에서 새우잠을 잘 뿐이었다.

어느 누구도 다른 사람과 이야기하지 않았다. 온 거리가 전쟁의 공포에 싸여서 누구나 볼일만 바쁘게 보고는 부리나케 자기 집으로 돌아가 대문 을 잠가 버리곤 했다. 왕릉이 살고 있는 움막촌 사람들도 그러했다. 시장 에 가 보아도 곡식전이 텅 비어 있고 비단과 포목전 거리에도 그렇게 찬란 하게 휘날리던 깃발을 걷어 버리고, 큰 가게들은 모두 가게 앞에다 두툼한 널빤지를 단단하게 잇대어 박아 폐쇄해 버려서 대낮에 시내를 지나다니 는 사람들이 보면 가게 주인들이 잠이라도 자는 것처럼 보였다.

적군이 쳐들어온다는 소문이 퍼지자 조금이라도 재산을 가진 사람들은 모두 두려워했다. 왕룽은 무서울 것이 없었다. 이 움막에 사는 사람들은 모두 그러했다. 우선 그들은 누가 적인지 알 수가 없었고 목숨을 잃는다고 해도 대수롭지 않은 터여서 그들은 잃을 것이 전혀 없었기 때문이었다. 적군이 쳐들어올 테면 오라지, 적군이 온들 지금보다 더 험한 팔자는 안 되겠지, 하는 배짱이었다. 그래서 모두들 제 일만 걱정했고 어느 누구도 다른 사람에게 터놓고 이야기를 하지 않았다.

그러는 동안에 여러 상점 주인들은 밤에 짐을 운반하는 노동자들에게 이젠 나올 필요가 없으니 나오지 않아도 된다고 말했다. 상품 거래가 두절되었기 때문이었다. 이제 그나마 직업을 잃은 왕룽은 낮이나 밤이나 움막에서 빈둥빈둥 놀게 되었다. 그는 죽은 사람처럼 누워만 있었다. 처음에는 일이 없어서 편하기는 했으나 날이 갈수록 남아 있는 돈이 줄어만 가니 다시 앞일이 캄캄해졌다. 가난한 사람들에게 내리는 액운이 그래도 미진했는지 빈민 구제의 공설 식당조차 문을 닫아 버렸다. 그리고 지금껏 그렇게 빈민 구제 사업을 하던 자선가들도 문을 닫고 나오지 않았다. 이렇게 되고 보니 가난한 사람들은 일거리도 잃게 되고 먹을 것도 없어지게 되었다. 거리에 사람조차 없으니 구걸을 할 수도 없게 되었다.

왕룽은 움막 속에 앉아서 어린 딸의 얼굴을 내려다보며 부드럽게 말했다.

"넌, 저 부잣집에 안 가겠니? 그 집에 가면 먹을 것도 많고 입을 옷도 많단다."

그 말이 무슨 뜻인지 모르는 어린 딸은 방긋 웃기만 했다. 그저 아버지의 눈을 만지려고 손을 허우적거렸다. 왕룽은 비참한 마음을 더 참을 수 없어 오란에게 큰 소리로 물었다.

"여보, 임자는 황 부잣집에서 매를 맞은 적이 있나?"

오란은 침울한 표정으로 대답했다.

"난 매일같이 맞았는걸요."

"뭘로 때리던가? 가죽 끈으로 때리던가, 아니면 대나무나 동아줄로 때리던가?"

"나는 가죽 끈으로 맞았어요. 말채찍인데 부엌 벽에 걸어 두곤 늘 그걸로 때렸어요."

왕룽은 자기가 무엇을 생각하고 있는지 오란이 짐작할 것이라고 생각했다. 그는 또 이렇게 물었다.

"이년은 지금도 이렇게 예쁜데, 이렇게 예쁜 종도 매일 때릴까?"

그러나 오란은 그런 건 문제가 아니라는 듯이 냉담하게 말했다.

"그럼요. 맞거나 서방님들 방에 끌려 다니지요. 그것도 한 사내가 아니라 누구든 원하는 대로 이 서방님 저 서방님에게 끌려 다녀요. 젊은 서방님들은 말다툼도 벌이고 종들을 서로 바꾸어 가며 '그렇다면 오늘은 네차지이고 내일은 내 차례'라고 말하기도 하는걸요. 그리고 서방님들이 싫증낸 종은 청지기들이 물려받아 서로 돌려 가면서 끌고 자는 거예요. 얼굴이 조금만 예쁘면 어릴 때부터 누구나 그 지경을 당해야 돼요."

왕룽은 길게 한숨을 내쉬었다. 그러나 그는 더 생각하기 싫다는 듯 아이를 꺼안으며 "할 수 없지, 불쌍하지만." 하고 혼잣말로 중얼거렸다. 다음 순간 그는 둑이 무너져 거센 홍수에 떠내려가는 사람이 울부짖듯이 소리를 질렀다.

"별수 없어, 그래도 별수 없어."

그러고 나서 멍하니 앉아 있을 때였다. 갑자기 하늘이 무너지는 듯한 소리가 났고, 왕룽의 식구들은 모두 그 흉측한 폭음이 그들을 모두 잡아 짓이겨 버리기라도 할 듯싶어서 아무 생각 없이 무작정 땅바닥에 엎드려 얼굴을 감추었다. 왕룽은 어린 딸의 얼굴을 감싸 주었다. 노인이 아들의 귀에 입을 대고 말했다.

"평생 처음 듣는 소리다."

아이들은 놀라서 소리 내어 울었다. 하지만 깨졌던 고요함이 순식간에 다시 찾아오자 오란이 머리를 들고 입을 열었다.

"듣던 소문대로 일이 벌어지나 봐요. 적군이 성문을 부수고 쳐들어오는 모양이에요."

이 말에 대답할 사이도 없이 거리에서 사람들이 와글거리는 소리가 들려왔다. 처음에는 멀리서 부는 바람 소리같이 들려오더니 차차 크게 번져 마침내는 거리가 뒤흔들릴 듯한 무서운 함성으로 변했다. 왕룽은 그의 오두막 바닥에 꼿꼿하게 일어나 앉았다. 이상한 두려움이 그의 온몸을 타고 흘러서 머리카락의 뿌리들 사이를 더듬고 다니는 기분을 느꼈다. 식구들은 모두들 서로 멍하니 쳐다보며 그들이 알지 못하는 어떤 일이 벌어지기를 기다렸다. 하지만 아우성을 치며 사람들이 몰려드는 소리만 들릴 뿐 아무 일도 없었다. 이윽고 왕룽의 움막에서 멀지 않은 담장 저쪽에서 큰 대문이 열리는 소리가 들렸다. 억지로 대문을 밀어젖히는지 삐걱거리는 소리가 아주 요란스러웠다. 그때 언젠가 왕룽과 이야기하던 곰방대를 피우던 사내가 움막 안을 들여다보며 소리쳤다.

"아직도 그렇게 앉아 있는 거요? 마침내 때가 왔소. 우리들을 위해서 부잣집 대문이 열렸소."

그러자 오란은 마술에 걸린 사람처럼 이렇게 소리치는 사람의 겨드랑 밑을 번개처럼 빠져 나갔다. 왕룽도 얼떨결에 일어섰으나 미처 정신을 차리지 못해 빠르지 못했다. 어린 딸을 방바닥에 내려놓고 밖으로 뛰어나오니 벌써 부잣집의 철문 앞에는 수많은 사람들이 와글거리고 있었다. 그가 움막 속에서 들은 함성이 온 거리에 가득했다. 지금껏 굶주리고 학대받아 오던 수많은 남녀가, 때를 맞아 풀려나서 마음대로 할 수 있게 된 사람들이 군중을 이루고 몰려들어 아우성을 치고 있었다. 그렇게 높은 담으로 둘러싸였던 부잣집의 철문이 열리자 군중들은 물밀듯이 밟고 밟히면서 한 덩어리가 되어 몰려 들어갔다.

왕룽도 등을 한번 밀리자 벌써 그 속에 휩싸여 버렸다. 그도 좋든 싫든 밀려들어 갈 수밖에 없었다. 그는 이런 뜻밖의 일에 놀라서 자신에게 이 것이 잘된 일인지 아닌지 알지도 못했다. 이렇듯 그는 사람들에게 밀려 발이 거의 땅에 닿지도 않고 둥둥 뜨다시피 해서 거대한 대문의 문턱을 넘어갔으며, 성난 짐승들의 계속되는 포효처럼 사방에서 사람들이 아우성이었다. 뜰에서 또 다음 뜰로 밀려 왕룽은 안채에까지 떠밀려 들어갔다.

이 집에 살던 사람들은 한 사람도 보이지 않았다. 뜰에는 백합꽃이라든가 아직도 잎이 채 돋지 않은 나뭇가지에 이른봄에 피는 금빛 꽃이 피어 있을 뿐 사람의 그림자는 전혀 찾아볼 수 없었다. 식탁에는 음식 쟁반들이 그대로 놓여 있고 부엌에는 불이 타고 있었다. 군중들은 이런 부잣집의 구조를 잘 알기 때문에 종이나 청지기들이 들어 있던 방은 돌아다보지도 않고 안으로만 들어갔다. 거기에는 호사스런 침대가 여러 개 놓여 있고 검은빛이나 붉은빛, 금빛 등 찬란한 칠을 한 상자들이 있고 또 비단이 꽉 차 있는 의장도 있었다. 온갖 조각을 한 의자가 수없이 놓여 있고 벽에는 귀중한 그림 족자들이 걸려 있었다.

폭도들은 아무것이든 손에 잡히는 대로 끌어냈다. 의장이나 상자를 열어젖히고는 무엇이든 있기만 하면 먼저 움켜쥐었고, 또 서로 뺏고 빼앗기고 했다. 자기가 가진 것을 들여다볼 여유도 없었다. 이렇게 하여 침구, 의복, 휘장, 그릇 등이 이 손에서 저 손으로 넘어가곤 했다. 이런 혼란 속에서 아무것도 가지지 않은 사람은 왕룽뿐이었다. 그는 평생 남의 것은 훔쳐 보지 않았기 때문에 좀처럼 그런 생각이 나지 않았다. 처음에는 그도 얼이 빠져 군중들에게 이리 밀리고 저리 밀리고 했으나 그러는 동안 겨우 정신을 차려서 끈기 있게 버둥거려 간신히 그 속에서 빠져 나올 수 있었다. 물결이 급히 소용돌이치면 그 가장자리에도 작은 소용돌이가 치듯이 왕룽이 빠져 나와 있는 곳에도 약간의 혼잡이 있었다. 그러나 그는 자기가 서 있는 곳이 어디인지를 분별할 만한 마음의 여유를 가질 수 있었다.

그는 부유한 귀부인들이 거주하는 가장 내밀한 안채의 뒤쪽에 있었는데, 궁지에 몰릴 경우에 도피할 수 있도록 부유한 사람들이 몇 백 년 전부터 만들어 놓아서 평화의 문이라고 불리는 뒷문이 빠끔히 열려 있는 것이 눈에 띄었다. 이번에도 이 뒷문으로 달아나서 시내 여기저기에 숨어 폭도들의 소리에 귀를 기울이며 마음을 졸이고 있을 것이다.

그런데 아직 달아나지 못한 사내가 있었다. 그는 몸이 지나치게 비대해서 몸을 주체하지 못한 탓인지 아니면 술에 취해서인지 한곳에 숨어 있다가 폭도들이 다 지나간 줄 알고 기어 나왔다가 왕룽과 마주친 것이었다. 왕룽 역시 다른 사람들로부터 떨어져 혼자 남았다가 그와 마주친 것이었다. 그는 매우 비대한 사나이였다. 늙지는 않았으나 젊지도 않았다. 아마 조금 전까지 계집과 누워 있었던 듯이 몸에 걸친 것이라고는 남빛 비단 두루마기뿐이었다. 투실투실하고 노란 살덩어리들이 가슴과 배에 겹겹이 늘어졌고, 산처럼 튀어나온 뺨 속에 파묻힌 작은 두 눈은 돼지 눈처럼 푹 꺼져 있었다. 그는 왕룽을 보자 깜짝 놀라서 금방 칼에나 찔린 것처럼 비명을 지르며 와들와들 떨었다. 아무 무기도 갖지 않은 왕룽은 그 꼴이 우스꽝스러워 웃음이 터져 나올 것만 같았다. 그는 마룻바닥에 넙죽 엎드리더니 머리가 땅에 닿도록 조아리며 애걸했다.

"제발 목숨만 살려 줍쇼, 목숨만…… 그 대신 돈을 드리지요. 돈은 얼마든지 드리지요……."

돈이란 말에 왕룽은 귀가 번쩍했다. 갑자기 가슴이 마구 뛰었다. '돈이다 돈! 그렇다, 돈이 필요하다.' 그리고 또다시 그의 머리에서는 말하는 사람의 목소리처럼 선명하게 이런 소리가 울렸다. '돈만 있으면 아이들도 살릴 수 있고 고향에도 돌아갈 수 있다.' 그는 자기도 놀랄 만큼 큰 소리로 우악스럽게 호령했다.

"그럼, 어서 돈을 내놓아라!"

뚱보 사내는 자리에서 일어서면서 울음 섞인 소리로 중얼대며 주머니를 뒤져 그 누런 손바닥에 은전을 꺼내 들었다. 왕룽은 저고리 옷섶을 내밀어 그것을 받고는 다시 그가 아닌 전혀 다른 사람처럼 눈을 부라리며 소리쳤다.

"더 내놔!"

사내는 또 한 번 은전을 꺼내 놓으면서 울상을 지었다.

"이젠 더 없습니다. 남은 건 하찮은 목숨밖에 없습니다."

그는 마침내 울음을 터뜨렸다. 눈물이 기름 방울처럼 그 축 늘어진 두 볼에 흘러내렸다. 부들부들 떨면서 눈물을 흘리는 모양을 보자 왕룽은 갑자기 이제껏 느끼지 못했던 혐오감이 치밀어 올랐다.

"살찐 벌레처럼 터뜨려 죽여 버리기 전에 내 눈앞에서 꺼져!"

소 한 마리도 자기 손으로 잡지 못하는 마음 약한 왕룽도 이때만은 이렇게 호통을 쳤다. 사내는 미친개처럼 어디론가 달아났다. 은전을 가진 왕룽만이 혼자 남았다. 그는 돈을 세어 보지도 않고 그냥 품속에 쑤셔 넣고는 열려 있는 뒷문으로 나와 좁은 골목길로 뛰어 움막으로 돌아왔다. 그는 남의 체온이 아직도 남아 있는 은전을 가슴에 끌어안으면서 몇 번이고 혼자 중얼거렸다.

"이제 고향으로 갈 수 있다. 내일은 고향으로 돌아간다!"

15

고향에 돌아온 지 며칠 지나지도 않았는데 왕룽은 그의 땅에서 전혀 떠나지 않았던 것 같은 기분이 들었고, 고향을 떠나 있었다는 것이 꿈이 아니었나 하는 생각도 들었다. 사실 그의 몸은 고향을 떠나 있었을 망정 마음은 언제나 고향을 헤맸던 것이다. 그는 돌아오면서 은전 여섯 닢으로 벼와 밀과 옥수수 등의 씨앗을 좋은 것으로 사 왔다. 또 돈이 있는 김에 지금까지 한 번도 심어 보지 않았던 연못에 심을 미나리와 연뿌리라든가, 맛난 음식을 장만할 때 돼지고기와 함께 삶을 붉은 무라든가, 잘고 붉으면서도 향이 좋은 팥 씨도 사 왔다.

그리고 또 은전 열 닢을 주고 밭을 갈 황소도 샀다. 그것은 고향으로 돌아오는 길에서였다. 정거장에서 내린 그는 밭을 갈고 있는 농부를 발견하자 걸음을 멈추었다. 노인과 오란과 아이들은 모두 얼른 집에 가 보고 싶어했다. 그러나 왕룽은 그 농부가 부리고 있는 황소에 눈이 팔렸다. 왕룽은 그 소의 튼튼한 목을 보고 반했으며, 나무 멍에를 메고 힘차게 끌어당기는 모습을 눈여겨보고는 당장 소리쳤다.

"소가 그리 시원치는 않으나 나는 그런 소라도 필요하니, 그 소를 안 파시겠소?"

그러나 농부도 지지 않았다.

"여편네를 팔았으면 팔았지 이 소는 팔지 않겠소. 이제 세 살 나서 한창 부리기 좋은 땐데."

농부는 왕룽을 거들떠보지도 않고 밭만 갈았다. 왕룽은 세상의 모든 소 가운데 꼭 이 소를 사야만 할 것 같은 생각이 들어 아내와 아버지에게 물었다.

"저 소 어떨까요?"

노인은 유심히 바라보더니, "보아하니 불알을 잘 깐 모양이구나." 하고 대답했다.

오란도 한마디했다.

"그이 말보다 한 살 더 먹은 소예요."

그러나 왕룽은 그 소가 힘이 세어 보이고, 미끈한 누런 털빛이나 검고 어글어글한 눈과 힘차게 흙을 파헤치는 기운에 마음이 끌려서 사기로 결심했던 터라 아무 대꾸도 없었다. 이 소만 있다면 밭갈이도 할 수 있고 연자방아를 매어 곡식도 찧을 수 있다고 생각했다. 그는 농부의 곁으로 다가서며 말을 붙였다.

"값은 잘해 줄 테니 내게 파시구려."

그는 마치 싸우다시피 오랫동안 흥정을 한 끝에 마침내 이 지방 시세보다 절반이나 더 비싼 값에 그 소를 사게 되었다. 하지만 그 소를 보니 왕룽에게는 별안간 금화쯤은 아무것도 아니라고 여겨졌다. 그는 돈을 농부의 손에 넘겨준 다음 멍에를 벗기는 것을 지켜보면서 그 소를 소유한다는 생각에 가슴이 울렁거렸다. 그는 고삐를 잡고 소를 끌고 갔다.

집에 돌아와 보니 문짝은 떨어져 나갔고 지붕의 이엉은 간 곳도 없었다. 집안에 남겨 두고 간 괭이도 쇠스랑도 누가 훔쳐갔고 엉성한 대들보와 흙벽만이 남아 있었다. 그나마 흙벽도 겨울과 초봄의 비와 때늦은 눈으로 무너져 내려앉았다. 그는 처음에는 크게 놀랐으나 곧 돈이 있으니 그런 것은 아무것도 아니라고 생각했다. 그는 곧 성내로 가서 아주 단단한 쟁기와 괭이, 쇠스랑을 두 자루씩 사 왔다. 지붕은 가을에 추수한 다음에 다시 손보기로 하고 우선 거적을 사다가 덮었다.

그날 해질 무렵에 그는 문간에 서서 자신의 밭을 바라보았다. 겨울 동안 얼었다가 다시 녹아 당장이라도 씨를 뿌려 주기를 기다리는 그의 땅이었다. 못에서는 개구리들이 요란스럽게 울어 댔다. 고요한 담 밑에는 봄바람을 타고 죽순이 돋아나고 있었다. 그리고 황혼 빛 속에 가까운 밭둑 길에 서 있는 나무들이 희미하게 보였다. 복숭아나무는 예쁜 봉오리를 맺고 있었고 버드나무에서는 연초록 새싹이 터져 나오고 있었다. 이윽고 고요한 대지 위에 달빛 같은 은색의 은은한 안개가 피어올라 나뭇가지들을 감쌌다.

고향에 돌아온 왕룽은 한동안 그의 땅에 어떤 인간도 모습을 나타내지 않고 자기 혼자만 살고 싶었다. 그는 언제나 혼자 밭에만 나가 있었다. 마을의 아무도 찾아가지 않았다. 간혹 지난겨울에 죽지 않고 살아난 마을 사람들이 찾아와도 그는 퉁명스럽게 말했다.

"누가 우리 사립문을 부수었소? 쇠스랑과 괭이를 훔쳐간 놈은 어떤 놈이오? 또 내 집 지붕을 벗겨다 땐 놈은 누구요?"

그러나 그들은 모두 점잖은 군자처럼 머리만 저었다. 어떤 사람은 "자네 숙부가 그랬네." 하고 말하기도 했다. 또 어떤 사람은 "이런 흉년에 전쟁이 났으니 어딘들 비적이 없겠나. 그런 세상에 누가 무얼 훔쳐 갔느니 어떠니 할 게 있나. 배고프면 누구나 도적질하는 게지." 하고 말했다. 그러자 왕룽을 보려고 찾아온 이웃에 사는 칭 서방이 말했다.

"이 겨우내 비적들이 자네 집에 진을 치고 이 부근 마을을 노략질했다네. 자네 숙부가 정직한 사람으로서는 도가 지나칠 정도로 그들과 친했다고들 하지만, 이런 시절에 그런 풍설을 믿을 수 있나. 누구도 탓할 수 없는 노릇이야."

칭 서방은 뼈만 앙상하게 남아 있었다. 아직 마흔다섯 살도 안 되었는데 머리가 백발이고 비쩍 말라서 몰골이 말이 아니었다. 왕룽은 갑자기 측은한 생각이 들었다.

"자네는 우리보다 지내기가 더 어려웠던 모양이네. 뭘 먹고살았나?"

칭 서방은 또다시 한숨을 길게 내쉬면서 중얼거리듯이 말했다.

"무엇인들 안 먹었겠나? 성내에 가서 구걸하러 다닐 땐 개처럼 길바닥에 내버린 썩은 창자 같은 것도 주워 먹었지. 무슨 고기인지 알아보지도 못할 지경이었지……. 내 마누라가 죽기 전에, 한 번은 그것이 뭐냐고 내가 감히 물어 볼 용기가 없었던 무슨 고기로 국을 끓였는데, 어쨌든 마누라는 무얼 죽일 용기가 없는 여자였으니까 뭔지는 몰라도 우리가 먹은 건 마누라가 어디서 주워 온 거겠지. 그리고 마누라는 나보다도 기운이 약해서 먼저 죽어 버리고, 딸년도 잇따라 죽을 것 같아 병사에게 주어 버렸네."

말을 끊은 칭 서방은 울먹이며 서 있더니 이윽고 다시 입을 열었다.

"종자나 있다면 뿌려라도 보겠는데 그것도 없으니……."

이 말을 들은 왕룽은 칭 서방의 손을 잡고, "이리 오게." 하고 방안으로 끌고 갔다. 그는 칭 서방의 옷자락을 벌리고 남방에서 사 가지고 온 씨앗을 나누어주었다. 벼, 밀, 배추 등의 씨앗을 주면서 왕룽은 칭 서방에게 말했다.

"내일 자네 밭에 우리 소를 끌고 가서 갈아 주지."

칭 서방은 갑자기 훌쩍거렸다. 왕룽도 눈시울이 뜨거워지는 것을 참으며 성난 사람처럼 말했다.

"자네가 내게 팥 한줌을 나누어주던 것을 내가 잊을 줄 아나."

그러나 칭 서방은 그칠 줄 모르고 흐느끼면서 돌아갔다. 한편 왕룽은 그의 숙부가 마을에 남아 있지 않은 것이 기뻤다. 어디로 갔는지 자세한 것을 아는 사람도 없었다. 어떤 사람들은 아내와 아들을 데리고 먼 곳으로 가 버렸다고 했다. 어쨌든 마을에는 그의 가족이 아무도 남아 있지 않았다. 딸들은 모조리 팔아먹었다는 것이었다. 예쁜 딸은 제 값에 팔았지만 나중에는 그 흉한 곰보 딸마저 전쟁터로 가는 병사에게 동전 몇 푼을 받고 팔았다는 말을 듣고 왕룽은 왈칵 화가 치밀었다.

왕룽은 흙투성이가 되어 열심히 일했다. 밥 먹는 시간조차 아까웠다.

그래서 점심을 먹기 위해 집에까지 갔다 오지 않고 밭둑에 선 채 빵 조각과 마늘만으로 점심을 때웠다. 그는 점심을 먹는 동안에도 '저쪽 밭 가에는 강낭콩을 심고 이 논에는 못자리를 만들고……' 하는 생각을 했다. 한낮이 되어 너무 고단하면 그대로 밭이랑에 누워 포근한 흙 기운을 느끼며 한잠 달게 잤다.

집에 있는 오란도 결코 쉬지 않았다. 그녀는 혼자 힘으로 멍석을 대들보에다 단단히 묶고, 들에서 흙을 파다가 구멍난 벽을 바르기도 했으며, 아궁이도 새로 만들고 빗물에 쓸려 파인 바닥의 구멍들도 메웠다. 그러던 어느 날 남편과 같이 성내에 들어가 침대와 탁자와 의자 여섯 개와 큰 가마솥을 사고, 그 밖에도 꼭 필요치는 않으나 검은 꽃 모양이 그려진 붉은 차병과 예쁜 찻잔을 여섯 개 샀다. 다음에는 향 파는 가게에 가서 대청 탁자 위에 모셔 놓을 복신상(福神像)과 그 앞에 불을 밝힐 양초와 향로 등도 샀다. 그 양초는 암소 기름으로 만든 것인데 갈대 잎을 쪼개어 만든 가느다란 심지가 박힌 굵은 초였다.

살 것을 다 사고 집으로 돌아오다가 왕룽은 문득 사당의 지신님이 생각나 그곳을 들여다보았다. 지신들의 모습은 민망스러울 정도였다. 비에 씻겨 얼굴이 부서지고 찰흙으로 만든 몸뚱어리도 헐벗고 찢겨진 종이 옷 사이로 비어져 나온 가련한 몰골이었다. 그렇게 무서운 흉년인지라 아무도 거들떠본 사람이 없었던 모양이었다. 왕룽은 고소한 듯이 한참 동안 바라보다가 일을 저지른 아이를 꾸짖는 것처럼 언성을 높였다.

"인간에게 못된 짓을 하는 신들은 이런 꼴을 당해야 마땅하지."

왕룽의 집은 다시 새로워졌다. 대청 탁자 위에 향로가 놓이고 향불과 함께 큼직한 촛불이 춤을 추었다. 차병도 찻잔도 놓여 있고 침대도 있고 가구들도 갖추어졌다. 그의 침대 곁 봉창에는 새로 종이를 바르고 문짝도 새로 달았다. 이렇게 하고 보니 왕룽은 지나친 행복이 새삼 두려워졌다. 오란은 임신하여 배가 불룩했다. 아이들은 강아지처럼 집 안팎으로 뛰어다니고 노인은 양지쪽에 기대앉아 졸기만 하는 것이 무한히 만족스런 모양이었다. 그는 졸면서도 빙긋이 웃는 것 같았다.

그의 논에서는 비취처럼 푸르고 오히려 그보다 더 아름다운 벼가 무럭무럭 자라고, 심어 둔 콩은 껍질을 쓴 채 땅에서 뾰족뾰족 고개를 내밀었다. 그리고 아껴 먹기만 한다면 추수 때까지 먹고살기에 충분한 돈이 아직 남아 있었다. 왕룽은 먼 하늘을 바라보았다. 흰 구름이 둥실둥실 흘러갔다. 곡식이 자라는 들이나 자기 자신이나 모두 햇볕과 비가 알맞아 느긋한 느낌이었다. 그는 마지못한 듯이 중얼거렸다.

"사당에 모신 지신님에게도 향을 피워야겠어. 어쨌든 대지를 다스리는 힘이 있으니까."

16

　어느 날 밤 왕룽은 곁에 누워 있는 오란의 젖가슴 사이에 남자 주먹만한 단단한 덩어리가 손에 닿는 것을 느꼈다.

　"이게 뭔데 몸에 감춰 두고 있어?"

　그것은 헝겊으로 단단히 싸여 있었다. 만져 보니 딱딱한 게 자갈 같았다. 오란은 처음엔 안 보이려 했으나 남편이 굳이 보려고 하자 하는 수 없이 조용히 입을 열었다.

　"그렇게 보고 싶거든 보세요."

　오란은 목에 걸린 끈을 풀어 남편에게 내주었다. 헝겊에 싼 것을 왕룽이 아무렇게나 헤치자 갑자기 그의 손바닥에 숱한 보석이 쏟아져 나왔다. 왕룽은 아연실색했다. 이만한 보석이 한곳에 모여 있다는 것은 꿈에도 생각할 수 없었다. 수박 속처럼 붉은 것, 밀 빛처럼 누런 것, 봄에 움트는 새싹

처럼 연한 녹색인 것, 땅에서 솟아오르는 샘물처럼 맑은 것 등 왕룽으로서
는 보석의 이름도 알 수 없었다. 그에게 보석이라는 것은 아무 인연이 없
는 것이었기 때문에 이 보석들이 어떤 것인지 알 수가 없었다. 그러나 그
는 그 갈고리 같은 손바닥에 놓인 보석들이 어둠침침한 방안에서도 찬란
히 광채를 내는 것을 보자 굉장한 보물이 생겼다고 느꼈다. 그는 그 빛깔
과 모양에 취해서 한동안 꿈쩍도 하지 않았다. 오란도 묵묵히 바라보고만
있었다. 왕룽은 말을 더듬었다.

"어디서…… 어디서……."

오란은 낮은 음성으로 대답했다.

"그때 남방 부잣집에서요. 틀림없이 귀하게 여기던 보물이었나 봐요.
벽에 헐거운 벽돌이 하나 눈에 띄기에 다른 사람들이 아무도 나한테 나눠
갖자고 덤비지 못하게 무관심한 체하고 슬그머니 돌아가서 벽돌을 뽑아
내고 빛나는 물건을 꺼내 소매 속에 넣었어요."

"그걸 어떻게 알았지?"

왕룽은 감탄하면서 낮은 음성으로 다시 물었다. 오란은 눈에서는 절대
로 나타나지 않는 미소를 입가에 지으며 대답했다.

"당신은 제가 부잣집에서 헛살았는 줄 알아요? 부자 양반들이란 항상
안심을 하지 못해요. 어느 해인가 흉년이 들었을 때 황 부잣집에 비적들
이 든 적이 있었어요. 그때도 첩이랑 큰마님까지 정신없이 도망가는데 보
니까 그 여자들은 다들 보석을 가지고 있어서 미리 마련해 놓은 어느 비밀
장소에다 그걸 숨겼어요. 그래서 전 헐거운 벽돌을 보면 그게 무슨 뜻인
지 알아요."

다시 두 사람은 묵묵히 그 많은 보석에 정신을 팔고 있었다. 이윽고 왕룽이 숨죽인 소리로 입을 열었다.

"이렇게 많은 보물을 가지고 있다가는 화를 당할 거야. 팔아서 땅을 사 두어야 마음이 놓이지. 소문이 나면 당장에 비적들이 몰려들어 우리를 죽이고 빼앗아 갈 거야. 빨리 팔아서 토지로 바꾸어 두어야만 마음놓고 잘 수 있지."

이렇게 말한 왕룽은 부리나케 보석을 헝겊으로 싸서 끈으로 단단히 묶고는 저고리를 벌려 가슴 속에 넣다가 무심코 아내의 얼굴을 바라보았다. 아내는 침대 곁에 다리를 포개고 앉아 있었다. 언제나 아무 표정이 없던 오란의 얼굴에 어떤 욕망의 불길이 타오르는 것 같았다.

"왜, 그러나?"

왕룽은 의아스러운 듯이 물었다.

"그걸 다 팔 거예요?"

오란의 음성은 떨렸다.

"팔지 않으면? 이런 보석을 농사꾼이 가지고 있으면 뭘 하나?"

"제가 두 개만 가졌으면 좋겠어요."

오란의 음성은 단념한 듯 가라앉아 있었다. 안타깝고 애처로운 목소리였다. 왕룽은 아이들이 장난감이나 과자를 조르는 것 같은 오란의 목소리에 기가 죽었다.

"두 개만 줘요."

오란은 구걸하는 것처럼 어렵게 말했다.

"조그만 것 두 개만, 조그마한 진주 둘만 줘요."

"진주?"

진주라는 이름을 처음 듣는 왕릉은 숨만 들이쉬었다.

"그저 갖고 싶어요…… 차고 다니려는 건 아니에요. 그냥 갖고만 있을래요."

오란은 다소곳이 눈을 내리뜨고 실밥이 트더진 이불자락을 비틀어 대면서 대답을 별로 기대하지 않는 사람처럼 참을성 있게 기다렸다. 이때 왕릉이 이 둔중하고 충실한 아내의 마음을, 아무 보수도 없이 꾸준히 부잣집 종노릇을 하면서 다른 여자들이 보석을 끼고 있는 것을 보기만 하고 그 손에는 한 번 만져 보지도 못한 그녀의 심정을 이해할 수는 없었으나 엿볼 수는 있었다. 오란은 혼잣말처럼 중얼거렸다.

"이따금 만져 보기라도 하고 싶어서 그래요."

왕릉은 저도 모르는 무엇에 감동되어 허리춤에 넣었던 보석을 꺼내 묵묵히 아내 앞에 내놓았다. 오란의 갈고리 같은 손이 황홀한 보석 가운데서 움직이더니 두 개의 흰 진주를 가려냈다. 오란은 그 두 개를 내놓고 나머지는 다시 헝겊에 싸서 남편에게 돌려주었다. 그러고는 그 두 개의 진주를 다른 헝겊으로 싸서 젖가슴에 넣었다. 그녀는 퍽 만족스런 표정이었다. 하지만 왕릉은 어리병병해서 아내를 겨우 반쯤만 이해하며 그녀를 지켜보았고, 나중에 날이 밝았을 때, 그리고 다른 날에도 가끔 걸음을 멈추고 그녀를 물끄러미 쳐다보면서 속으로 생각했다. '마누라는 지금도 그 진주를 품속에 지니고 있을 테지.' 그러나 왕릉은 아내가 그 진주를 꺼내 들여다보는 것을 한 번도 본 적이 없었다. 또 그들은 이후 그 진주에 대해서 한 번도 서로 말한 적이 없었다.

왕룽은 보석을 어떻게 할까 여러 가지로 궁리한 끝에 황 부잣집에 가서 아직도 팔 땅이 있는지 알아보고 결말을 짓기로 작정하고 그 집으로 갔다. 가서 보니 그 앞을 지나 황씨 댁으로 들어갈 수 없는 사람들을 경멸하며 사마귀의 털을 꼬아 대면서 서 있던 문지기가 없었다. 그리고 그 큰 대문은 굳게 닫혀져 있었다. 왕룽은 문짝을 두 주먹으로 쾅쾅 쳤으나 아무도 나오지 않았다. 그 앞을 지나가던 사람이 왕룽을 이상스럽게 흘겨보며 아는 체를 했다.

"자꾸 두들겨 보시오. 영감님이 일어나 있으면 나올 거요. 그렇지 않으면 길 잃은 개 같은 종이라도 있어서 그 종년이 혹시 마음이 내키면 내다볼지도 모르니까요."

그는 끈기 있게 대문을 두들겼다. 마침내 대문 안에서 천천히 걸어나오는 발자국 소리가 들렸다. 그 발자국 소리는 이어졌다 끊어졌다 하면서 고르지가 못했다. 이윽고 쇠빗장을 빼는 소리가 들리고 이어서 삐걱거리며 대문이 겨우 움직이자, "거 누구요?" 하는 침통한 음성이 들렸다. 왕룽은 깜짝 놀라 소리를 높여 대답했다.

"나요, 성밖의 왕룽이오."

"왕룽이 누구야?"

대문 안의 음성은 노한 것 같았다. 왕룽은 그 노기 있는 음성으로 미루어 이 집의 주인 영감이라고 짐작했다. 말투가 청지기나 종년을 부리던 입버릇 그대로였기 때문이다. 왕룽은 아까보다 겸손하게 말했다.

"노대인, 영감님께 폐를 끼치고 싶어서가 아니라 볼일이 좀 있어서 찾아왔으니까 영감님 밑에서 일하는 대리인과 일을 보게 해주십시오."

"그놈? 그 개 같은 놈은 벌써 몇 달 전에 달아나고 없네."

영감은 대문을 빠끔 열고 열린 틈 사이로 입을 내밀어 대답했다. 이 말을 들은 왕룽은 어떻게 해야 좋을지 몰랐다. 중간에 다른 사람을 넣지 않고 영감과 직접 흥정하기는 곤란한 일이었다. 품안에 들어 있는 보석은 불꽃처럼 뜨거웠다. 한시바삐 그것을 주어 버리고 보석보다 가치 있는 땅을 얻고 싶었다. 그가 가지고 있는 씨앗만 해도 지금 소유한 토지보다 두 배로 늘어나도 풍족한 것이다. 그리고 그는 비옥한 황 부자의 토지에 강한 매력을 느끼고 있던 터였다.

"돈 문제로 잠깐 말씀드리려고 왔습니다만……."

왕룽은 주저하면서 겨우 입을 열었다. 그 말이 떨어지기가 무섭게 영감은, '내 집에 돈 없어!' 하고 더욱 음성을 높였다.

"비적 같은 놈, 도적 같은 그 대리인 놈이 다 가져갔어. 그놈의 죄를 생각하면 대대로 저주를 받아 마땅한 그 대리인이 모두 훔쳐갔어. 내 빚은 하나도 못 갚게 하고……."

"아, 아니, 그런 말씀이 아닙니다."

왕룽은 황급히 변명을 했다.

"저는 돈을 드리러 왔습니다. 빚을 받으러 온 것이 아닙니다."

그러자 대문 안에서 왕룽이 이제껏 들어 본 적이 없는 날카로운 목소리와 함께 한 여인의 얼굴이 문 사이로 나타났다.

"그런 말은 정말 오랜만에 들어보는 반가운 소리로군요."

왕룽이 본 그녀는 예쁘장하고 또 영리해 보였다. 왕룽을 보자 그녀는, "어서 들어오세요." 하고 말하면서 겨우 한 사람이 들어갈 만큼 대문을 열어 주고는, 문 안으로 들어선 왕룽이 어쩔 줄 몰라 어리둥절하는 사이에 그의 뒤로 돌아가 다시 빗장을 걸었다. 영감은 저만큼 서서 쿨룩거리며 왕룽을 멍하니 바라보았다. 때묻은 잠옷을 입었는데 털 비단을 댄 안이 들여다보였다. 여기저기 얼룩이 져 있기는 하나, 아무튼 좋은 공단으로 만들었다는 것은 누가 보아도 알 수 있었다. 모양 없이 구겨져 있는 것은 아마 잠자리에서도 입은 탓이리라. 큰 집에서 사는 사람들을 평생 반쯤은 두려워하며 살아온 왕룽은 호기심을 느끼면서도 두려워하며 영감을 멍하니 마주 쳐다보았다.

그런데 소문으로 듣던 그렇게 무서운 영감이 늙은이라고는 믿어지지 않았다. 자기 아버지보다 별로 무서워 보이지 않았다. 그의 아버지는 말 끔하고 미소를 짓는 노인인 반면, 전에는 뚱뚱했던 노대인이 이제는 바싹 여위고 피부도 쭈글쭈글해 축 늘어지고, 몸도 씻지 못하고 면도도 하지 못하고, 싯누렇고 벌벌 떠는 손으로 턱을 더듬거리며 늙어서 맥이 풀린 입술을 만지작거리는 몰골을 보니 오히려 자기 아버지만큼도 두려운 존재가 아니라는 사실이 믿어지지 않았다.

그러나 여인은 꽤 아름다웠다. 오뚝한 콧날, 날카로워 보이는 검은 눈매, 단단하고 맑은 탄력 있는 살결에 볼과 입술은 연지를 찍은 듯했다. 새까만 머리털은 검은 거울처럼 매끄럽게 빛났다. 말투로 보아 이 집 가족은 아니고 종인 것을 알 수 있었다. 음성은 날카로운데 아무렇게나 혀를 조잘거렸다. 그런데 이 두 사람, 한 여인과 영감 이외에는 그렇게도 많은 노비들이 분주하게 일하던 앞뜰에 아무도 없는 것이었다.

"무슨 볼일이요? 돈 이야기라고요?"

여인은 뾰족한 음성으로 물었다. 그러나 왕룽은 머뭇거렸다. 그는 황 노인 앞에서 입을 열고 싶지 않았다. 그러자 영리한 여인은 왕룽의 마음을 눈치채고 영감을 돌아다보며 소리를 질렀다.

"저리 좀 비켜 줘요."

영감은 콜록콜록 기침을 하며 낡은 벨벳 신발을 발뒤꿈치에서 탈락거리면서 아무 말도 없이 자리를 피했다. 여인과 단둘이 남게 되자 왕룽은 무슨 말을 해야 할지 몰랐다. 그는 갑자기 사방이 고요해진 것이 매우 어색했다. 안뜰 안을 힐끗 들여다봤으나 거기에도 사람은 보이지 않았다. 마당 여기저기에 쓰레기가 산더미처럼 쌓여 있고 지푸라기, 대나무 가지, 마른 솔잎, 시든 꽃나무 들이 난잡하게 널려 있는 모양이 오랫동안 비질을 하지 않은 것 같았다.

"참 답답한 양반도 있네."

여인의 날카로운 음성에 왕룽은 깜짝 놀랐다.

"도대체 볼일이란 게 뭐예요? 돈이 있거든 이리 내놔요."

"아니오."

왕룽은 조심스럽게 말했다.

"내가 돈이 있다는 것이 아니오. 거래를 하러 온 것이오."

"거래는 돈을 의미해요. 돈이 들어오거나 나가는 게 거래인데 이 집에서 나갈 돈이라고는 조금도 없어요."

"어쨌든 난 여자하고는 얘기할 수가 없소."

왕룽은 부드럽게 말했다. 그는 이 집까지 찾아오기는 했으나 막상 일이 이렇게 되고 보니 거북스러웠다. 그래서 사방을 두리번거리며 살피기만 했다.

"아니, 왜 말 못해요?"

여인은 뾰로통해서 물었다. 그러고는 이어서 말했다.

"바보 같은 양반, 이 집에는 아무도 없다는 말을 듣지도 못했어요?"

왕룽은 맥이 풀리며 믿지 못하겠다는 듯 그녀를 물끄러미 바라보았다. 여인은 더욱 언성을 높여 말했다.

"이 집에는 나하고 영감님뿐이에요. 아무도 없어요."

"그럼, 다들 어디로 갔소?"

왕룽은 너무나 뜻밖이어서 겨우 이렇게 물었다.

"큰마님은 돌아가셨죠. 당신은 비적들이 이 집에 들어와서 종들이고 살림이고 할 것 없이 다 가져갔다는 얘기를 거리에서 못 들었어요? 그 비적 놈들이 영감님을 두 팔을 묶어 달아매서 매질을 하고, 또 마님은 걸상에다 묶어 놓고 소리를 못 지르게 입에다 재갈을 물렸는데, 다른 사람들은 모두 달아났지만 나는 물이 반쯤 담긴 물통 속에 들어가 뚜껑을 덮고 숨었다가 나왔어요. 나중에 나와 보니 비적 놈들은 다 가고 큰마님이 걸상에 묶인 채 돌아가셨잖아요. 비적 놈들이 죽인 게 아니라 놀라서 죽은 거지요. 오랫동안 아편을 피웠기 때문에 몸이 썩은 갈대 같았고 공포를 견디지 못했던 거예요."

"청지기들과 종들은요, 문지기는 어떻게 됐나요?"

왕룽은 내친김에 연달아 물었다. 그 여인은 귀찮은 듯이 다시 입을 열었다.

"그 사람들은 벌써 달아나 버렸어요. 겨울이 절반도 가기 전에 돈도 떨어지고 식량도 떨어져 다리가 멀쩡한 사람은 다 도망쳤어요."

여인은 음성을 낮추었다.

"비적 중에 먼저 달아났던 청지기들이 몇 사람 있었죠. 그 문지기란 놈이 앞장서서 서두르는 것을 직접 봤어요. 그놈이 영감님 앞에선 외면을 했지만, 사마귀 털이야 숨길 수 있나요. 그리고 또 다른 사람들도 끼여 있었던 모양이에요. 큰 집의 내용을 잘 아는 사람이 아니고서는 보석을 어디에 숨겨 두었으며, 팔지 않을 것들을 저장하는 비밀 장소가 어디에 있는지 누가 알겠어요. 이 집안과 먼 친척뻘이라고 해서 그런 일에 공공연히 나선다는 것은 제 신분에 어울리지 않는다고 여겼을지는 모르지만, 나는 그 늙은 대리인도 그들과 같이 작당을 했을지 모른다고 생각해요."

여인은 다시 잠잠해졌다. 그러자 뜰 안은 모든 생명을 뿌리째 뽑아 간 것처럼 무거운 정적에 잠겨 버렸다. 이윽고 여인은 다시 이야기를 계속했다.

"그렇지만 이런 일이 갑자기 일어난 것은 아니에요. 이 황 부잣집은 아버지 윗대부터 망하기 시작한 거예요. 그때부터 주인은 집안일을 전혀 돌보지 않고 모든 일을 대리인에게 맡기곤 들어오는 돈을 물 쓰듯 헤프게 썼으니, 결국 영감님 대에 와서는 땅의 힘이 조금씩조금씩 사라졌고 땅도 역시 사라지기 시작했어요."

"젊은 양반들은 어디로 갔나요?"

왕룽은 묻지 않고는 견딜 수가 없었다. 너무나 뜻밖이라 여인의 이야기가 믿어지지 않았던 것이다. 그러나 여인은 조금도 흥미 없다는 듯이 냉담하게 말했다.

"모두들 여기저기로 흩어졌지요. 이 꼴이 되기 전에 딸들을 치워 버린 게 다행한 일이었죠. 맏아들이 영감님 걱정을 하고 모시러 사람을 보내 왔지만, 내가 여기 그대로 계시라고 권했지요. 이 큰 집을 나 혼자서 지킬 수 없다고, 나는 여자니까 어울리지 않는 일이라고요."

여인은 붉은 입술을 오므리고 제법 중대한 일이나 맡은 것처럼 뽐내며 눈을 내리깔았다. 그리고 한참 뒤에 다시 입을 열었다.

"그리고 요 2, 3년 동안 영감님은 나만 의지해서 살았죠. 나도 달리 갈 곳이 없고……."

왕룽은 그 여인을 물끄러미 바라보다가 곧 시선을 돌렸다. 그도 대강 짐작이 갔다. 이 여인은 마지막까지 영감의 돈을 빨아먹을 양으로 다 죽어 가는 영감 곁을 떠나지 않은 것이다. 이런 생각이 들자 그는 경멸하는 투로 핀잔을 주었다.

"당신은 종인데 어떻게 내가 당신하고 거래하겠소?"

그러자 여인은 또 음성을 높여 말했다.

"영감님은 내가 하자는 대로 해요."

왕룽은 이 말을 듣고 곰곰이 생각했다. 땅은 팔 것이다. 내가 안 사면 다른 사람이 이 계집에게 살 것이다.

"남은 땅은 얼마나 되오?"

왕룽은 하는 수 없이 물었다. 여인은 곧 그의 볼일이란 게 무엇인지 알아차리고 재빨리 말을 받았다.

"땅을 사려고 왔다면 살 만한 땅이 있어요. 서쪽에 백 날 갈이, 남쪽에 이백 날 갈이가 있어요. 한 덩어리는 아니지만 아주 큰 전답들이지요. 그건 모두 팔 거예요."

이런 말을 듣자 이 여인은 영감님이 가진 것은 무엇이든지 한 뙈기의 땅까지 알고 있을 것이라고 생각했다. 그러나 왕룽은 이 여인을 믿고 땅을 흥정하고 싶지는 않았다.

"영감님의 아들과 상의도 없이 선조 때부터 물려받은 토지를 모두 팔겠소?"

"걱정 마세요. 젊은 양반들도 팔 수 있으면 팔라고 영감님에게 말하더군요. 그 양반들은 이런 곳엔 살기 싫대요. 흉년만 들면 비적들이 달려들곤 하니까 모두들 그렇게 말해요. 누가 이런 곳에 살고 싶어하나요? 땅을 팔아서 돈을 나누려고만 하지요."

"그러면 누구에게 땅값을 주면 되겠소?"

왕룽은 아직도 못 미더운 듯이 말했다.

"영감님에게 드려야죠. 다른 누가 돈 받을 사람이 있나요?"

여인은 당연하다는 듯이 대답했다. 그러나 왕룽은 돈이 영감의 손에서 이 계집의 손으로 들어간다는 것을 쉽사리 짐작할 수 있었다. 왕룽은 이 여인과 흥정할 마음이 내키지 않아서, "다음날 다시 오지요, 다음날." 하고 대문간을 향해 걷기 시작했다. 여인은 왕룽의 뒤를 따라 나오면서 거듭 말했다.

"내일 이맘때 꼭 오세요. 이맘때나 저녁때나 언제라도 좋으니까요."

왕룽은 어리둥절해서 대답도 하지 않고 길거리로 내려갔다. 좀더 생각해 봐야 할 일이었다. 그는 조그마한 찻집에 들어가 값싼 차를 시켰다. 심부름하는 아이가 솜씨 있게 차를 갖다 놓고는 왕룽이 찻값으로 내놓은 동전을 까불거리며 던져 올렸다 받았다 했다. 왕룽은 그런 것에는 아무 관심도 없이 깊은 생각에 잠겼다. 그는 생각하면 할수록 왕룽과 그의 아버지와 할아버지가 살아오는 동안 지금까지 읍내에서 권세와 영광의 상징이었던 황 부자가 이제는 몰락해서 집안 사람들이 뿔뿔이 흩어졌다는 사실이 점점 더 괴이하게 여겨졌다. '농토를 허술히 해서 그렇게 된 거야.' 안타까운 일이라고 생각되었다.

그의 생각은 다시 자기의 두 아들에게 미쳤다. 아이들은 봄의 죽순처럼 무럭무럭 자랐지만 왕룽은 '오늘부터라도 아이들을 놀리지 말고 밭에 나가서 일을 하게 해야겠어.' 하고 생각했다. 그리고 어릴 때부터 일을 몸에 익히게 하고 언제나 흙 냄새에 정이 붙게 해야 된다고 결심했다. 왕룽은 품안에 들어 있는 보석이 무겁고 뜨겁게 자기를 짓누르는 것 같아 공포를 느꼈다. 이러는 동안에도 무거운 생각이 머리에서 떠나지 않았다. 지금이라도 누가 그의 누더기 속에서 찬란히 번쩍이는 빛을 보고 소리칠 것 같았다. '이봐! 너 같은 놈이 임금이나 가지고 다니는 보석을 가지고 다니다니!' 하고 소리를 칠 것만 같았다. 한시라도 빨리 보석을 땅으로 바꾸어야만 안심할 수 있을 것 같았다. 그는 가게 안이 조용해지자 주인에게 말을 건넸다.

"내가 차 한잔 살 테니 이리 와서 성내 소식이나 좀 얘기해 주시죠. 내가 겨울 동안 멀리 떠나 있었거든요. "

찻집 주인이라면 그런 이야기를 잘 알고 있는 법이다. 더구나 자기가 마시는 찻값을 손님이 치러 주면 그것을 마시면서 이야기하는 것을 좋아했다. 그는 부리나케 왕룽 앞에 마주 앉았다. 생쥐처럼 생긴 얼굴에 한쪽 눈

188

은 찌그러지고 사팔눈이었으며, 까맣게 기름때가 묻은 옷을 입고 있었다. 그는 차를 팔기도 하지만 자기 손으로 음식을 만들어 팔기도 했다. 그는 "일류 요리사는 깨끗한 옷을 입지 않는다는 옛말이 있지요."라고 지껄이기를 좋아하며, 자기의 누추한 옷차림은 당연하고 또 필요한 것이라고 믿었다. 그는 자리에 앉자마자 입을 열었다.

"글쎄요. 흉년으로 사람들이 모두 굶었다는 얘기는 다 아는 얘기고, 다른 거라곤 황 부잣집에 굉장한 비적이 들었다는 얘기가 있지요."

왕룽이 듣고 싶어하는 이야기가 바로 그것이었다. 주인 사내는 모르는 일이 없다는 듯이 지껄이기 시작했다. 그 집의 종년들이 발악을 하면서 끌려갔다는 둥, 뒷방의 첩들이 모두 강간을 당했다는 둥, 어떤 사람은 쫓겨 나가고 어떤 사람은 끌려갔다는 둥, 그래서 지금은 어느 누구도 그 집에서 살 엄두도 내지 않는다고 소상하게 이야기하고는 이렇게 말을 맺었다.

"그러니까 그 집엔 아무도 없죠. 남은 사람이라야 영감님하고 영감님을 섬기는 척하는 투챈(杜鵑)이란 종년뿐이죠. 그 계집은 영감 방에서 산 지가 벌써 오래됐어요. 다른 계집들은 노상 갈렸지만 그 계집만은 그대로 남아 있지요. 영리한 계집이라 황 영감은 그 계집에게 노상 바보가 되고 마는걸요."

"그렇다면 이젠 아무 거나 그 계집 맘대로 되겠구먼요."

왕룽은 찻집 주인의 대답을 기다렸다.

"그렇겠죠. 당분간은 제멋대로 할 거예요. 그 집에서 긁어모을 수 있는 것은 모두 긁어모으고 집어삼킬 수 있는 것은 모조리 집어삼켜 보자는 거죠. 아무튼 그 집 아들들이 자기들 일이 끝나면 돌아올 거고, 그렇게 되면 제아무리 충성스러운 체해 봤자 별수 없이 쫓겨날 테니까요. 벌써 한평생 먹고살 만큼은 마련했을걸요. 설사 백 년을 산대도 넉넉할 거요."

"그럼 아직도 땅이 남았을까요?"

왕룽은 몸이 달아서 물었다.

"땅이요?"

주인은 영문 모를 일이라는 듯이 되물었다. 땅이라는 말은 아무 의미도 없는 것이었다.

"황 부잣집에서 토지를 판다고 하지 않았느냔 말이오?"

왕룽은 더욱 몸이 달아서 말소리조차 떨렸다.

"아, 그 집 땅 말이로군요."

주인은 심상한 듯이 대꾸했다. 그때 마침 손님이 들어와서 그는 자리에서 일어서면서 말을 이었다.

"판대요. 그렇지만 묘지는 안 판대요. 여섯 대에 걸쳐 문중 묘지로 쓰는 땅 이외에는 다 팔려고 내놓았다는 얘기를 들었어요."

들어야 할 것은 다 들었기 때문에 왕룽은 가게에서 나와 다시 황 부잣집으로 향했다. 아까 만났던 여인이 대문을 열어 주었다. 왕룽은 들어가지도 않고 그 자리에서 말을 걸었다.

"영감님이 땅 문서에 자기 도장을 찍겠소?"

여인은 왕룽을 뚫어지게 쳐다보면서 대답했다.

"찍고말고, 찍고말고요. 내 모가지를 걸고 맹세하죠."

이쯤 되고 보니 왕룽은 털어놓고 말을 했다.

"당신은 땅값으로 돈을 받겠소, 보석을 받겠소?"

"보석으로 받겠어요."

17

이제 왕룽은 소 한 마리를 가진 사람이 경작하고 추수하기에는 땅이 너무 많았고 한 사람이 쌓아 두기에는 수확이 너무 많았기 때문에 새로 말을 한 필 사고, 또 집도 한 칸 더 늘려 짓고, 이웃의 칭 서방과도 의논을 했다.

"자네 혼자 외롭게 사는 것보다 농토를 내게 팔아 버리고 우리 집에 와서 일이나 거들며 같이 살지 않겠나?"

칭 서방은 이 말을 듣자 좋아했다.

하늘은 계절에 맞추어 비를 내렸다. 모판의 모는 점점 자랐다. 밀을 베어 묵직하게 단으로 묶어 거두어들인 다음에 두 사람은 물을 댄 논에다 모 심기를 했다. 비가 많이 내려 전에는 말라붙었던 땅도 금년에는 쌀농사를 짓기에 적합했으므로 왕룽은 이 해에 그 어느 때보다도 많은 모를 심었다. 마침내 가을이 되어 추수할 때가 되니 풍성한 곡식을 거두어들이기에 왕룽과 칭 서방 두 사람 손으로는 모자라서 마을 일꾼을 두 사람 사서 추수를 끝냈다.

황 부잣집에서 산 농장에서 일을 할 때 왕룽의 머리에는 몰락해 버린 귀공자들의 모습이 떠올랐다. 그래서 그는 자기 자식들은 건실하게 단련을 시키리라고 생각하고 아침마다 두 아이를 밭으로 데리고 나가서 소나 말의 고삐를 잡는 작은 일이라도 시켰다. 물론 그것이 일에 도움은 되지 않지만 햇볕에 몸을 쬔다거나 밭이랑 사이를 오고가는 것이라도 익히게 하려는 것이었다.

아이들에게는 이렇게 밭에서 일을 시켰으나 오란은 들에 내보내지 않았다. 이제 그의 아내는 가난한 집 아내가 아닌 것이다. 그는 금년처럼 땅이 풍성한 수확을 가져다준 적이 없었기 때문에 그럴 마음만 있다면 일손을 고용할 능력도 생긴 것이다. 추수한 곡식이 많아서 곡식을 간수할 장소도 없었다. 그는 부득이 곳간을 한 칸 더 늘렸다. 그렇지 않고서는 집안이 좁아 몸도 움직이지 못할 정도였다. 또 돼지 세 마리와 닭 몇 마리를 사서 흩어진 곡식을 먹게 했다.

오란은 집안에서 일하며 모든 사람들을 위해 새 옷을 짓고 신발도 새로 만들었으며, 침대마다 포근한 새 솜을 넣은 꽃무늬가 있는 이불깃을 만들었다. 모든 일이 끝나자 그들은 생전 처음으로 옷과 침구가 풍요로워졌다. 그리고 오란은 이번에도 누구의 도움도 받지 않고 혼자 아이를 낳았다. 산파를 부를 수 있는 형편임에도 그녀는 혼자 낳기로 하고 곁에 아무도 두려 하지 않았다. 이번 해산은 전보다 오랜 시간이 걸렸다. 저녁때 왕룽이 밭일을 마치고 돌아오니 늙은이가 문간에서 벙글벙글 웃음을 띠고

서 있었다.

"이번 알엔 노른자가 두 개야."

방안에 들어선 왕룽은 아내 침대에 두 아이가 누워 있는 것을 보았다. 사내애와 계집애가 똑같이 생긴 쌍둥이였다. 버톨처럼 똑같은 모양이었다. 왕룽은 얼마나 기쁜지 큰 소리로 한바탕 유쾌하게 웃었다. 그리고 무엇이든 농담을 하고 싶었다.

"옳지, 그래서 보석을 두 개 갖고 싶어했구먼."

그러고는 자기가 한 재치 있는 말이 유쾌해서 또 웃었다. 오란은 좋아하는 남편을 바라보며 조용히 웃음을 지었다.

왕룽에게는 아무 근심이 없었다. 구태여 마음 쓰이는 일이 있다면 첫딸아이 걱정뿐이었다. 그 애는 말을 해야 할 나이가 되었는데도 말을 할 줄 모르고, 바보같이 아버지의 얼굴을 보고도 어린애처럼 웃기만 했다. 그 애를 낳던 해에 흉년으로 몹시 굶어서 그런지 아니면 다른 까닭인지 모르겠으나 이제나저제나 기다리는 왕룽의 마음과 달리 딸애는 '빠빠', '맘마' 소리조차 내지 못했다. 다만 빙그레 무의미한 웃음만 지을 뿐이었다. 왕룽은 그 애를 바라보며 얼마나 탄식을 했는지 모른다.

"조그만 것이…… 불쌍한 것…….."

그리고 혼자 속으로 생각했다. '이 애를 그때 팔았더라면 사람들이 이런 사실을 알고는 죽여 버렸을 거야.' 왕룽은 자기가 이 딸아이를 팔려고 했던 일을 생각하고 잘못을 보상하려는 듯 더욱 귀여워했다. 때로는 들에 데리고 나가기도 했다. 딸아이는 묵묵히 그의 뒤를 따랐다. 왕룽이 자기의 얼굴을 바라보거나 무슨 말을 하면 방글방글 웃기만 했다.

왕룽과 그의 아버지가, 또 아버지의 아버지가 이렇게 대대로 살아온 이 지방은 5년에 한 번씩 흉년이 들었다. 하느님의 자비로 7년이나 8년 때로는 10년에 한 번씩 흉년이 들 때도 있지만 그런 일은 극히 드물었다. 흉년의 원인은 장마가 지거나 가물어서였다. 또는 북쪽에 있는 강이 터지거나 하는 것인데, 먼 산에 큰비가 내리거나 겨울에 쌓였던 눈이 갑자기 녹아버려서 몇 세기 전의 사람들이 고생해서 쌓은 제방을 무너뜨리고 전답을 쓸어버리기도 했다.

그럴 때마다 사람들은 땅으로부터 도망쳤다가 다시 돌아왔지만, 왕룽은 이제 재산을 모아 기반을 단단히 쌓고 앞으로 어려운 시절이 닥치더라도 절대로 다시는 그의 땅을 떠나지 않고 풍요한 해의 결실에 의존해서 다음해가 올 때까지 버티겠다고 결심했다. 이러한 그의 결심을 하느님도 도왔는지 10년 동안이나 풍년이 계속되었다. 해마다 1년 동안 먹고도 남을 만큼 많은 곡식을 거두었다.

그는 해가 갈수록 밭일을 위해서 더 많은 사람을 고용하여 머슴도 이제는 일곱 사람이 되었기 때문에 그의 집 뒤에 새로 집을 짓기로 했다. 뜰을 내다볼 수 있는 큰방과 그 양쪽에 두 개의 작은방을 달았다. 지붕은 기와를 이고 벽은 밭에서 떠 온 흙을 이겨서 쌓아 올리고 겉에 회를 발라 깨끗해 보였다. 그의 가족은 이 새집으로 옮기고 앞에 있는 헌 집에는 칭 서방과 머슴들을 들게 했다.

이즈음에 와서 왕룽은 칭 서방을 여러 가지로 겪어 본 결과 그가 정직하고 충실하다는 것을 알고 그에게 머슴들을 감독하게 하고 대우도 후하게 해주었다. 그에게는 먹는 것 외에 매달 은전을 두 닢씩 주었다. 왕룽은 항상 칭 서방은 많이 먹기를 권했으나 그는 언제나 살이 오르지 않았다. 한결같이 말라 있어서 생기가 없어 보였으나 일에는 지극히 열심이었다. 그는 새벽부터 해가 저물 때까지 쉬지 않고 묵묵히 일만 할 때가 가장 행복한 것 같았다. 몇 시간이고 가래를 움직이면서 쉬지 않았다. 그리고 새벽과 해질녘에는 물이나 거름통을 져다가 밭에 뿌렸다.

칭 서방은 아무 말 없이 일하면서도 일꾼들을 잘 감독한다는 것을 왕룽은 알고 있었다. 머슴들 중에 누가 매일 대추나무 밑에서 너무 낮잠만 잔다거나, 여럿이 같이 먹는 밥상에서 두부를 보통 사람의 두 몫이나 먹는다거나, 타작하는 날 자기 여편네나 자식들을 오게 해서 도리깨질하는 밑에 떨어진 곡식을 슬쩍 집어 가게 하는 것을 잘 기억해 두었다. 그리고 추수가 끝나 왕룽과 일꾼들이 한자리에 모여 잔치를 하는 자리에서 왕룽에게 귀띔해 주었다. "저 사람과 저 사람은 내년에 다시 쓰지 맙시다."하고 말하는 것이었다. 두 사람이 주고받았던 한줌의 팥과 씨앗이 그들을 형제처럼 만들었지만 나이가 아래인 왕룽이 윗사람의 자리를 차지했기 때문에 칭 서방은 자신은 고용된 몸이고 다른 사람의 집에서 기거한다는 사실을 완전히 망각하는 일이 전혀 없었다.

5년이 지난 무렵부터 왕룽은 직접 밭에 나가서 일할 틈이 없었다. 토지가 너무 많아져서 농사 관리라든가 생산물 판매라든가 일꾼들을 지휘하는 일만 해도 바빴던 것이다. 이즈음에 그가 가장 불편을 느끼는 것은 글을 모르는 일이었다. 종이에 붓과 먹으로 씌어진 글자를 읽을 수 없는 것이 매우 부끄러웠다. 특히 그가 곡물을 매매하는 상점에서 쌀이나 밀을 파는 계약을 할 때는 창피를 무릅쓰고 성내의 오만한 상인들에게 공손히 이런 부탁을 해야만 했다.

"미안하지만 이것 좀 읽어 주시오. 난 무식해서 글을 모릅니다."

그리고 계약서에 서명할 때 이름을 대신 써 달라고 하는 것도 그러했다. 하찮은 점원들까지도 그런 대필을 할 때면 그를 아주 경멸하듯이 마구 내갈겼다. 더구나 대필하는 사람이 짓궂게 농담이라도 걸면 더욱 견딜 수 없는 노릇이었다.

"왕룽의 룽자가 용 룽(龍)자인가, 귀머거리 룽(聾)자인가?"

그럴 때면 왕룽은 이렇게 대답할 수밖에 없었다.

"아무렇게나 쓰시죠. 난 무식해서 제 이름조차 모릅니다."

어느 해 가을에 곡물 가게에 간 왕룽은 거기에서도 같은 조롱을 받았다. 마침 한낮이라 거래도 끊어져 점원들은 시간을 보내기가 무료한 판이어서 대수롭지 않은 일에도 모두들 웃어 대는 것이었다. 아들 같은 놈들까지 웃어 대는 것을 보자 그는 매우 불쾌하여 집으로 돌아왔다. 그는 자기 밭을 지나면서도 중얼거렸다.

"성내의 그 바보 같은 작자들 가운데 어느 누구도 땅은 한 치도 가지고 있지 못하면서, 내가 종이에다 붓으로 휘갈긴 것의 의미를 모른다고 해서 거위처럼 키득거리고 비웃어도 좋다고들 생각한단 말이야."

그러나 분노가 가라앉고 보니 생각되는 것이 있었다. '하기야 내가 글을 읽고 쓸 줄 모른다는 건 창피한 일이기는 해. 이제부터 큰놈은 농사일을 시키지 말고 성내 서당에 보내야겠어. 그래서 내가 곡물 가게에 갈 때면 데리고 가서 내 대신 쓰고 읽게 해야지. 그러면 나 같은 부자를 보고 비웃지는 않을 게야.' 아주 좋은 생각인 것 같았다. 그는 그날 곧 맏아들을 불렀다. 열두 살로 키가 후리후리하게 크고, 큼직한 얼굴 골격과 커다란 손발은 어머니를 닮았지만 재빠르게 돌아가는 눈은 아버지를 닮은 맏아들이 그의 앞에 서자 왕룽이 말했다.

"넌 오늘부터 들에 나가지 말고 서당에 가서 글을 배우도록 해라. 내가 읍내에서 창피를 당하지 않도록 계약서를 읽고 내 이름을 써 줄 학자가 집 안에 필요하니까."

소년은 햇볕에 그을린 얼굴을 붉히면서 눈을 반짝였다.

"아버지, 저도 2년 전부터 서당에 가고 싶었지만 감히 물어 볼 엄두를 내지 못했습니다."

그러자 이 말을 엿듣던 작은아들이 뛰어 들어와 자기도 서당에 가겠다고 울면서 떼를 썼다. 작은놈은 말을 배우고부터 아주 고집이 세고 무엇이든 형과 같이 해주지 않으면 절대로 울음을 그치지 않았다. 이때도 아버지에게 억지를 부렸다.

"형은 한가하게 자리에 앉아서 무엇을 배우는 동안 똑같은 아들이면서 나만 혼자 머슴처럼 일만 해야 한다는 건 공평하지 못해요. 그렇다면 나도 밭에서 일을 하지 않겠어요."

왕룽은 이 둘째 놈의 고집에는 언제나 이기지 못했다. 그래서 얼른 승낙해 주고 말았다.

"응, 그래그래. 같이 가거라. 어느 때 어떤 놈이 일을 당할지 모르니까. 그땐 어떤 놈이든 쓰일 테니……."

왕룽은 아내를 성내에 보내 두 아들의 두루마깃감을 떠 오게 하고 자기는 문방구점에 가서 종이와 붓, 먹, 벼루 등을 마련했다. 그는 이런 것들을 갖추어 주고 서당에 찾아가 입학 절차까지도 끝냈다. 서당은 서문 가까이 있었는데 그곳 훈장은 옛날에 과거에 떨어진 어떤 늙은 노인이었다. 그는 자기 집 가운뎃방에 책상 몇 개와 걸상을 갖다 놓고 명절 때마다 약간의 곡식을 받고 아이들을 가르치고 있었다. 아이들이 공부에 게으름을 피우거나 배운 글을 잘못 읽을 때면 언제나 커다란 접는 부채로 때리곤 하기 때문에 아이들은 아침부터 늦도록 '공자 왈 맹자 왈' 하고 읽었다.

그러나 따뜻한 봄날이나 여름날에는 아이들도 좀 쉴 수 있었다. 점심 후 얼마 지나면 나이 많은 훈장은 꼬박꼬박 졸다가 마침내 그 조그마한 방이 떠나가도록 코를 고는 것이었다. 그러면 아이들은 때를 만난 것처럼 소곤거리고 가만가만 장난을 시작했다. 어떤 놈은 제멋대로 우스꽝스러운 그림을 그려서 아이들에게 보여 주고는 했다. 어떤 놈은 늙은 훈장이 코를 골면서 아무렇게나 벌리고 있는 입 속으로 파리가 날아드느니 안 날아드느니 하고 내기를 하기도 했다. 그러나 이 늙은 훈장은 이렇게 졸다가도 갑자기 눈을 뜨는 버릇이 있었다. 마치 졸지 않았다는 듯 슬그머니 눈을 뜨고는 아이들이 눈치채기 전에 곁에 두었던 부채로 때렸다. 이때 때리는 소리와 맞은 놈의 우는 소리가 이웃에까지 들렸기 때문에 사람들은 이렇게 칭찬했다.

"거참, 열심히 가르치는 훈장이야."

왕룽이 두 아들을 이 훈장에게 보내는 것도 그런 소문을 들었기 때문이다. 아이들을 처음으로 서당에 데리고 가는 날, 왕룽은 아이들하고 나란히 걸어가는 것은 도리에 어긋나는 일이어서 그들보다 앞장서서 걸었다. 그는 푸른 보자기에 달걀을 싸 가지고 가서 훈장에게 내놓았다. 왕룽은 훈장의 큰 놋테 안경과 품 넓은 검은 두루마기와 겨울에도 커다란 부채를 들고 있는 위엄에 기가 질려 지극히 공손한 태도로 넙죽 절을 했다.

"훈장님, 여기 제 보잘것없는 두 아들을 데리고 왔습니다. 제 자식놈은 머리가 둔해서 먹물을 넣자면 자주 때려야 하실 겝니다. 아무쪼록 많이 때려서 잘 가르쳐 주시기 바랍니다."

두 아이는 한쪽에 서서 책상 앞에 앉아 있는 학생들을 바라보았다. 그들도 이 신입생을 힐끗힐끗 쳐다보았다. 두 아들을 서당에 남겨 두고 집으로 돌아가는 왕룽은 뛸 듯이 자랑스러워 가슴이 터져 나갈 듯싶었다. 그 서당에 있는 여러 아이들 중에서 자기 아들처럼 키가 크고 건장한 얼굴을 한 아이는 하나도 없었던 것이다. 그가 성문을 지나올 때 마을 사람을 만났다. 어디 갔다 오느냐고 묻는 말에 그는 대수롭지 않은 일같이, "자식놈들을 서당에 보내고 오는 길이오." 하고 말했다. 마을 사람의 깜짝 놀라는 눈치를 본 왕룽은 더욱 아무렇지도 않은 듯이 덧붙여 말했다.

"이젠 자식놈에게 농사일을 시키지 않아도 되니까 글이나 많이 가르쳐 볼 작정이오."

그 마을 사람과 지나친 뒤에 그는 속으로 이렇게 생각했다. '큰놈이 공부를 잘해서 감사를 지낸다고 해도 난 조금도 놀라지 않을 거야.' 이날까지 두 아이는 다만 '큰애', '작은애'라고만 불려왔다. 훈장은 그들에게 처음으로 이름을 지어 주었다. 훈장은 그들의 아버지의 직업을 물은 뒤에 형을 눙언(農恩), 동생은 눙운(農溫)이라고 했다. 이름에 돌림자인 눙(農)자를 넣어 흙에서 부유함을 얻는다는 뜻이 되게 했다.

18

이렇게 해서 왕룽이 막대한 재산을 쌓은 지 7년이 되던 해에 북방에 있는 강물이 넘쳐흘렀다. 그것은 상류 지방인 서북쪽에 눈과 비가 심하게 내렸기 때문이었다. 마침내 제방이 무너지고 강물이 둑을 넘어 근방 일대의 들판을 휩쓸었다. 그러나 왕룽은 두려워하지 않았다. 그의 농토의 5분의 2 이상이 어깨 높이나 그보다 더 깊은 물에 호수처럼 잠겼어도 그는 두렵지 않았다.

늦봄부터 초여름에 이르기까지 물은 불기만 하여 마침내 바다처럼 되고 말았다. 하늘의 달과 흰 구름이 오락가락하는 모습과 반쯤 물 속에 잠긴 버드나무와 대숲의 그림자가 거울 같은 물에 비친 모양은 그림처럼 아름답고도 처참했다. 여기저기 피난 간 빈집들의 흙벽이 보였다. 그런 집들은 며칠 지나지 않아 무너져 본래의 평지로 변해 버렸다. 왕룽의 집처럼 언덕 위에 있지 않은 집들은 어느 집이나 다 같은 운명이 되고 말았다. 이런 바다 같은 물 속에 그런 언덕들이 섬처럼 솟아 있었다. 사람들은 작은 배나 뗏목을 타고 성내를 내왕했다. 그리고 과거 그 어느 때보다도 더 심하게 굶주리는 사람들도 있었다. 그러나 왕룽은 걱정이 없었다. 곡물 시장에 돈을 빌려 준 것도 있거니와 곳간에는 지난 2년 동안 추수한 곡식이 쌓여 있었다. 그리고 집도 높은 지대에 있었으므로 물에 휩쓸릴 염려가 없었다.

한편 대부분의 농토가 물에 잠겨 경작할 수 없게 되고 보니 왕룽은 지금껏 겪어 보지 않던 한가한 날을 보내게 되었다. 몸도 한가하거니와 양식도 충분했기 때문에 그는 자고 싶은 대로 자고 놀고 싶은 대로 놀아도 남는 시간을 처분하기가 곤란한 지경이었다. 여러 머슴들도 일년 계약인지라 물이 빠지기만을 기다리며 그의 밥을 먹고 반쯤 한가한 날을 보내는 터에 그가 스스로 나가 일을 한다는 것은 바보 같은 짓이어서 그는 머슴들에게 헌 지붕을 잇게 하기도 하고 새집의 기와도 고치게 했다. 그리고 쇠스랑, 괭이, 쟁기 같은 농구도 손질하게 했다. 가축에게 모이를 주게 하고 오리를 사다가 물에 놓아기르게 하고, 또 삼으로 노끈도 꼬게 했다.

원래 이런 일들은 그가 자기 땅을 혼자 경작할 때 같으면 전부 손수 했던 것이나 이제는 일꾼이 있는지라 그는 아무것도 할 일이 없게 되었다. 그는 할 일이 없어서 못 견딜 지경이었다. 온 종일 집안에 앉아서 물에 잠긴 논밭을 바라보고만 있을 수는 없었다. 그리고 배가 부르도록 실컷 먹고 나면 더 이상 먹을 수도 없었다. 또 잠을 잔대도 싫증이 나지 않을 수 없었다. 그는 견딜 수 없는 지경이어서 집안을 빙빙 돌아다녔지만 혈기왕성한 그에게는 웅성거리는 집안이 너무나 조용하기만 했다.

그의 아버지는 이제 너무 늙었는지라 쇠약할 대로 쇠약했다. 귀가 거의 들리지 않았고 눈도 잘 보이지 않았다. 그래서 가끔 춥지 않은가, 시장하지 않은가, 차를 드릴까 하고 묻는 것 이외에는 아무 말도 하지 않았다. 그리고 자기 아들이 그렇게 부자가 된 것을 알아주지 않는 것도 왕룽에게는 애석한 일이었다. 이 노인이 더운물을 달라고 할 때 차를 끓여 드리면 옛날처럼 "웬 이런 값비싼 차를 주느냐? 차를 먹는다는 건 돈을 먹는 것과 마찬가지인데……." 하고 잔소리를 하는 것이었다. 그러나 어떤 말을 해도 노인은 곧 잊어버렸다. 아무리 알아듣게 말해도 소용없는 노릇이었다. 자신의 세계 속에 은둔해서 살아가며 거의 대부분의 시간을 자기가 다시 젊어져 한창 시절이라는 몽상을 하느라고 현재 그의 주변에서 벌어지는 일은 거의 의식하지 못했으므로 그에게는 아무 얘기도 할 수가 없었다.

언제까지나 말을 못하는 맏딸은 할아버지 곁에 앉아서 헝겊 조각을 폈다 접었다 하며 혼자서 웃기만 했다. 이렇게 맏딸과 아버지는 기운이 넘쳐서 못 견디는 왕룽에 대해서도 변함이 없었다. 왕룽이 아버지에게 차를 드리고 난 뒤 벙어리 딸의 볼을 쓰다듬어 주면 불쌍한 딸아이는 얼굴에 그토록 서글프고도 빨리 사라지는 귀엽고도 공허한 미소를 잠깐 짓고는 공허하게 텅 빈 광채가 없는 흐릿한 두 눈만을 그에게 보여 주었다. 그는 이 딸을 바라볼 때마다 항상 슬픈 생각이 가슴에 치밀었다. 그러고는 한동안 생각에 잠기지만 그 다음에 곧 작은아이를 찾고는 했다.

오란이 낳은 쌍둥이는 벌써 온 집안을 떠들며 돌아다녔다. 그러나 아이들이 언제까지나 어른을 만족시켜 줄 수는 없는 것이다. 아이들은 한동안 웃고 지껄이고 하다가는 곧 저희들끼리 노는 것이 좋아서 달아나 버리면 왕룽만 외롭게 남게 되었다. 이렇게 되면 왕룽은 하릴없이 아내에게로 눈을 돌리지만, 그녀의 몸을 샅샅이 알고 한껏 안아 보았으며 그의 곁에서 어찌나 가까이 살았던지 그녀에 관해서는 기대나 희망을 걸 만한 아무런 새로운 것도 없는 남자의 그런 눈으로 그녀를 쳐다보는 것이었다.

왕룽은 아내를 이렇게 심각하게 바라보는 것이 처음인 것 같았다. 누가 보아도 우둔하고 평범한 여자로, 누가 자기를 어떻게 보든 상관하지 않고 그저 묵묵히 자기의 인생 항로를 걸어가는 여인이라고 왕룽은 새삼스럽게 느꼈다. 머리카락은 거칠고 퇴색해 버린 갈색으로 윤기가 없었으나 기름은 전혀 바르지 않았다. 얼굴은 넓적하고 살결은 거칠며 눈이나 코도 조금도 아름답다거나 명랑한 구석이 없었다. 게다가 눈썹은 희미하고 입도 크고 손발도 모양 없이 크기만 했다. 지금까지와는 전혀 다른 눈으로 아내를 바라보던 그는 갑자기 소리를 질렀다.

"당신을 누가 보면 하찮은 사람의 마누라라고 생각하지, 밭갈이를 시킬 일꾼들을 고용할 만한 지주의 아내라고 말할 사람은 없을 거야."

아내에 대한 그의 생각을 입 밖에 낸 것은 이번이 처음이었다. 오란은 천천히 영문 모를 시선으로 남편을 쳐다보았다. 그녀는 긴 바늘로 신을 꿰매던 손을 멈추고 그 큰 입을 열어 검은 이를 드러내며 웃었다. 그녀는 왕룽이 자기를 한 여자로 바라보고 있다는 것을 마침내 깨달았는지 광대뼈가 불쑥 나온 얼굴을 붉히면서 중얼거렸다.

"쌍둥이를 낳은 뒤론 항상 몸이 불편해요. 아랫배가 터질 듯이 아프거든요."

단순한 오란은 7년 동안 아이를 낳지 않은 것을 남편이 탓하는 줄로만 여기는 모양이었다. 왕룽은 그녀가 이렇게 생각하는 것을 알자 자기도 모르게 거친 소리로 말했다.

"내가 말하는 것은 그런 게 아니라, 머리에 기름도 좀 바르고 검정 옷감을 떠다 새 옷이라도 만들어 입으면 못쓰냐 이거야. 임자가 지금 꿰매고 있는 신도 어디 부잣집 여편네가 신을 신인가?"

그러나 오란은 아무 대꾸도 않고 애원하듯이 남편을 쳐다보면서 자신도 모르게 두 발을 포개어 기대앉은 걸상 밑으로 밀어 넣었다. 왕룽은 오랫동안 이 여인이 충실한 개처럼 그를 따른 것을 생각하고, 또 그가 가난할 때는 언제나 들일을 같이 해주고 더구나 아이를 낳은 후에도 곧 들에 나가 추수하는 것을 거들어 주던 일을 생각하자 나무랄 수는 없다고 생각했지만, 마음속에서 치솟는 짜증을 뿌리뽑지 못해서 내면의 의지와는 어긋나는 무자비한 말을 계속했다.

"난 내가 벌어서 재산도 이만큼 모았으니 내 여편네를 농군의 여편네 꼴로 만들고 싶지는 않아. 도대체 그 발 모양이……."

왕룽은 거기서 말을 끊었다. 그녀의 모든 것이 보기 싫었지만, 그중에서도 가장 흉측한 부분은 헐렁헐렁한 무명 신발을 걸친 커다란 발이었다. 오란은 남편이 그 발을 노여운 눈초리로 바라보자 걸상 밑으로 더 깊숙이 발을 숨겼다. 이윽고 그녀는 나지막한 소리로 입을 열었다.

"너무 어려서 팔려 갔기 때문에 우리 어머니가 발을 묶어 주지 않았어요. 그렇지만 우리 아이들은, 작은애는 꼭 묶어 주겠어요."

왕룽은 아내에게 성낸 것을 속으로는 미안하게 생각하면서도 아내가 마주 성을 내지 않고 오히려 겁만 내는 것이 도리어 못마땅했다. 그래서 그는 새 두루마기를 꺼내 입고 나가면서 한 번 더 화를 냈다.

"에잇, 속상해. 찻집에나 가서 무슨 새로운 소식이라도 없는지 알아봐야겠어. 집안에 사람이라고는 저런 바보와 늙은이와 애들뿐이니 어디 살 수가 있어야지."

성내를 향해 걷는 왕룽은 더욱 화가 치밀었다. 그의 넓은 논밭은 아내가 남방 부잣집에 들어가서 그 보석을 가져오지 않았던들, 또 그 보석을 그가 요구하는 대로 내주지 않았던들 한평생을 노력해도 도저히 살 수 없으리라는 생각이 문득 들었기 때문이다. 그는 마치 자기 자신에게 반항하는 것처럼 중얼거렸다.

"뭐, 그까짓 거, 그 계집은 자기가 한 일의 값어치도 모르는 천치인데, 그저 아이들이 붉은 과자나 푸른 과자를 보고 손을 내미는 것처럼 그 보석도 그냥 신기하니까 집어넣은 게지. 내가 내놓으라고 안 했더라면 평생 젖통 사이에 감춰 두었을 거야."

이어서 그는 아직까지도 아내가 그 보석 두 개를 그대로 가지고 있을까 하고 생각해 보았다. 전 같으면 그렇게 생각하는 것이 이상해서 또 마음속으로 상상해 볼 만한 그런 일이었지만, 지금은 그것을 생각만 해도 역겹기만 할 뿐 어디까지나 아내를 업신여기는 마음만이 앞서는 것이었다. 그리고 아내는 아이를 몇이나 낳아 젖통이 우글쭈글하고 축 늘어져 있는 것이 보기 흉하며, 그따위 가슴에 보석을 간직한다는 것은 어리석기도 하고 어울리지도 않는 일이라고 생각했다.

왕룽이 옛날처럼 가난한 농사꾼이었거나 이번 홍수로 그의 논밭이 물에 잠기지 않았더라면 이런 생각은 전혀 하지 않았을 것이다. 그러나 지금의 그에게는 돈이 얼마든지 있었다. 새로 지은 벽 속에도 감춰 두었고, 방석 속에도 넣어 두었고, 새집 마룻바닥의 타일 밑에도 은화 한 자루가 있었고, 그가 아내와 같이 잠을 자는 방에도 궤짝 안에 헝겊으로 싸서 넣은 은이 들어 있었고, 침대 밑 깔판 속에도 은을 넣고 꿰매었으며, 허리춤 전대에도 가득 은이 들어 있었다. 이렇게 돈에는 아무 궁핍함을 느끼지 못하게 되었다. 이전 같으면 돈을 쓴다는 것은 살을 베어 내는 것 같았지만 지금은 손이 허리춤에 닿을 때마다 곧 쓰고 싶은 충동을 느끼게 되는 것이었다. 이렇게 그는 돈을 쓰고 싶어서 안달이 날 지경이었다. 돈이야 얼마가 들든 자신이 혈기왕성한 동안에 인생의 쾌락을 맛보고 싶은 생각이 가슴에 가득했다.

지금의 그에게는 아무것도 전처럼 탐탁해 보이는 것이 없었다. 이전에는 보잘것없는 시골뜨기라는 생각으로 조심조심 들어가던 찻집도 지금은 그곳이 우중충하고 천하게만 보였다. 예전에는 아무도 그를 아는 척하지 않았고 심부름하는 아이까지 고분고분하지 않았지만, 지금은 그가 들어오는 것을 보기만 하면 서로들 팔꿈치로 쿡쿡 찌르면서 수군대는 것이었다.

"저 사람이 왕 부자야. 저이가 지난번 흉년 황 부자 영감이 죽던 해 겨울에 그 집 땅을 모조리 산 사람이야. 지금은 아주 큰 부자야."

왕릉은 이런 말을 못 들은 척하고 자리에 앉으면서도 속으로는 여간 만족하지 않았다. 하지만 아내를 꾸짖고 나온 오늘은 찬사를 들어도 기분이 좋아지지 않았다. 음울하게 차를 마시던 그는 자신의 삶에서는 자신이 민었던 것처럼 좋은 일이 하나도 없다는 생각이 들었다. 그러다 문득 이런 생각이 떠올랐다. '이거 꼴이 이게 뭔가. 이런 집에 와서 차를 마시다니. 더구나 이 집 주인이란 작자는 생쥐처럼 곁눈질을 하는 꼴에 내 집 머슴 수입만도 못한 장사치인 이런 집에 내가 오다니. 도저히 내 격에 맞질 않아. 남들이 부자라고 하고 자식들을 서당에까지 보내는 내가……'

왕룽은 갑자기 일어서서 찻값을 탁자 위에 던지고 누가 무어라고 할 틈도 없이 밖으로 나와 버렸다. 그러나 어디로 가야 좋을지 몰랐다. 그저 방향도 없이 거리를 걸었다. 그는 이야기꾼이 지껄이는 움막 앞에 발을 멈추고 여러 사람들이 옹기종기 모여 앉아 있는 걸상 끝에 걸터앉았다. 이야기꾼은 굉장히 용감하다는 둥 무서운 지략을 가졌다는 둥 많은 영웅들이 활약하는 『삼국지』 이야기를 했지만, 마음이 들떠 있는 왕룽은 다른 사람들처럼 그 이야기에 정신이 팔리지 않았다. 더구나 이야기꾼이 두들기는 징 소리는 따분하게만 여겨져서 다시 몸을 일으켜 방황을 계속했다.

이즈음에 새로 생긴 큰 찻집이 있었다. 멀리 남방에서 온 경험이 많은 사람이 경영한다는 곳이었다. 전에 이곳을 지나던 왕룽은 그곳에서 노름과 놀이와 나쁜 여자들 때문에 얼마나 엄청난 돈이 없어지는지를 생각하고 입이 딱 벌어진 적이 있었다. 하지만 오늘은 아내에게 너무했다는 가책하는 마음과 무료한 생각으로 주체하기 어려울 만큼 마음이 산란하여 그 집으로 발걸음을 옮겼다. 무엇이든 신기한 것을 보거나 듣거나 해야만 속이 시원할 것 같았다. 거리를 향해 황홀하게 꾸며진 다실에는 탁자가 즐비하게 놓여 있었다. 그는 제법 뽐내는 태도를 취했으나 원래가 거만하지 못한 데다 몇 해 전까지만 해도 은전 한두 닢밖에 못 가졌던 가난뱅이였고 또 인력거꾼이었다는 것을 생각하니 그만 기가 죽었다. 그래서 그런 티를 감추기 위해 더욱 배를 내밀며 찻집으로 들어갔다.

처음에 그는 으리으리한 찻집에서 전혀 아무 말도 하지 않고 그냥 조용히 차를 한잔 마시며 신기한 듯 주위를 둘러보기만 했다. 크나큰 홀의 천장은 금빛이 찬란하고 벽에는 미인이 그려진 비단 족자들이 걸려 있었다. 왕룽은 그 그림을 보지 않는 척하면서 찬찬히 바라보았다. 족자의 그림은 꿈속에서나 볼 수 있을 듯한, 이 세상의 어느 여자도 따라오지 못할 절색들이었다. 그는 이날은 조용히 차만 마시고 집으로 돌아왔다.

다음날부터 왕룽은 농토가 홍수에 잠겨 있는 동안 매일같이 그 찻집에 가서 혼자 차를 마시면서 미인 그림들을 들여다보았다. 농사일에나 집안일에나 그의 손이 필요하지 않았으므로 찻집에 이렇게 앉아 있는 시간이 날로 길어만 갔다. 특별한 사건이 일어나지 않았다면 그는 언제까지나 이렇게 앉아 있었을 것이다. 그의 허리춤에는 돈이 얼마든지 들어 있으나 그의 차림새는 아직 시골뜨기였다. 그 화려하기 짝이 없는 찻집에서 비단옷이 아니라 무명옷을 걸치고 있는 사람은 그 외에는 아무도 없었다. 또 변발을 등에 늘이고 있는 사람도 성내 사람들 중에는 없었다.

그런데 어느 날 밤, 찻집의 뒤편 탁자에 앉아 차를 마시고 있노라니 한쪽 구석에 있는 이층으로 통하는 계단을 내려오는 사람이 있었다. 이 성내에서 이층집이라고는 이 찻집뿐이었다. 또 있다면 서편 성문 밖에 서탑(西塔)이라는 오층탑이 있을 따름이었다. 탑은 올라갈수록 좁아지지만 이집 이층은 아래층과 똑같다. 밤이 되면 그 높은 창에서 여자의 노랫소리와 명랑한 웃음소리와 소녀의 섬세한 손으로 타는 비파 소리가 간드러지게 흘러나오는 것이었다. 왕룽이 앉아 있던 아래층에서는 많은 남자들이 차를 마시며 떠드는 소음과 주사위와 마작 골패가 달그락거리는 소리 때문에 다른 모든 음향이 죽어 버렸지만 길거리에서는, 특히 자정이 지난 다음에는 이층 창에서 흘러나오는 음악 소리를 들을 수 있었다.

그래서 왕룽은 이층에서 내려오는 발자국 소리를 듣지 못했다. 그는 누군가가 자신의 어깨에 손을 얹자 이런 곳에서 사람을 만나리라고는 생각지도 못했기 때문에 깜짝 놀라며 쳐다보았다. 그러자 아름다운 여인이 웃는 얼굴로 그를 내려다보는 것이었다. 그녀는 투챈이었다. 그가 황 부잣집 토지를 살 때 보석을 건네주고, 토지 매도 증서에 서명하는 영감님의 부들부들 떠는 손을 잡고 도장을 찍게 하던 투챈이었다. 그녀는 왕룽을 보자 빙그레 웃음을 지었다. 그 웃음소리는 날카로운 속삭임이었다.

"아니, 왕 서방 아니오?"

투챈은 비웃는 뜻으로 서방이란 말을 길게 뽑았다.

"아니, 여기서 뵈올 줄은 정말 몰랐군요."

이렇게 되고 보니 왕룽은 현재의 자기는 한낱 촌뜨기가 아니라는 것을 이 여인에게 보여 주고 싶었다. 그래서 일부러 껄껄 웃으며 큰 소리로 말했다.

"내 돈이라고 해서 다른 사람의 돈보다 못할 게 어디 있겠소? 그리고 난 요즈음 돈이 궁하다는 걸 전혀 느끼지 못하고 사는걸요. 난 운이 좋았다오."

투챈의 표정이 금방 달라졌다. 그녀의 눈이 가느다랗게 뱀 눈처럼 반짝거렸다. 목소리는 병 속에서 기름 흘러나오는 소리처럼 부드러워졌다.

"누군 그 소식 못 들은 줄 아시나요? 어쨌든 먹고살며 남는 돈으로 부유한 남자들이 재미를 보고 점잖은 양반들이 모여 잔치를 벌이며 쾌락을 맛보는 이런 곳보다 더 좋은 장소가 또 어디 있겠어요. 우리 집보다 맛 좋은 술은 어디에도 없는데…… 당신도 그 술을 맛보셨나요?"

"난 아직 차밖엔 맛보지 않았소."

왕룽은 약간 부끄러운 생각이 들었다.

"술에도 마작에도 난 손대지 않았소."

"차만? 좋은 술이 있는데요. 호골주(虎骨酒)니 소주(燒酒)니 향미주(香味酒)니 얼마든지 있는데 차만 마시다니……."

투챈은 아양을 부리다가 왕룽의 무안스런 눈치를 알아채자 곧 어색하게 말끝을 달리했다.

"그리고 당신 보아하니 다른 건 하나도 구경조차 못한 모양이군요. 안 그래요, 네? 예쁘고 귀여운 손에다 달콤한 냄새를 풍기는 뺨 같은 거 말이에요."

왕룽은 더욱 고개를 떨구고 얼굴을 붉혔다. 그는 여러 사람이 자기를 조롱하면서 이 여자의 말에 귀를 기울이는 것만 같았다. 그래서 단단히 용기를 내어 고개를 숙인 채 옆을 살펴보니 아무도 자기를 거들떠보는 사람이 없는 것 같았다. 마작을 던지는 소리만 들렸다. 그는 더듬거리며 입을 열었다.

"아, 아니, 난 아무것도 안 보았소. 차만 마시고……."

그러자 투챈은 다시 한바탕 웃더니 벽에 걸린 그림을 가리켰다.

"저게 그 여자들의 그림이에요. 어느 것이나 마음대로 고르세요. 마음에 드시는 그림으로요. 제게 은전을 주시면 당장 데려다 드리죠."

"정말이오?"

왕룽은 깜짝 놀랐다.

"난 저 그림이 꿈에 나오는 선녀들, 이야기꾼들이 얘기하는 곤륜산에 등장하는 그런 선녀들 그림인 줄 알았는데……."

"그럼요, 선녀고말고요. 그렇지만 돈만 조금 주면 당신 것이 될 수 있는 선녀들이에요."

투챈은 재미난 듯이 말했다. 그러고 나서 그녀는 자리를 떠나면서 심부름꾼들에게 눈짓을 했다.

"저 사람은 촌에서 온 호박이야."

투챈은 어떤 심부름꾼에게 이렇게 속삭였다. 아무 눈치도 못 챈 왕룽은 새로운 흥미를 가지고 그림들을 바라보기만 했다. 그리고 상상해 보는 것이었다. 저 계단으로 올라가면 그의 머리 위에 있는 여러 개의 방에 이런 미인이 실제로 살아 있고 아무 남자나 마음대로 들어가서 노는 모양이다. 만일 그가 착하고 열심히 일하는 남자, 처자를 거느린 남자, 그런 남자가 아니고 무슨 말썽을 저지르려는 어린아이가 되었다고 상상한다면, 그래서 만일 여자를 고른다고 상상한다면 그는 어느 그림을 선택할 것인가?

그는 여자 그림을 실물처럼 뚫어지게 바라보았다. 그런데 어느 것이나 모두가 아름답기만 하던 그림이 막상 고르려고 하니 역시 차이가 있었다. 그는 스무 장이 넘는 그림 중에서 먼저 셋을 가리고 다시 그중에서 하나를 골랐다. 조그마한 예쁜 여자였다. 이 여자는 대나무처럼 몸이 가벼웠고 자그마한 얼굴이 새끼 고양이처럼 갸름했다. 꽃봉오리가 달린 연꽃 줄기를 들고 있는 손은 쭉 뻗은 고사리처럼 나긋나긋했다. 이 그림을 가만히 바라보고 있으려니 혈관에 술기운이 퍼지는 것처럼 온몸이 달아올랐다.

"꼭 돌배나무 꽃처럼 예쁘구나."

그는 문득 부지중에 소리 내어 말했다. 그러고는 자기 목소리에 쑥스러운 느낌이 들어 황급히 일어나 찻값을 탁자 위에 꺼내 놓고 밖으로 나섰다. 밖은 이미 어둠에 싸여 있었다. 온 들판에 가득한 물 위에 달빛이 은빛 안개처럼 드리워져 있었다. 그의 몸 속에는 뜨거운 피가 남모르게 격렬하게 흐르고 있었다.

19

만약 이때쯤 들판의 물이 빠지고 여름 햇볕으로 젖은 땅에서 김이 무럭무럭 피어올라 마르기 시작했더라면 2, 3일 동안에 밭을 갈아엎고 씨앗을 뿌려야 했기 때문에 왕룽은 아마도 그 큰 찻집으로 돌아가지 않았을지도 모른다. 또는 아이들이 아프거나 노인이 위급한 경우라도 생겼더라면 왕룽은 거기에 정신이 팔려 그 그림에 있던 여자의 얼굴이라든가 대처럼 허리가 날씬한 그 예쁜 자태를 잊고 말았을 것이다. 그러나 홍수는 언제까지나 한결같이 잔잔할 뿐 움직이지 않았다. 다만 해가 질 무렵에 찾아드는 여름 바람만이 가느다란 물결을 일으킬 뿐이었다. 노인은 언제나 졸고 있었고 아이들은 아침에 서당에 가면 해가 저물어야만 돌아왔다.

왕룽은 집안에 있을 때면 마음을 걷잡을 수가 없어서 공연히 이리저리 왔다갔다했다. 걸상에 주저앉는가 하면 아내가 가져다 놓은 차를 마시지도 않고 일어서는 것이었다. 제 손으로 담배에 불을 붙여 놓고도 잊어버리기가 일쑤였다. 그리고 근심스럽게 바라보는 오란의 얼굴을 피하려고 했다. 왕룽에게는 하루해가 한없이 길었다. 기나긴 7월의 해가 겨우 넘어가도 좀처럼 어두워지지 않고 황혼에 속삭이는 듯한 실바람이 물위를 스쳐 지나갔다. 한동안 문턱에 서 있던 왕룽은 갑자기 무슨 생각이 난 듯 방 안으로 들어가 옷을 갈아입었다. 아내가 명절을 위해 준비해 둔 새로 지은 옷이었다. 비단같이 빛나는 무명 두루마기였다.

왕룽은 아무 말도 없이 집을 나서서 물 사이의 언덕길을 따라 성문을 지나 번화한 거리로 들어서자 옆도 안 돌아보고 이층 찻집으로 향했다. 찻집은 휘황찬란했다. 그곳에는 해안 지역의 낯선 도시에서나 살 수 있는 환한 기름 등잔을 있는 대로 모조리 켜 놓았으며, 남자들은 시원한 저녁 바람을 쐬려고 옷을 풀어헤친 채 술을 마시며 떠들었고, 여기저기서 부채질을 하면서 흥이 나게 웃는 소리가 거리까지 흘러나왔다. 이 집안에는 흙만 파면서 살아온 왕룽이 이제껏 한 번도 경험한 일이 없는 유흥이 가득차 있었다. 이곳에는 일을 하지 않는 사람들이 모이는 것이었다. 누구나 놀기 위해서 모이는 곳이었다.

왕룽은 열린 문으로 쏟아져 나오는 환한 불빛 속에 서서 문턱을 넘지 못하고 머뭇거렸다. 그의 뜨거운 피는 혈관에서 터져 나갈 지경이었으나 그는 여전히 소심하고 두려운 탓에, 아마 그녀를 만나지 않았더라면 그대로 서 있다가 집으로 돌아가고 말았을 것이다. 그러나 때마침 어둠침침한 문턱에 기대어 서 있던 여자가 불빛 앞으로 나타났다. 투챈이었다. 오로지 이층의 여자들에게 손님을 붙여 주는 것이 그녀가 하는 일이었으므로 남자의 그림자가 나타나자 가까이 왔던 것이다. 그러나 그 사람이 촌뜨기 왕룽이란 것을 알자 빈정거렸다.

"난 누구라고…… 촌 양반이구먼."

왕룽은 자기를 비웃는 듯한 그녀의 말에 그만 화가 치솟았다. 그는 도리어 용기를 내어 대담하게 말했다.

"그래, 나 같은 촌뜨기는 이런 곳에 못 오나?"

그녀는 다시 어깨를 추썩이며 웃으면서 말했다.

"다른 남자들이 가지고 있는 은화를 당신도 가지고 있다면 그 사람들처럼 해도 되겠죠."

왕룽은 자기가 부자라는 것을 보여 주고 싶었다. 그는 허리춤에 한 손을 넣고 은전을 수북이 꺼내 투챈에게 보였다.

"이만하면 되나? 그래도 부족하오?"

투챈은 그의 손바닥에 가득한 은전을 보자 갑자기 태도를 바꾸었다.

"어서 들어오셔서 어느 애가 마음에 드는지 말씀만 하세요."

그러나 왕룽은 혼자 중얼거렸다.

"음, 내가 뭐 생각이 있는 건 아니지만…… 저 조그만 여자, 턱이 뾰족하고 배꽃처럼 희고 분홍빛 얼굴이 작고 귀여운 저 여자, 손에 연꽃을 들고 있는 저 여자가 좋은데……."

다음 순간 왕룽은 불같은 욕망이 가슴에 치밀었다. 투챈은 어렵지 않다는 듯이 고개를 끄덕이고는 그 많은 사람들 사이를 뚫고 앞서갔다. 왕룽은 약간 떨어져서 따라갔다. 처음에 그는 다른 사람들이 쳐다보는 것 같았으나 용기를 내어 사방을 살펴보니 아무도 그를 주시하는 사람이 없었다. 다만 이런 말을 하는 소리가 들릴 뿐이었다.

"아니, 벌써 색시한테 갈 시간이 됐나?"

"저 친구 이렇게 일찍 시작하려는 걸 보니 꽤나 궁한 모양이지?"

그러나 이때는 왕룽이 투챈을 따라 벌써 좁고 가파른 계단을 올라가고 있었다. 이층에 올라간다는 것은 왕룽으로서는 처음이었으나 올라가 보니 보통 집과 다름없었기 때문에 안심할 수 있었다. 다만 복도 창으로 밖을 내다보니 상당히 높이 올라온 것 같았다. 앞서서 가는 투챈은 그를 좁고 침침한 복도로 데리고 가면서 말했다.

"여기 오늘 밤 첫 손님이 드신다."

그러자 복도에 연해 있는 방문들이 일제히 열리며 쏟아져 나오는 불빛과 함께 젊은 여자들이 얼굴을 내밀었다. 마치 햇빛이 비치는 곳에서 봉우리를 터뜨리고 나오는 꽃과 같았다. 그러나 투챈은 심술궂게 쏘아붙였다.

"넌 아니야…… 너도 아니고. 누가 너 따위를 찾겠니? 이 손님은 소주에서 온 석죽화같이 예쁜 렌화(蓮華)를 찾으신다."

누가 누구인지 잘 구별이 가지 않고 비웃는 듯한 소리가 복도를 번져 나갔다. 그러자 석류빛 같은 얼굴을 한 여자가 큰 소리로 지껄였다.

"렌화는 좋겠네. 흙 냄새, 마늘 냄새를 실컷 맡게 됐으니!"

이 말이 왕룽의 귀에도 들렸다. 비록 말대꾸를 할 가치도 없다고 무시하기는 했어도 농부라는 자신의 신분이 드러날까 봐 정말로 두려워했기 때문에 그녀의 말은 비수처럼 그의 마음을 후벼팠다. 그러나 그는 허리춤에 돈이 두둑이 들었다는 생각을 하면 용기가 나서 뽐내며 걸을 수 있었다.

마침내 복도의 어느 방에 닿은 투챈은 닫혀 있는 방문을 주먹으로 두드리고는 방안의 대꾸도 기다리지 않고 그대로 열고 들어갔다. 방안에는 꽃무늬를 수놓은 붉은 이불로 덮은 침대 위에 날씬한 여자가 앉아 있었다.

만일 누군가가 이 세상에 이렇게 작고 나긋나긋한 손이 있다고 말했다면 그는 곧이듣지 않았을 것이다. 렌화의 손은 그렇게 작고 날씬했으며, 가느다란 손끝의 긴 손톱은 연꽃 봉오리처럼 붉게 물들여져 있었다. 그리고 또 누가 이렇게 생긴 발이 있다 해도 왕룽은 믿지 않았을 것이다. 복숭앗빛 공단 신을 신은 발은 한 주먹으로도 쥘 수 있을 만큼 작았다. 렌화는 침대에 걸터앉아 어린아이처럼 그 발을 달랑거리고 있었다.

왕룽은 뻣뻣하게 그녀와 나란히 침대에 걸터앉아서 그녀의 얼굴만 들여다보았다. 그녀가 그림과 닮았으며 어디서 만났더라도 이 여자를 알아보았을 것이라고 생각했다. 하지만 무엇보다도 우윳빛처럼 하얗고 섬세하게 오므린 그녀의 손이 그림과 가장 닮았다. 그녀의 두 손이 길다란 분홍빛 비단옷의 무릎에 겹쳐 오므린 채 얹혀 있었는데, 그에게 그 손을 만진다는 것은 꿈도 꾸지 못할 노릇이었다. 그는 그림을 바라보듯 렌화를 바라보았다. 몸에 착 붙는 짧은 저고리를 입은 그녀의 허리는 대나무처럼 날씬해 보였다. 흰털로 수놓은 동정 위로 쑥 올라온 조그만 얼굴은 그림과 똑같이 간드러지게 예뻤다. 왕룽은 그녀의 살구 씨처럼 동그란 눈을 보자, 이야기꾼들이 미인의 눈은 살구 씨처럼 둥근 눈이라고 표현하던 말뜻을 알 수 있었다.

왕룽은 렌화를 아무리 보아도 이 세상 사람 같지가 않았다. 그녀는 자그마하게 오므린 손을 들어 그의 어깨에 얹고는 그의 팔을 따라 천천히, 아주 천천히 미끄러져 내려가게 했다. 너무나 부드럽고 너무나 가벼운 그런 손길을 그는 전혀 느껴 본 적이 없었다. 만일 자신의 눈으로 목격하고 있는 것이 아니라면 느끼지도 못할 만큼 아주 가벼운 촉감이었으나, 그 하얗고 조그마한 손이 그의 두 팔을 만지작거리는 양을 바라보자니 마치 가슴에다 모닥불을 놓는 것 같았다. 그녀는 소매 끝까지 이르렀다가 그의 노출된 손목에서 능숙하게 잠깐 머뭇거리고는 단단하고 시커먼 손의 움푹하고 맥이 풀린 손바닥으로 스며들었다. 왕룽은 그녀의 손을 어떻게 해야 좋을지 몰라서 온몸이 떨리기 시작했다. 왕룽은 그녀의 웃음소리를 들었다. 오층탑에 걸린 은방울이 지나가는 실바람결에 대롱거리는 소리 같았다. 그녀는 웃음소리처럼 간드러진 음성으로 말했다.

"아, 당신은 덩치만 컸지 아무것도 모르는 사람이군요. 밤새도록 여기 앉아 멀거니 쳐다보기만 할 거예요?"

왕룽은 그제야 렌화의 손을 두 손으로 모아 쥐었다. 불에 익은 나뭇잎처럼 말랑말랑해서 힘을 주어 줄 수가 없었다. 그는 무의식중에 애원조로 입을 열었다.

"난, 아무것도 모르오…… 가르쳐 주오."

그리하여 렌화는 모든 것을 가르쳐 주었다. 이제 왕룽은 인간이 시달리는 어느 병보다도 더 심한 병을 앓게 되었다. 그것은 무엇보다도 괴로운 것이었다. 불같은 여름 햇빛 아래서 일하는 것보다도, 살을 에는 얼음 같은 사막의 바람보다도, 큰 흉년의 기근보다도, 남방에서 절망에 잠겨 인력거를 끌던 그 시절보다도, 렌화의 하얀 손아귀에 잡혔을 때의 괴로움이 더한 것이었다.

왕룽은 날마다 찻집을 찾아갔고, 저녁만 되면 그녀가 그를 받아 줄 때까지 기다렸고, 밤마다 그녀에게로 들어갔다. 그리하여 그는 밤마다 렌화의 방에서 지냈다. 그러나 항상 아무것도 모르는 촌뜨기처럼 어리둥절해 있었다. 문턱에서부터 사뭇 몸이 떨리고, 어색한 자세로 조심조심 자리에 앉아서는 렌화가 웃을 때까지 꼼짝 않고 기다리는 등 모두가 그러했다. 그래도 가슴의 피는 끓어올랐다. 그러나 렌화가 몸을 내맡길 때까지 그는 우둔한 종처럼 일거일동을 그녀가 시키는 대로 따라갈 뿐이었다. 렌화는 마치 꺾이기 위해 피어난 꽃처럼 위기의 순간이 오면 기꺼이 왕룽에게 통째로 몸을 내맡기고는 했다. 그렇지만 그는 절대로 그녀를 완전히 차지할 수 없었으며, 바로 그 이유 때문에 비록 그녀가 마음대로 하라고 자신을 내맡겨도 그는 들뜬 마음과 갈증이 가시지를 않았다.

그는 오란에게는 본능적으로 강렬하게 요구하고, 그러고는 만족하여 여자라는 것을 잊고 들에 나가서 착실하게 일할 수 있었다. 그런데 렌화에 대해서는 그런 만족을 얻을 수가 없었다. 렌화에게는 그러한 일이 허락되지 않았다. 왕룽의 욕심이 솟구치는 밤에도 렌화는 한 손으로 그의 돈을 받으면서도 다른 가냘픈 한 손으로는 그의 어깨를 밀어내면서 성난 듯이 왕룽을 문 밖으로 밀어냈다. 그러면 왕룽은 그대로 돌아가는 수밖에 없었다. 마치 목마른 사람이 바닷물을 마시면 더욱 갈증이 나서 발광하는 것처럼 사랑에 굶주려 있는 것이었다. 이렇게 그는 매일 렌화를 찾아가지만 언제나 만족하지 못한 채 나오고는 했다.

그해 무덥기만 하던 여름 내내 왕룽은 그렇게 이 젊은 여인을 사랑했다. 그는 렌화에 대해서 아무것도 아는 것이 없었다. 어디서 온 여자인지 어떤 신분의 여자인지 알아볼 생각도 안 했다. 그녀와 같이 있는 동안 왕룽은 별로 말을 하지 않았다. 렌화는 어린아이처럼 웃으며 줄곧 지껄였지만 그는 귀담아듣지 않았다. 다만 그녀의 얼굴을, 손을, 몸뚱이를, 눈을 뚫어지게 바라보면서 마음을 끌려고만 할 뿐이었다. 그는 아무리 해도 렌화를 충실히 소유할 수가 없었다. 그래서 새벽이면 언제나 머리가 혼미해져서 애틋한 생각을 가슴에 가득 안고 집으로 돌아오고는 했다.

집에서 보내는 여름의 하루해는 무척 지루했다. 그는 방안이 덥다는 핑계로 침대에서 자지 않고 대나무 숲 밑에다 멍석을 깔고 잠을 잤다. 그러나 잠은 오지 않고 금방 눈이 떠졌다. 멍하니 뾰족한 댓잎의 그림자만 바라보려면 가슴속으로 자기도 모르는 달콤한 병적인 괴로움이 치미는 것이었다. 그럴 때 그의 아내나 아이들이 무엇을 묻거나 또는 칭 서방이 "물이 곧 빠질 성싶고 또 물이 다 빠진 곳도 있는데 어떻게 할까요?" 하고 물으면, 그는 "알아서 해. 귀찮게 하지 말고." 하고 역정을 냈다. 그는 이렇게 렌화에 대한 채울 수 없는 열렬한 감정으로 가슴이 터질 것만 같았다.

그는 매일같이 이렇게 날을 보냈다. 매일 해가 저물기만을 기다렸다. 그리고 오란의 음울한 얼굴을 피했다. 놀던 아이들까지도 아버지 곁에 오면 멈칫하는 것이었다. 그것조차 왕룽으로서는 바로 볼 수 없는 노릇이었다. 늙은 아버지까지도 그를 이상한 듯이 바라보곤 물었다.

"너, 어디 몸이 아프냐? 왜 그 꼴이냐? 심사도 거칠어지고 얼굴도 아주 안됐구나."

그리고 이런 낮이 지나고 밤이 오면 렌화는 그를 마음대로 데리고 놀았다. 그녀는 그의 변발을 비웃었다. 그래서 왕룽은 날마다 머리를 감고 빗고 했지만 그녀는 비웃기만 했다. "남방 사람들은 그런 원숭이 꼬리 같은 걸 달고 다니지 않아요." 하고 비웃자 왕룽은 다음날 당장 이발소에 가서 변발을 잘라 버렸다. 이날까지 어느 누가 아무리 놀리고 비웃어도 자르지 않은 변발이었다. 오란은 변발을 자른 왕룽을 보자 질색하며 말했다.

"당신은 목숨 같은 머리를 잘랐군요."

그러자 왕룽은 도리어 역정을 냈다.

"그럼 나라고 평생 농군꼴을 하고 다닐까? 성내 사람들은 모두들 머리를 깎았는데……. 나도 이만하면 남부럽지 않게 살잖아."

그는 은근히 후회하는 마음이 없지 않았다. 그러나 렌화가 그에게 지시하거나 원한다면 목숨이라도 서슴지 않고 버렸을 것이다. 그녀는 그가 여자에게 바랄 수 있는 모든 아름다움을 한 몸에 지니고 있었던 것이다. 이전에 그는 햇볕에 타서 갈색이 된 몸을 씻는 일이 없었다. 일을 하며 흘린 땀으로 씻긴 몸이 깨끗한 몸이라고 생각했던 것이다. 그러나 그는 새삼스럽게 마치 다른 사람의 몸을 살펴보듯이 자기 몸을 살펴보기 시작했다. 매일같이 몸을 씻으니까 오란이 보다 못해 참견을 했다.

"당신 너무 그렇게 씻어 대다가는 죽고 말겠어요."

그는 가게에서 타향에서 들여온 빨갛고 감미로운 향기를 풍기는 비누를 하나 사서 몸에다 비벼 댔고, 그녀 앞에서 악취를 풍길까 봐 전에는 그렇게 좋아했던 마늘을 이제는 누가 뭐라고 해도 한 쪽도 먹으려 들지 않았다. 집에서는 이 모든 변화를 아무도 이해할 수가 없었다.

왕룽은 또 새로 여러 가지 옷감을 사들였다. 여태까지는 오란이 바느질을 도맡아 했었다. 그녀는 옷감을 요령 있게 잘라 실용적이고 튼튼한 옷을 만들었다. 그런데도 왕룽은 오란의 바느질 솜씨를 탓하며 새로 사 온 옷감을 성내의 바느질 집에 맡겼다. 그러고는 성내 사람들처럼 연한 회색 두루마기를 몸에 꼭 맞게 해 입었다. 그 위에 입는 소매 없는 웃옷은 까만 공단으로 해 입었다. 또 생전 처음으로 부인네들이 집에서 만들지 않는 신까지 사서 신었다. 이전에 황 부자가 발뒤꿈치를 털럭거리며 발에 걸치고 다니던 그런 검은 벨벳 신이었다.

그러나 왕룽은 이런 훌륭한 새 옷을 입고 갑자기 오란과 아이들 앞에 나설 수는 없었다. 그래서 옷을 갈색 유지에 싸서 잘 아는 사이가 된 찻집의 급사에게 맡겨 두었다. 그리고 급사에게 돈을 좀 주면 이층으로 올라가기 전에 몰래 내실에서 옷을 바꾸어 입게 해주었다. 그뿐만 아니라 금을 입힌 옥 반지도 사서 끼었다. 또 변발할 때 면도질을 했던 앞머리가 자라자 은전 한 닢을 다 주고 조그만 병에 든 외국제의 향기 좋은 기름을 사서 머리에 발라 곱게 빗어 넘겼다. 하지만 놀라서 그를 쳐다보는 오란은 이 모든 일을 어떻게 이해해야 할지 납득이 가지 않았다. 그러던 어느 날 같이 점심을 먹을 때 한참 동안 왕룽을 쳐다보던 그녀가 어두운 목소리로 말했다.

"당신을 보니까 왠지 큰집의 어느 아드님 생각이 나는군요."

왕룽은 이 말에 호탕하게 웃으며 말했다.

"쓰고도 남을 만큼 돈이 있는데 언제까지나 촌뜨기처럼 보일 필요는 없잖아?"

그러나 왕룽은 아내의 그러한 말을 듣자 그날 하루 종일 속으로 여간 기쁘지 않았다. 그래서 그날만은 오란에게 친절하게 대해 주었다.

왕룽의 재산은 그의 손을 거쳐서 물 쓰듯 헤프게 흘러 나갔다. 그가 렌화와 같이 지낸 시간에 대해서 돈을 내야 할 뿐 아니라 그녀가 원하는 것을 사 주는 돈도 적지 않았다. 렌화는 무엇이고 갖고 싶기만 하면 으레 반쯤 가슴이 무너지는 듯한 표정으로 한숨을 지으며 중얼거렸다.

"아, 아!'

렌화 앞에서 말을 할 수 있게 된 왕룽은 그녀의 탄식 소리를 듣고 다정스럽게 물었다.

"왜 그래, 응?'

그러면 렌화는 이렇게 대답하는 것이었다.

"난 오늘 서글픈 생각만 들어요. 옆방의 은옥이는 그이가 금비녀를 사다 주더라는데…… 난 까마득한 옛날부터 이 고물 은비녀밖에 없어서 오늘은 당신을 만나도 기쁘지가 않네요."

그러면 왕룽은 렌화의 야들야들한 귀나 곱게 빗은 머리를 바라보면서 이렇게 대답하지 않을 수 없었다.

"그렇다면 나도 사 주지, 사주고말고. 내 예쁜이가 머리 치장을 하는데 안 사 줄 수 있나."

렌화는 마치 어린애에게 말을 가르치듯이 이러한 말들을 왕룽에게 가르쳐 주었다. '나의 구슬'이라든가 '예쁜 마음씨'라든가 하는 말들을 가르쳐 주고는 자기를 이런 말로 불러 달라고 하는 것이었다. 왕룽은 지금껏 씨앗을 뿌린다거나 추수를 한다거나 햇볕이 어떻고 비가 어떻고 하는 농사에 대한 말밖에 아는 것이 없었다. 그래서 렌화가 가르쳐 주는 대로 더듬거리며 말하면서도 자기의 애정을 충분히 표현하지 못하는 것이 못

내 안타까웠다.

이리하여 왕릉의 재물은 그가 간직해 둔 벽 속에서도, 자루 속에서도 자꾸만 흘러 나갔다. 전 같으면 오란도, "왜 벽 속에 넣어 둔 은전까지 꺼내 가요?" 하고 물을 수 있었으나, 이젠 아무 말도 하지 않고 왕릉이 그녀로부터 멀어지고 심지어는 땅에서도 멀어진 채 어떤 삶을 살아가고 있다는 사실을 알게 되었다. 하지만 그것이 대체 무엇인지를 몰라 비참한 심정으로 남편을 쳐다보기만 했다. 그녀는 자기의 사람 됨됨이나 머리카락이 전혀 아름답지 못하다는 사실을 남편이 분명히 깨달았으며 그녀의 발이 크다는 것을 남편이 의식했던 그날 이후로 남편을 두려워했고, 이제는 걸핏하면 그녀에게 터뜨리는 남편의 분노가 두려웠기 때문에 그에게 감히 아무런 질문도 하지 못했다.

어느 날 왕릉이 들을 지나 돌아오려니 오란이 못 가에서 빨래를 하고 있었다. 물끄러미 아내를 바라보던 왕릉은 그녀에게 다가가서 거친 소리로 물었다.

"당신, 진주를 어디 두었어?"

왕릉은 달리 말하기가 어색했기 때문에 일부러 퉁명스럽게 말했다. 편편한 돌 위에 빨래를 놓고 문지르던 오란은 남편을 쳐다보고 주저하면서 말했다.

"진주요? 갖고 있어요."

왕릉은 차마 아내를 바라보기가 거북스러워 그녀의 젖은 손을 내려다 보며 말했다.

"쓸데없이 가지고만 있으면 뭘 해."

"두었다가 귀고리를 만들려고요……."

오란은 천천히 대답하다가 남편이 웃을까 봐 얼른 말을 이었다.

"훗날 작은 딸아이 시집 보낼 때 써도 되지 않아요?"

왕룽은 억지로 마음을 단단히 먹고 언성을 높여 대꾸했다.

"흙처럼 피부가 시커먼 애한테 왜 진주를 달아 주려고 그러지? 진주란 예쁜 여자들이 치장하려고 갖는 거야."

그리고 잠시 사이를 두었다가 거친 소리로 말했다.

"이리 줘. 내가 쓸 데가 있어."

오란은 천천히 쭈글쭈글한 거친 손을 품에 넣더니 조그마한 주머니를 꺼내 남편에게 건네주었다. 그리고 그가 자기 주머니를 끄르는 모양을 물끄러미 쳐다보았다. 왕룽의 손바닥에 놓인 진주는 햇빛에 부드럽게 빛났다. 왕룽은 흐뭇한 듯이 소리 죽여 웃었다. 오란은 다시 빨래를 방망이질 하기 시작했다. 그녀의 눈에는 구슬 같은 눈물이 괴었다가 천천히 흘러내렸다. 그러나 그녀는 흘러내리는 눈물을 훔치려 하지도 않았다. 다만 편편한 돌 위에 펼쳐 놓은 빨래를 더한층 힘 주어 두드릴 뿐이었다.

20

만일 왕룽의 숙부가 그동안 어디에 가서 무엇을 하며 지냈는지 아무런 설명도 없이 갑자기 돌아오지만 않았더라면 모든 은화가 바닥이 날 때까지 그런 식으로 계속되었을지도 모를 일이었다. 그는 옛날 그때 그 모양으로 단추도 잠그지 않은 누더기를 걸친 채 문간에 우뚝 서 있었다. 풍상에 허덕인 듯 주름살은 더해졌으나 얼굴은 지난날 그대로였다. 그는 왕룽의 가족이 아침 밥상에 둘러앉은 모습을 싱글벙글 웃으면서 들여다보았다. 숙부가 있는지조차 잊어버렸던 왕룽은 마치 유령을 대한 듯 깜짝 놀랐다. 늙은 아버지는 가느다란 눈을 껌벅거리며 쳐다보았으나 누구인지 알아차리지 못하는 모양이었다. 숙부가 곁으로 다가서며 큰 소리로 떠들 때에야 비로소 자기 동생임을 알았다.

"안녕하세요, 형님. 그동안 조카랑 손자들이랑 질부랑 모두 무고들 하시지요?"

그러자 왕룽이 마음속으로는 아연실색해서 몸을 일으켰으면서도 겉으로는 공손한 표정과 목소리로 말했다.

"숙부님, 오랜만입니다. 아침은 어떻게 하셨어요?"

"안 먹었다. 여기서 같이 먹지."

숙부는 마치 자기 집처럼 쉽게 대답했다. 그러고는 상을 새로 차릴 겨를도 없이 상머리에 앉아서 밥그릇과 젓가락을 들고 쌀 죽, 건어, 콩 등을 닥치는 대로 체면 차리지 않고 먹기 시작했다. 쌀 죽을 세 그릇이나 후루룩거리며 쉴 새 없이 먹어치우고 고기 뼈, 자반 할 것 없이 빠르게 씹어 대는 바람에 아무도 입을 열지 않았다. 배를 채운 숙부는 당연한 듯이 덤덤하게 말했다.

"이제 좀 자야겠다. 사흘 밤이나 못 자서……."

왕룽은 숙부의 어이없는 거동에 어리둥절했으나 할 수 없이 아버지 침실로 인도했다. 숙부는 누비이불을 들추더니 훌륭하고 깨끗한 새 무명 천을 만져 보고 왕룽이 아버지의 침실에다 사다 놓은 멋진 탁자와 큼직한 나무 의자를 둘러보며 말했다.

"야, 네가 부자가 됐다는 말은 들었지만 이렇게 부자가 됐을 줄은 생각도 못했지."

그리고 그는 모든 것이 자기 물건이라도 되는 듯 침대에 몸을 던지고는 여름이기는 해도 꽤나 포근한 이불을 어깨까지 끌어 올려 덮고는 더 이상 아무 말도 없이 잠이 들었다. 가운뎃방으로 돌아온 왕룽은 매우 불안한 생각이 들었다. 그가 부자인 이상 자기를 부양하는 것은 당연한 것이라고

믿는 숙부를 쫓아낼 수가 없기 때문이었다. 왕릉은 숙부만이 아니라 숙모
가 따라올 것이 더한층 불쾌했다. 아무튼 이제 숙부의 가족이 그의 집으
로 찾아올 것이다. 왕릉은 누가 뭐라 해도 이 일을 막을 수는 없다고 생각
했다.

마침내 그가 걱정하던 일이 벌어지고 말았다. 숙부는 한낮이 지나서야
부스스 일어나서 세 번이나 거듭 하품을 하고는 구겨진 옷을 펴면서 침대
에서 나와 왕릉에게 말했다.

"이제 가서 네 숙모와 사촌을 데려와야겠다. 우리 세 식구쯤 네가 사는
이 큰 집에 와서 얻어먹고 허름한 옷을 얻어 입는다 해도 너한테는 전혀
축이 나지 않겠지."

왕릉은 얼굴을 찡그렸을 뿐 아무 대꾸도 하지 않았다. 넉넉한 사람이 아
버지 형제 되는 사람의 가족을 부양하지 않는다는 것은 남 보기에도 수치
스러운 일이기 때문이었다. 집안 살림이 넉넉해져 마을에서도 존경을 받
는 그가 체면상으로도 숙부를 거절할 수는 없는 일이었다. 왕릉은 머슴들
을 전에 쓰던 헌 집으로 옮기게 하고 문간방을 비워서 그날 저녁 무렵 찾
아온 숙부 가족을 들게 했다. 왕릉은 불쾌한 마음을 억누를 수가 없었다.
그러면서도 마음에 없는 반기는 얼굴로 그들을 맞으려니 더욱 화가 치밀
었다. 유들유들한 숙모의 얼굴을 대하니 그만 고함이라도 지르고 싶었고,
뻔뻔스런 숙부의 꼴을 보자니 주먹이라도 날아갈 듯한 것을 꾹 참으려니
무척 힘이 들었다. 이처럼 화가 나서 그는 사흘 동안이나 성내에 들어가
지 않았다.

그러는 동안 이미 벌어진 상황에 그들 모두가 익숙해졌다. 오란은 "화

를 내면 어쩌우. 참을 수밖에 없지."하고 말했고, 또 숙부 가족들도 신세를 지는 만큼 은근한 태도로 그를 대했기 때문에 왕룽의 마음은 점점 가라앉았다. 그리고 그에 비례해서 렌화에 대한 정열이 새로 일어나기 시작했다. 의식적으로는 '집구석에 사나운 개들만 우글거리니 어디 견딜 수가 있어야지.' 하는 생각을 했지만 전날의 불꽃같은 정열은 더욱 불타올랐다.

'집에 들개들이 우글거릴 때는 다른 곳에서 마음의 평화를 찾아야 되겠지.'

그는 불이 나도록 렌화에게 드나들었지만 정욕을 채울 수는 없었다. 그런데 오란은 너무 단순해서 몰랐고, 노인은 늙어서 정신이 몽롱해 알려 하지 않았고, 또 칭 서방은 왕룽을 극히 존대하는 터라 그의 행동에 관심을 두지 않았으나 그의 숙모만은 대번에 알아차렸다. 그녀는 교활한 웃음을 지으며 오란에게 지껄여 댔다.

"조카는 어디로 꽃 따러 다니는 중이군."

그러나 오란은 무슨 말인지 짐작 못하고 숙모의 얼굴만 바라보자 숙모는 또다시 웃으며 말했다.

"참외를 쪼개 놓기·전에는 눈에 그 씨가 보이지 않는다 이거야? 자, 그렇다면 까놓고 얘기하겠는데 자네 남편이 다른 여자에게 홀딱 미쳐 있단 말이야!"

아침 일찍 집에 들어온 왕룽은 간밤의 사랑으로 지친 고된 몸으로 침실에 들어가 드러누웠다가 창 너머로 들려오는 숙모의 이야기를 들었다. 그는 숙모의 눈치 빠른 데에 놀라며 다음 말에 귀를 기울였다. 숙모의 이야기는 목구멍에서 기름이 흘러나오듯 술술 풀려 나왔다.

"틀림없어. 나는 별별 사내들을 다 보아 왔지. 벌써 머리에 기름 바르고 곱게 차려입거나 벨벳 신을 사 신고 하는 건 틀림없이 새 계집이 생겼다는 증거란 말이야."

이따금씩 오란이 대꾸하는 말소리가 들렸다. 그러나 무어라고 하는지 잘 들리지 않았다. 숙모가 다시 말을 이었다.

"이런 멍청한 사람이 있나! 어떤 사내고 한 계집으로는 만족하지 못해. 또 남자들은 일에 지친 계집한테는 만족하지 않아. 질부 같은 사람은 남자가 좋아하는 여자가 못 돼. 그저 고분고분 일이나 하는 소보다 낫다고 생각할 뿐이지. 조카도 이젠 부자가 됐으니 첩을 들인대도 자넨 싫다고 못해. 사내들은 다 그러니까. 우리 영감쟁이도 그렇게 하고 싶은 맘이야 뻔하지, 뭐. 그렇지만 입에 풀칠도 못하고 나 하나 먹여살리지도 못하는 처지니까 아무것도 못하지."

숙모는 계속해서 지껄였으나 침실에 누워 있던 왕룽은 더 이상 듣지 않았다. 숙모의 말에 한 가지 생각이 떠올랐던 것이다. 사랑하는 렌화에 대한 아쉬움을 만족시킬 수 있는 방법이었다. 숙모의 말대로 렌화의 몸값을 주고 아주 이 집으로 데려오리라. 그리하여 혼자 독차지하고 그녀의 육체를 맛보고 또 먹고 마시고 하여 그의 정욕을 만족시키리라. 이런 생각이 들자 그는 침대에서 벌떡 일어나 밖으로 나가 숙모를 손짓으로 불렀다. 숙모는 문 밖의 대추나무 밑까지 따라나왔다. 아무도 듣지 않는 것을 확인한 왕룽은 숙모에게 낮은 소리로 말했다.

"아까 숙모가 하는 이야기를 다 들었어요. 숙모 말씀대로 다른 계집 생각이 없는 게 아니오. 사실 모두 먹여살릴 땅이 있는데 계집 하나 못 가질 게 뭐 있소."

숙모는 아주 어렵지 않은 일처럼 수다스럽게 말했다.

"그야 그럴 수 있지. 부자가 되면 사내란 다 그런 건데 뭐. 가난한 사람들이나 밤낮 한 그릇의 밥만 먹고 한 우물만 파는 거지."

그녀는 조카가 무슨 말을 하려는지 짐작할 수 있었다. 과연 왕릉은 그녀가 생각했던 대로 이야기를 했다.

"그렇지만 누가 중간에 서서 그 사람을 데려오겠소? 중신아비가 있어야 할 것 아니오. 차마 내가 직접 내 집으로 오라곤 못하겠고."

그녀는 즉시 말을 받았다.

"그 일은 내게 맡겨. 어떤 여자란 것만 알면 내가 다 알아서 일을 성사시킬 테니."

왕릉은 할 수 없이 그의 사랑하는 애인의 이름을 말했다. 아직껏 누구에게도 말한 적이 없었기 때문에 그는 불안한 듯이 주저하면서 말했다.

"렌화라는 여자예요."

그녀가 존재한다는 사실을 이번 여름 겨우 두어 달 전까지만 해도 자기자신도 몰랐었다는 것을 잊어버리고 왕릉은 모든 사람이 렌화 이야기를 들어서 알고 있으리라고 생각했다. 숙모가 "어디 사는 여잔데?" 하고 묻자 그는 그만 신경질을 내며 퉁명스럽게 말했다.

"성내에서 제일 큰 찻집에 있는 사람입니다."

"백화각(百花閣) 말인가?"

"거기 말고 또 어디 있어요?"

왕룽은 으레 알 만한 일을 묻는 것이 불쾌하다는 듯이 대꾸했다. 그러나 숙모는 쫑그린 입에 손가락을 대고 한동안 생각하더니 말했다.

"난 그 집엔 아는 사람이 하나도 없는데……. 무슨 길이 있나 내가 알아봐야 되겠어. 그 여자의 주인이 누구지?"

그 집 일을 보는 사람은 황 부잣집의 종이었던 투챈이라고 왕룽이 말하자 숙모는 갑자기 소리를 내어 웃으며 말했다.

"아, 그래? 황 영감이 죽자 그런 일을 하는군. 그럴 거야. 그 여자라면 할 만하지……."

이렇게 말한 숙모는 다시 교활한 웃음을 띠며 말했다.

"그 여자라면 쉽지, 쉬워. 그 여자는 옛날부터 돈만 쥐여 주면 무엇이든 다 할 여자였으니까."

이 말을 듣자 왕룽은 갑자기 몸이 달아올랐다. 갑자기 입 안의 침이 마르고 타 들어가는 것 같았다.

"그럼 돈은 얼마든지 내지요. 은이건 금이건 내 땅을 다 팔아서라도."

사랑의 열병이란 이상야릇한 것인 모양이다. 그날부터 왕룽은 그 일이 성사될 때까지 찻집에 안 가기로 스스로 결심했다. '만약 렌화가 이 집으로 와서 내 사람이 되기를 거절한다면 죽는 한이 있더라도 다시는 그 여자 곁으로 가지 않으리라. 그러나 만약 렌화가 오지 않는다면?' 하는 생각이 들 때마다 그는 안절부절못했다. 마치 심장의 고동이 멈추는 것만 같았다. 그래서 그는 몇 번이나 숙모에게 달려가서 말했다. "돈으로 된다면 어떻게든 하지요." 하기도 하고, "투챈에겐 은이건 금이건 아끼지 않겠다는 말도 전했소?" 하는가 하면, "렌화에게 이렇게 말하세요. 내 집에 오면 아무 일도 안 하고, 또 비단옷만 입고 매일 산해진미만 먹을 거라고……."

왕룽이 이렇게 귀찮게 졸라 대므로 마침내 그 뒤룩뒤룩 살찐 숙모도 견디다 못해 눈알을 굴리며 조카에게 쏘아붙였다.

"그만, 그만 해. 내가 바보인 줄 아나 봐. 중매 일을 내가 처음 하나, 다 알아서 할 테니까 그렇게 귀찮게 조르지 말고 내게 맡겨 둬."

왕룽은 그만 주춤해질 수밖에 없었다. 잠자코 손톱이나 깎으며 렌화에게 집안의 추한 모양을 보여서는 안 된다는 생각을 할 뿐이었다. 그는 오란에게 마당을 깨끗이 쓸게 하고 마루를 닦게 하고 탁자와 의자를 이리저리 모양 좋게 옮기게 했다. 그래서 이제는 무슨 일이 벌어질지 잘 알게 된 이 가엾은 여자는 점점 더 겁에 질렸고, 자신이 어떻게 되는지 알면서도 아무 말도 하지 않았다.

왕룽은 벌써 오란과 침실을 같이 쓰려고 하지 않았다. 그리고 한 집안에 두 여자가 있으려면 다른 침실이 있어야 그로서도 마음에 드는 여자와 함께 거처하기가 편하겠다고 생각했다. 또 안뜰이 있어야겠고 함께 산책할 동산도 있어야겠다고 생각했다. 그래서 숙모가 렌화를 주선하려고 분주히 쫓아다니는 동안에 왕룽은 일꾼들을 불러 가운뎃방 뒤에 뜰을 만들고, 그 안뜰 주위에 큰방 한 개와 작은방 두 개를 만들게 했다. 일꾼들은 무슨 영문인지 몰라 그를 쳐다보았으나 그는 아무 말도 하지 않았다. 자기가 하는 행동에 관해서 칭에게도 이야기할 필요가 없게끔 작업을 스스로 감독했다. 일꾼들은 밭의 흙을 파다가 벽을 쌓았다. 지붕을 이을 기와는 왕룽이 성내에 사람을 보내 사 왔다. 방들을 다 짓고 흙바닥을 고른 다음에 벽돌을 사 왔고, 일꾼들은 벽돌을 가지런히 깔고 석회로 붙여 렌화가 거처할 새 방에 멋진 벽돌 바닥을 마련했다.

그 밖에도 왕룽은 입구에 붉은 휘장을 하고 새 탁자와 조각한 의자 두 개와 벽에 걸 산수화 족자 두 폭을 샀다. 또한 뚜껑을 갖춘 동그랗고 빨간 옻칠을 한 당과 그릇을 사서 거기에 깨떡과 비계로 튀긴 과자를 담아 탁자 위에다 놓았다. 그리고 조그만 방안에 가득할 만큼 크고 또 깊숙이 조각한 침대를 사다 놓고 그 주위에는 화려한 꽃무늬를 수놓은 휘장을 사다 드리웠다. 이렇게 방을 꾸미는 데 오란의 손을 빌리기는 쑥스러웠다. 그래서 숙모에게 침대 휘장을 치게 하고 서투른 사내 손으로 감당할 수 없는 일을 부탁했다.

마침내 더 손볼 일이 없게 되었다. 그러나 거의 한 달이 지나도 롄화를 데려오는 교섭은 결말이 나지 않았다. 왕룽은 롄화를 위해서 마련한 뜰 한복판에 우두커니 서 있다가 문득 그 가운데에 연못을 만들 생각을 했다. 그래서 일꾼들을 불러다가 사방 석 자의 못을 파게 하고 둘레에는 벽돌을 쌓았다. 그리고 성내에 가서 금붕어 다섯 마리를 사다 넣었다. 왕룽으로서는 이 밖에 더 할 일이 생각나지 않았다. 그는 또다시 안절부절못하고 열병에 걸린 상태로 기다렸다. 그는 침울해져서 누구하고도 이야기하지 않았다. 다만 아이들이 콧물을 흘리면 야단을 치거나 오란이 사흘만 머리를 빗지 않아도 고함을 치고 짜증을 낼 뿐이었다. 마침내 어느 날 아침 오란이 소리를 내어 울었다. 지난날 굶주릴 때도 이렇게 울지 않던 오란을 본 왕룽은 당황하여 다시 큰 소리로 말했다.

"누가 뭐랬나? 말꼬리 같은 머리를 빗으라고 한 것뿐인데 꼭 이렇게 난리를 일으켜야 되겠어?"

그러나 오란은 울음을 그치지 않고 신음하듯 자꾸 이런 말만 되풀이했다.

"난 당신의 아들을 낳았어요. 당신을 위해 아들을 낳았어요."

그는 입을 다물고 다시 초조해졌다. 아무래도 그녀에게는 미안한 생각이 들어 가만 내버려두기로 했다. 오란은 아들을 셋이나 낳았고 그 아들들은 잘 자라고 있었다. 법적으로 따져 보아도 왕룽은 아내에게 트집을 잡을 아무런 이유가 없었다. 지금의 그의 행동이란 정욕을 채우기 위한 것밖에 아무런 구실도 없는 것이다. 이런 날을 보내고 있던 어느 날 숙모가 와서 말했다.

"이제야 결말이 났네. 투챈에겐 한꺼번에 은전 백 닢만 줘여 주기로 하고 렌화에겐 옥 귀고리와 옥 반지, 금반지와 비단옷 두 벌과 신발 열두 켤레, 비단 이불 두 채만 해주면 오겠다고 했어."

왕룽의 귀에는 "이제야 결말이 났네."라는 말밖에 들어오지 않았다. 그는 너무나 다급해서 큰 소리로 말했다.

"아, 해주고 말고. 뭐든지 소원대로……."

그는 곧장 침실로 들어가서 은전을 꺼내 왔다. 여러 해 동안의 풍년의 결과를 이렇게 낭비하는 것을 남에게 보이고 싶지 않아 아무도 모르게 가만히 숙모에게 내밀면서 말했다.

"숙모도 은전 열 닢만 받아 두시오."

그러자 그녀는 뚱뚱한 몸을 일으키더니 머리를 설레설레 흔들면서 거절하는 시늉을 하고는 나지막이 말했다.

"그게 될 말이야. 나야 한집 식군데…… 자넨 내 아들과 마찬가지고 난

자네 어머니와 같은 사람인데. 이런 일도 자네를 생각해서 하는 일이지 돈을 바라고 한 일인가?'

그러나 왕룽은 숙모가 입으로는 그렇게 말하면서도 손을 내민 것을 보고 그 손에 은전을 쥐어 주었다. 그렇게 돈을 쓰면서도 그는 조금도 아까워하지 않았다. 그리고 돼지고기, 쇠고기, 잉어, 죽순, 밤과 수프를 끓이려고 남방에서 가져온 말린 새 둥지 한 덩어리를 사 오고, 말린 상어 지느러미 등 그가 알고 있는 온갖 진미를 사다 놓고는 기다렸다. 그의 초조하게 들끓는 조급한 마음은 기다림이라고 하기도 어려웠다.

여름도 끝나 가는 8월의 햇볕이 눈부시게 내리쬐는 더운 어느 날, 드디어 롄화가 왕룽의 집으로 왔다. 왕룽은 자기 집을 향해서 오는 가마를 멀리서 바라보고 있었다. 가마는 좁은 밭둑 길을 따라서 왔는데 가마 앞에 드리워진 것 때문에 롄화는 보이지 않았다. 가마 뒤에서 따라오는 사람은 투챈이었다. 일순간 왕룽은 갑자기 무서운 생각이 들어 혼잣말을 했다.

"대체 내가 무슨 짓을 하는 거지?"

그는 이렇게 중얼거리고는 무의식중에 오랫동안 아내와 같이 잤던 침실로 들어가 문을 닫고는 어둠 속에 우두커니 서서 어쩔 줄을 몰라했다. 숙모가 문 밖에 와서 가마가 도착했으니 나와서 맞이하라고 소리쳤다. 그는 당황했다. 이제껏 롄화를 한 번도 대한 적이 없는 것처럼 우물거리며 겨우 문을 열고 나섰다. 처음 이 여자와 만나는 것처럼 그는 호화로운 옷을 입고 머리를 푹 숙인 채 천천히 앞으로 걸어나갔다. 이때 투챈이 들뜬 음성으로 말을 걸었다.

"세상에, 우리가 이렇게 거래를 하게 될 줄 알았나요."

투챈은 가마꾼이 내려놓은 가마 곁으로 다가가서 발을 걷어올리고는
혀를 끌끌 차면서 말했다.

"나오너라, 롄화야. 자, 네 집이야. 네 주인 어른도 여기 계시고."

왕룽은 가마꾼들의 얼굴에서 잔뜩 이죽거리는 미소를 보고 마음이 언
짢아졌다. '놈들은 성내 건달패들이니까 탓할 것도 못돼.' 하고 생각했지
만 자기 얼굴이 붉어지고 화끈거리는 것을 느끼고는 조롱당하는 것이 분
하지만 입을 열려고는 하지 않았다.

가마의 발이 올려지자 왕룽의 눈은 저절로 그쪽으로 갔다. 꽃 같은 롄화
가 조용히 앉아 있었다. 롄화를 보는 순간 왕룽은 모든 것을 잊어버렸다.
싱글거리는 가마꾼들조차 잊어버리고 이 여인이 내 것이 됐다는 것, 언제
까지나 같이 살려고 왔다는 것밖에는 아무 생각도 없었다. 그는 사뭇 떨
리는 몸을 꼭 버티고 서서 롄화의 자태만 뚫어지도록 바라보았다. 한들거
리는 탐스러운 롄화는 왕룽의 온 정신을 잡아끌었다. 롄화는 투챈의 손을
잡고 가마 밖으로 나오자 다소곳이 눈을 내리뜨고 몸을 투챈에게 의지하
여 작은 발로 간들간들 걸었다. 그녀는 왕룽의 앞을 지날 때 아무 말이 없
더니 가는 음성으로 투챈에게 "내 방은 어디지요?" 하고 물었다.

그때 왕룽의 숙모가 다른 쪽에서 앞으로 나섰고, 그들은 롄화를 가운데
세우고 마당으로 들어가 왕룽이 그녀를 위해 지은 새 방으로 갔다. 왕룽
의 집안 사람들은 이렇게 롄화가 오는 것을 아무도 보지 못했다. 칭 서방
과 머슴들은 먼 밭에 일 나가고 오란은 끝의 두 아이를 데리고 왕룽이 알
수 없는 어느 곳으로 아침부터 나가고 없었다. 위의 큰 아이들은 서당에
가 있었고, 노인은 벽에 기대어 졸 뿐 아무것도 듣지 못하고 보지도 못했

238

다. 천치인 딸은 오가는 사람의 얼굴을 봐도 아버지와 어머니 이외에는 아무도 알아보지 못했으므로 왕룽의 집에서 사는 어떤 사람도 그녀가 지나가는 모습을 보지 못했다.

렌화는 새 방에 들어가자 곧 휘장을 내렸다. 얼마 뒤 그 방에서 나온 숙모는 약간 짓궂은 미소를 띠고 손에 무엇이 묻기나 한 듯 손을 털면서 말했다. "에이, 향수 냄새와 분 냄새가 대단하군. 아주 갈보 냄새가 배어 버렸어."하곤 더욱 악의에 찬 말투로 말했다.

"여보게, 그 여자 보기보단 나이가 먹었어. 이 말은 꼭 해 두고 싶은데, 머지않아 남자들이 거들떠보지도 않게 될 그런 나이가 되었으니 옥 귀고리나 금반지나 비단이나 공단필을 바라고 촌사람 집에 오지, 그렇지 않고야 아무리 부자기로서니 올 까닭이 있나, 빤한 일이지."

그러고는 너무나 노골적인 말에 왕룽의 안색이 변하는 것을 보자 다급하게 덧붙였다.

"그래도 참 미인일세. 저런 미인은 본 일이 없네. 황 부잣집 종질이나 하던, 사내 같은 질부만 상대하던 조카는 이제 팔보채를 먹는 거나 다름없을 게야."

왕룽은 아무 대꾸도 않고 이리저리 돌아다니며 귀를 기울였다. 그러다가 마침내 용기를 내어 붉은 휘장을 걷고 렌화를 위해 그가 만든 마당으로 나간 다음 렌화가 앉아 있는 어둠침침한 방으로 들어갔다. 그러고는 해가 저물 때까지 렌화의 곁을 떠나지 않았다.

그동안 오란은 집안에 얼씬거리지도 않았다. 그날 새벽녘에 벽에 걸어 둔 호미를 들고 어린것들을 데리고 배춧잎에 밥을 싸 들고 들로 나가 돌아오지 않았다. 하지만 밤이 되자 시커멓게 흙이 묻은 지친 몸으로 말없이 돌아왔고 어린것들도 묵묵히 그녀 뒤를 따라왔다. 오란은 아무 말도 없이 부엌에 들어가서 저녁 준비를 하여 언제나처럼 탁자 위에 차려 놓은 다음 늙은이를 불러 손에 수저를 쥐어 주고 천치 딸에게도 먹여 주고는 아이들과 함께 자기도 조금 먹었다. 늙은이까지 모두 잠이 들고 왕룽이 우두커니 넋잃은 사람처럼 탁자 앞에 앉아 있으니 오란은 잠을 자려고 세수를 하고는 마침내 낯익은 그녀의 방으로 들어가 침대에 누워 혼자 잠을 잤다.

이날부터 왕룽은 밤낮으로 애욕에 빠져서 렌화의 방에서 떠날 줄 몰랐다. 매일같이 침대 곁에 앉아 그녀의 일거일동을 지켜보고만 있었다. 그녀는 초가을의 늦더위가 싫어서 방안에서 나오려 하지 않았다. 침대에 누운 채 투챈을 시켜서 미지근한 물수건으로 몸을 닦게 하고 살에다 기름을 바르고 머리와 몸에 향수를 뿌리게 했다. 투챈더러 그녀의 하녀로 남았으면 좋겠다고 렌화가 고집한 데다가 보수도 푸짐하게 주었기 때문에 투챈은 스무 명의 아가씨 대신에 한 명의 시중을 드는 쪽을 기꺼이 택했으며, 그래서 투챈과 그녀의 안주인이 된 렌화는 다른 사람들과 떨어져서 왕룽이 만든 새 안채에서 지냈다.

렌화는 하루 종일 서늘하고 컴컴한 그녀의 방에 누워 초록빛 여름 비단 옷과 허리에서 잘라 버린 작고 몸에 꼭 끼는 윗옷과 밑에는 펑퍼짐한 바지 이외에는 아무것도 걸치지 않고 사탕 절임과 과일을 먹었으며 왕룽은 그러한 모양에 한없이 취했다. 해가 지면 렌화는 귀엽게 어리광을 부려 왕룽을 밖으로 쫓아낸 뒤 투챈을 시켜서 몸을 훔치고 향수를 바르고는 부드러운 흰 명주로 안을 받친 보랏빛 새 옷을 갈아입었다. 물론 왕룽이 사다 준 것이다. 그러고는 전족한 그 조그마한 발에 예쁜 공단 신을 신고는 간들거리면서 뜰로 걸어나왔다. 롄화가 다섯 마리의 금붕어가 헤엄치는 못가에 서서 그 헤엄치는 양을 들여다볼 때면 왕룽은 그녀를 황홀한 듯이 바라보았다. 왕룽에게는 롄화의 섬세한 손과 가냘픈 몸매가 이 세상에 다시는 있을 수 없는 아름다운 것 같았다. 그는 이렇게 사랑을 먹고 마셨으며 혼자 잔치를 벌이고 만족감을 느꼈다.

21

사람들은 지붕 밑에 여자 둘이 있으면 집안이 편할 날이 없다고들 말한다. 렌화라는 여자와 그녀를 시중드는 투챈이 왕룽의 집으로 들어오는 것이 아무 동요나 불화도 없이 쉽게 이루어지리라고 상상했다면 그것은 잘못된 생각이었다. 하지만 왕룽은 그 사실을 예견하지 못했다. 오란의 불평스런 기색이라든가 투챈의 독기 서린 모습으로 어쩐지 잘못되어 간다는 것을 짐작하기는 했으나, 렌화에 대한 애욕에 빠져 있는 그에게는 그리 대단한 일이 아니었다.

낮이 밤이 되고 밤이 아침으로 바뀌어도 왕룽은 아침해가 떠오를 때마다 그의 곁에 렌화가 누워 있는 것이 꿈이 아닌 사실이라고 느꼈다. 하늘에 뜬 달이 그 주기에 따라 차고 기울듯이 렌화는 언제나 곁에 있었으므로 그의 마음이 움직이는 대로 언제나 렌화를 껴안을 수 있었다. 그러나 사랑의 갈증이 약간 채워지자 그는 지금껏 생각지 못했던 사실들에 겨우 눈을 뜨기 시작했다. 그중 하나가 오란과 투챈 사이에 말다툼이 생긴 것이다. 이 일은 왕룽이 생각지도 못한 일이었다.

남편이 첩을 들이면 아내가 대들보에 목매어 죽거나 남편에게 따지고 들어 맥도 못 추게 만드는 여자의 이야기는 여러 번 들었다. 왕룽도 오란이 렌화를 미워할 것이라고는 짐작했지만, 그나마 오란은 말이 없는 여자이기 때문에 적어도 자기에게 따지고 덤비지는 않으리라고 안심했던 왕룽으로서는 오란과 투챈의 심상치 않은 사이가 깜짝 놀랄 일이었다. 렌화에 대해서 아무 말이 없는 대신에 그녀의 분노가 투챈에게서 분출구를 찾게 되리라는 것을 왕룽은 예견하지 못했던 것이다.

왕룽이 투챈을 처음 집에 두기로 작정했을 때는 렌화에 대한 생각뿐이었다. 그때 렌화는 "투챈을 내 몸종으로 두게 해줘요. 난 이 세상에서 가장 외로운 사람이에요. 어려서 아직 말도 하지 못했을 때 부모님이 돌아가셨고, 큰아버지는 내가 예쁘장하니까 이렇게 팔아먹었어요. 그래서 마음을 의지할 곳이 없어요."라며 예쁜 눈가에서 언제라도 펑펑 쏟아 낼 수 있는 눈물을 반짝이면서 이렇게 부탁했다. 그런 얼굴로 올려다보면서 그녀가 애원하면 왕룽은 아무것도 거절할 수가 없었다.

렌화에게는 몸종이 한 사람도 없었고 그녀가 이 집에서 외톨박이라는 것도 사실이었다. 또 오란이 첩의 시중을 들 리 없었다. 그녀가 렌화에게 말을 걸지 않을 뿐 아니라 렌화의 존재를 완전히 무시할 것은 분명한 일이었다. 이 집안에서 렌화는 고독하지 않을 수 없었다. 단지 숙모만이 렌화의 곁에 갈 뿐이겠지만, 그렇게 되면 그의 신변에 관한 이야기까지 깊이 파고들며 잡담할 것을 생각하니 불쾌한 일이었다. 종으로 어떤 여자가 적당한지에 대해 분별이 없는 왕룽은 투챈이 좋다고 생각했다.

그러나 오란은 투챈을 대하자 이제껏 왕룽이 한 번도 본 적이 없을 정도로 상상할 수 없을 만큼 크게 화를 냈다. 투챈은 예전에 자신은 당당한 황부자의 몸종이었고 오란은 부엌일이나 하는 종이었지만, 이제는 왕룽의 집에서 고용살이하는 만큼 오란과 다정하게 지내려고 생각했다. 그래서 오란을 만났을 때 공손하게 말을 걸었다.

"어머, 반가워요. 다시 한집에서 같이 살게 됐군요. 그렇지만 이번엔 당신이 대부인이고 내 주인이고……. 참, 세상이란 이렇게 변하는군요."

그러나 오란은 한동안 투챈을 바라보다가 투챈이 롄화의 몸종으로 와 있다는 것을 알게 되자 들고 있던 물동이를 땅에 놓고 가운뎃방으로 들어가서 애욕의 휴식을 취하고 있는 왕룽에게 말했다.

"저 종년은 뭐 하러 집에 두었어요?"

왕룽은 이리저리 둘러보았다. 당당하게 반박을 해서 주인답게 무뚝뚝한 소리로 '그래, 여긴 내 집이니까 내가 들어와도 좋다고 하면 어떤 여자라도 들어올 수 있는데, 당신이 뭐라고 그런 걸 따지고 덤비는 거야?' 라고 말하고 싶었다. 그러나 아내의 얼굴을 바라보니 미안한 생각이 들었다. 그러나 다시 생각하니 그가 한 처사는 부자들은 누구나 다 하는 일이니 미안할 것도 없을 것 같았다. 그래서 은근히 화가 치밀어 오기도 했다. 그러나 그는 아무런 말도 못했다. 그저 우물쭈물 주위를 살피면서 담뱃대를 찾는 척하고 허리춤을 이리저리 뒤적여 볼 뿐이었다. 오란은 꿈쩍도 않고 그 큰 발로 버티고 서서 남편의 말을 기다렸다. 아무리 기다려도 대답을 않자 오란은 같은 말로 다시 똑똑히 물었다.

"저 종년은 뭐 하러 집에 두었어요?"

왕룽은 뭐라고 대답을 해야겠기에 맥 풀린 어조로 대답했다.

"왜? 그 사람이 당신과 무슨 상관이 있다고……."

"내가 황 영감님 댁에 있을 때 저년한테 얼마나 구박을 받았다고요. 하루에 스무 번도 더 부엌에 달려와서 '주인님한테 드릴 차를 준비해', '주인님한테 드릴 음식상을 준비해' 하고 정신을 못 차리게 들볶고 언제나 음식이 너무 뜨겁다느니 맛이 없다느니, 그러고도 나를 못난이라느니 하면서 너무 느려서 이것도 못하고 저것도 못하고 하며 몰아대고……."

그러나 왕룽은 아무 대답도 하지 않았다. 무슨 말을 해야 할지 전혀 생각이 나지 않았다. 오란은 아무리 기다려도 남편이 대답을 하지 않자 좀처럼 흘리지 않던 뜨거운 눈물을 흘렸다. 푸른 앞치마 자락으로 아무리 눈물을 닦아도 자꾸만 흘러나왔다. 그녀는 앞치마 끝으로 눈물을 닦으며 겨우 말했다.

"내 집에서 이런 쓰라린 일을 당하다니 괴로운 일이에요. 그렇다고 난 찾아갈 친정도 없어요."

그래도 왕룽은 담뱃대에 불을 붙이고 앉았을 뿐이었다. 오란은 호소하는 듯 남편을 멍하니 바라보았다. 말 못하는 짐승의 눈처럼 이상하고도 멍청한 눈으로 가련하고 슬프게 남편을 쳐다보다가 이윽고 단념한 듯, 눈물이 앞을 가려 손을 더듬으며 밖으로 나가 버렸다. 오란이 사라지자 왕룽은 살아난 듯했으나 미안한 생각이 가슴에 치밀었다. 그러나 그는 또 이런 자신의 생각이 부끄럽고 분하기도 하여 마치 누구와 싸움이나 하고 난 것처럼 소리를 내어 중얼거렸다.

"다른 남자들도 마찬가지 아닌가. 나로서는 안사람에게 섭섭하게 하지 않았어…… 나보다 더한 놈도 있는데……."

그러니까 오란은 그쯤은 참아야 한다고 생각했다. 그러나 오란은 그것으로 끝장을 내지 않았다. 그녀는 묵묵히 자기 식으로 해 나갔다. 여느 때와 다름없이 아침마다 차를 끓여 시아버지에게 드리고 왕룽이 롄화에게 가지 않고 있으면 그에게도 차를 주었다. 그러나 투챈이 롄화에게 찻물을 주려고 부엌에 가면 솥에 물이라곤 한 방울도 없었다. 투챈이 아무리 큰 소리로 불평을 해도 오란은 들은 척도 하지 않았다. 그래서 롄화를 위해서 필요한 물은 자기 손으로 직접 끓이는 수밖에 없었다. 그렇지만 그 시간에는 벌써 아침밥을 짓기 위해서 솥을 쓰기 때문에 그렇게 할 수도 없는 일이었다. 투챈이 아무리 큰 소리로 떠들어도 오란은 아무런 대꾸도 없이 제 할 일만 할 뿐이었다.

"그럼 우리 연약한 아가씨가 아침에 마실 물 한 모금이 없어서 목이 말라 침대에 누워 숨을 헐떡이고 있어야 속이 시원하겠소?"

오란은 투챈의 말에는 조금도 신경 쓰지 않고 솥에 불만 지폈다. 한 가닥의 나뭇가지라도 가난하던 옛날처럼 아껴서 조금도 낭비되지 않도록 차근차근 집어넣을 뿐이었다. 그러자 투챈은 찢어질 듯한 소리로 왕룽에게 호소했다. 왕룽은 그가 사랑하는 롄화가 이런 일로 고통받는다는 말을 듣자 그만 화가 나서 부엌으로 달려가 큰 소리로 꾸짖었다.

"아침마다 솥에 물 한 국자만 더 넣으면 큰일이라도 난단 말이야?"

그러자 오란은 더욱 심각하게 증오가 가득한 얼굴로 말했다.

"난 적어도 이 집에서는 종년의 종노릇은 안 하겠어요."

왕룽은 화를 참지 못하고 그만 오란의 어깨를 잡아 흔들며 말했다.

"잔말 말아! 누가 종년을 위해서래? 제 주인을 위해서지."

오란은 꾹 참고 남편의 얼굴을 쳐다보며 말했다.

"당신은 그 계집에게 내 진주 두 개를 다 주었죠?"

그러자 왕룽은 손을 어깨에서 떨구고 말을 못했다. 노여움도 잊은 채 아무런 대꾸도 하지 못했다. 그는 그곳을 떠나 투챈에게 가서 말했다.

"아궁이를 하나 더 만들고 부엌도 하나 더 지어야겠어. 큰마누라는 다른 여자가 꽃 같은 몸을 가꾸기 위해서 필요로 하는 거나 당신이 즐기는 진미 요리들에 대해서 아는 게 하나도 없거든. 부엌을 새로 만들어서 자네 좋을 대로 음식을 장만하는 게 좋겠어."

왕룽은 곧 일꾼들을 불러 부엌을 새로 만들고 솥도 새로 사 왔다. 투챈은 왕룽이 "자네 좋을 대로 음식을 장만하는 게 좋겠어."라고 하는 말을 듣자 무척 기뻐했다. 왕룽은 이 일이 겨우 잠잠해지고 여자들이 말이 없어졌으니 이젠 마음껏 사랑을 즐길 수 있으리라고 생각했다. 그는 롄화에게 싫증을 낼 줄 몰랐다. 롄화가 그 샛별 같은 눈의 백합 꽃잎 같은 새까만 긴 눈썹을 깜박거리며 애교를 부리거나, 그를 바라보는 눈에 웃음의 빛이 흐를 때면 왕룽은 그만 전신이 움찔해지는 것이었다.

그런데 새 부엌이 뜻밖에도 왕룽에게 괴로움을 가져왔다. 그것은 투챈이 매일 성내에 가서 남방에서 온 값비싼 식료품을 사 오기 때문이었다. 왕룽은 듣도 보도 못한 것들이 많았다. 여지 열매 끝에 담근 대추 과자, 쌀가루와 견과와 붉은 설탕으로 만든 묘한 떡, 바다에서 잡은 뿔난고기 따위의 별의별 음식이 다 있었다. 더욱이 투챈은 그런 물건 값에서 얼마를 떼어 내어 자기 주머니에 집어넣는 모양이었다. 만약 투챈에게 '네가 내 살을 갉아먹는 것 아니냐'고 말한다면 투챈은 골을 낼 것이고 그렇게 되면 렌화도 불쾌히 여길 것이라고 생각되어 그는 어쩔 수 없이 허리춤에서 은전을 꺼내 주는 수밖에 없었다. 이 일은 매일같이 그에게 고통을 주었다. 그렇다고 해서 아무에게도 그런 딱한 사정을 말할 수는 없어 날이 갈수록 그는 냉가슴만 앓았다. 그러는 동안 렌화에 대한 왕룽의 애정도 차츰 식어 갔다.

뿐만 아니었다. 이 일로 말미암아 또 다른 걱정거리가 생겼다. 그것은 숙모가 식사 때마다 안채로 드나드는 일이었다. 좋은 음식을 먹고 싶어하는 숙모는 은근히 렌화에게 추파를 던졌다. 날이 갈수록 렌화와 친밀해지는 것이 왕룽은 싫었다. 또한 렌화도 숙모를 정답게 대하는 것을 보니 왕룽은 더욱 불쾌했다. 그러나 참을 수밖에 없는 일이었다. 때로는 렌화에게 은근한 말로 타이르기도 했다.

"내 꽃 같은 렌화, 당신의 그 고운 상냥함을 그 뚱뚱보 할망구한테 헤프게 쓰지 말라고. 그 상냥함은 나를 위해 필요한 거야. 그 숙모는 거짓말쟁이라 믿을 수 없는 사람이야. 자네 곁에 그런 노인네가 붙어 있다는 건 반가운 일이 아니야."

이 말을 들은 렌화는 발끈 성을 내며 토라졌다.

"난 이 집에선 당신밖에 같이 놀 사람이 없어요. 나는 많은 사람이 복작거리는 집에서 자랐는데, 이 집 사람이라곤 날 미워만 하는 당신 부인과 귀찮게 구는 아이들밖에 없지 않아요. 아무도 친구가 없잖아요."

그러더니 그녀는 왕릉에 대한 그녀의 무기를 동원해서 그날 밤에는 왕릉이 방안으로 들어오지 못하게 하며 불평했다.

"나의 행복을 생각해 주지 않는다면 나를 사랑하지 않는 거예요."

왕릉은 마침내 기가 꺾이고, 초조해지고, 온순해지고, 후회가 되어 말했다.

"그럼 하고 싶은 대로 해. 좋을 대로 해."

렌화는 여왕처럼 그를 용서했다. 왕릉은 렌화가 하는 일이라면 결코 탓하지 않고 좋다고만 했다. 그 후부터 렌화는 왕릉이 렌화의 방문 앞까지 와도 숙모와 차를 마시거나 과자를 먹으면서 전혀 아는 척하지 않고 그를 오래도록 기다리게 했다. 왕릉은 렌화의 이러한 태도에 화가 났다. 이런 일이 몇 번이고 있자 자신도 모르는 사이에 렌화에 대한 애정이 식어 갔다. 더욱 못 견디게 화가 나는 것은 렌화를 위해 산 비싼 음식을 먹은 숙모가 전보다 더 살찌고 기름기가 도는 일이었다. 그러나 영리한 숙모는 왕릉에게 더욱 다정한 태도를 취했고 비위도 잘 맞추었다. 그가 방으로 들어가면 곧 일어서곤 했기 때문에 트집을 잡을 수도 없었다. 그래서 이제 렌화에 대한 그의 사랑이 예전처럼 그의 몸과 마음을 통째로 빨아들일 정도로 완전하거나 지배적인 것은 아니었다. 그는 조그만 분노들을 참아야 했다. 사소한 일이지만 아무에게도 하소연할 수 없는 일이 자꾸 일어났다. 오란에게 그런 속사정을 털어놓고 이야기할 수 없는 것 또한 그에게는 참을 수 없는 고통이었다.

그뿐이 아니었다. 하나의 뿌리에서 밭 가득히 돋아나 이리저리 퍼져 나가는 가시들처럼 왕릉에게 또다시 골칫거리가 밀어닥쳤다. 어느 날 극도로 노쇠해서 정신이 몽롱한 그의 아버지가 아무것도 모르고 보통 때나 다름없이 담 밑에서 졸고 있다가 갑자기 눈을 뜨고는 아들이 생일 선물로 사다 준 용머리가 새겨진 지팡이를 들고 안뜰로 통하는 곳에 휘장을 쳐 놓은 데까지 뒤뚱뒤뚱 걸어갔다. 지금껏 노인은 집안이 어떻게 되었는지, 새집을 지었는지조차 모르는 모양이었다. 노인은 귀가 멀어 아무리 큰 소리를 쳐도 듣지 못하고 자신의 생각 이외에는 이해하지 못하는 것이었다. 왕룽은 이런 아버지에게 첩을 들였다는 말을 하지 않았다.

그런데 이날은 노인이 아무 생각 없이 휘장을 걷어 젖히니 그의 아들이 웬 여자와 나란히 못 가에 서서 금붕어를 바라보고 있었다. 이때 왕룽은 금붕어보다 렌화에게 눈을 팔고 있었던 것이다. 노인은 아들이 가냘픈 몸매에 예쁘게 단장을 한 여인 곁에 서 있는 것을 보자 놀란 듯이 날카로운 목소리로 소리쳤다.

"우리 집에 갈보가 있구나!"

왕룽은 렌화가 성을 내면 큰일이라고 생각했다. 연약한 그녀지만 한번 성을 내면 찢어지는 듯한 소리를 지르고 손뼉을 치는 버릇이 있기 때문이었다. 왕룽은 황급히 아버지 곁으로 다가가 달랬으나 노인은 그치려 하지 않았다. 왕룽은 노인을 이끌고 바깥마당으로 가서 구구히 설명했다.

"진정하세요, 아버지. 저 애는 갈보가 아니라 제 소실이에요."

그러나 노인은 입을 다물려고 하지 않았고 아들의 말이 귀에 들리는지 어쩐지 큰 소리로 "이 집에 갈보가 있구나!"라고 몇 번이나 소리쳤다. 그는 겨우 왕룽이 곁에 있는 것을 보자 별안간 말했다.

"난 평생 한 여편네밖엔 안 가졌다. 내 아버지도 마찬가지였어. 우리는 대대로 농사 짓은 사람이 아니냐."

그리고 조금 있다가 또 "내가 갈보라면 갈보야." 하고 고함쳤다. 이렇게 해서 노인은 롄화에 대한 일종의 묘한 분노 때문에 늙고 병적인 잠에서 간간이 깨어났다. 그는 안채의 문간으로 가서 걸핏하면 하늘에 대고 갑자기 소리를 지르고는 했다. "이 갈보야!" 하고 안채로 들어가는 휘장을 밀어젖히고는 타일 바닥에다 사납게 침을 탁 뱉기도 하고, 떨리는 손으로 돌을 집어 못에 던져 넣어 금붕어를 놀라게 하기도 했다. 마치 심술궂은 아이처럼 유치한 방법으로 분풀이를 하는 것이었다. 이런 것도 왕룽에게는 괴로운 일이었다. 자식으로서 아버지를 탓할 수도 없는 노릇이었다.

한편 롄화가 성내는 것도 여간 질겁할 일이 아니었다. 롄화가 걸핏하면 발끈 신경질을 내고 소란을 피우는 것이 왕룽으로서는 귀여우면서도 못 견딜 노릇이었다. 아버지의 속을 풀게 하고 롄화의 마음을 좋게 하는 것이 여간 힘드는 일이 아니었다. 그의 애정은 이 일로 그에게 부담으로 느껴지게 만들었다.

또 하루는 뒤채에서 별안간 찢어지는 듯한 롄화의 비명 소리가 들렸다. 왕룽이 부리나케 가 보니 쌍둥이 사내아이와 계집아이가 천치 누이를 가운데 놓고 서 있었다. 아이들은 롄화에 대해 호기심을 가지고 있었다. 하지만 위의 큰 아이 둘은 그녀와 아버지의 관계를 가만가만 속삭일 따름이었다. 그러나 밑의 아이들은 방안을 가만히 들여다보기도 하고, 코를 벌름거리며 향수 냄새를 맡기도 하고, 식사 후에 투챈이 날라 내는 음식 쟁반에 손을 넣는 것쯤으로 만족하지 않았다. 롄화는 아이들이 귀찮게 구는 것에 시달리고 싶지 않으니까 드나들지 못하게 할 수 없겠느냐고 자주 불평했다. 왕룽은 그럴 때마다 농담조로 얼버무렸다.

"아이들도 아버지만큼이나 아름다운 얼굴을 보고 싶어하는 모양이지."

그리고 그는 아이들에게 그저 간단히 안뜰에 가지 말라고 당부했을 뿐이었다. 그래서 아이들은 왕룽이 볼 때는 가까이 가지 않지만 그렇지 않을 때는 슬그머니 드나드는 것이었다. 천치 계집아이는 아무 분별 없이 바깥뜰 양지쪽에서 헝겊 조각이나 가지고 자기 혼자 벙글벙글 웃으면서 놀 뿐이었다.

이날은 큰 아이 둘이 서당에 가고 난 뒤 쌍둥이가 천치에게도 안채의 여자를 구경시킬 생각으로 그 애를 끌고 안뜰로 데리고 왔던 것이다. 천치 계집아이가 오자 렌화는 처음 보는 아이라서 앉은 채 바라보고 있으려니 계집아이는 렌화가 입고 있는 찬란한 옷이라든가 반짝이는 옥 귀고리가 이상했던지 손을 뻗쳐 만져 보려고 하면서 야릇하게 웃었다. 뜻도 모를 공허한 웃음이었다. 그런데 이에 놀란 렌화가 고함을 지른 것이다. 왕룽이 가까이 가 보니 렌화는 분해서 전신을 바르르 떨며 전족한 작은 발을 구르면서 웃고 있는 천치 아이의 얼굴을 가리키며 말했다.

"난 저주받은 백치들한테 시달리며 살아야 한다는 얘긴 듣지도 못했고, 당신에게 이런 추악한 아이들이 있다는 걸 알았다면 여기 오지도 않았을 거예요. 저 아이가 만일 내 근처에서 얼씬거리면 난 이 집에서 살지 않겠어요."

렌화는 천치의 손을 잡고 멍하니 서 있는 사내애를 떠밀었다. 아이를 사랑하는 왕룽은 이 모습을 보자 갑자기 화가 나서 언성을 높였다.

"난 내 아이들을 욕하는 소리를 듣고 싶지 않아. 그리고 불쌍한 내 천치 딸에게 어느 누구도 욕을 하면 안 돼. 어떤 남자를 위해서도 아들을 잉태하지 못하는 당신도 욕을 해서는 안 돼."

그러고는 아이들에게 말했다.

"자, 너희들은 저리로 가 있어. 다시는 여기 오지 마. 이 여자는 너희들을 싫어해. 너희를 싫어한다는 건 너희 아비인 나도 싫다는 거야."

왕룽은 천치 아이에겐 더욱 자상스럽게 말했다.

"자, 햇볕이 잘 드는 네가 좋아하는 곳으로 돌아가거라."

왕룽은 여전히 공허하게 웃는 딸아이의 손목을 잡고 바깥뜰로 나갔다. 왕룽은 이 천치 아이를 욕하고 더럽다고 한 롄화가 더욱 밉기만 했다. 그는 새삼스럽게 천치 아이에 대해 불쌍한 생각이 솟구쳐 올랐다. 그래서 며칠 동안 롄화의 방에 가지 않고 아이들을 데리고 놀았다. 성내에 가서 과자를 사다가 천치 아이에게 주고는 그 좋아하는 양을 바라보면서 얼마간 마음을 놓기도 했다.

그 후 왕룽은 다시 롄화의 방에 갔으나 그들은 지난 일에 대해서는 아무 말도 하지 않았다. 그런데 롄화의 태도가 이상하게 변했다. 왕룽의 마음을 사려고 특별히 애쓰는 것이 완연했다. 그가 돌아오자 숙모와 차를 마시던 롄화는 반색을 하며, "주인이 오셨네. 내가 할 일이란 주인을 모시는 일인데……."라고 말하면서 숙모를 돌려보내기까지 했다. 그러고는 왕룽을 맞으며 손을 잡아 제 뺨에다 비비면서 아양을 떨었다. 그는 롄화가 하는 양이 귀엽기는 했으나 그전처럼 전적으로 사랑하지는 않았고, 전에 그랬던 것처럼 절대로 다시는 완전히 그녀를 사랑하지 않았다.

여름이 가고 가을이 왔다. 맑고 서늘한 가을날 아침, 하늘은 맑게 개고

바다처럼 끝없이 푸르렀다. 상쾌한 바람이 논밭 위로 제법 힘차게 불어
가자 왕룽은 긴 잠에서 깬 듯한 생각이 들었다. 그는 문 앞으로 나가 그의
논밭을 바라보았다. 물은 이미 빠져 빛나는 대지 위에서 건조하고 차가운
바람이 불고 태양이 이글거렸다. 그의 깊은 가슴속에서 솟구쳐 오르는 소
리가 있었다. 애욕보다 더 깊은 땅에 대한 심각한 외침 소리, 그것은 그의
생활의 어떤 부분보다 가장 높은 것이라고 마음속으로 부르짖은 그는, 입
었던 두루마기를 벗어 버리고 우단 신과 버선 따위도 벗어 던지고 바지를
무릎까지 걷어올리고는 기운차게 일어서서 큰 소리로 외쳤다.

"괭이는 어디 있나? 쟁기는? 보리씨를 뿌려야지. 여보게, 칭 서방! 여보
게 모두들 불러 주게. 들로 가세!"

22

대지는 왕룽이 남방에서 돌아왔을 때 그가 도시에서 받은 모든 마음의 상처를 풀어 주었듯이, 이번에도 그의 비옥한 논밭은 그를 열병과 같은 애욕의 구렁에서 건져 내 주었다. 그는 홍수가 지나간 눅눅한 밭을 밟을 때마다 그 감촉을 느끼고, 씨앗을 넣기 위해 갈아 일으킨 흙 냄새를 마음껏 마셨다. 그는 일꾼들에게 이리 가라 저리 가라 명령을 내렸으며, 그들은 여기저기서 밭을 갈며 억세게 일을 했고, 왕룽 자신도 손수 쟁기를 잡고 소 등에 채찍질을 하며 땅이 깊게 갈리는 것을 보고야 칭 서방을 불러 고삐를 맡겼다. 그러고는 괭이를 들고 갈아붙인 흙덩이를 이리저리 쳐서 부드럽게 했다. 부드러운 흙에는 아직도 물기가 있어서 색이 검었다.

그는 그럴 필요가 있어서가 아니라 뼈에서 솟아오르는 기쁨을 위해서 일하는 것이었다. 이렇게 부지런히 일하다가 지치면 그전처럼 흙바닥에 누워서 잠을 잤다. 흙 속에서 피어오르는 대지의 입김이 그의 몸에 배어들어 애욕의 상처를 아물게 했다. 그의 애욕의 병은 이렇게 씻겨졌다.

한 점의 구름도 없는 하늘에 태양이 서쪽으로 기어들 때, 그는 노을 속에서 고된 몸에도 무한한 행복감을 가득 안고 집으로 돌아왔다. 오랜만에 일을 한 그가 마치 개선장군처럼 안뜰로 통하는 휘장을 걷어 젖히고 유유히 들어서니 보통 때같이 비단옷을 입은 렌화가 거닐고 있었다. 그녀는 흙투성이가 된 왕룽을 보자 그만 놀란 듯 소리 지르고는 그가 가까이 다가서자 몸을 도사렸다. 그러나 그는 너털웃음을 한바탕 웃고 나서 흙 묻은 손으로 섬세한 그녀의 손을 잡으며 말했다.

"어때, 네 주인은 농군인 걸 알았지? 너는 농군의 계집이야."

렌화는 날카롭게 말했다.

"당신이야 무엇이 되건 마음대로지만, 난 농군의 계집이 아니에요."

왕룽은 더 한층 소리 높여 너털웃음을 웃고는 아무 미련도 없이 그 자리를 떠났다. 그는 흙투성이인 채로 저녁밥을 먹었다. 그리고 자기 전에 내키지 않는 목욕을 했다. 억지로 몸을 씻으면서도 계집을 위해서가 아니라 자신이 자유의 몸이었기에 그는 혼자 웃었다. 애욕의 구렁에서 벗어난 것을 기쁘게 생각하며 그는 또다시 웃었다. 그는 오랫동안 집을 비워 둔 것만 같았다. 갑자기 여러 가지 할 일이 한꺼번에 머리 속에 떠올랐기 때문이다. 땅이 밭갈이를 하고 씨를 뿌려 달라고 아우성이어서 그는 매일 들로 나갔다. 그가 사랑에 빠졌던 여름 동안 하얗게 벗겨졌던 살이 태양에 타서 짙은 갈색이 되었고, 한가하게 사랑을 즐기느라 못이 박혔던 부분들이 벗겨져 나간 두 손도 괭이에 눌리고 쟁기의 손잡이가 흔적을 남긴 자리들도 다시 굳어졌다.

　들에 나가게 되고부터 그는 점심과 저녁 모두 오란이 지은 식사를 했다. 그것은 쌀과 배추, 두부, 마늘 등을 넣어서 만든 밀가루 빵이었다. 그가 렌화의 방에 들어가면 렌화는 코를 막으며 냄새가 난다고 호들갑을 떨었지만 그는 태연히 웃을 뿐이었다. 오히려 렌화의 코에 숨을 내뿜으며, "지금부터는 나 먹고 싶은 대로 먹을 테니 네가 참을 수밖에 없어."하고 말했다. 그는 다시금 완전히 건강해지고 애욕에서 해방되었다. 언제나 그녀의 방에 가기는 했지만 일을 끝내면 곧 그녀를 잊을 수 있었고 다른 일에 몰두할 수 있었다.

　이렇게 되자 한 집안에 두 여자가 있어서 생기는 여러 가지 어려운 문제들이 사라지고 다시 자리가 잡혔다. 렌화란 여자는 왕룽의 노리개이고 이성의 대상으로서, 아름다운 것으로서, 섬세한 것으로서 왕룽을 만족시켜 주고, 오란은 아들을 낳아 준 안주인으로서 처신을 간소하게 하며 남편과 시아버지와 아들의 의복과 식사를 맡아보았다. 그리고 그의 집 안채에 있는 여자에 대해서 부러워하며 마을에서 남자들이 주고받는 얘기를 들으면 왕룽은 자랑스러워졌는데, 그것은 귀한 보석이나 노래개 등과 같이 일상 생활에는 소용이 없는 것이지만, 평시 먹을 것과 입을 것이 궁색하지 않은 부유한 생활의 표시로 마을 사람들은 여간 부러워하지 않았다. 더구나 왕룽이 부자라는 것을 유달리 떠들고 다니는 사람은 그의 숙부였다. 요즘의 숙부는 마치 충실한 개처럼 조카의 환심을 사려고 했다. "내 조카는 우리 같은 평민은 보지도 못한 선녀 같은 첩을 가졌어."라고 하기도 하고, "조카가 첩을 보러 들어가면 그 여자는 큰집의 귀부인처럼 비단이나 공단 옷을 입고 기다리고 있지. 난 못 봤지만 우리 마누라가 그렇게 얘기하더군."하고 말하기도 했다. 그리고 또 이렇게도 지껄였다.

"내 형님의 아들인 우리 조카는 위대한 가문을 일으키는 중이고, 그 집 아들은 부잣집 아들이 됐으니 평생 놀고먹을 수 있어."

그래서 마을 사람들은 왕룽을 더욱 존경하게 되었다. 그들은 벌써 왕룽이 그들 자신과 같은 처지가 아니라고 생각했다. 대갓집의 고귀한 사람으로 섬기게 되었다. 그들은 왕룽에게 돈을 빌리러도 오고 그들 자녀들의 혼사에 대한 의견을 들으러도 왔다. 또 밭의 경계 때문에 싸움이 생겨도 그에게 해결을 부탁하러 왔다. 그들은 어떻게 결정을 내리거나 간에 왕룽의 판정에 두말없이 복종했다.

지금껏 애욕에 사로잡혔던 왕룽은 이렇게 자유로운 몸이 되었다. 하늘은 계절에 맞추어 비를 내리고 밭의 밀은 무럭무럭 자랐다. 그 해에도 겨울이 되자 왕룽은 가격이 오를 때까지 곡식을 저장해 두었다가 추수한 곡물을 시장에 내다 팔았는데 이번엔 맏아들을 데리고 갔다. 맏아들이 종이에 적힌 글씨를 큰 소리로 읽고 붓과 먹을 놀려 종이에다 다른 사람들이 읽을 수 있도록 글을 쓰는 모습을 보는 것은 어버이로서 무척 신이 나는 일이었다. 왕룽은 지금 그러한 자랑스러움을 느꼈다. 그는 어깨를 젖히고 자기 아들이 읽고 쓰는 양을 바라보았다.

전에 자기를 업신여기던 점원들이, "글씨를 참 잘 쓰는데…… 영리한 아드님을 두셨군요."하고 칭찬했지만 겉으론 아무것도 아닌 것처럼 꾸미고 잠자코 있었다. 그러나 아들이 "이 글자는 삼수( ) 변이어야 하는데 나무목(木) 변으로 되어 있군요."하고 계약서의 잘못된 글자나 문장을 지적하는 말을 들으면 가슴이 뻐근할 만큼 기뻤다. 왕룽은 자랑스러움에 가슴이 터질 것 같아 옆을 돌아보며 침을 뱉거나 기침을 하면서 그런 감정을 감추려고 애썼다. 잘못 쓴 글씨를 지적한 것을 보고 점원들이 놀라는 기색을 보여도 왕룽은 그저 대수롭지 않은 듯 이렇게 말할 뿐이었다.

"그럼 고쳐 써라. 우린 조금이라도 잘못 쓴 것은 어디에도 서명할 수 없으니까."

그는 맏아들이 붓을 들고 계약서를 고쳐 쓰는 것을 곁에 서서 바라보며 무한한 만족스러움을 느꼈다. 계약서를 다시 고쳐 쓰고 곡물 매도 증서와 대금 영수증에 왕룽의 이름을 대필하고 도장을 찍은 다음 부자는 집으로 돌아왔다. 왕룽은 집으로 돌아오면서 이렇게 생각했다. '이제는 아들이, 맏아들이 다 커서 어른이 되었으니 아들에게 좋은 일은 무엇이든지 해주어야겠어.' 그의 아들은 부유하고 자기 땅을 소유한 사람의 아들이므로, 다른 사람은 아무도 원하지 않아 남아 있는 찌꺼기라도 얻기 위해서 왕룽이 그랬던 것처럼 아들이 부잣집에 가서 구걸할 필요가 없도록 아냇감을 골라 꼭 약혼을 시켜 줘야겠다고 다짐했다.

이날부터 왕룽은 며느릿감을 구하기 시작했으나 그리 쉬운 일이 아니었다. 평민의 딸을 며느리로 데려오고 싶지 않았기 때문에 더욱 힘들었다. 어느 날 밤 왕룽은 하루 일을 마치고 칭 서방과 가운뎃방에 앉아 봄 씨앗으로는 무엇이 얼마나 들 것인지, 또 얼마나 사들여야 하는지를 의논한 다음 이런 사정을 얘기했다. 그는 칭 서방이 너무 순진한 사람이라는 것을 알았으므로 큰 도움을 기대하고 얘기를 꺼내지는 않았지만, 그래도 칭 서방은 훌륭한 개만큼이나 주인에게 충실한 남자이므로 마음속 얘기를 그런 사람에게 한다는 것은 속이 편안해지는 일이었다.

칭 서방은 언제나 탁자 앞에 앉아 있는 왕룽 앞에 서서, 주인과 같이 걸
터앉는 일이 없이 조신스럽게 얘기했다. 왕룽이 부자가 된 이후 왕룽이
아무리 권해도 결코 마주 앉으려고 하지 않았다. 주종 간의 구별을 엄격
히 지키며 왕룽의 어떠한 태도에도 대등한 행동을 보이지 않았다. 칭 서
방은 아들과 며느리에 대한 왕룽의 얘기에 귀를 기울이더니 이윽고 한숨
을 내쉬며 속삭이듯 약간 주저하면서 말했다.

"만일 내 불쌍한 딸이 건강한 몸으로 여기 있어서 당신이 그냥 데려가
기만 해도 무척 고마운 일이겠지만, 그 애가 어디 있는지 나로서는 알 길
이 없어요. 혹시 죽었는지도 모르죠."

왕룽은 칭 서방의 생각이 고맙기는 하면서도 한편 칭 서방 따위의 딸로
야 될 일이냐고 생각했다. 칭 서방은 어진 사람이긴 하지만 역시 한갓 농
사꾼이고 또 그의 머슴에 지나지 않는 것이다. 그런 말은 가당치 않다고
생각했지만 그는 아무런 대꾸도 하지 않았다. 왕룽은 며느릿감에 대해 혼
자 여러 가지로 궁리했다. 찻집에서 처녀 이야기가 나오거나 또 그럴듯한
부잣집 딸이 있다는 이야기를 듣기만 하면 그만 귀가 솔깃해졌다. 그러나
숙모에게는 아무런 말도 하지 않았다. 오히려 그런 눈치를 감추려고 했
다. 숙모는 찻집 색시를 소개하는 데는 알맞겠으나 여염집 딸을 가진 사
람을 알 까닭이 없고, 또 소중한 아들의 장래에 대한 것을 그런 여자에게
말하고 싶지 않았기 때문이다.

이럭저럭 그해도 저물어 눈이 많이 쌓이고 몹시 추운 겨울이 왔다. 그리
고 곧 설날이 와서 온갖 음식을 장만해서 먹고 마시고 했다. 왕룽의 집에

260

세배 오는 사람들은 마을 사람뿐이 아니었다. 성내에서도 많은 사람들이 세배를 왔다.

"더 이상 바랄 것이 있겠소. 아들도 많고 마님도 있고 돈도 있고 땅도 있으니 더 바랄 것이 없겠군요."

비단옷을 입고 두 아들에게도 좋은 옷을 입혀 양 옆에 나란히 앉혀 놓고 식탁에는 달콤한 떡과 견과를 차려 놓고, 새해와 만복이 찾아오라는 글이 적힌 빨간 종이를 모든 문에다 붙여 놓은 왕룽은 자신이 복이 많은 남자임을 알았다.

봄이 왔다. 버들가지가 푸릇푸릇하고 복숭아꽃이 다시 피어올랐다. 그러나 왕룽은 아직껏 아들에게 어울릴 만한 처녀를 찾아내지 못했다. 봄은 더욱 짙어 가고 해는 길어지고 날씨도 더욱 따뜻해졌다. 자두며 벚꽃이 향기롭게 피고, 축 늘어진 버들가지에는 잎이 활짝 피었다. 나무마다 푸른 새잎이 하늘거리고 축축한 땅에서는 무럭무럭 김이 올라 수확의 씨앗을 잉태했다. 그러자 왕룽의 맏아들은 갑자기 어른이 되어 갔다. 점점 우울해지고 괴팍해져서 음식도 전과 같이 아무 거나 먹지 않고 책을 읽는 데도 곧 싫증이 나는 모양이었다.

왕룽은 놀라서 근심했으나 의원을 불러 보아도 그 까닭을 알 수 없었다. 그는 맏아들에게 어떻게 손을 써야 할지 알 수가 없었다. 그저 비위를 맞추어 줄 수밖에 없었다. 그러나 아들의 심각한 우울증은 부드러운 말로 휘어잡을 수 없었다. 왕룽이 참다못해 화를 내면 눈물을 찔끔 흘리면서 제 방으로 달아났다. 왕룽은 더욱 놀라 아들 뒤를 쫓아가서는 될 수 있는 대로 부드럽게 말했다.

"나는 네 아버지야. 못할 말이 어디 있니? 무슨 말이든 해 봐."

그러나 아들은 더욱 흐느끼며 머리를 흔들 뿐이었다. 그뿐만이 아니었다. 그는 늙은 훈장도 싫어하게 되어 아침이면 서당에 가야 하는데 잠자리에서 일어나려고도 하지 않아 왕룽이 고함을 치거나 심지어는 때리기까지 했다. 그러면 그는 심술을 내고 서당에는 가지 않고 성내 거리에서 빈둥거리다 돌아오곤 했다. 어느 날 둘째 놈이 집에 돌아와 심술궂게 아버지에게 일렀기 때문에 왕룽은 비로소 그 사실을 알았다.

"오늘 형은 서당에 안 갔어요."

왕룽은 화가 나서 맏아들에게 소리쳤다.

"나더러 공연히 서당에 은화를 갖다 버리란 말이냐?"

그는 화가 나서 대나무 회초리로 맏아들을 마구 때렸다. 그때 부엌에서 오란이 이 소리를 듣고 부리나케 뛰어나와 아들을 가로막고 섰다. 아들을 때리려고 왕룽이 몸을 이리저리 비틀며 때리는 매를 오란이 대신 모두 맞았다. 맏아들은 조그마한 잔소리에도 곧잘 울면서, 이렇게 매를 맞을 때는 이상하게도 새파랗게 되어 상을 찡그리고는 결코 소리를 내지 않았다. 왕룽은 밤낮 그 까닭을 이상히 생각했으나 알 길이 없었다. 어느 날 저녁, 식사를 하고 난 후에도 왕룽은 이 일을 생각하고 있었다. 이날도 맏아들이 서당에 가지 않아 매질을 했던 것이다. 이때 오란이 조용히 방에 들어왔으나 눈앞에 다가설 때까지 모르고 있다가 갑자기 아내의 얼굴을 보니 무슨 말을 하고 싶은 표정이었다. 그는 입을 열었다.

"왜, 무슨 할말이 있는가?"

"당신은 그 애를 때리기만 해선 안 돼요. 황 부잣집에 있을 때 젊은 서방님들이 그렇게 되는 걸 몇 번 봤어요. 그 서방님들에게 우울증이 밀어닥치고, 그렇게 됐을 때 서방님들이 스스로 여자를 구하지 못하는 경우에는 영감님이 계집종을 구해 주었어요. 그러면 그런 사태가 잘 넘어 갔어요."

"그러나 지금은 꼭 그런 것도 아닐 거야."

왕룽은 반대를 했다.

"내가 젊었을 때는 그렇지 않았어. 저렇게 우울해 있거나 울거나 신경질을 부리지는 않았단 말야. 종년이라곤 없었으니까."

오란은 왕룽의 말이 끝나기를 기다렸다가 천천히 말했다.

"나도 젊은 서방님들밖엔 보지 못했어요. 그런데 당신이야 들판에서 일하느라 다른 생각을 하지 않았지만, 그 애는 그 젊은 서방님들처럼 어디 거친 일을 해요?"

왕룽은 이 말을 듣고 깜짝 놀랐다. 생각해 보니 아내의 말이 옳았다. 그가 지금의 아들 나이일 때는 그런 생각을 할 겨를이 없었다. 새벽에 일어나 들판에 나가면 온종일 소와 싸우고 쟁기질을 하거나 괭이질을 했고, 또 추수 때는 등뼈가 부러지도록 일을 했던 것이다. 지금의 자기 아들처럼 우울한 얼굴을 해도 달래 줄 사람이 없었거니와, 아들이 서당에서 달아나듯 쟁기를 내던지고 집으로 돌아간댔자 당장 먹을 것이 없었던 만큼 그는 일을 하지 않을 수 없었던 것이다. 이런 일을 떠올린 왕룽은 생각을 달리했다. '내 자식은 나와 다르다. 그 애는 그 나이였을 때의 나보다 섬세하고, 우리 아버지는 가난했지만 제 아비는 부자다. 일할 필요가 없이 놀고 먹을 수 있다. 집안에는 논밭에 쓸 일꾼들이 있는 데다 내 아들 같은 학자를 데려다 밭갈이를 시킬 수야 없으니까 그 애는 일을 할 필요도 없지.'

왕룽은 이런 아들을 가졌다는 것이 자랑스러웠다. 그래서 아내에게 이렇게 말했다.

"글쎄, 임자 말처럼 그 애가 부잣집 아들처럼 그렇다면 그야 문제가 다르지. 하지만 난 그 애한테 계집종을 사줄 수는 없어. 난 그 애와 약혼시킬 처녀를 구해서 일찍 결혼식을 올려 주도록 하겠어."

23

왕룽은 이렇게 말하고 일어나 롄화의 방으로 갔다. 롄화는 왕룽이 자기
에게 와서도 멍하니 다른 생각에 팔려 있는 것을 보자 애교를 부리며 말했
다.

"당신은 일년도 안 됐는데 나를 봐도 못 본 척하네요. 차라리 찻집에 그
대로 있을 걸 그랬어요."

롄화는 이렇게 말하고 샐쭉하며 왕룽을 쳐다보았다. 왕룽은 빙그레 웃
으며 롄화의 손을 자기 얼굴로 끌어다 향기를 맡으며 말했다.

"응, 그야 밤낮 품안에 매단 보석만 생각할 수는 없지. 그렇지만 만약에
그것을 잃는다면 아쉬운 거지. 요즈음 큰놈 때문에 애를 먹고 있어. 큰놈
이 어떻게나 장가들기를 조르는지 며느리를 구하는 중인데, 어디에 좋은
처녀가 있는지 알아야 말이지. 마을 농부의 딸하고 결혼하는 건 못마땅하

고, 다들 왕씨 동성이고 보니 곤란하거든. 어디 같은 성씨끼리 혼사가 되나. 또 우리 집에 딸을 주려고 할 만한 성내 사람도 없고. 장사꾼한테 중매를 부탁하려 해도 그래. 공연히 병신이나 바보를 중매하면 딱한 노릇이니까."

렌화는 왕룽의 맏아들이 키가 크고 훌륭한 미남인 것에 호감을 갖던 터였다. 그녀는 왕룽의 이야기를 듣자 잠시 생각하더니 이런 말을 했다.

"내가 찻집에 있을 때 자주 오던 사람이 있었는데요, 곧잘 자기 딸 이야기를 했어요. 딸이 아직 어린 모양이지만, 나처럼 몸이 가늘고 꼭 나처럼 생겼다고 했어요. 그래서 그분은 줄곧 이렇게 말했어요. '난 마치 자네가 내 딸인 것 같은 이상한 불안감이 느껴져서 자네를 사랑하지만 이건 도리에 어긋나는 짓이 아닌가 걱정이 되기도 해.' 라고요. 그래서 그분은 나를 가장 사랑하면서도 석류화라는 몸집이 크고 얼굴이 붉은 여자한테로 갔어요."

"어떤 사람이던가?"

왕룽이 물었다.

"참 좋은 분이었어요. 돈도 많은 것 같고, 우리들한테 준다고 약속한 건 꼭 주었어요. 잔소리를 하지 않는 남자여서 우리는 모두 그분에게 호감을 가졌어요. 보통 우리가 조금만 잘못해도 아주 속은 것같이 야단을 치는데, 그분은 '자, 여기 돈이 있으니까 마음껏 놀라고. 사랑의 꽃이 필 때까지.' 하면서 귀공자나 학자처럼 부드럽게 말했어요. 음성도 어떻게나 고운지……."

렌화는 옛 추억에 잠기는 듯했다. 왕룽은 그녀가 그렇게 지난날의 추억에 잠기게 하고 싶지 않아서 큰 소리로 물었다.

"그렇게 돈을 많이 썼다는데, 그 사람 하는 일이 뭐였지?"

"글쎄요, 잘 모르겠지만 아마 곡물 가게 주인 같았어요. 투챈에게 물어 봐요. 남자들과 그들이 가진 돈에 관해서는 무엇이든 환히 알고 있는 투챈에게 물어 보면 알 수 있겠죠."

렌화가 손뼉을 치니 부엌에 있던 투챈이 뛰어 들어왔다. 불을 지피고 있었는지 뺨과 코가 불에 익어 빨갛게 되어 있었다. 렌화가 물었다.

"왜 있잖아, 그때 그 키 크고 점잖은 양반이 누구지? 내 방에 와서 나한테 자기 딸을 닮았다면서, 내가 좋긴 하지만 석류화 방에 가겠다고 하시던 분 말야?"

투챈이 대뜸 대답했다.

"아, 유(劉)씨예요. 곡물 가게 주인이죠. 점잖은 분이고말고요. 날 보기만 하면 꼭 은전을 쥐여 주시더니."

왕룽은 여자들 말이라 믿을 수 없었으나 그래도 행여나 하는 마음으로 물어 보았다.

"가게는 어딘데?"

"돌다리 거리예요."

투챈의 대답이 떨어지기도 전에 왕룽은 손뼉을 치며 말했다.

"그래? 내가 곡물을 파는 집이야. 그거 잘됐는데. 일이 잘될 것 같군."

왕룽은 자신이 곡물을 거래하는 곡물상의 딸과 자기 아들을 결혼시킨다는 것은 운이 좋은 일이라고 생각했다. 무슨 일이든 돈이 생기는 일이라면 투챈은 고기 냄새를 맡은 쥐처럼 예민했다. 그녀는 얼른 앞치마에 손을 훔치면서 말했다.

"그럼 그 일은 내가 성사시키겠어요."

왕룽은 그녀의 그 교활한 얼굴이 의심스러워 물끄러미 바라보았다. 그러나 렌화는 명랑하게 말했다.

"그게 좋아요. 투챈은 유씨와 서로 잘 아는 사이니까 일이 쉽게 될 거예요. 더구나 투챈은 그런 일에 능숙하니까요. 성사가 되면 투챈에게 중매비를 주기로 하면 되잖아요."

"꼭 내가 잘해 보겠어요."

투챈은 아주 열심히 말했다. 사례금을 듬뿍 받을 생각을 하며 좋아서 싱글거렸다. 그녀는 앞치마를 벗어 놓고 바쁜 듯이 말했다.

"야채도 씻어 놓았고 고기도 당장 요리할 수 있도록 준비해 놓았으니까 내가 당장 가 보겠어요."

그러나 왕룽은 좀더 깊이 생각해 보고 싶었다. 그렇게 급히 서두를 일이 아니라고 생각했다.

"아니, 그렇게 서두를 필요는 없어. 나는 아직 아무 결정도 하지 않았어. 자, 내일 생각해 보고 다시 의논하지."

투챈은 돈에 탐이 났고 렌화는 새로운 사건이라서 재미있고 새로운 이야기를 듣고 싶었기 때문에 여자들은 조급했지만, 왕룽은 밖으로 나가면서 이렇게 말했다.

"맏며느리를 보는 일인데 천천히 생각해 봐야지."

왕룽은 며칠을 두고도 이 일을 결정짓지 못했다. 그런데 어느 날 새벽, 맏아들이 술에 취해서 다리를 휘청거리며 돌아왔다. 술 냄새를 풍기고 걸음을 뒤뚱거렸다. 누가 마당에서 넘어지는 소리를 듣고 왕룽이 뜰로 뛰어나가 보니 맏아들이었다. 그는 아버지 앞에서도 못 견디겠는지 그만 토하기 시작했다. 개처럼 토해 낸 뒤 그 자리에 쓰러지고 말았다. 집에서 빚은 순한 술만 마셔 왔기 때문에 독한 술엔 못 이기는 모양이었다. 왕룽은 깜짝 놀라 황급히 아내를 불렀다. 둘이서 아들을 맞들어 옷에 묻은 흙을 털어 주고 오란의 방으로 데려다 눕혔다. 오란이 뒤치다꺼리를 하는 동안 아들은 죽은 사람처럼 축 늘어져서 왕룽이 아무리 물어도 대답할 줄을 몰랐다. 왕룽은 아들 형제가 같이 지내는 방으로 갔다. 둘째는 하품을 하고 기지개를 켜면서 서당에 가려고 책을 싸고 있었다.

"어젯밤에 형 너랑 같이 안 잤니?"

"네……."

대답하는 양이 비밀을 감추려는 눈치였다. 왕룽은 그 모양을 보자 거친 소리로 물었다.

"그럼 네 형은 어딜 갔었단 말이냐?"

그러나 아이는 아무런 대꾸도 하지 않았다. 왕룽은 아들의 멱살을 잡고 흔들며 소리를 질렀다.

"바로 말 안 할 테냐, 이놈아?"

이 바람에 아이가 질겁을 하고 울음을 터뜨렸다. 그리고 울음 섞인 소리로 말했다.

"형이 아버지한테 이르면 안 된다고 했어요. 만일 이르면 꼬집고 뜨거운 부젓가락으로 제 몸을 지지겠지만, 입을 다물고 있으면 돈을 주겠다고 했어요."

이 말을 듣자 왕룽은 펄쩍 뛰며 외쳤다.

"말해! 말하지 않을 테냐? 말 안 하면 죽인다!"

아이는 말하지 않았다가는 정말 죽을지도 모른다고 느껴 곧 대답했다.

"형은 사흘 밤을 바깥에서 보냈는데 당숙하고 같이 돌아다닌다는 것밖에는 형이 뭘 하는지 전 몰라요."

왕룽은 멱살을 잡았던 손을 놓고 대뜸 숙부 방으로 갔다. 숙부의 아들도 술에 취해서 붉은 얼굴을 하고 있었다. 그러나 왕룽의 맏아들보다 나이도 많고 또 술에 익숙해 말짱해 보였다. 왕룽은 큰 소리로 사촌에게도 호통을 쳤다.

"대체 우리 애를 어디로 데려갔었나?"

사촌은 왕룽의 얼굴을 비웃듯이 쳐다보며 말했다.

"아, 우리 종형의 아드님은 끌고 다닐 필요가 없었어요. 혼자서도 길을 찾을 줄 아니까요."

왕룽은 그 건방진 태도가 죽이고 싶을 만큼 밉고 분해서 다시 한 번 큰 소리로 무섭게 소리를 질렀다.

"그 애가 지금껏 어디에 있었단 말이냐?"

숙부 아들은 너무나 큰 소리에 질려 비웃던 눈길을 돌리면서 마지못해 대답했다.

"전에 황 부잣집 소유였던 안뜰에 사는 여자 집에 갔었어요."

이 말을 듣자 왕룽은 정신이 아찔했다. 그 여자는 누구나 다 알고 있었다. 젊은 시절도 다 지나 돈을 조금만 받고도 기꺼이 봉사를 많이 하는 그런 여자여서 가난하고 천한 사람들 이외에는 아무도 찾아가지 않는 여자라는 것을 알고는 깊은 신음을 했다. 왕룽은 아침 식사도 하지 않고 부리 나케 대문 밖으로 나서서 밭둑 길을 따라 성내로 향했다. 그는 지나치는 동안 그의 밭곡식이 어떻게 되었는지 얼마나 여물었는지조차 살펴보지 않았다. 아들 일에만 온 정신이 팔려 있었다. 그는 성문을 지나 옛날의 황 부잣집 대문 안으로 들어섰다.

그렇게 어마어마하던 대문은 열린 채였다. 지금은 그 두꺼운 무쇠 빗장 을 거는 사람도 없었다. 누구나 마음대로 출입할 수 있었다. 뜰 안으로 들 어가니 뜰에도 방에도 세 들어 사는 가난뱅이들로 꽉 차 있었다. 주위는 더러워질 대로 더러워졌고 뜰에 서 있던 큰 정원수도 없어졌다. 남아 있 는 나무들은 말라 가고 있었고 연못은 쓰레기로 가득 차 있었다. 그러나 왕룽의 눈에는 그런 것이 보이지 않았다. 그는 뜰을 마주 보고 있는 방 앞 으로 가서 물었다.

"양(楊)이란 여자 방은 어디 있소?"

세 발 달린 걸상에 앉아서 신바닥을 깁던 여인이 고개를 들고 안뜰로 들 어가는 어귀를 턱으로 가리키고는 다시 신을 깁기 시작했다. 늘 같은 질 문을 받아 귀찮은 모양이었다. 왕룽은 그쪽 방으로 가서 문을 두드렸다. 그러자 방안에서 귀찮은 듯이 신경질적인 목소리가 들려 왔다.

"돌아가세요. 오늘은 일이 끝났어요. 밤새도록 또 일하려면 잠을 자둬 야 하니까 어서 가세요."

하지만 그가 다시 문을 두드리자 안에서 물었다.

"거 누구예요?"

왕룽은 아무 대꾸도 하지 않고 또 두드렸다. 무슨 일이 있어도 만나 볼 작정이었다. 그제야 여인이 문을 열었다. 그리 젊은 여자는 아니었다. 몹시 피로한 듯 두툼한 입술은 축 처져 있었고 이마의 분은 얼룩져 있었다. 뺨이나 입술의 연지도 씻지 않은 채였다. 그녀는 왕룽을 보자 퉁명스럽게 말했다.

"난 밤이 될 때까지는 이제 할 수가 없어요. 생각이 있다면 저녁에 일찍 얼마든지 와도 좋지만 지금 난 잠을 자야 해요."

그러자 왕룽이 거친 소리로 말을 막았다. 자기 아들이 이런 꼴의 계집과 밤을 지낸 걸 생각하니 견딜 수 없을 만큼 불쾌했다.

"난 그따위 일로 오지 않았어. 내 아들 일 때문에 온 거요."

왕룽은 아들 일을 생각하니 분한 마음에 목이 메일 정도였다. 계집이 되물었다.

"그래, 당신 아들이 어쨌단 말이에요?"

"어젯밤에 여길 왔었소."

왕룽의 목소리가 떨렸다.

"어젯밤엔 젊은 사람들이 여럿 왔었어요. 누가 당신 아들인지 알게 뭐예요."

"나이에 비하면 키가 크지만, 그래도 아직 어른이 아니라서 나로서는 그 애가 감히 여자를 가까이 하려고 한다는 것은 꿈도 꾸지 못했지. 어서 어리고 호리호리한 총각을 기억해 봐요."

왕룽은 애원하듯 말했다. 여자는 잠시 생각하다 이윽고 입을 열었다.

"아, 둘이서 온 젊은 사람인 모양이군요. 한 젊은 남자는 코끝이 하늘을 향해 치솟고 눈을 보면 꽤나 잘난 체하는 사람 같고, 모자를 한쪽으로 비

스듬히 쓰지 않았나요? 그리고 다른 남자는 당신 말마따나 어서 어른이

되고 싶어하는 키가 크고 몸집도 큰 총각이고요."

"그놈이오. 그놈이 바로 내 자식이야."

"그런데 그 아드님이 어쨌단 말이에요?"

왕룽은 한숨을 지으며 말했다.

"제발 부탁이니까, 이제부터 그 애가 오거들랑 내쫓아 줘요. 애들은 안

받는다고 하든 뭐라고 하든 타일러 보내 줘요. 그 대신 그렇게만 해주면

내가 갑절씩 낼 테니."

여자는 이상한 듯 빙그레 웃으며 왕룽을 쳐다보더니 갑자기 소리 내어

깔깔 웃었다.

"좋고말고요. 일하지 않고 돈 준다는데 누가 싫대요. 그건 나도 좋아요.

나로서도 어른들이 좋고 어린 사내애들은 별로 재미가 없는 것도 사실이

에요."

그녀는 이렇게 말하면서 음탕한 눈으로 왕룽을 쏘아보았다. 왕룽은 그

런 꼴이 지극히 불쾌했다.

"그럼 잘 부탁하오."

그는 이렇게 간단히 대꾸하고는 그 자리를 떠나 집으로 향했다. 걸어가

면서도 그 여자를 생각하면 속이 뒤틀리는 것 같아서 몇 번이고 침을 뱉었

다. 그날 왕룽은 투첸에게 말했다.

"이전에 자네가 말한 대로 그 곡물상 유씨에게 말을 건네 보게. 지참금

은 많을수록 좋지만 신부만 좋다면 그리 많지 않아도 좋아. 아무튼 주선

해 보게."

그는 이렇게 말하고 나서 오란의 방으로 들어갔다. 누워 있는 아들 곁에 앉아 늠름한 젊은 아들의 모습을 물끄러미 들여다보았다. 젊음이 넘치는 매끄러운 살결과 조용히 잠자는 얼굴을 보았다. 그러고는 짙은 화장을 하고 피곤해하는 여자와 그녀의 두툼한 입술을 생각하자 그는 역겨움과 분노로 가슴이 메어 혼자 중얼거리며 앉아 있었다.

그때 오란이 들어왔다. 아들 몸에서 진땀이 흘러내리는 것을 보자 끓인 물에 초를 넣어 정성껏 닦아 주었다. 그녀는 황 부잣집에 있을 적에 젊은 서방님들이 술에 취해 떨어지면 이렇게 하는 것을 보았던 것이다. 물로 씻어 줘도 취해서 그냥 잠만 자는 섬세하고 어린애 같은 얼굴을 보자 왕룽은 갑자기 숙부에 대한 노여움이 치밀어 올랐다. 그는 벌떡 일어서서 숙부의 방으로 갔다. 그는 숙부가 자기 아버지의 동생이란 사실을 잊고 있었다. 그가 가장 애지중지하는 아들을 유혹해 낸 부랑자의 아비라고밖에 생각되지 않았다. 그는 숙부의 방에 들어서자 화가 치미는 대로 소리를 질렀다.

"이제 보니 난 배은망덕한 뱀들을 한 무리 집에서 키운 셈이고, 드디어 그 뱀들한테 물리기까지 했어요."

숙부는 아침을 먹는 중이었다. 그는 언제나 할 일이 없는지라 한낮까지 방안에서 나오지 않았다. 숙부는 왕룽을 잠깐 거들떠보고는 귀찮은 듯이 말했다.

"왜 그러는 거지?"

왕룽은 숨을 헐떡여 가며 자초지종을 이야기했다. 그러나 숙부는 웃어 버릴 뿐이었다.

"그렇지만 아이들이 자라서 어른이 되는 걸 막을 수야 있나? 암내를 맡은 수캐를 암캐로부터 떼어놓을 수는 없는 거야."

왕룽은 숙부에게 온갖 괴로움을 당해 온 지난 일이 한꺼번에 떠올랐다. 흉년이 들었을 때 얼마나 그에게 땅을 팔라고 졸라 댔던가. 그리고 지금에 와서 그들 세 식구가 아무것도 하는 일 없이 그의 집에서 잘 지내고 있지 않은가. 또 숙모는 투챈이 렌화를 위해서 장만하는 비싼 음식을 같이 먹고 있지 않은가. 그런데도 왕룽이 애지중지하는 아들을 유혹한 것을 생각하면 이가 갈릴 지경이었다. 그는 혀를 깨물 듯한 격한 어조로 말했다.

"이제는 더 이상 어느 누구에게도 밥을 먹여 줄 쌀이 없어요. 더구나 게으름만 피우면서 고마워할 줄도 모르는 사람들에게 안식처를 제공하느니 차라리 집을 불질러 태워 버리고 싶은 심정이니 숙부하고 식구들, 모두들 내 집에서 나가요."

그러나 숙부는 태연히 앉아서 식사를 계속했다. 왕룽은 전신의 혈관이 터질 것만 같았다. 숙부가 그는 안중에도 없는 듯 처다보지도 않자 왕룽은 주먹을 불끈 쥐며 다가섰다.

"내쫓을 수만 있다면 내쫓아 보지그래."

"뭣이, 뭣이 어째요!"

왕룽이 말을 더듬으며 대들자 숙부는 조용히 저고리 안섶을 드러내며 거기 붙어 있는 것을 슬그머니 보여 주었다. 왕룽은 아무 말도 못하고 몸이 굳은 채 장승처럼 우뚝 섰다. 그 옷 속의 붉은 수염과 붉은 천 조각을 보았기 때문이다. 왕룽이 넋을 잃고 그것을 바라보는 동안 칼날 같은 노여움이 그만 스스로 녹아 버리고 기운이 쭉 빠져 몸을 와들와들 떨었다.

그 붉은 수염과 천 조각은 그때 중국 서북부 일대를 약탈하고 다니던 비적단의 표적이었다. 그 비적단은 도시를 습격하고 농촌에 불을 지르고 부녀자를 빼앗아 갔다. 그들은 흔히 농민들을 대문 앞에 결박해 놓고 가 버렸다. 이튿날 사람들이 발견했을 때는 미쳐서 발광하는 일도 있었고 죽은 경우에는 불고기처럼 불에 타 있었다. 왕룽은 눈이 침침해질 만큼 숙부의 옷 속을 들여다보다가 아무 말도 못하고 돌아 나왔다. 그는 숙부가 다시 젓가락을 들면서 킥킥거리며 웃는 소리를 등 뒤로 들었다.

왕룽은 자기가 지금까지 꿈에도 생각지 못했던 함정 속에 빠진 것 같았다. 숙부는 여전히 그 긴 수염을 바람에 휘날리며 싱글싱글 웃으면서 남루한 두루마기를 걸치고 드나들었다. 왕룽은 그런 숙부를 보기만 하면 겁이 났지만 그래도 겉으로는 공손한 말로 응대할 수밖에 없었다. 숙부가 무슨 앙갚음을 할지 뒷일이 무서웠기 때문이다. 왕룽이 풍년이 들었을 때도, 또 홍수라든가 그 밖의 다른 일로 흉년이 들어서 굶는 일이 있어도 왕룽의 집에는 비적이 들지 않은 것이 사실이었다. 왕룽은 항상 비적이 두려워서 밤이면 대문을 꼭꼭 잠그고 지냈었다. 렌화를 데려오던 여름까지만 해도 옷차림을 허술하게 하고 돈 있는 척하지 않았다. 마을 사람들에게 비적 이야기를 듣기만 해도 겁이 나서 도무지 잠을 이루지 못했던 것이다. 조그마한 소리만 나도 깜짝 놀라 귀를 세우곤 했다.

그러나 그의 집엔 비적이 들지 않았다. 날이 감에 따라 그는 차츰 비적에 대한 공포심이 없어졌다. 그는 자신이 하늘의 보호를 받으며 행운을 타고난 남자라고 믿었고, 신령들이 없다 하더라도 그만하면 잘살아 나가는 터여서 지신들에게 향도 피우지 않고 모든 면에서 점점 부주의했고 다만 집안일과 논밭에 대한 생각만 할 뿐이었다. 그런데 갑자기 비적을 모면해 왔던 까닭을 짐작할 수 있게 되었다. 숙부네 식구를 부양하기만 하면 안전한 것이다. 그렇게 생각할 때마다 진땀이 흐르는 것 같았으나 그래도 숙부의 속옷에 숨겨져 있는 것이 무엇이라는 것을 아무에게도 말할 용기가 없었다. 이제 숙부에게 나가라니 어쩌니 하는 말도 할 수 없는 것이다. 숙모에게도 은근한 말로 비위를 맞추어 주었다.

"렌화한테 가서 무얼 좀 잡수시구려. 이건 얼마 안 되지만 용돈에 쓰시고요."

사촌에 대한 불쾌한 생각도 이따금 가슴에 치받쳤지만 그는 꾹 참았다. "얼마 안 되지만 받아 둬. 젊을 때는 마음껏 놀고 싶은 법이지." 하고 사촌에게 은전을 꺼내 주기도 했다. 그러나 그의 아들은 엄중히 감시를 했다. 해가 지면 결코 문 밖에 내보내지 않았다. 아무리 아들이 화를 내며 이리저리 돌아다니고, 기분이 나쁘다는 것 이외에는 아무런 다른 이유도 없이 동생들의 뺨을 때리곤 했어도 결코 밖에는 내보내지 않았다. 이렇듯 왕룽은 걱정거리들 속에서 살아갔다.

처음에 왕룽은 이러한 여러 가지 괴로운 일들을 처리하기 위해 많은 궁리를 했다. 그러나 아무리 궁리해도 시원한 결말이 나지 않았다. 숙부를 내쫓아 버리고 성내에 가서 살면 밤마다 성문을 닫기 때문에 비적을 피할 수 있을 것이라고 생각했으나, 매일 들판에 나가서 일해야 할 것을 생각하면 비록 그의 땅이라고는 해도 무방비 상태로 일을 하는 동안 자신이 어떻게 될지 누가 알겠는가. 그뿐이 아니다. 사람이 어떻게 성내에 갇혀서 성내에 있는 집에서만 살 수 있겠는가. 또 그는 땅과 떨어지면 꼭 죽을 것만 같았다. 그리고 언젠가는 또 흉년이 닥쳐올 것이다. 그렇게 되면 황 부자가 당했듯이 비적 때는 그런 성문도 소용없이 습격해 올 것이고, 그것을 막을 수는 없는 것이다.

물론 성내의 관청에 가서 호소할 수도 있었다. '제 숙부는 붉은 떼와 한 패거리입니다.' 그러나 밀고한들 그의 조카가 하는 말을 누가 곧이들을 것인가. 오히려 자신은 불측하다는 이유로 처벌을 받고 숙부는 아무 처벌도 받지 않을 것이다. 그리고 비적단이 결국은 이런 사실을 알고야 말 것이고, 그렇게 되면 그는 비적에게 무서운 복수를 당할 것이다. 그렇게 되면 하루도 마음놓고 지낼 수 없게 된다.

거기다 투챈이 주선하는 혼사 이야기도 그를 당황하게 했다. 혼담은 잘 되었지만 그 집 딸이 아직 열네 살밖에 안 되었으니 3년만 더 기다려 달라는 것이었다. 지금은 서로 약혼만 해 두자고 한 것이다. 왕룽에게는 3년 동안이나 견디기가 어려운 일이었다. 맏아들은 날마다 짜증을 내고 아무 일도 손에 안 잡히는 듯 서당에도 열흘에 이틀은 빠졌다. 어느 날 저녁 식사 때 왕룽이 오란에게 말했다.

"여보, 다른 애들은 될 수 있는 대로 미리 약혼을 시켜 두어야겠어. 그랬다가 철이 들면 곧 혼사를 치릅시다. 이런 일을 세 번이나 당한다면 견딜 재간이 없을 거야."

그날 밤 왕룽은 이런저런 걱정으로 통 잠을 이루지 못하고 새벽녘이 되자 두루마기고 신이고 모두 동댕이치고는 들로 나가려고 괭이를 들었다. 그는 언제나 이렇게 집안일이 걱정이 되면 들로 나갔다. 바깥마당을 지나려니까 천치 딸이 여느 때와 같이 헝겊 조각을 가지고 놀며 방실방실 웃고 있었다. 그는 중얼거렸다.

"저 애는 다른 모든 사람을 합친 것보다 나한테 더 많은 위안을 준다니까."

그 후 왕룽은 여러 날 동안 계속 들에 나갔다. 흙은 다시금 그를 치료해 주었다. 내리쬐는 강한 햇볕은 그의 가슴속에 맺힌 모든 울화를 녹여 버리고 뜨거운 실바람은 그의 마음에 평화를 가져다주었다. 그리고 마치 자신이 봉착한 걱정거리들을 상기시키는 끊임없는 생각의 뿌리까지도 치료해 주려는 듯 어느 날 남쪽으로부터 작은 구름 한 조각이 흘러왔다. 그것은 처음에 지평선 위로 엷고 자그마한 안개처럼 걸려 있었지만, 바람을 타고 흐르는 구름처럼 이리저리 날아가지 않고 가만히 있다가 나중에는 부채처럼 공중으로 펼쳐졌다.

하늘을 쳐다보던 마을 사람들은 그것을 보고 서로 수군대며 공포에 떨었다. 그들은 남쪽 하늘에서 무서운 메뚜기 떼가 날아들어 농작물을 바닥낼 것을 두려워했던 것이다. 왕룽은 그들과 같이 우두커니 서서 그것을 바라보았다. 그렇게 서 있자니 바람에 불려 와서 그들의 발 밑에 떨어지는 것이 있었다. 한 사람이 황급히 주워 보니 죽은 메뚜기였다. 그것은 그 뒤로 밀어닥칠, 살아 있는 메뚜기 떼를 연상케 하는 것이었다. 이 순간 왕룽은 지금까지 자기를 괴롭혀 오던 생각들을 모조리 잊어버렸다. 렌화의 일도 아들의 일도 숙부의 일도 다 잊어버렸다. 그는 놀라서 있는 마을 사람들 사이를 뛰어다니며 큰 소리로 외쳤다.

"자, 우리들의 밭을 지키기 위해 메뚜기 떼와 싸웁시다!"

그러나 어떤 사람들은 처음부터 절망하듯 머리를 설레설레 흔들었다.

"아니, 소용없어. 할 수 없는 일이야. 금년은 굶주려야 한다고 하늘이 명령했으니 결국 우리는 굶주려야 한다는 것을 빤히 알면서도, 왜 하늘의 뜻에 맞서 싸우며 힘을 낭비하라고 합니까?"

마을 아낙네들은 울며불며 성내로 가서 향을 사다가 사당 지신님께 피워 올리며 지성을 드렸다. 어떤 사람들은 성내에 있는 큰 사당에 가서 빌기도 했다. 이렇게 사람들은 천지의 신에게 기원을 올렸다. 그러나 메뚜기 떼는 온 천하에 가득 퍼지면서 들판을 덮었다. 왕룽은 머슴들을 불러 모았다. 칭 서방은 묵묵히 그의 곁에 서서 명령을 기다렸다. 그들은 젊은 일꾼들과 함께 곡식이 거의 다 익은 밭에 불을 질러 밀을 태우고 넓게 고랑을 판 뒤 샘물을 퍼 넣었다. 그들은 모두 밤을 새워 일했다. 오란을 비롯해 아낙네들은 밤참을 날랐다. 남자들은 무서운 짐승처럼 부랴부랴 밤참을 퍼먹고는 밤낮 없이 일했다.

이윽고 하늘이 캄캄해지고, 공중에는 서로 부딪히는 수많은 날개들이 단조롭고 시끄럽게 울리는 소음으로 가득했다. 그리고 밭으로 소낙비처럼 떨어졌다. 그냥 날아 지나간 밭에는 아무런 피해가 없었으나 일단 내려앉은 밭은 마치 겨울 밭처럼 푸른 잎 하나 볼 수 없게 되는 것이다. 어떤 사람은 천명이라고 단념해 버렸으나 왕룽은 미친 듯이 뛰어다니며 메뚜기를 닥치는 대로 때려죽였다. 그의 머슴들도 도리깨를 휘둘러 때려잡았다. 불에 떨어져 타 죽은 메뚜기도 있고 도랑물에 떨어져 죽은 놈도 있었다. 이렇게 헤아릴 수 없이 죽였으나 구름 떼 같은 엄청난 수의 메뚜기 떼인 만큼 거의 아무런 영향이 없는 것 같았다.

그래도 왕룽에게는 그렇게 싸운 보람이 있었다. 피해를 상당히 모면했던 것이다. 메뚜기 떼가 지나간 뒤에 겨우 한숨 돌리면서 여기저기 살펴보니 그의 밭에서 가장 좋은 부분은 그대로 남아 있고 상당한 양을 수확할 수 있었다. 그리고 못자리에는 피해를 전혀 입지 않았다. 그는 그것으로 만족했다. 마을 사람들은 메뚜기를 볶아서 맛있게 먹었으나 왕룽은 몸서리치던 생각이 나서 먹지 않았다. 오란은 기름에 튀겨서 머슴들과 맛있게 먹었다. 왕룽은 아이들이 메뚜기 눈알이 무서워서 조심스럽게 찢어 맛을 보는 것에 대해서는 아무 말도 하지 않았지만 자신은 먹을 생각이 없었다.

메뚜기 떼는 왕룽의 번거롭던 마음을 깨끗이 씻어 주었다. 일주일이나 밭에서 메뚜기 떼와 싸우는 동안 집안의 걱정스러운 일도 마음의 공포도 모두 잊어버렸다. 그는 침착하게 자신을 타일렀다. '사람은 누구나 걱정거리가 있는 거야. 나는 내 걱정거리에 힘 자라는 대로 적응하면서 살아가는 거야. 숙부는 나보다 나이가 많으니 먼저 죽겠지. 큰놈도 한 3년만 지나면 장가를 들 게고. 아무튼 걱정 때문에 자살할 정도는 아니니까.'

밀을 거두어들이자 비가 내렸다. 논에 물을 대고 모를 심었다. 그리고 또 여름이 되었다.

24

왕룽이 이젠 집안이 아무 일 없이 편안하리라고 생각하던 어느 날, 낮에 그가 밭에서 돌아오니 맏아들이 곁으로 다가서며 말했다.

"아버지, 저를 정말 학자로 만들고 싶다면 말씀드리겠는데 성내 노 선생에게는 더 배울 것이 없어요."

왕룽은 부엌 가마솥에서 더운물을 퍼내어 수건을 적셔 얼굴을 닦으면서 물었다.

"그렇겠군. 그래서 어쩌자는 거지?"

맏아들은 주저하면서 말을 이었다.

"학자가 되기 위해서는 남부에 있는 도시로 가서 큰 학교에 들어가 배워야 한다고 생각해요."

왕룽은 수건으로 더운 김을 올리며 얼굴을 닦으면서 퉁명스럽게 말했다. 일에 지쳐서 몹시 고단했기 때문이다.

"아니, 이게 대체 무슨 돼먹지 않은 수작이냐? 너는 갈 수 없어. 못 간다면 못 가는 것이니 나한테 따지고 덤비지 마라. 이 지방에서는 그만큼 배워도 넉넉해."

왕룽은 다시 수건을 물에 적셔서 짰다. 아들은 아버지를 원망스러운 듯이 바라보며 뭐라고 투덜거렸다. 왕룽은 무슨 말인지 잘 들을 수 없어서 성을 내며 아들을 야단쳤다.

"하고 싶은 말이 있거든 똑똑히 말해!"

아버지의 고함 소리에 맏아들은 욱해서 말했다.

"그래요, 전 남쪽으로 가기로 결심했으니까 그렇게 하겠어요. 이런 거지같은 집에 살면서 어린아이처럼 감시나 받고, 이 작은 읍내에서 썩지는 않겠어요. 저는 다른 곳으로 진출해서 견문도 넓히고 무엇인가 배우겠어요."

왕룽은 깜짝 놀라 아들을 바라보았다. 아들은 시원한 은빛 여름 두루마기를 입고 있었다. 코밑에는 수염이 보송보송 나기 시작했다. 살결은 매끄럽게 빛났다. 긴 소매 속의 손은 여자 손처럼 부드럽고 나긋했다. 왕룽은 눈을 돌려 자기 자신을 살펴보았다. 튼튼하고 흙투성이였다. 허리에서 무릎까지만 오는 푸른 무명 반바지만 입은 데다 상반신은 벌거숭이였다. 누가 봐도 자기를 이 젊은이의 아버지라기보다 하인이라고 할 것이다. 이런 생각이 들자 키가 후리후리하기만 한 아들의 모습이 경멸스럽게 느껴졌다. 그래서 그는 화를 내며 난폭하게 소리를 질렀다.

"그럼 우선 밭에 가서 몸에 흙칠을 하고 오너라. 그 꼴로는 누가 봐도 계집애인 줄 알겠다. 그리고 자기가 먹을 것쯤은 자기 손으로 벌어 봐."

왕룽은 전에 아들이 글씨를 잘 쓰던 일이라든가 서당 성적이 좋았다든가 하는 일에 자랑스러워했던 일은 잊고, 아들의 연약한 풍채에 울화가 치밀어 올라 맨발로 마루를 구르면서 침을 탁 뱉고 돌아섰다. 아들은 증오에 가득 차서 그를 노려보며 서 있었지만, 왕룽은 아들이 어떻게 하고 있는지 보려고 시선을 돌리지 않았다. 그날 밤 왕룽이 렌화의 방에 들어가니 렌화는 침대에 자리를 펴고 누웠고 투챈은 부채질을 하고 있었다. 왕룽이 그녀 곁에 걸터앉으니 렌화가 지나가는 말처럼 입을 열었다.

"당신 큰아드님이 매우 고민하는 것 같아요. 어디로 멀리 가고 싶어하는 모양이에요."

왕룽은 아직까지 아들에 대한 불쾌한 감정이 가시지 않았기 때문에 격한 어조로 말했다.

"자네가 무슨 상관이야. 그 애는 여기 못 오게 했는데 자네가 어떻게 알지?"

렌화는 당황해서 말했다.

"아니에요. 여기에 온 것이 아니라 투챈에게서 들었어요."

그러자 곁에 있던 투챈이 얼른 말을 받았다.

"아드님은 누가 봐도 훌륭한 서방님이 됐어요. 그런데 하는 일 없이 집안에서 빈둥거리고 있으니……."

그제야 왕룽은 조금 마음이 풀리기는 했으나 아들에 대한 노여움이 사라지지는 않았다.

"안 돼. 그놈을 멀리 보내지는 않을 거야. 그런 쓸데없는 일에 공연히

284

돈을 쓰고 싶지 않아."

왕룽은 그 이상 말하지 않았다. 렌화는 그가 어떤 노여움 때문에 비위가 틀려 있음을 눈치채고 투챈을 내보낸 다음 그의 신경질에 혼자만 시달렸다. 이런 일이 있은 후 얼마 동안은 아무 일도 없었다. 맏아들은 다시 마음을 잡은 것 같았다. 서당에는 가지 않았으나 왕룽은 그것을 탓하지 않았다. 맏아들은 벌써 열여덟 살이 되었고 어머니를 닮아 튼튼한 몸이 되어 갔다. 그는 왕룽이 집안에 있을 때는 자기 방에서 책을 읽었다. 왕룽은 안심이 되어 혼자 생각해 보았다. '남방에 가려 했던 것은 젊은 애들한테 흔히 있는 탈선이었어. 아직 철이 덜 나서 제 마음도 제가 모를 거야. 결혼은 앞으로 3년을 기다려 달라 하지만, 돈만 많이 주면 2년이 될 수도 있겠고 어쩌면 1년이 될지도 몰라. 추수를 마치고 겨울 보리 씨나 뿌리고 콩 타작을 하고 나서 유씨와 직접 교섭해 봐야겠어.'

그러나 그는 얼마 가지 않아 아들에 대한 일을 잊어버렸다. 가을 추수가 워낙 바빴던 것이다. 메뚜기 떼의 피해를 입은 몇 곳을 빼놓고는 여간 풍작이 아니었다. 렌화로 해서 써 버린 것 이상의 소출이었다. 그는 다시 돈에 대한 애착심이 생겼다. 때때로 그는 여자 하나 때문에 그렇게 돈을 마구 써 버렸던 자신에 대해서 은근히 놀라기도 했다. 그러나 렌화에게 싫증이 난 것도 아니었다. 처음 같지는 않았지만 그래도 아직 매력을 느끼고 있었다. 그의 숙모가 언젠가 말한 것처럼 몸집이 자그마하더라도 렌화는 보기보다 나이가 들었고 또 아이를 못 낳는 것도 잘 알고 있었지만 그래도 왕룽은 그녀를 소유하고 있는 것이 자랑스러웠다. 그에게는 아들이 있으니 아이를 낳지 못해도 상관없는 일이었다. 그녀를 지금처럼 호사스런 노리갯감으로 삼는 것만으로도 가치가 있었다.

렌화는 나이를 먹을수록 살이 통통하게 붙어 더욱 사랑스러워졌는데, 전에 그녀에게 결점이 있었다면 작은 새처럼 연약하고 얼굴에 살이 없어서 광대뼈가 드러나 보이는 것이었다. 그런데 투첸이 만들어 주는 음식을 잘 먹기도 했거니와 한 사내하고만 지냈기 때문에 심신이 편해서 몸에 살이 오르고 얼굴도 훨씬 부드러워졌다. 시원스런 눈맵시나 오목한 입모습은 살진 고양이 같았다. 잠을 잘 자고 잘 먹으면서 이렇듯 보드랍고 매끄러운 살이 붙은 것이다. 이젠 연꽃 봉오리라고는 말할 수 없지만, 그렇다고 해서 활짝 피어 버린 꽃도 아니었다. 그리 젊지도 않고 늙지도 않았다. 여자의 인생으로는 한창 때인 것이다.

왕룽의 생활은 다시 평온해졌다. 맏아들도 다시 마음을 잡았기 때문에 그는 극히 만족하고 있었는데, 어느 날 밤 혼자서 추수한 밀과 쌀을 얼마쯤 팔까 하고 손가락으로 계산하고 있을 때 오란이 조용히 곁으로 다가왔다. 그녀는 해마다 몸이 여위어 얼굴에는 광대뼈가 불거져 나왔고 두 눈은 움푹 꺼져 있었다. 다른 사람들이 어쩐 일이냐고 물어도 "뱃속에 불덩이가 있는 것 같아요."라고만 대답했다. 지난 3년 동안 그녀의 배는 임신한 것처럼 불룩해 있었지만 아이는 낳지 않았다. 그래도 그녀는 새벽부터 꾸준히 자기 일을 하는 것이었다. 왕룽은 오란을 한갓 탁자나 의자나 정원의 나무를 보는 것과 같은 눈으로 보아 왔다. 머리를 숙이고 있는 소나 식욕이 없는 돼지를 보는 것보다도 관심이 없었던 것이다.

오란은 혼자서 일만 해 왔다. 그녀는 숙모에게도 꼭 해야 할 말만 하고 투첸에게는 전혀 말을 건네지 않았다. 오란은 단 한 번도 안채로 들어간

적이 없었고, 드문 일이기는 하지만 어쩌다 렌화가 안뜰까지 나오는 일이 있으면 그만 자기 방에 틀어박혀 누가 렌화가 돌아갔다고 알려 줄 때까지 결코 나오지 않았다. 그녀는 묵묵히 부엌일을 하거나 겨울날에도 두꺼운 얼음을 깨고 못 가에서 빨래를 하곤 했다. 그래도 왕룽은 '살기가 이만하니 식모를 두거나 종을 데리고 일하는 게 어떨까?' 하고 말하지 않았다. 왕룽은 아내에 대해서는 대체로 무관심했다. 그 자신은 머슴을 들이면서도, 또 소와 말을 먹이거나 여름철에 냇물이 차면 집오리와 거위를 기르기 위해서까지 일꾼을 사들였지만 아내를 위해서는 그럴 필요를 느끼지 않았던 것이다. 그날 밤, 왕룽은 가운뎃방의 촛대에 불을 켜 놓고 혼자 앉았는데 오란이 들어와서 잠시 머뭇거리다가 겨우 입을 열었다.

"할말이 있어요."

왕룽은 깜짝 놀라 아내의 얼굴을 쳐다보았다.

"무슨 말? 말해 보구려."

촛불이 오란의 얼굴 그림자를 뚜렷이 그렸다. 아내에게선 아름다운 모습은 찾아볼 수 없었다. 아내를 멀리한 지 몇 해나 되나 하고 왕룽은 속으로 생각해 보았다. 오란은 윤기 없는 나지막한 목소리로 말했다.

"큰애가 자꾸 안채에 들어가요. 당신이 나가고 없으면 바로 가요."

처음에 왕룽은 그 말이 무슨 뜻인지 이해가 안 갔다. 그는 어처구니가 없어 상반신을 내밀며 말했다.

"뭐라고?"

오란은 묵묵히 아들의 방을 가리키고 나서 두껍고 마른 입술로는 뒤채로 통하는 입구를 가리켰다. 그러나 왕룽은 믿을 수가 없어 아내의 얼굴을 뚫어져라 쳐다보았다. 왕룽은 겨우 입을 열어 말했다.

"임자가 지금 꿈을 꾸고 있는 게 아니오?"

그러나 오란은 머리를 흔들었다. 그러고는 매우 거북한 듯이 말했다.

"글쎄요, 그렇게 생각하신다면 언제 예고 없이 불쑥 집으로 들어와 보세요."

그러고는 잠시 사이를 두었다가 다시 입을 열었다.

"남방에라도 좋으니까 아무튼 멀리 보냅시다."

오란은 식탁으로 가서 왕룽의 찻잔을 집어 들고 만져 보더니 식은 차를 벽돌 바닥에 쏟아 버리고는 새로 뜨거운 찻물을 따른 뒤 들어올 때와 마찬가지로 조용히 나갔다. 왕룽은 넋을 잃은 사람처럼 멍하니 앉아 있었다. 왕룽은 아내가 질투하는 것이라고 생각했다. 아들은 매일 자기 방에서 책만 읽고 있었으므로 그럴 까닭이 없다고 생각했다. 그는 자리에서 일어서면서 웃었다. 그리고 여자 소견이란 할 수 없는 것이라고 생각하며 방금 들은 이야기를 잊어버리려고 했다. 그날 밤 그는 렌화의 방으로 갔다. 그가 렌화의 곁에 누우려고 침대에 올라가니 렌화는 투정을 부리며 그를 밀어붙였다.

"날씨가 더워 당신한테서 땀 냄새가 나니까 저하고 자리를 같이 하러 들어오기 전에 좀 씻고 왔으면 좋겠어요."

렌화는 침대에서 일어나 얼굴에 감기는 머리카락을 귀찮은 듯이 쓸어 올렸다. 왕룽이 끌어안으려고 해도 어깨를 움츠리며 피하는 것이었다. 왕룽은 멋없이 혼자 누워 요 며칠 밤 렌화가 꽤히 그의 요구를 받아 주지 않은 것을 생각했다. 지금껏 그는 렌화가 기분이 별로 좋지 않거나 또는 늦더위에 몸이 괴로워서 그런 것이라고만 생각했으나 오늘 밤은 오란의 말이 생각나서 벌떡 일어났다.

"그럼 혼자 자. 같이 자다가 목이라도 잘리면 큰일이니까."

왕룽은 롄화의 방에서 뛰쳐나와 가운뎃방으로 가서 의자 두 개를 나란히 붙이고 그 위에 누웠다. 그러나 잠이 쉽게 오지 않았다. 그는 바깥으로 나가 대나무 숲을 거닐었다. 서늘한 밤바람이 흥분한 그의 몸을 스쳤다. 가을이 가까워 오는 모양이었다. 그는 언젠가 롄화가 자기 아들이 남방으로 가고 싶다는 말을 했다고 하던 것을 생각했다. 롄화가 그런 것을 어떻게 알까? 또 요즘에는 아들이 남방에 가고 싶다는 말을 하지 않고 조용히 있는 것도 이상한 일이라고 생각했다. 그는 분연히 마음속으로 중얼거렸다. '옳아, 내 눈으로 봐야지.'

달이 기울었다. 망망한 들판의 지평선 위로 황금빛 태양이 번쩍였다. 동이 트고 태양이 들판의 언저리에 황금빛 테두리를 둘러놓은 후에 왕룽은 집으로 들어가 아침을 먹고는 추수와 모내기를 할 무렵이면 늘 그렇듯이 일꾼들을 감독하러 갔다. 밭을 돌아보고 집에 돌아온 그는 온 식구에게 들릴 만큼 큰 소리로 말했다.

"자, 난 해자 가의 논을 보고 오겠어. 좀 늦어질 거야."

그리고 그는 성내로 향해 걸었다. 그러나 도중에 사당이 있는 곳까지 오자 길가의 풀이 자라는 작은 언덕 같은 잊혀진 옛 무덤 옆에 앉아 풀을 뜯어 손가락에 끼고 비틀면서 깊은 생각에 잠겼다. 사당의 지신님이 마주 보았다. 그 지신님이 그를 노려보는 것만 같았으나 무섭지는 않았다. 젊었을 때는 존경하고 두려워했지만 지금은 집안도 왕성하고 돈도 많으므

로 지신을 섬길 필요가 없고 기도할 필요도 없었다. 그는 마음속으로 거
듭거듭 생각하고 있었다. '집에 돌아가 볼까.' 그때 문득 간밤에 렌화가
그를 떠밀어내던 일이 생각났고, 그동안 그녀를 위해서 그가 했던 모든 것
이 분하게 생각되어 자신에게 이렇게 말했다. '그년은 그대로 찻집에 있
었더라면 신세를 망쳤을 거야. 우리 집에 와 있기 때문에 잘 먹고 잘 입고
편히 지낼 수 있는 거야……'

분노가 치밀어 오른 그는 다른 길로 집으로 돌아가 살그머니 안으로 들
어갔다. 그러고는 안뜰로 들어가는 휘장 뒤에 숨어서 귀를 기울였다. 중
얼거리는 듯한 남자 소리가 들렸다. 틀림없이 맏아들의 목소리였다. 만사
가 잘 풀려 나가서 부유해지고 사람들이 그를 부자라고 부르게 되어 비록
왕룽이 젊었을 때의 시골 사람다운 소심한 태도를 떨쳐 버리고 읍내에서
조차도 떳떳한 사람이 되어 자질구레하고 갑작스러운 노여움 따위는 자
제할 줄 알 만큼 성숙하기는 했지만, 그래도 지금 왕룽의 마음속에서 치밀
어 오르는 분노는 여태까지 그가 느껴 보지 못했던 그런 심한 분노였다.
사랑하는 애인을 빼앗긴 데 대한 분노였다. 더구나 그 애인을 빼앗아 간
사람이 바로 자기 아들이라고 생각했을 때 속이 매스꺼울 정도로 불쾌했
다.

그는 이를 부드득 갈면서 밖으로 나와 대나무 숲으로 가서 호리호리한
대나무 가지 하나를 골라 잘 다듬었다. 그러고는 발소리를 죽여 다시 집
안으로 들어가 느닷없이 휘장을 걷어 젖혔다. 아들은 마당에 서서 연못가
에 놓아 둔 조그마한 걸상에 앉아 있는 렌화를 정신없이 바라보고 있었
다. 렌화는 연둣빛의 비단옷을 차려입고 있었다. 왕룽은 아침부터 이렇게

몸치장을 하고 있는 렌화를 본 일이 없었다. 두 사람은 무엇인가를 이야기하고 있었다. 렌화는 간드러지게 웃으면서 연방 고개를 갸웃거리며 곁눈질로 청년을 처다보았다. 두 사람 다 왕룽이 곁에 와 있는 것을 모르고 있었다.

왕룽은 그 자리에 선 채 그 모양을 뚫어지게 보고 있었다. 얼굴은 파랗게 질리고 입술은 말려 올라가서 이빨이 드러나고 손에는 대나무 회초리를 불끈 쥐고 있었다. 그러나 두 사람은 아무것도 모르고 있었다. 그때 투챈이 나오지 않았다면 두 사람은 언제까지나 모르고 있었을지도 모른다. 투챈은 왕룽을 보자 기절하듯 비명을 올렸다. 두 사람은 그제야 왕룽이 와 있는 것을 알았다. 그러자 왕룽이 달려가 아들에게 덤벼들어 후려치기 시작했는데 아들은 아버지보다 키가 크지만 농사일에 단련된 탄탄하고 건강한 육체를 가진 아버지를 당할 수는 없었다. 왕룽은 아들의 얼굴에서 피가 흐를 때까지 때렸다. 렌화가 비명을 올리며 팔에 매달렸지만 난폭하게 밀어젖혔다. 그녀가 또다시 악을 쓰며 달라붙자 이번에는 렌화도 사정없이 때려 쓰러뜨려 놓고는 다시 아들을 때렸다. 마침내 아들은 피가 흘러내리는 얼굴을 두 손으로 가리며 땅바닥에 주저앉고 말았다. 왕룽은 그제야 때리던 손을 멈추었다. 입술 사이로 피리 소리가 날 만큼 숨을 헐떡였다. 진땀이 비 오듯 전신에 흘러내렸고 병든 사람처럼 지쳐 버린 그는 회초리를 집어던지고 숨을 몰아쉬며 말했다.

"죽고 싶지 않으면 네 방에 가서 내가 너를 처분해 버릴 때까지 밖으로 기어 나올 생각도 하지 마."

아들은 아무 말 없이 일어나 가 버렸다. 왕룽은 렌화가 걸터앉았던 걸상에 앉아서 머리를 두 손으로 감싸고 눈을 감은 채 숨을 헐떡였다. 아무도 그에게 가까이 오려고 하지 않았다. 그는 마음이 진정되고 분노가 가라앉을 때까지 그렇게 앉아 있었다. 이윽고 그는 귀찮은 듯이 일어나서 렌화의 방으로 들어갔다. 렌화는 침대 위에 엎드린 채 흐느껴 울고 있었다. 왕룽은 곁으로 가서 그녀를 잡아 일으켰다. 그녀는 누운 채 더욱 소리 높여울면서 그를 쳐다보았다. 그에게 맞은 자리가 퍼렇게 멍들어 있었다. 왕룽은 침통한 목소리로 말했다.

"넌 아직까지 갈보 버릇을 못 버렸구나. 내 자식한테까지 몸을 팔려는 거냐?"

그러자 렌화는 더욱 소리 높여 울면서 말했다.

"그게 무슨 말씀이세요? 당신 아들이 심심해서 놀러 온 거예요. 투챈에게 물어 보세요. 당신이 마당에서 본 것보다 더 가까이 내 침대에 왔던 적이 한 번이라도 있었는지."

그녀는 무서운 듯이 애처롭게 왕룽의 얼굴을 쳐다보았다. 그러고는 그의 손을 잡아 눈물로 얼룩진 얼굴에 대며 슬프게 말했다.

"당신이 당신의 렌화를 어떻게 했는지 좀 보세요. 이 세상에 남자라고는 당신뿐이에요. 비록 당신의 아들이라고 해도, 비록 당신의 외아들이라고 해도 그것이 나한테 무슨 의미가 있겠어요."

그녀의 아름다운 눈에서는 눈물이 계속 솟아올랐다. 그녀는 못 견딜 지경인 모양이었다. 이 여자의 아름다움은 그가 바랄 수 있는 것 이상이었으며 사랑해서는 안 될 때 그녀를 사랑하고 있었기 때문에 왕룽은 괴로워서 신음했다. 왕룽은 더 이상 아들과 렌화의 관계를 생각하고 싶지 않았다. 차라리 알고 싶지 않다고 생각했다. 모르는 편이 마음 편하다고 생각했다. 그는 크게 한숨을 짓고 그곳을 나왔다. 아들의 방 앞을 지날 때 안에는 들어가지 않고 밖에서 소리를 질렀다.

"좋아, 이제는 네 물건들을 모두 궤짝에 꾸려 넣고 내일 남방으로 가서 무슨 짓이든 네 마음대로 해라. 내가 너를 데리러 사람을 보낼 때까지는 절대로 집에 돌아오지 마."

가운뎃방에서 오란은 옷을 꿰매고 있었다. 왕룽이 그 앞을 지나가도 그녀는 아무런 말도 하지 않았다. 안뜰에서 그렇게 야단법석이 났었는데도 아무런 눈치도 보이지 않았다. 왕룽은 그대로 밖으로 나가서 들로 갔다. 한낮의 태양이 하늘 높이 빛나고 있었다. 그는 온종일 들일을 한 것처럼 지쳐 있었다.

25

아들이 남방으로 떠나가자 왕룽은 집안의 큰 불안이 가셔 버린 것 같아서 마음이 가벼웠다. 집을 나간 젊은 아들을 위해서도 좋은 일이라고 생각했다. 앞으로 다른 자식들도 잘 살펴보아야겠다고 생각했다. 지금까지는 자기 자신의 걱정도 있었거니와, 계절에 따라서 여러 가지로 농사일에 정신이 팔렸기 때문에 맏아들 이외의 자식들에 대해서는 관심을 가질 여유가 없었던 것이다. 그는 둘째 놈은 빨리 서당을 그만두게 하고 장사 일을 배우게 해서 큰놈처럼 집안의 골칫거리가 되지 않도록 미리 단속을 해야겠다고 생각했다.

둘째 아들은 같은 형제이면서도 형과는 매우 달랐다. 맏아들은 키가 크고 뼈대도 굵고 얼굴이 붉은 것이 오란의 고장인 북쪽 사람 같은 인상을 주었으나, 둘째 아들은 키가 작고 몸집도 가늘고 얼굴빛이 누르스름한 것이 그 아버지의 혈통을 받았다. 왕룽은 자기 아버지를 닮은 것처럼 눈매가 날카롭고 민첩하면서도 장난기가 있으며 그럴 만한 순간이 닥치면 당장에 악의를 품게 되는 표정이 그의 눈 어디엔가 숨어 있는 것을 알 수 있었다. '이놈은 훌륭한 상인을 만들어야겠어. 서당은 그만두게 하고 곡물점에나 보내서 장사를 배우게 하면 내가 거래하는 데도 편리할 거야. 저울질에 속을 염려도 없고, 때로는 내게 이익이 되게 저울질을 해줄 거야.' 이렇게 생각한 그는 투챈을 불러 말했다.

"우리 사돈 될 유씨에게 가서 내가 할말이 있다고 전해 주게. 그리고 그의 피와 내 피가 한데 섞여야 할 처지니까 어쨌든 우리는 술을 한잔 같이 해야 해."

투챈이 돌아와서 말했다.

"언제라도 좋다고 하셨습니다. 오늘 낮에라도 한잔하러 오셔도 좋고, 그 양반이 이리로 오셔도 좋다고요."

왕룽은 번거롭게 준비하고 싶지 않았기 때문에 성내 상인이 그의 집으로 찾아오는 것을 원치 않았다. 그래서 세수를 하고 비단옷으로 갈아입은 뒤 밭둑 길을 따라 나섰다. 그는 돌다리 거리로 가서 유씨 문패가 붙은 집 앞에서 발을 멈추었다. 물론 그는 글을 모르기 때문에 투챈이 가르쳐 준 대로 돌다리를 건넌 뒤 오른쪽에서 둘째 집 대문 앞에서 이 집이라고 생각하며 지나가는 사람에게 물어서 알았던 것이다. 나무로 만든 당당한 대문이었다. 왕룽은 손으로 대문을 두드렸다. 곧 대문이 열리고 여종이 나와 젖은 손을 앞치마에 닦으면서 누구냐고 물었다. 왕룽이 이름을 대자 그를 쳐다보던 여종은 남자들만이 거처하는 사랑방으로 안내한 뒤 의자를 권하고는 다시 한 번 그의 얼굴을 쳐다보았다. 왕룽이 이 집 딸의 시아버지가 될 사람인 것을 알기 때문이었다. 그러고는 주인을 부르러 안채로 들어갔다.

왕룽은 방안을 둘러보았다. 일어서서 문간의 휘장이 무슨 천으로 만들어졌는지 만져 보고 탁자의 재목을 면밀히 살펴보기도 했다. 그러고는 풍족한 생활이기는 하지만 결코 사치스럽지는 않다는 생각에 안심이 되었다. 부잣집 딸은 자칫하면 건방지고 눈이 높고 괴팍하거나 부모 말을 잘 듣지 않아 여러 가지로 시끄럽고 남편과 시부모와의 사이를 벌어지게 하기 쉬운 것이다. 왕룽은 안심하고 다시 의자에 걸터앉아 기다렸다.

이윽고 묵중한 발자국 소리가 들리더니 뚱뚱하게 살이 찐 나이 지긋한 주인이 들어왔다. 왕룽이 의자에서 일어나 절을 하니 주인도 맞절을 했다. 두 사람은 모두 머리를 숙이면서도 상대편의 차림과 거동을 살펴보고는 유복한 인물이라는 것을 알고 서로 호감을 가졌다. 곧 두 사람은 친숙한 기분이 되어 여종이 날라 온 더운 술을 마시면서 농사에 관한 이야기를 나누었다. 금년에 풍년이 든다면 쌀값은 얼마가 될 것인가 하는 둥 천천히 이러저러한 잡담을 했다. 마침내 왕룽이 먼저 입을 열었다.

"그런데 좀 부탁드릴 일이 있습니다. 다른 게 아니라 혹시 댁의 가게에서 점원을 쓰실 일이 있으면 제 둘째 놈을 써 주십사 하고요. 제 자식이지만 아이는 제법 영리합니다. 그러나 소용없으시다면 없었던 이야기로 하고 다른 이야기나 하지요."

"그러세요. 그렇지 않아도 마침 똑똑한 젊은이가 하나 필요했는데, 글을 쓰고 읽을 줄 아는지 모르겠군요?"

왕룽은 의기양양하게 대답했다.

"우리 집 아이들은 두 놈 다 가르쳤습니다. 글자가 틀린 것도 어렵잖게 바로잡고, 나무목 변이 옳으니 삼수 변이 옳으니 하는 것도 단번에 알지요."

"그것 참 훌륭합니다. 아무 때라도 보내십시오. 장사를 배울 때까지 첫해는 먹여만 주고, 일년쯤 지나 일을 잘하면 먹여 주고 매달 은전 한 닢, 3년째부터는 은전 세 닢, 4년째부터는 배울 것 다 배웠을 테니 능력에 따라 얼마든지 벌 수 있습니다. 그리고 임금 이외에도 구매자와 판매자한테 수수료를 받아 낼 수 있는데, 만일 아드님이 능력이 있어 그런 수수료를 번다고 해도 저는 아무 말도 않겠습니다. 그리고 우리 두 집안이 하나로 결합했으니 아드님이 온다고 해도 당신한테 아무런 보증금도 요구하지 않겠습니다."

왕룽은 아주 흐뭇해져서 자리에서 일어서며 웃는 얼굴로 말했다.

"우리 사이가 이렇게 되고 보니 매우 기쁩니다. 혹시 저희 집 둘째 딸년과 혼사를 맺을 만한 아드님은 없으신지요?"

유씨는 껄껄 웃었다. 몸집도 뚱뚱하거니와 잘 먹어서 그런지 웃음소리까지 복스러웠다.

"열 살 나는 놈이 있지요. 아직 정혼은 안 했습니다만, 댁의 따님은 나이가 몇이나 되지요?

"왕룽도 따라 웃으며 말했다.

"다음 생일에 열 살이 됩니다. 제 딸이지만 잘생겼죠."

두 사람은 소리를 합쳐 마주 웃었다. 이윽고 상인이 말했다.

"우리 이중으로 우리들 자신을 밧줄로 함께 묶을까요?"

왕룽은 그 이상 더 말하지 않았다. 그 이상은 이야기할 성질의 것이 못되기 때문이었다. 그는 하직을 고하고 유쾌한 마음으로 돌아왔다. 막내딸 혼사도 순조로이 될 것 같았다. 집으로 돌아오자 그는 딸을 물끄러미 들여다보았다. 어머니가 전족을 시켜 작고도 맵시 있는 걸음걸이를 하고 있었다. 왕룽이 유심히 딸아이를 들여다보니 얼굴에 눈물 자국이 있었다. 혈색도 약간 창백했으며 눈에는 침울한 표정이 담겨 있었다. 왕룽은 그 작은 손을 잡아끌며 물었다.

"왜 울었니?"

딸아이는 고개를 푹 숙이고 다소곳이 저고리 단추를 만지작거리더니 마지못한 듯 입을 열었다.

"엄마가 날마다 발을 천으로 단단히 졸라매서 아파요. 밤에도 잠을 못 자겠어요."

"그래도 네가 우는 소리를 들은 적이 없는걸."

왕룽은 이상한 듯이 말했다.

"엄마가 아파도 소리 내서 울지 말라고 했어요. 아버지가 들으면 아버지는 마음이 약해 애처롭다고 묶지 못하게 한다고요. 발을 묶지 않으면 엄마가 아버지한테 귀염 못 받듯이 나도 그렇게 된대요."

딸아이는 자기들끼리 옛날 이야기나 하는 것처럼 순진하게 말했다. 왕룽은 자기가 아내를 사랑하고 있지 않다는 것을 아내가 딸에게 말했다는 것을 들으니 가슴이 바늘로 찌르는 듯이 아팠다.

"그랬구나. 그런데 오늘은 내가 아주 훌륭한 신랑감을 구했다. 이제 투챈을 시켜서 잘되도록 해봐야겠다."

딸애는 부끄러운 듯 미소를 지으며 고개를 숙였다. 갑자기 처녀가 되어
버린 것 같았다. 그날 밤 왕룽은 롄화한테 갔을 때 투챈에게 말했다.

"유씨네와 일이 되도록 한번 힘써 주게."

그날 밤 왕룽은 롄화와 나란히 누웠어도 불안하게 잠을 잤으며, 잠이 깨
어서는 자신의 지나온 삶과 자신이 알았던 첫 여자인 오란을, 그의 곁에서
항상 충실한 종처럼 섬겨 온 아내를 생각했다. 딸의 입에서 흘러나온 말
을 생각하니 여러 가지 생각이 떠오르고 암담해졌다. 오란은 영리하지는
못할 망정 결코 어리석은 여자는 아니었다. 그의 마음을 환히 들여다보고
있었기 때문에 슬펐다. 그 후 며칠이 지나지 않아 그는 둘째 아들을 성내
로 보내고 막내딸의 약혼서를 주고받은 뒤 지참금을 정하고 혼수와 패물
등에 대한 의논도 마쳤다. 왕룽은 한시름 놓으며 이렇게 중얼거렸다.

"이젠 아이들 문제가 모두 해결됐어. 나머지 천치 아이는 양지쪽에 앉
아 베 조각이나 가지고 놀게 하면 될 것이고, 막내 놈은 농사일을 시키고
서당에는 보내지 말아야지. 위의 두 놈이 공부했으니 그것으로 족해."

그는 하나는 학자, 하나는 상인, 하나는 농부 이렇게 세 아들을 둔 것을
자랑스럽게 생각했다. 훌륭한 계획인 것이다. 그는 만족해서 더 이상 자
식에 대한 걱정은 하지 않기로 했다. 하지만 그가 원하든 원하지 않든 간
에 이 아이들을 낳아 준 아내의 생각이 자꾸만 머리에 떠올랐다. 여러 해
동안 오란과 같이 살아온 왕룽은 이제야 처음으로 그의 아내를 생각했다.
오란이 처음 시집오던 날도 이렇게 그녀를 위해서 생각하지 않았다. 그저
한갓 여자라는 것, 그가 처음 안 여자라는 것뿐이었다. 그녀를 별개의 한

인간이나 그 이상의 존재로는 생각해 본 적이 없었다. 그 뒤로는 이것저것 그날 일에 마음이 팔려서 생각할 여유가 없었던 것이다.

이젠 자식들에 관한 일도 대강 정해졌다. 농사도 걱정 없이 제대로 되어 가고 렌화의 생활에도 질서가 잡혔다. 대나무 회초리로 한번 얻어맞고부터는 아주 원만히 순종하게 되어 만사가 걱정 없게 된 것이다. 그는 겨우 자기 자신을 돌이켜 볼 시간의 여유가 생긴 것인데, 그러자 오란의 일이 머리에 떠오르는 것이었다. 그는 아내를 유심히 바라보았다. 이번에는 한 여자로서도 아니고, 못생기고 찌들고 살결이 꺼칠꺼칠하고 노랗기 때문만도 아니었다. 어떠한 뉘우침에 가까운 감정으로 바라보는 것이었다.

그는 아내가 여위고 살빛이 변해 있는 것을 새삼스럽게 발견했다. 아내는 원래 살빛이 희지는 않았다. 들일을 할 때는 검붉었다. 그런데 요즈음에는 들에 나가지 않았다. 두 해 전만 해도 가을 추수 때만은 나갔지만 그것조차 남들 눈이 두려워서 못 나가게 했던 것이다. 그래도 왕룽은 아내가 왜 스스로 들에 나갈 생각을 않는지, 또 날이 갈수록 왜 몸이 둔해지는지를 생각해 본 적이 없었다. 그런데 지금 가만히 생각해 보니 아침이면 때때로 잠자리에서 일어나거나 아궁이에 불을 지피려고 몸을 수그릴 때 아내가 신음 소리를 냈으며, 그가 "왜 그래?" 하고 물으면 아무렇지도 않은 듯이 대답했으므로 전혀 관심을 갖지 않았다. 그런데 지금에 와서 새삼스럽게 그녀의 배가 이상하게 부른 것을 보자 측은한 생각이 가슴에 치밀어 올랐다. 그것은 자신도 모를 일이었다.

"남자들이란 다 그런 거니까, 내가 첩을 사랑하는 만큼 아내를 사랑하지 않았다고 해서 그게 무슨 잘못은 아냐."

그는 이렇게 혼잣말로 자신을 달랬다. '나는 오란을 때린 일도 없고 달라면 돈도 주었어.' 그래도 막내딸이 하던 말이 그의 머리에서 떠나질 않았다. 가슴을 찌르는 것이었다. 그런데 아무리 생각해도 자기는 오란에게 결코 나쁜 남편은 아닌 것 같았다. 미안한 생각은 들지만, 좋은 남편이었다고 생각하면서도 왜 회한을 느끼는지 그 이유를 몰랐다. 그는 오란에 대한 죄책감이 머리에서 떠나지 않았기 때문에 아내가 식사 때 음식을 나르거나 다른 일을 할 때에도 아내의 일거일동에서 눈을 뗄 수가 없었다.

어느 날 그들이 식사를 끝낸 다음 오란이 벽돌 바닥을 쓸려고 허리를 굽혔을 때, 왕룽은 어떤 내면의 고통 때문에 오란의 얼굴이 잿빛으로 변하는 것을 보았다. 그녀는 입을 벌리고 헐떡이듯이 숨을 쉬었다. 몹시 아픈 듯이 손으로 아랫배를 누르면서 비질을 계속했다. 왕룽은 다급하게 물었다. 그러나 오란은 외면을 하면서 조심스럽게 대답했다.

"아무것도 아니에요. 전부터 배가 자주 아팠는데 또 그런 거예요."

왕룽은 보다 못해 막내딸에게 말했다.

"너희 어머니가 아프니까 네가 비를 들고 청소를 하거라."

그리고 오란에게 몇 해 동안 하지 않았던 아주 부드러운 음성으로 말했다.

"방에 들어가서 누워 있어. 곧 아이를 시켜서 더운물을 가져가게 할 테니. 일어나지 말고 꼭 누워 있어."

오란은 아무 말도 않고 남편이 시키는 대로 천천히 자기 방으로 들어갔고 곧 부스럭거리는 소리가 나더니 침대에 누운 모양으로 가만히 신음하는 소리가 났다. 그 소리에 귀를 기울이고 있던 왕룽은 참을 수가 없어서 벌떡 일어나 성내로 달려가서 의원을 찾았다. 둘째 아들이 있는 곡물점의 지배인이 추천하는 곳을 찾아갔더니 의원이 한가한 듯이 차를 마시고 있었다. 흰 수염을 드리운 노인으로 콧등에는 올빼미 눈알 같은 큰 놋테 안경을 걸치고 구중중한 긴 잿빛 두루마기를 입었는데 소매가 양손이 푹 파묻히도록 길었다. 왕룽이 아내의 병세를 말하자 그는 입을 다물고 있다가 옆에 있는 책상 서랍에서 검은 천으로 싼 것을 꺼냈다.

"지금 당장 가 봅시다."

왕룽이 의원을 데리고 돌아오니 아내는 어렴풋이 잠이 들었는데 윗입술과 이마에 이슬 같은 땀방울이 솟고 있었다. 의원은 그 모양을 물끄러미 바라보더니 자못 어려운 듯이 머리를 흔들었다. 그러고는 원숭이 손같이 누렇게 말라붙은 손을 내밀어 오란의 맥을 짚었다. 한동안 그렇게 맥을 짚고 있던 의원이 이윽고 어렵게 입을 열었다.

"비장이 부어 있고 간장도 나쁘오. 자궁 속에는 어른 머리통만한 돌멩이가 들어 있소. 위장도 탈이 났고 심장도 간신히 움직이긴 하지만 벌레가 있는 모양이오."

왕룽은 의원의 말을 듣자 가슴이 무너지는 듯했다. 그는 갑자기 무서운 생각이 들어 마치 성난 사람처럼 말했다.

"그럼 아내한테 약을 주시면 되잖아요."

왕룽의 큰 소리에 눈을 뜬 오란은 두 사람을 쳐다보았으나 몹시 괴로워서 의식도 몽롱한 것 같았다. 왕룽이 무엇을 외쳤는지도 모르고 시름없이 두 사람을 보았다. 의원은 다시 입을 열었다.

"이거, 참 어려운 병이오. 완쾌의 보증이 필요 없다면 은전 열 닢으로 약초와 말린 호랑이 심장과 개 이빨로 처방을 해 드리겠소. 그걸 함께 달여 먹여 보시오. 그렇지만 완쾌의 보증이 필요하다면 은전 5백 닢을 받아야 겠소."

잠든 것 같았던 오란이 이 소리를 듣자 정신이 돌아오는 듯 힘없는 소리로 말했다.

"그만두세요. 내 목숨에 그만한 가치는 없어요. 그런 돈이 있다면 땅을 사세요."

왕룽은 아내가 하는 이런 말을 듣고 과거의 모든 회한이 뼈아프게 되살아나서 사납게 오란에게 반박했다.

"난 당신이 죽는 것을 볼 수 없어. 은전 5백 닢을 드릴 테니 병을 고쳐 주시오."

의원은 왕룽의 말을 듣자 욕심이 동한 듯이 눈을 빛냈지만, 만약에 보증해 놓고 병자가 죽어 버릴 경우에는 법률에 의해 처벌을 받기 때문에 유감스러운 듯이 말했다.

"글쎄, 병자의 눈이 흰 것을 보니 내가 잘못 봤는지도 모르겠소. 완쾌를 보증하는 데는 은전 오천 닢이 아니고는 어렵겠소."

왕룽은 아내를 구해 낼 수 없다는 의원의 말뜻을 비로소 알아듣고 아무 말 없이 의원을 쳐다보았다. 땅을 팔지 않고 은전 5천 닢을 마련한다는 건 불가능한 일이다. 의원은 오란이 죽을 것이라고 선언한 것과 마찬가지였다. 설령 땅을 팔아서 약값을 마련한다고 하더라도 소용없다는 것은 명백한 일이다.

왕룽은 의원과 함께 밖으로 나가 은전 열 닢을 의원에게 주었다. 그리고 의원이 돌아간 뒤 그는 오란이 생애의 대부분을 보낸 어둠침침한 부엌으로 들어갔다. 아내가 세월을 보낸 이 부엌, 그는 지금은 아무도 없는 부엌에서 그을린 벽을 쳐다보며 한참 동안 실컷 울었다.

26

그러나 오란의 육신이 지닌 생명은 갑자기 죽지는 않았다. 이제 겨우 인생의 중년을 넘어서는 그녀의 생명은 몸에서 쉽게 떠나려 하지 않았다. 그녀는 몇 달이나 빈사 상태인 채 침대에 누워 있었다. 긴 겨울 동안 오란이 병상에 누워 있고 보니 왕룽과 아이들은 처음으로 그녀가 가정에서 얼마나 소중한 존재인지를 알았다. 식구들 모두를 그녀가 매우 편안하게 해주었지만 그때까지 그들은 그것을 모르고 지내 왔던 것이다.

부엌에 불을 지필 때도 어떻게 해야 마른풀이 잘 타는지, 또 고기 하나를 구워도 어떻게 해야 태우지 않고 잘 구워지는지, 솥 안의 생선을 어떻게 부스러뜨리지 않고 뒤집는지, 야채 요리를 할 때 참기름을 쓰는지 콩기름을 쓰는지조차 아는 사람이 없었다. 식탁 밑에는 먹다 떨어뜨린 음식과 지저분한 빵 부스러기가 흩어져 있지만 청소하는 사람이 아무도 없었다.

너무 오래돼서 그 냄새가 역겨워 참을 수가 없게 되면 왕룽이 마당에서 개를 끌고 와 핥아먹게 하거나 어린 딸에게 소리를 질러 긁어모아 내다 버리게 하기 전에는 아무도 그 쓰레기를 치우지 않았다.

막내딸은 어머니 대신 할아버지 시중을 들었다. 노인은 나이가 많아서 아무것도 분별하지 못했다. 시중을 들던 며느리가 병이 들어 누웠다고 말해도 이해하지를 못했다. 며느리가 찬물이든 더운물이든 가져오지 않고, 또 일어날 때 부축해 주지 않는 것을 불평하며 몇 번이고 며느리를 부르다가 마침내 화가 나서 찻잔을 방바닥에 내동댕이치곤 했다. 왕룽은 보다 못해 아버지를 아내의 병상으로 데려가서 누워 있는 모습을 보여 주었다. 노인은 눈이 몽롱해서 잘 보이지 않는 듯했지만 오란을 찬찬히 보고는 어떤 사정을 짐작한 듯 뜻도 알 수 없는 소리를 중얼거리면서 눈물을 지었다.

천치 딸만은 끝내 아무 눈치도 못 챘다. 변함없이 색동 조각 천을 만지작거리면서 놀기만 했다. 그러나 누군가가 천치의 치다꺼리를 해야만 했다. 밤이 되면 재워 주고, 밥 때가 되면 먹여 주고, 낮이면 양지쪽에 앉혀 주고, 비가 오면 방안까지 데리고 들어와야 했다. 이 정도의 일은 누구든 가족 중의 한 사람이 알아서 해주어야 했는데 왕룽 자신도 잊는 수가 있었다. 언젠가 밤새도록 그 딸을 집 밖에 내버려둔 채 잊은 일이 있었다. 이튿날 새벽녘 천치 딸이 추위를 못 이겨 울음을 터뜨린 후에야 비로소 알았던 것이다. 왕룽은 화를 내며 아이들에게 불쌍한 천치 누이를 잊은 것을 야단쳤으나, 역시 아이가 어머니의 일을 대신하는 것이 쉬운 일은 아니었다. 왕룽은 그 후부터는 천치 딸의 뒷바라지를 자기 손으로 하기로 했다.

비나 눈이 오는 날이나 차가운 바람이 부는 날에는 부엌 가마솥 앞에 데려다 앉혀 놓곤 했다.

오란이 죽어 가며 누워 있던 여러 달의 겨울 동안 왕룽은 땅에 전혀 신경을 쓰지 않았다. 겨울철의 여러 가지 농사일이라든가 머슴을 부리는 모든 일을 칭 서방에게 맡겨 버렸다. 칭 서방은 충실하게 모든 것을 잘 처리했다. 그리고 아침저녁 두 차례씩 오란이 누워 있는 방으로 찾아와 나지막하게 울먹이는 목소리로 병세를 물었다. 이럴 때면 왕룽은 언제나 오늘은 닭 국물을 조금 마셨다든가 미음을 조금 먹었다는 대답만 할 뿐이었다. 그런데 나중에는 그런 말도 귀찮아졌다. 그래서 칭 서방에게 더 이상 문안을 오지 않아도 좋으니 농사일이나 잘해 달라고 부탁했다. 춥고 어두운 겨울 동안 왕룽은 줄곧 병자 곁에 앉아 있었다. 아내가 추울 것이라 생각되면 화로에 숯을 달게 지펴서 침상 곁에 놓고 따뜻하게 해주었다. 그럴 때마다 아내는 맥없이 중얼거렸다.

"미안해요. 공연히 숯을 많이 피우게 해서."

그러던 어느 날 아내가 또 이런 말을 하자 왕룽은 버럭 화를 냈다.

"그런 말 말아. 당신 병을 고칠 수 있다면 땅이든 뭐든 다 팔아도 아깝지 않다고."

오란은 이 말을 듣자 흐뭇하게 웃더니 숨가빠하며 속삭였다.

"그건 안 돼요. 당신이 그러면 내가 그냥 내버려두지 않겠어요. 어쨌든 언젠가 난 죽어야 할 몸이니까요. 하지만 내가 가고 난 다음에도 땅은 그대로 남아요."

왕룽은 아내가 죽는다는 말을 하는 것을 들으니 도저히 견딜 수가 없었다. 그래서 그는 문 밖으로 나가 버렸다. 그러나 그도 오란이 틀림없이 죽을 것이라고는 알고 있었다. 그래서 어느 날 성내의 장의사에 들러 돈만 주면 당장 사 갈 수 있도록 진열되어 있는 관을 하나하나 돌아보았다. 그리고 그중에서 가장 단단한 나무로 만든 검은 칠을 한 좋은 관을 골랐다. 그가 관을 고르는 것을 보던 가게 주인은 눈치 빠르게 말했다.

"두 개를 함께 사시면 3할을 감해 드리죠. 손님 것도 미리 마련해 두시면 뒤에 걱정 없이 안심될 텐데요."

"아니오. 그건 자식들이 나를 위해서 해줄 수 있어요."

왕룽은 이렇게 대답했으나 곧 아버지 생각이 났고, 노인을 위해 아직 관을 마련해 두지 않은 것이 불현듯 머리에 떠올라 다시 말했다.

"그런데 나이 많은 아버지가 계시오. 걸음도 잘 못 걷고 귀도 먹고 눈도 어두우니 얼마 못 가 돌아가실 게요. 그러니 두 개를 사기로 하겠소."

가게 주인은 관 두 개를 다시 한 번 칠을 잘해서 집까지 보내 줄 것을 약속했다. 집에 돌아온 왕룽은 오란에게 이런 말을 해주었다. 오란은 남편의 따뜻한 정성에 감격하며 죽은 후의 모든 일에 안심한 듯 기뻐했다.

왕룽은 매일같이 몇 시간이고 아내 곁에 앉아 있었다. 오란은 날이 갈수록 쇠약해졌고 거의 입을 여는 일이 없었다. 몸이 성할 때도 그들 사이에는 말이 없었지만 지금은 더욱 긴 침묵이 계속되었다. 왕룽이 이렇게 조용히 앉아 있을 때, 오란은 지금 자기가 어디 있는지조차 잊어버릴 만큼 정신이 몽롱할 때가 있는 모양이었다. 이따금 어릴 적의 일을 꿈결같이 중얼거렸다. 왕룽은 처음으로 아내의 마음속까지 들여다보는 것 같았다. 물론 그녀가 중얼거리는 말은 극히 단편적인 것들이었다.

"저는 음식을 문턱까지만 가져가겠어요. 제가 못생겨서 훌륭하신 주인님 앞에 나설 만한 여자가 아니라는 건 저도 잘 알아요."

그리고 숨을 헐떡이며 이런 말도 했다.

"때리지 마세요. 다시는 쟁반에 있는 것을 집어 먹지 않겠어요."

그리고 되풀이해서 말했다.

"아버지, 어머니, 아버지, 어머니."

또 이런 말도 했다.

"난 못생겨서 귀염받지 못할 것을 잘 알아요."

왕룽은 오란의 이런 말을 듣고 있을 수가 없었다. 그는 죽은 사람처럼 뼈만 앙상하게 남은 아내의 손을 어루만졌다. 아내의 말은 진실한 것이다. 그는 자신의 애틋한 감정을 아내에게 전하려고 진심으로 그녀의 손을 쓸어 주었으나, 아무래도 렌화가 입을 비죽거릴 때보다도 애정이며 감동이 솟아오르지 않는 것이 이상했다. 이런 이상한 마음에 수치심을 느끼며 그는 자신에 대한 슬픔과 의아함에 사로잡혔다. 아내의 진실한 말이 그를 뉘우치게는 했으나, 뼈만 남은 아내의 손에서는 이성적인 애정이 우러나오지 않았다. 애처로운 생각이 들면서도 그것을 반발하는 것이 있으니 안타까운 일이었다. 그래서 왕룽은 더 한층 아내에게 정성을 다했다. 특별한 음식을 사 오기도 하고 은어와 배추 속으로 만든 맛있는 국물을 먹이기도 했다.

그는 이렇게 간호하면서 겪는 온갖 괴로움을 잊어버리려고 렌화의 방에 갔으나 조금도 유쾌하지 않았다. 이 기나긴 죽어 가는 과정의 고뇌에 얽힌 절망으로부터 마음을 벗어나게 하려고 렌화에게 갔을 때도 오란이 잊혀지지 않았고, 롄화를 껴안고 있다가도 아내 생각이 되살아나면 그만 팔이 풀려지는 것이었다. 오란은 때때로 정신이 맑아져 주위의 일을 분간할 때도 있었다. 그럴 때 한 번 그녀는 투챈을 불렀다. 왕룽이 깜짝 놀라서 투챈을 데려오니 오란은 부들부들 떨리는 팔로 상반신을 일으키고는 아주 야무진 어조로 말했다.

"이봐, 자네는 황 영감님 몸종으로 있을 때 예쁘다고 세도가 대단했지. 이제 나는 남의 아내가 되고 아들을 낳았지만 자네는 지금껏 종노릇을 못 면했구먼."

투챈이 발끈 성을 내면서 말대꾸를 하려 했으나 왕룽이 재빨리 그녀를 가로막고 밖으로 데리고 나가 타일렀다.

"저 사람은 지금 제정신으로 그런 말을 하는 게 아냐."

왕룽이 다시 방에 돌아오니 오란은 아직도 그대로 두 팔로 몸을 버티고 비스듬히 앉은 채로 그에게 말했다.

"내가 죽고 난 뒤에도 저 여자나 저 여자의 주인을 이 방에 못 오게 해요. 내가 가졌던 옷이나 물건에 손을 대게 해서도 안 돼요. 내 말대로 안 하면 나는 귀신이 되어 원수를 갚겠어요."

그리고 오란은 다시 혼수 상태에 빠져 머리를 베개에 떨어뜨렸다. 하지만 새해가 시작될 무렵인 어느 날, 다 탄 촛불이 마지막으로 환하게 타오르듯이 오란은 갑자기 상태가 좋아져서 어느 때보다도 정신이 맑아졌다. 침상에 일어나 앉아서 손수 머리를 빗고 차를 마시고 싶다고 했다. 그리고 왕룽이 들어오자 그녀가 말했다.

"설 명절이 얼마 안 남았는데 아무 음식도 준비하지 않았지요? 그래서 생각해 보았는데 부엌에 투챈은 들여보내고 싶지 않아요. 대신 당신이 사람을 보내 약혼해 둔 큰며느리를 불러 주세요. 아직 본 일은 없지만 만약 그 애가 와 준다면 여러 가지 일을 가르쳐 주겠어요."

왕룽은 금년에는 설 명절에 대해서 아무런 생각도 없었으나, 아내가 그렇게 기운을 차린 것이 좋아서 곧 투챈을 유씨에게 보내 그런 사정을 전하게 했다. 유씨 댁에서는 처음에 약간 주저하기는 했으나 안사돈 될 사람이 봄까지 살기 어려울 것이라는 말을 듣고, 또 딸의 나이도 열여섯이나 되었으며 그보다 더 어려도 시집가는 일이 있으므로 쾌히 승낙했다. 그러나 시어머니 될 사람이 병석에 누워 있었기 때문에 약혼한 새색시가 오는 날도 아무런 준비를 하지 않았다. 새색시는 가마를 타고 그의 어머니와 늙은 몸종과 함께 왔다. 그의 어머니는 딸을 사돈에게 맡기고 몸종만 남기고 돌아갔다.

왕룽의 집에서는 아이들의 거처를 옮기게 하고 그 방을 새 며느리의 방으로 차려 주었다. 모든 일이 순조로웠다. 도리에 어긋나는 일이어서 왕룽은 그녀와 이야기를 나누지 않았고, 그녀가 절을 할 때는 근엄하게 머리만 숙였다. 그녀는 자기 도리를 잘 알고 있었다. 집안을 거닐 때는 눈을 내리깔고 정숙한 태도를 지켜 왕룽은 마음이 흡족했다. 얌전하고 예쁘면서도 교만한 태가 보이지 않는 것도 왕룽을 기쁘게 했다. 그녀의 조심스런 모든 동작은 흠잡을 데가 전혀 없었다. 그리고 시어머니 될 분도 정성껏 간호했다. 왕룽은 아내의 병상에 여자가 있어서 아내가 아주 만족해하는 것을 알았으므로 아내에 대한 고뇌도 누그러졌다. 오란은 며칠 동안 만족스럽게 지냈으나 곧 어떤 생각을 했는지 아침에 남편이 들어오는 것을 보고 그에게 말했다.

"마음놓고 죽기 전에 부탁이 한 가지 더 있어요."

왕룽은 왈칵 역정을 내며 말했다.

"제발 좀 죽는다는 말은 하지 말아."

그러자 그녀는 천천히 미소를, 미처 눈에 다다르기 전에 끝나는 그 변함 없고 느린 미소를 짓고는 대답했다.

"나는 죽어요. 몸이 죽음을 기다리고 있는 것을 알아요. 그렇지만 큰아이가 와서 혼사를 치를 때까지는 못 죽겠어요. 정말 좋은 며느릿감이에요. 내게도 참 잘해 줘요. 더운물을 담은 대야를 들 때도 힘차 보이고, 내가 괴로워서 땀을 흘리면 얼굴도 잘 닦아 줘요……. 아무튼 나는 죽을 것이니 그 전에 큰아이를 불러서 혼사를 치르게 하세요. 당신에게는 손자, 아버님에게는 증손자를 보게 하고야 안심하고 죽겠어요."

몸이 건강할 때도 그녀는 이렇게 긴말을 한 적이 거의 없었다. 오란은 여러 달 만에 처음으로 기운차게 이야기를 했다. 왕룽은 아내의 목소리에 담긴 힘과 이런 소망에 대한 아내의 놀라운 활력에 기분이 좋았다. 그는 맏아들의 결혼식을 성대하게 치르려면 더 많은 시간이 필요했지만 아내의 마음을 거스르고 싶지 않아 동의하는 어조로 분명히 말했다.

"좋아, 그렇게 하지. 오늘 남방으로 사람을 보내 큰애를 찾아내서 집으로 데리고 와 결혼을 시키겠어. 그 대신 임자도 힘을 내서 죽는다는 소리 말고 꼭 나아야 돼. 임자가 누워 있으니까 집안 꼴이 말이 아냐."

그는 아내를 기쁘게 해주려고 했다. 오란은 만족한 듯 아무 말도 하지 않고 다만 흐뭇한 웃음을 띠면서 스르르 눈을 감고 자리에 누웠다. 왕룽은 곧 맏아들에게 사람을 보냈다.

"도련님한테 이렇게 전해라. 어머님의 임종이 가까워졌는데, 아들이 결혼하기 전에는 어머니의 혼령이 편히 쉴 수가 없다는 말을 하더라고 전해라. 그리고 만일 나하고 어머니하고 땅을 소중하게 생각한다면 지금부터 사흘째 되는 날 잔치를 준비하고 손님들을 초청해 결혼을 시킬 테니 한시도 지체하지 말고 돌아오라고 해라."

왕룽은 잔치 준비를 시작했다. 그는 투챈을 시켜서 능력이 닿는 한 성대한 잔치 준비를 하라고 했다. 그리고 성내 찻집에서 음식을 장만할 사람을 불러오게 했다. 그는 투챈에게 많은 돈을 주면서 말했다.

"황 부잣집에서 하던 것처럼 한번 잘 차려 보게. 돈은 얼마든지 줄 테니까."

그리고 마을 사람들을 아는 대로 모두 청했다. 성내에 가서 그가 드나들던 찻집이나 곡물 거래로 알게 된 사람도 빠짐없이 청했다. 물론 숙부에게도 말해 두었다.

"큰놈의 잔치에는 아저씨 친구 분도 사촌의 친구도 모두 청하세요."

그가 이런 말을 한 까닭은 숙부가 어떤 사람인지 정체를 알게 된 순간부터 항상 그랬듯이 그에게 예의를 갖추고 항상 귀한 손님으로 대우해야 한다는 사실을 다시금 기억했기 때문이다. 혼례식 전날 밤에 아들이 돌아왔다. 아들이 늠름하게 방안으로 들어오자 왕룽은 지난날의 불쾌한 생각은 깨끗이 잊어버렸다. 이 아들이 집을 떠난 지 벌써 두 해가 넘었다. 그리고 지금 여기에 돌아온 아들은 이미 소년이 아니었다. 키가 크고 혈색도 좋고 체격도 당당한 훌륭한 남자였다. 머리를 짧게 깎아 기름이 번지르르하고 남방 신사들이 입는 검붉은 공단 두루마기에 짧은 우단 조끼를 입고 있었다. 훤칠한 아들의 모습을 보자 왕룽은 가슴이 뿌듯했다. 이것이 내 아들이란 생각 외에는 모든 것을 잊고 아내의 방으로 아들을 데리고 들어갔다. 침대 곁에 앉아 어머니의 앙상한 모양을 바라본 아들은 눈시울이 붉어지고 눈물을 머금었다. 그러나 명랑하게 이렇게 말했을 뿐 다른 말은 하지 않았다.

"다른 사람들 말보다 갑절이나 기운 있어 보여요. 돌아가시다니 어림도 없어요."

그러나 오란은 간단하게 말했다.

"네 혼사 치르는 걸 보고야 죽을 테다."

신부 될 사람은 혼례식 전에 신랑에게 얼굴을 보이지 않는 것이 예절이었다. 그래서 렌화는 색시를 자기 방에 데려다 놓고 치장해 주었다. 렌화와 투챈과 숙모는 이런 일에 아주 익숙해 있었다. 이 세 사람은 혼례식을 올리는 날 아침 색시를 머리끝에서 발끝까지 씻겨 주고 전족한 발에 새 버선을 신기고, 또 렌화가 아끼는 향기 좋은 편도유까지 발라 주었다. 그리고 색시 집에서 가져온 새 옷을 입혔는데 흰 꽃무늬를 수놓은 비단으로 만든 속옷 위에 부드러운 양털로 짠 치마저고리를 입혔다. 또 그 위에 혼례식 때 입는 붉은 공단 예복을 입혔다. 이마에는 물분을 발라 주고 풀 먹인 명주실로 잔털을 뽑고 머리를 매만져 이마가 네모나고 넓어 보이게 했다. 이것은 대갓집 부인답게 보이게 하기 위해서다. 그리고 분을 바르고 연지를 찍고 붓으로 눈썹을 길고 가늘게 그렸다. 머리에는 족두리와 구슬이 드리워진 베일을 씌우고 전족한 발에는 수놓은 신발을 신기고 손톱에 물을 들이고 손에는 향수를 뿌려 주었다.

이렇게 신부 단장을 빠짐없이 끝냈다. 신부는 다소곳하게 세 사람이 시키는 대로 맡겨 두고 있었으나 올바르고 도리에 어긋나지 않도록 수줍어하며 마지못해 응하는 듯 행동했다. 왕룽과 그의 아버지, 숙부 그리고 손님들은 대청에서 기다렸다. 신부는 친정에서 데려온 늙은 몸종과 숙모의 부축을 받으며 들어왔다. 고개를 푹 숙이고 간신히 걸었다. 누구에게 부축을 받지 않고는 혼례식장 같은 데엔 도저히 나올 것 같지 못할 걸음걸이였다. 그것은 그녀의 정숙함을 나타내는 것이었고, 따라서 왕룽은 좋은 며느릿감이라고 기뻐했다.

다음에 신랑이 들어왔다. 신랑은 붉은 두루마기에 검은 조끼를 입고 들어왔다. 머리를 빗어 넘기고 얼굴은 깨끗하게 면도했다. 그 뒤로 두 동생이 따라 들어왔다. 왕룽은 그들의 늠름한 자태를 보자 자신이 죽은 다음에도 자신의 육신의 삶을 계속 이어갈 훌륭한 아들들의 이 행렬이 너무나 흐뭇한 나머지 가슴이 터질 지경이었다. 아주 귀가 절벽이 된 아버지는 무슨 일로 이 자리에 나온 것인지 아무리 말해도 알아듣지 못했다. 그러더니 갑자기 납득이 간 듯 쉰 소리로 크게 웃음을 터뜨리고는 몇 번이고 피리 소리 같은 목소리로 되풀이했다.

"혼례로구나. 아, 혼례라. 아이들이 또 생기고 손자들이 생기겠구나. 하하하."

늙은이가 이렇게 좋아하며 웃음을 터뜨리자 다른 여러 사람들도 따라서 기뻐하며 크게 웃었다. 왕룽은 아내가 저렇게 병석에 누워 있지 않고 여기에 같이 참례했으면 얼마나 좋을까 하고 생각했다. 왕룽은 아들이 신부를 어떤 눈으로 보는지 예리하게 살펴보았다. 아들은 아닌 게 아니라 곁눈질로 슬그머니 색시를 보았는데, 곁눈질만으로도 자기 나름대로 충분한지 점점 기분이 좋아지는 눈치였다. 왕룽도 속으로 매우 다행이라고 생각했다. '어떠냐, 내가 고른 며느리가 너도 마음에 들지?'

신랑과 신부는 왕룽과 노인에게 큰절을 하고 나서 오란이 누워 있는 방으로 들어갔다. 오란은 검은색 고급 두루마기로 갈아입고 아들과 며느리가 들어오자 일어나 앉았다. 그녀의 얼굴에서 이글거리는 두 개의 얼룩처럼 타오르는 눈을 건강의 증거라고 오해한 왕룽이 좋아서 큰 소리로, "아, 이제 병도 낫겠구려." 하고 소리칠 정도였다. 신랑 신부가 가까이 다가와 절하는 것을 받은 오란은 이렇게 말했다.

"자, 이리로 앉아라. 여기 앉아서 혼례 술을 마시고 밥도 먹어라. 난 그게 보고 싶다. 나는 곧 죽을 게고, 내가 죽은 뒤로는 여기가 너희들의 혼례 침상이 될 것이다."

이제는 오란이 이런 식으로 얘기해도 아무도 반박하지 않았다. 두 사람은 부끄러운 듯 말없이 나란히 앉았다. 뚱뚱한 왕룽의 숙모가 점잔을 빼면서 더운 술을 두 잔 따라 신랑 신부에게 한 잔씩 주었다. 두 사람은 잔에 입만 대었다가 다시 그 술을 한 잔에 섞어 나누어 마셨다. 두 사람이 한몸이 되었다는 것을 의미하는 것이다. 그리고 두 사람은 각기 밥을 먹다가 다시 서로 섞어 먹었다. 두 사람의 생명이 이로써 하나가 되었다는 것이다. 이리하여 백년을 맹세하는 혼례식이 끝났다.

신랑 신부는 오란과 왕룽에게 절을 하고 물러 나와 모여 있는 여러 손님들에게 큰절을 했다. 그런 뒤에 피로연이 시작되었다. 방에도 뜰에도 많은 음식상이 놓이고 구수한 냄새와 웃음소리가 온 집안에 들끓었다. 손님들은 많았다. 친한 사람뿐만 아니라 못 보던 사람들까지 모였다. 잔칫집이 부잣집이라 이런 때는 누구에게나 풍성하게 잘 대접하는 줄 알고 부르지 않았는데도 온 사람이 많았다.

투챈이 성내에 가서 일부러 음식 만드는 사람을 불러왔기 때문에 농가에서는 구경할 수 없는 음식들이 많이 나왔다. 그들은 농가의 부엌에서는 장만할 수 없는 음식은 성내에서 만들어 큰 광주리에 담아 가지고 왔다. 이미 요리가 되어 있어 데우기만 하면 바로 먹을 수 있었다. 그들은 즐거워하며 기름이 묻은 앞치마를 두르고 사방으로 돌아다녔다. 모든 사람들이 마음껏 먹고 마시며 기분 좋게 떠들어 댔다. 오란은 이렇게 떠드는 소리를 듣고 음식 냄새도 맡을 수 있도록 창문과 휘장을 모두 젖혀 놓게 했다. 그러고는 자주 가까이 오는 남편에게 몇 번이고 물었다.

"술은 모자라지 않아요? 상 가운데에 있는 팔보채는 따뜻한가요? 기름과 설탕과 여덟 가지 과일이 제대로 들어 있어요? 식지는 않았나요?"

왕룽이 무엇이든 잘되어 있다고 대답을 하니 오란은 지극히 만족한 듯 집안에서 나는 소리에 귀를 기울였다. 이윽고 잔치가 끝나고 손님들도 모두 돌아가고 밤이 되었다. 웅성거리던 소리가 끊어지고 집안이 조용해지자 오란은 기운이 빠져 점점 피곤해지고 정신이 흐려졌다. 오란은 아들과 며느리를 곁에 불러 말했다.

"나는 이제 죽어도 한이 없다. 너는 부디 아버지와 할아버지를 잘 섬기도록 해라. 그리고 며느리 너는 네 남편과 시아버지와 시할아버지를 잘 섬겨야 한다. 또 천치 시누이도 잘 돌봐 줘야 한다. 그 밖에 네가 섬길 사람은 이 집안에 아무도 없다."

끝말은 지금까지 한 번도 입 밖에 내지 않은 렌화를 가리키는 말이었다. 두 사람은 다음 말을 기다렸으나 오란은 혼수 상태에 빠진 듯했다. 그리고 다시 입을 열었을 때는 그들이 그곳에 있는지, 그리고 자기가 어디에 있는지조차 모르는 듯했다. 맥없이 눈을 감고 머리를 이리저리 돌리면서 중얼거리듯이 말했다.

"나는 못생겼어. 그래도 나는 아들을 낳았어. 나……는 남의 집 종이었어. 그러나 지금 내 집에는 훌륭한 자식들이 있어."

그리고 한동안 있다가 또 중얼거렸다.

"그 인간이 어떻게 나처럼 그이를 먹여주고 보살펴 줄 수 있겠어. 예쁘다는 것만으로는 아이를 낳지 못해."

그녀는 다른 사람이 있는 것도 모르고 알아들을 수 없는 말을 한동안 중얼거렸다. 왕룽은 아들과 며느리에게 밖으로 나가라고 눈짓하고 아내의 침대 곁에 앉았다. 오란은 정신이 오락가락하는 듯했다. 이따금 눈을 떴다가 다시 감곤 했다. 왕룽은 아내가 빈사 상태에 빠져 죽어 가는 지금에도 그녀의 자줏빛 큰 입술이 이빨을 드러낸 채 흉측하고 두툼하게 말려 올라가는 것을 추하다고 느끼는 자신을 미워했다. 갑자기 아내에 대한 미안한 생각과 슬픈 생각이 가슴에 치밀었다. 오란은 다시 한 번 눈을 크게 떴으나, 눈앞에 이상한 안개라도 덮여 있는 듯이 남편을 뚫어지게 쳐다보더니 갑자기 베개 위로 머리를 떨어뜨렸다. 그러고는 몸을 부르르 떨더니 숨을 거두었다. 그것이 오란의 임종이었다.

아내가 죽고 나니 왕룽은 아무래도 그 곁에 가기가 싫었다. 그래서 숙모를 불러 시체를 씻겨 달라고 부탁하고 염이 끝난 다음에도 다시 안으로 들어가려 하지 않고, 그가 사 두었던 관 속에 시체를 옮기는 일도 숙모와 아들 내외를 시켰다. 그러면서도 미안한 생각이 들어 성내에 가서 일꾼을 사서 관습대로 관을 밀봉하게 하고, 또 점쟁이에게 장례에 좋은 날을 물어보기도 했다. 점쟁이가 점친 날은 석 달 후였다. 그전에는 좋은 날이 없다는 것이었다. 왕룽은 점쟁이에게 사례금을 주고 절로 갔다. 절의 주지와 의논 끝에 장례일까지 아내의 관을 그곳에 모셔 두기로 했다. 왕룽은 그 관을 집에 두고 눈앞에 보면서 산다면 견딜 수 없을 것 같아서 매장을 하는 날까지 오란의 관을 절에 안치시키기로 한 것이다. 그러나 고인을 위해서 할 일은 모두 정성껏 하기로 했다. 그리고 자기도 상복을 입고 아들들도 모두 상복을 입혔다. 상을 나타내는 빛인 흰 무명 천으로 만든 신발을 신고 흰 각반을 두르고, 여자들은 모두 흰 천으로 머리를 묶게 했다. 그후 왕룽은 아내가 죽은 방에서 자는 것이 견딜 수가 없어서 자기가 쓰던 것을 챙겨 렌화의 방으로 옮겨 놓고는 맏아들에게 말했다.

"이 방은 너희들이 쓰도록 해라. 네 어머니가 이 방에서 너를 낳았으니 너도 이 방에서 자식을 낳는 게 좋아."

아들 내외는 그 방으로 들어가 살며 만족해했다.

한번 죽음이 집안에 찾아들면 쉽사리 물러가지 않는 모양이었다. 왕룽의 아버지는 그의 며느리가 죽어서 입관하는 것을 보자 정신이 이상해지더니, 어느 날 아침 왕룽의 둘째 딸이 차를 가지고 들어가 보니 듬성하게 난 수염을 위로하고 침대 위에 반듯이 누운 채 죽어 있었다. 둘째 딸은 그것을 보자 기겁을 하고 울면서 아버지에게 달려갔다. 왕룽이 쫓아가 보니 벌써 숨이 넘어간 뒤였다. 극도로 쇠약해진 몸은 한줌밖에 안 될 만큼 가볍고 울퉁불퉁한 소나무처럼 굳어 있었다. 아마 침대에 눕자마자 곧 숨을 거두었는지 시간이 오래된 것 같았다. 왕룽은 손수 아버지의 시체를 더운물로 씻고 염을 한 다음 미리 사다 둔 관에 고이 눕히고 밀봉을 했다.

'아내와 같은 날 매장해야지. 묘터는 내 땅의 언덕진 좋은 장소로 골라서 함께 매장하자. 나도 죽으면 그곳에 함께 묻어 달래야지.' 왕룽은 마음속으로 얘기한 대로 실행했다. 그는 아버지의 시체를 넣은 관을 가운뎃방에다 걸상 두 개를 나란히 놓고 그 위에 안치하고는 장례일까지 기다렸다. 돌아간 아버지의 영혼도 그곳에 있고 싶어할 것이고 왕룽 자신도 그 주검 옆에 있고 싶었다. 왕룽은 아버지의 죽음을 그리 애통해하지 않았다. 아버지는 나이가 많은 만큼 천명을 누렸고, 또 이 몇 해 동안 거의 죽은 것이나 다름없었기 때문이다.

점쟁이가 정한 장례일은 한창 좋은 봄날이었다. 왕룽은 도교(道敎)의 절에서 많은 도사를 불러왔다. 그들은 긴 머리를 틀어 올리고 노란 도복을 입고 왔다. 절에서도 여러 명의 스님을 불러왔다. 스님들은 머리를 깎고 아홉 군데에 아홉 개의 성스런 상처를 내고, 길다란 회색 승복 차림에 목에 염주를 드리웠다. 도사와 스님들은 두 사람의 명복을 빌면서 밤새도록 북을 치며 경문을 읽었다. 독경하는 소리가 꺼질 듯하면 왕룽은 그때마다 그들의 손에 은전을 쥐어 주었다. 그러면 그들은 숨을 돌리고 다시 소리를 높여서 독경하는 소리가 새벽까지 그칠 줄을 몰랐다.

왕룽은 대추나무가 서 있는 언덕 땅을 묘지로 택했다. 칭 서방은 미리 일꾼들을 시켜서 구멍을 파게 하고 그 주위에 흙으로 담까지 만들게 했다. 그 담 안은 왕룽뿐 아니라 그의 아들들과 며느리들까지, 또 손자들까지 묻을 수 있을 만큼 넓었다. 이 땅은 지대가 높아서 밀이 잘되는 땅이었지만 왕룽은 조금도 아깝게 생각하지 않았다. 죽은 다음에도 자기 땅에 뿌리를 박는다는 것은 여간 기쁜 일이 아니었기 때문이다.

장례식 날 도사와 스님들의 밤 독경이 끝나자 왕룽은 흰 상복으로 갈아입었다. 가족들 모두에게도 상복을 입혔다. 그리고 가난한 사람이나 보통 농부들처럼 묘지까지 걸어가는 것은 체면 문제이기 때문에 성내에서 가마를 여러 채 불러 모두 타고 가게 했다. 왕룽은 평생 처음으로 가마를 타고 오란의 상여 뒤를 따랐다. 아버지 상여 뒤에는 숙부가 맨 먼저 가마를 타고 따랐다. 오란이 살아 있을 때는 기를 펴지 못하던 렌화도 오란이 죽은 지금에는 큰부인에게 충실했다는 것을 남에게 보이기 위해 가마를 타고 행렬에 끼였다. 왕룽은 숙모와 사촌에게도 가마를 내주고 상복을 입혀주었다. 천치 딸에게까지 상복을 입히고 가마에 태웠는데, 딸은 아무 생각 없이 허우적거릴 뿐만 아니라 곡을 해야 할 경우에도 소리 높여 웃기만 했다.

장례 행렬은 애도하고 큰 소리로 통곡하면서 장지로 향했다. 머슴들과 칭 서방은 흰 신발을 신고 그 뒤를 따라 걸어갔다. 이윽고 왕룽은 두 개의 묘 옆에 섰다. 아버지의 관을 먼저 내렸다. 절에서 운반된 오란의 관은 아버지의 관이 묻힐 때까지 땅에 놓여 있었다. 왕룽은 서서 물끄러미 바라보았다. 슬픔은 눈물이 마를 정도로 심했지만 다른 사람들처럼 소리 내어 울지는 않았다. 당연히 일어날 일이 일어났을 뿐이고 누구나 한두 번은 다 겪는 일이 아닌가.

관을 묻고 흙을 덮어 봉분을 하자 그는 가마를 먼저 돌려보내고 묵묵히 혼자 걸어서 집으로 돌아왔다. 가슴이 메이는 듯한 슬픔 속에서 이상하게 도 하나의 생각이 뚜렷하게 떠올라 그의 마음을 괴롭혔다. 그것은 어느 날 오란이 못 가에서 빨래를 할 때 그녀가 가지고 있던 진주 두 개를 억지 로 빼앗은 일이었다. 그건 빼앗지 말았어야 했는데……. 그 진주는 렌화 의 귀고리가 되고 말았으니 그 귀고리를 다시 어떻게 바라볼 것인가! 이런 무거운 생각에 얽매여 홀로 걸으며 그는 마음속으로 중얼거렸다. '나는 그 무덤에 내 삶에서 훌륭했던 처음의 절반 이상인 그 무엇을 묻었다. 나 도 절반은 그 속에 묻힌 것이다. 앞으로 내 인생도 달라질 것이다…….' 갑자기 왕룽은 눈물을 흘렸다. 그는 어린아이가 그러하듯 손등으로 눈물 을 닦았다.

27

그동안 왕룽은 가을 추수도 무엇도 생각할 여유가 없었다. 아내의 병, 아들의 혼사, 아버지와 아내의 죽음 등에 정신이 팔려 농사일을 생각할 겨를이 없었던 것이다. 그러던 어느 날 칭 서방이 와서 말했다.

"이제 좋은 일도 슬픈 일도 모두 끝났으니 밭일을 의논해야겠어요."

"음, 말해 주게. 나는 죽은 사람들을 묻는 것 이외에는 요즈음 땅을 가지고 있다는 생각도 별로 못했으니까."

칭 서방은 왕룽의 말을 존중해서 잠시 사이를 두었다가 천천히 입을 열었다.

"하느님 덕택에 어떻게 될지 모르겠지만, 올해는 여태껏 본 적이 없을 정도로 홍수가 심하겠어요. 아직 여름도 되지 않았는데 여러 곳에서 물이 넘치기 시작했어요. 이렇게 물이 불기에는 너무 이르거든요."

왕릉은 정신이 번쩍 들어 강한 어조로 말했다.

"난 하느님의 은혜 같은 건 입어 본 적이 없어. 향을 피우든 안 피우든 그는 심술궂기만 하거든. 좌우간 들에 나가 보세."

그는 이렇게 말하면서 자리에서 일어섰다. 칭 서방은 마음이 약하고 소심하여 어떤 흉년에도 왕릉처럼 하늘에 대해서 감히 심한 소리를 하지는 못했다. "다 천명이지." 하고 그는 홍수든 가뭄이든 할 수 없는 것이라고 단념해 버리곤 했다. 그러나 왕릉은 그렇지 않았다.

여기저기 논밭을 둘러본 왕릉은 칭 서방의 말처럼 홍수의 위험을 느꼈다. 황 부자한테서 사들인 논들은 논바닥에서 새어 나오는 많은 물 때문에 질퍽거리고, 보리는 노랗게 병들어 있었다. 해자 자체는 벌써 호수처럼 물이 가득 차서 넘실거리고, 수로들도 강으로 변해서 작은 소용돌이와 웅덩이를 이루며 빠른 속도로 흘렀다. 아직 한여름도 아니고 장마가 들지도 않았는데 이렇게 큰물이 내려온다면 정말 무서운 홍수가 날 것이다. 여름이 되면 큰 홍수가 나서 남녀노소 할 것 없이 모두 굶어 죽게 될 것이다. 그것은 아무리 둔한 자의 눈에도 명백한 사실이었다. 왕릉은 그의 논밭을 전부 둘러보았다. 칭 서방은 묵묵히 그림자처럼 그의 뒤를 따랐다. 두 사람은 홍수가 나더라도 벼를 심을 수 있는 땅과 모를 심기 전에 물에 잠길 땅들을 살펴보았다. 벌써 물이 넘치는 봇도랑을 바라보면서 왕릉은 하늘을 저주하며 말했다.

"하늘도 무심하지. 사람들이 물에 빠져 죽고 굶어 죽는 꼴을 보고 싶은 건가. 그 욕심쟁이가 좋아할 일이군……."

왕릉이 이렇게 큰 소리로 욕을 하자 곁에 서 있던 칭 서방이 깜짝 놀라며 말했다.

"설령 그렇기로서니 하늘을 그렇게 욕하면 어떻게 해요. 무섭지 않아요? 그런 말씀은 하지 마세요."

그러나 왕룽은 부자가 되고부터는 배짱이 좋아져서 누구에게도 마음쓰지 않고 화를 내고 싶으면 화를 냈다. 집으로 돌아가는 길에도 밀려오는 홍수에 그의 전답이 덮이는 것을 보면서 그는 몇 번이고 욕설을 늘어놓았다. 마침내 왕룽이 짐작하던 대로 북쪽 강의 제방이 무너지기 시작했다. 멀리 있는 제방이 무너지자 농민들은 황급히 수축비(修築費)를 모으려고 백방으로 뛰어다녔다. 모든 사람들이 힘닿는 데까지 돈을 냈다. 둑을 지키는 것은 그들의 이해에 관계되기 때문이었다. 그들은 방금 부임해 온 신임 지방장관에게 이 돈을 가지고 가서 공사를 해 달라고 진정했다. 그런데 장관은 그 벼슬을 얻은 지 얼마 되지 않았고 원래 가난하던 사람이라 이렇게 큰돈은 구경조차 못했던 터였다. 또 그가 지금의 자리를 얻게 된 것도 그의 아버지가 빚을 낼 대로 내서 그 지위를 사 준 것이었기 때문에 그로서는 이런 기회에 돈을 벌어야 했다. 그래서 그는 무너진 제방을 바로 수축하지 않았다.

강물이 다시 둑을 무너뜨리자 분노한 농민들은 아우성을 치면서 관청으로 달려가 제방 개축의 약속을 이행하지 않은 것을 따졌다. 그러나 은화 3천 냥을 착복한 장관은 몸을 숨기고 나오지 않았다. 농민들은 관저로 물밀듯이 몰려들어 그런 못된 짓을 했으니 목숨이라도 내놓으라고 요구하자, 장관은 더 이상 피할 길이 없다는 것을 알고 강물에 몸을 던져 자살해 버렸다. 그것으로 농민들의 분노는 가라앉았다. 그러나 푼푼이 모은 돈은 다시 돌아오지 않았다.

강물이 넘쳐서 강둑은 하나씩 차례로 무너졌다. 마침내 모든 제방이 자취도 없이 사라져 어디가 본래의 물길인지조차 분간하지 못하게 되고 말았다. 강물이 바다처럼 온 논밭 위를 흘렀다. 밀과 벼 모는 모두 물에 잠기고 말았다. 마을들은 차례로 섬이 되고 사람들은 물이 불어나는 것을 보고 있었다. 물결을 바라보다가 문간 앞 두 자쯤까지 물이 불면 탁자며 침대를 함께 묶고 그 위에다 문짝을 올려놓아 뗏목을 만들었다. 그러고는 침구, 의복, 가재도구뿐 아니라 여자와 아이들까지 여기에 태우는 것이었다. 또 불은 물이 흙집 안으로 들어가 벽들이 풀어져서 물 속으로 녹아 흔적도 없이 사라지기도 했다. 지상의 물이 하늘의 물을 끌어들이는 것처럼, 마치 대지가 가뭄에 시달린 끝이기라도 하듯 맹렬한 기세로 비가 퍼부었다. 매일매일 비가 왔다.

왕룽은 문턱에 앉아서 물을 바라보고 있었다. 그의 집은 약간 높은 언덕에 있었기 때문에 아직 물에서 멀었지만 그의 논밭은 모두 물에 잠기고 말았다. 그는 새로 만든 묘지가 물에 잠길까 봐 그곳으로 눈을 돌렸다. 다행히 아직은 물에 잠기지 않았지만 누런 황톳물이 그 주위를 삼킬 듯이 넘실거리고 있었다.

이 해에는 수확이 전혀 없었다. 사람들은 도처에서 굶주리고 배를 곯으며 또다시 그들에게 닥친 재난을 저주했다. 어떤 사람은 남방으로 떠나고, 대담하고 분노하고 물불을 가리지 않는 어떤 사람들은 시골 어디에서나 창궐하는 비적단에 들어갔다. 비적단의 노략질은 점점 심해져서 농촌까지 약탈하고 다녔다. 성내 사람들은 성문을 전부 닫아 버리고 서수문

(西水門)이란 조그만 문 하나만 열어 놓았다. 그 서수문도 병사가 엄중하게 지키고 밤에는 닫아 버렸다. 전에 왕룽이 아버지와 처자들을 데리고 남방으로 떠나간 것처럼 남방으로 가는 사람들과 비적단에 들어가는 사람들 외에 칭 서방처럼 기질이 약하거나 아들 없는 늙은이들은 어디로도 가지 않고 물이 들지 않은 언덕을 찾아다니면서 나무껍질이나 풀뿌리를 뜯어먹으며 연명했다. 들판에는 굶어 죽은 시체가 수없이 흩어져 있었다.

왕룽은 전에 없는 기근이 올 것이라고 짐작했다. 늦봄부터도 농사를 지을 수가 없을 것이다. 이렇게 되면 두 해나 추수를 못하게 되는 것이다. 그는 살림살이에 주의를 해서 돈이며 음식물을 낭비하지 않도록 감독했다. 이런 상황에도 투챈은 성내로 고기를 사러 다녔기 때문에 왕룽과 말다툼이 끊이지 않았으나 다행히 홍수가 성내와의 길을 끊어 버렸다. 그래서 투챈은 성내에 가고 싶어도 배가 없으면 갈 수 없게 되었다. 왕룽은 그의 명령 없이는 결코 배를 내주면 안 된다고 칭 서방에게 일러두었다. 칭 서방은 투챈이 아무리 종알거려도 결코 응하지 않고 왕룽의 지시를 따랐으므로 이제는 더 이상 그녀가 마음대로 시장에 나갈 수가 없었고, 그래서 드디어 그는 마음이 놓였다.

겨울이 되자 왕룽은 특별한 사정이 없는 한 아무것도 팔지 않고 사지도 않을 방침을 세웠다. 모든 물건을 아껴서 살아갈 작정이었다. 그는 매일 하루의 식량을 손수 며느리에게 내주었다. 머슴들 것은 칭 서방에게 주었다. 그러나 칭 서방은 아무 일도 않는 그들에게 줄곧 양식을 대주는 것이 괴로웠으므로 마침내 추운 겨울이 닥치고 물이 얼어붙은 다음에 그들을 남방으로 보냈다. 남방으로 가서 구걸을 하거나 품팔이를 하다가 봄이 되거든 돌아오라고 했다. 그러나 이런 생활에 단련되지 않은 렌화에게만은 다른 사람 모르게 설탕이나 기름을 숨겨 두고 주었다. 설 명절에도 그들은 호수에서 낚은 고기와 사육장에서 잡은 돼지고기를 먹었을 뿐이었다.

왕룽은 이렇게 청승을 떨 만큼 가난하지는 않았다. 아들이나 며느리는 모르지만 그들의 침실 벽에는 많은 은전이 숨겨져 있었던 것이다. 가장 가까운 물이 든 밭에도 상당한 은화와 약간의 금화를 항아리에 넣어 묻어 놓고 대나무 숲 밑에도 얼마만큼 묻어 두었다. 작년에 시장에 팔고 남은 곡식만으로도 아직 2, 3년은 흉년이 든다 해도 굶어 죽지 않을 것이다. 그러나 그의 주위에는 가난뱅이들뿐이었다. 그는 지난날 황 부잣집 문 앞을 지날 때 들었던 굶주린 사람들의 고함 소리를 생각했다. 그에게 아직 가족을 먹여살릴 만큼 양식이 충분했기 때문에 여러 사람들에게 미움을 받는 것도 잘 알고 있었다.

그래서 그는 대문을 닫아걸고 낯선 사람은 일체 자기 집에 못 들어오게 했다. 아무리 조심한다 해도 이런 기근에 비적이나 무법자를 방어할 수는 없었다. 지금 이렇게 지내는 것은 숙부 덕분이라는 것을 잘 알고 있었다. 만약 숙부가 비적단에 대한 영향력이 없다면 쌓아 둔 양식이나 숨겨 둔 금은이나 젊은 부녀자를 빼앗으러 왔을 것이다. 그래서 왕룽은 숙부와 숙모와 사촌을 극히 은근한 태도로 대했다. 그래서 그들은 왕룽의 신세를 입으면서도 지나치게 세도를 부렸다. 누구보다도 먼저 차를 마시고 식사 때도 제일 좋은 음식에 먼저 수저를 댔다.

그들은 왕룽이 이렇게 자기네들을 두려워하는 눈치를 알자 점점 콧대가 세졌다. 이것저것 요구하고 음식에 대해 불평하기도 했다. 그리고 안채에서 먹곤 했던 별미 음식이 아쉬웠기 때문에 특히 못마땅했던 숙모가 남편에게 불평을 늘어놓았고, 그들 세 사람이 모두 왕룽에게 불평했다. 숙부는 이제 나이도 많이 들고 해서 만사 귀찮아하는 꼴이라 그대로 내버려두면 아무런 일도 없을 텐데 숙모와 사촌이 자꾸만 그를 들볶는 것이었다. 어느 날 문간에 서 있던 왕룽은 문득 두 사람이 숙부를 들볶는 말을 들었다.

"돈이나 곡식이 얼마든지 있으니 돈을 달라고 해요."

사촌의 말이었다. 숙모가 이렇게 말했다.

"지금 때를 놓치면 다시는 이런 기회를 잡을 수 없어요. 당신이 이 집 숙부가 아니라면 이 집은 벌써 비적의 습격을 받았을 거예요. 가진 걸 송두리째 빼앗겼을 것이고 집은 불타 버렸을 테지요. 조카도 당신이 붉은 수염단의 부두목인 줄 알고 있어요."

이 말을 엿들은 왕룽은 치가 떨리도록 분했다. 그러나 꾹 참고 이 세 식구를 어떻게 처치할까 하고 생각했으나 그럴듯한 묘안이 떠오르지 않았다. 그래서 이튿날 숙부가 와서, "그래, 우리 착한 조카, 내 마누라가 누더기 차림이라 옷도 새로 한 벌 필요하고 나도 담뱃대와 담배를 좀 사야겠으니 은화 한줌만 주게." 하고 말했을 때 왕룽은 속으로는 이를 갈았지만 아무 말 없이 허리춤에서 은전 다섯 푼을 꺼내 주었다. 지난날 가난했을 때도 이렇게 불쾌한 마음으로 남에게 돈을 주어 본 적은 없었던 것 같았다. 숙부는 이틀도 못 되어 또다시 돈을 요구했다. 왕룽은 참다못해 퉁명스럽게 말했다.

"그러다간 머지않아 우리 모두 굶주리지 않겠어요?"

그러나 숙부는 빈정거리는 웃음을 지으며 아무렇지도 않게 말했다.

"너는 운이 좋아. 너보다 가난한 사람들도 자기 집 대들보에 매달려 불타 죽은 경우가 얼마든지 있는데."

이 말을 들은 왕룽은 전신에 식은땀이 흘렀다. 그래서 아무 말 없이 돈을 내주었다. 이렇게 해서 세 식구는 왕룽의 식구들도 못 먹는 고기를 포식하는 것이었다. 그리고 왕룽은 거의 담배 맛을 보지 못하는데 숙부는 줄곧 담뱃대를 입에 물고 있었다.

왕룽의 맏아들은 신혼 재미에 빠져 집안일에는 거의 신경을 쓰지 않았다. 자기 아내를 숙부 아들의 눈에 띄지 않게 하려는 데에만 온 정신을 팔았다. 그들은 이미 친척이 아니라 바로 적이었다. 왕룽의 맏아들은 저녁이 되어 다른 남자들과 아버지가 모습을 감춘 다음이 아니면 아내가 밖에 거의 드나들지 못하게 했고, 그래서 그의 아내는 낮에는 방안에만 있었다. 그러나 숙부네 식구가 아버지에게 건방지게 구는 꼴을 보자 성질이 급한 그는 화가 나서 못 견딜 지경이었다.

"아버지, 저 세 마리의 호랑이 같은 것들을 저나 아버지의 손자를 낳아줄 며느리보다 더 소중히 여기신다면 저희들은 다른 곳에 나가 살겠어요."

왕룽은 하는 수 없이 혼자만 가슴속에 숨겨 두었던 숙부의 비밀을 숨김없이 아들에게 들려주었다.

"나도 저것들이 미워서 못 견딜 지경이다. 무슨 좋을 수만 있다면 혼을 내주고도 싶어. 그러나 숙부는 흉악한 비적단의 부두목이니 내가 그를 먹여살리고 비위를 잘 맞추어야만 우리가 안전하다. 그래서 어느 누구도 그들에게 마음대로 화를 내지 못한단다."

맏아들은 이 말을 듣자 펄쩍 뛰게 놀랐지만 잠시 생각한 뒤에는 더욱 분개했다.

"그러면 이렇게 해요. 어두운 밤중에 그들을 물 속에 집어넣어 버려요. 숙모는 뚱뚱하지만 몸이 약하니 칭 서방이 해도 될 것이고, 그 아들놈은 제 안사람 뒤만 넘겨다보는 놈이니까 제가 처치하죠. 숙부는 아버지가 해치우면 되고요."

그러나 왕룽은 사람을 죽일 수는 없었다. 그는 자기가 먹이던 소를 죽이는 것보다 더 쉽게 숙부를 죽일 수 있다고는 생각했지만 증오를 하면서도 그들을 죽일 수는 없었으므로 아들에게 말했다.

"그건 안 될 말이다. 비록 원수지만 그래도 아버지와 피를 나눈 혈육 아니냐. 그리고 비적들이 안다면 어떻게 되겠니. 또 만일 숙부가 살아나서 도망쳤다가는 우린 돈이 조금 있는 다른 사람들과 마찬가지가 될 거야. 그 늙은이가 살아 있어야 도리어 걱정 없이 살 수 있어. 요즘 같은 때는 무서운 꼴을 당하기 쉬워."

두 사람은 한동안 침묵했다. 어떻게 하면 좋을지 궁리하는 것이었다. 두 부자의 말은 모두 일리가 있었다. 죽여 버린다는 간단한 방법으로는 해결이 되지 않는다. 다른 방법을 생각해야 하는 것이다. 한동안 궁리하던 왕룽은 큰 소리로 혼자 중얼거렸다.

"그것들을 여기에 그냥 두고 우리를 괴롭히지 않게 하는 방법이 있으면 좋겠는데, 뭐가 없을까?"

이 말을 들은 아들이 갑자기 손뼉을 치면서 말했다.

"좋은 수가 있어요. 아버지가 지금 하신 말씀을 들으니 생각나요. 그자들에게 아편을 먹여요. 부자들이 하는 것처럼 피우고 싶은 대로 아편을 피우게 하는 거예요. 저는 아들을 꾀어 내어 성내 찻집에 데리고 가서 아편을 피우게 할게요. 그리고 늙은 것들에게도 아편을 사다 주는 거예요."

그러나 왕룽은 자기가 먼저 한 생각이 아니라 불안한 마음이 들었다.

"돈이 많이 들 텐데."

그는 못마땅한 듯이 천천히 말했다.

"아편은 보석만큼이나 값이 비싸."

"그렇지만 저것들을 그대로 둔다면 보석 값보다 더 비싸게 먹혀요. 그리고 그 아들놈은 기분 나쁘게 제 안사람을 노리고 있어요. 그냥 두면 안 되겠어요."

그러나 왕룽은 곧 승낙하지 않았다. 그건 그리 쉬운 일이 아니었다. 여간 돈이 많이 드는 것이 아닐 것이다. 그래서 홍수가 빠질 때까지 그대로 지냈다. 아편을 사 준다는 것은 실행될 것 같지도 않았다. 아마도 다시 새로운 사건이 일어나지 않았더라면 그 계획이 얼마 뒤에나 실천으로 옮겨졌을지 모를 일이었고 홍수가 빠질 때까지는 그대로 넘어갔을 것이다. 새로운 사건이란 숙부의 아들이 왕룽의 막내딸에게 눈독을 들이는 일이었다. 자기 조카뻘이 되는데도 그런 야심을 가지는 것이었다. 왕룽의 막내딸은 매우 예뻤다. 몸도 날씬하고, 둘째 오빠를 닮았으나 살결이 편도(扁桃) 꽃처럼 희고도 고왔다. 작은 코나 소담스러운 입술이나 전족한 발 맵시가 귀여웠다.

어느 날 밤 그 막내딸이 혼자 부엌에서 나와 마당을 지나는데 숙부의 아들이 와락 달려들어 그녀를 껴안고 손을 젖가슴에 넣으려 했다. 막내딸이 놀라서 소리를 지르는 바람에 왕룽이 달려나와 그의 머리를 때렸으나 그는 도둑질한 고기를 문 개처럼 쉽게 떨어지려 하지 않았다. 왕룽이 겨우 딸을 빼내자 그는 멋쩍게 웃으면서 말했다.

"그냥 장난으로 그런 거예요. 저 애는 내 종질녀잖아요. 종질녀한테 어떻게 나쁜 짓을 할 수 있겠어요?"

그러나 이렇게 말하면서도 그의 눈엔 정욕이 불타고 있었다. 왕룽은 속으로만 중얼거리며 딸을 제 방으로 데리고 들어갔다. 그날 밤 왕룽은 이 사건을 맏아들에게 이야기했다. 아들은 정색을 하며 말했다.

"그렇다면 그 애를 읍내에 있는 약혼자의 집으로 보내야 되겠어요. 집안에 이 바람난 호랑이를 그냥 두었다가는 그 애를 무사히 처녀로 남겨둘 수 없을 테니, 유씨가 아무리 결혼을 시키기에는 좋지 않은 해라고 해도 그 애를 보내야 해요."

왕룽도 찬성이었다. 그는 이튿날 성내의 유씨를 찾아갔다.

"내 딸도 벌써 열세 살이나 되었으니 이젠 제법 색시 티가 납니다. 그만 혼례를 시키는 것이 어떨까요?"

그러나 유씨는 마음이 내키지 않는 모양이었다.

"올해는 흉년이라서요. 저는 집안에 가족을 한 명 새로 맞아들이기에 충분할 만큼 금년에 이윤을 내지 못했어요."

왕룽은 '집안에 미친개 같은 사촌이 있어서요.' 라고는 차마 말할 수가 없었기 때문에 이렇게 말했을 뿐이었다.

"그 애는 제법 예쁘고 나이도 그만한데, 내 안사람이 죽고부터는 집안이 어수선해서 그 애 일에 미처 눈이 가지 않는군요. 어차피 댁의 식구가 될 사람이니 잘못이 없도록 하고 싶습니다. 혼례 시기는 댁의 형편이 닿는 대로 하셔도 좋으니까요."

유씨는 너그럽고 친절한 사람인지라 쾌히 승낙했다.

"그렇습니까? 그런 형편이라면 보내 주십시오. 내 안사람에게 이야기해 두겠어요. 보내 주시면 안사람에게 소홀함이 없도록 잘 보살피라고 하지요. 혼례는 내년 추수 때나 지나서 하기로 합시다."

왕룽은 이렇게 해결을 보자 매우 만족하여 유씨와 하직했다. 그리고 칭서방이 배를 띄워 놓고 기다리는 누문으로 돌아오는 도중에 담배와 아편을 파는 가게에 들러 저녁에 물통 담뱃대에 넣어 피울 부스러기 연초를 조금 사고, 점원이 연초를 저울에 다는 사이에 별로 내키지는 않아도 점원에게 물었다.

"아편은 얼마나 하오?"

"요즘은 그걸 좌판에 내놓고 팔다가는 법에 걸려서 가게에서는 팔지 않습니다. 사시려면 방안으로 들어가세요. 한 돈쭝에 은전 한 닢입니다."

왕룽은 더 이상 생각지도 않고 말했다.

"여섯 돈쭝만 주시오."

28

막내딸을 시집으로 보내고 그 딸 때문에 신경을 쓰지 않아도 좋게 된 어느 날 왕룽은 숙부에게 말했다.

"숙부님 좋은 담배를 드릴까요?"

그는 아편 봉지를 뜯었다. 끈적끈적하면서도 달콤한 냄새가 났다. 숙부는 그것을 손에 들고 냄새를 맡더니 기쁜 듯이 웃으며 말했다.

"거 참, 좋은 것을 가져왔구나. 나도 간혹 피워 본 적은 있지만 너무 비싸서 자주 피우기 어려워."

"아버지가 나이가 드시고서 잠을 이루지 못하시기에 산 건데 오늘 남은 것이 눈에 띄어 생각했어요. 저는 아직 피울 나이도 아니고 해서 아저씨께 드리려고요. 두었다가 편찮으실 때나 생각나실 때 피우세요."

왕룽은 아무렇지도 않은 듯이 말했다. 숙부는 반색하며 빼앗다시피 아편을 받았다. 그는 그 향기에 무한한 유혹을 느꼈다. 곧 담뱃대를 사 와서 온종일 침대에 누워서 피웠다. 왕룽도 담뱃대를 여러 개 사서 여기저기 놓아두었다. 숙부 가족에게 보이기 위해서 피우는 체만 하고 담뱃대를 방으로 가지고 들어가면 입에 대지도 않았다. 또한 두 아들과 렌화에게는 비싼 것이라는 구실로 절대로 손을 못 대게 하면서도 숙부와 숙모와 그 아들에게는 권했다. 온 집안에 달콤한 연기 냄새가 가득했다. 그러나 왕룽은 아편 값에 쓰이는 은전을 아까워하지 않았다. 그 때문에 집안의 평화를 얻었기 때문이다.

겨울이 가고 물이 빠지기 시작했다. 어느 날 겨우 바닥이 드러나는 논밭을 둘러보고 다니는 왕룽에게 달려온 맏아들이 벙글벙글 웃음을 띠면서 말했다.

"아버지, 머지않아 식구가 하나 늡니다. 아버지 손자 말입니다."

이 말을 들은 왕룽은 아들을 들여다보며 얼굴 가득히 웃음을 담았다.

"이거 정말 경사스러운 날이구나."

왕룽은 칭 서방을 성내로 보내어 생선과 여러 가지 맛있는 음식을 사 오게 하여 며느리에게 주며 말했다.

"이걸 먹어라. 그래야 애도 건강하지."

그 봄 내내 왕룽의 마음을 위로하는 것은 손자가 태어난다는 생각뿐이었다. 그는 다른 일에 바쁠 때도 이 일을 생각하고 귀찮은 일이 있을 때도 이 일을 생각하며 마음의 위로를 받았다.

봄이 가고 여름이 왔다. 홍수 때문에 멀리 떠났던 사람들이 돌아오기 시작했다. 한 사람, 두 사람 혹은 한 떼, 두 떼로 떼를 지어 기나긴 겨울에 지친 표정으로 돌아왔다. 그들의 집이 서 있던 곳에 누런 흙탕물 이외에는 아무것도 남지 않았다 하더라도 그들은 고향으로 돌아온 것이 기쁘기만 했다. 그런 황토 속에서도 집이 하나 둘 다시 세워지는 것이었다. 그러나 지붕을 덮을 거적 같은 것을 사야만 했다. 그런 사람들은 거의 왕룽을 찾아와서 돈을 빌렸다.

왕룽은 자기에게 돈을 빌리려는 사람이 많은 것을 보자 돈이 얼마나 급한지를 알고는 항상 땅을 담보로 삼아야 한다고 요구하고는 높은 이자를 붙여 돈을 빌려 주었다. 그들은 빌린 돈으로 씨앗을 사서 물이 빠진 기름진 땅에 뿌렸다. 소나 쟁기라든가 씨앗이 더 필요하게 되면 또 왕룽에게 돈을 빌렸다. 어떤 사람은 농토의 일부를 팔아서 추수할 때까지의 생활 대책을 세우기도 했다. 그런 농토들을 왕룽은 헐값으로 사들였다. 그들은 돈이 급했기 때문에 그렇게 헐값으로라도 팔아야 했다.

씨앗과 쟁기와 소를 마련할 돈이 없지만 농토를 팔기 싫어하는 사람들은 자기 딸을 종으로 팔기도 했다. 그중에는 왕룽이 부자일 뿐더러 세도도 있고 마음씨도 좋다는 소문을 듣고 그에게 딸을 팔러 오는 사람도 있었다. 곧 태어날 아기와, 아들들이 모두 결혼한 다음 태어날 다른 아이들을 항상 염두에 두었던 그는 다섯 명의 계집종을 샀다. 그중 두 명은 열두 살로 몸이 건강하기 때문에 부엌일을 시키고, 다른 작은 두 명은 집안일을 거들도록 하고, 또 한 명은 렌화의 몸종으로 쓰게 했다. 투챈이 늙은 데다 막내딸을 시집보낸 뒤로는 집안일에 일손이 부족했기 때문이다. 그리고 얼마가 지난 뒤 어떤 사람이 일곱 살 난 아주 연약한 계집아이를 팔러 왔다. 왕룽은 그 애가 너무 작고 약해 보여서 안 사겠다고 거절했으나 렌화가 그 애가 좋다고 졸라 댔다.

"다른 아이는 못생긴 데다가 염소 고기 냄새가 나서 마음에 안 들지만, 이 아이는 너무 예뻐요. 제가 데리고 있고 싶어요."

왕룽은 그 계집아이를 다시 보았다. 눈동자가 곱고 몸이 가냘픈 데다 기가 죽어 가엾게 보였다. 왕룽은 렌화의 청도 들어줄 겸, 또 불쌍한 애한테 먹을 것을 많이 주어 살찌게 해주고 싶었기 때문에 이렇게 말했다.

"그래, 그것이 소망이라면 그렇게 하지."

왕룽은 딸을 팔러 온 사내에게 은전 스무 닢을 내주었다. 그 애는 안채에서 렌화가 쓰는 침상 발치에 재우기로 했다. 이제부터는 아무 걱정이 없을 것 같았다. 왕룽은 자기도 좀 편히 지내보려고 마음을 먹었다.

물이 빠지고 여름이 되어 땅에 좋은 씨앗을 심을 때가 되자 왕룽은 여기 저기 돌아다니며 땅을 모두 살펴보면서, 그 밭들의 토질이 저마다 어떻고 땅을 비옥하게 만들려면 무엇으로 바꿔 심어야 할지를 칭 서방과 의논했다. 그는 밭에 나갈 때는 반드시 막내아들을 데리고 갔다. 막내아들에게는 농사를 가르칠 작정으로 어려서부터 견습을 시키는 것이었다. 그러나 아들은 머리를 떨구고 침울한 표정을 지은 채로 걸어다녀서 도대체 무슨 생각을 하는지 아무도 모를 정도였으므로 왕룽은 아들이 얼마나 자기 이야기를 경청하는지, 또는 아예 듣지도 않는 것인지조차 전혀 눈여겨보지 않았다. 그 애가 무얼 생각하고 있는지 전혀 알 수 없었다. 왕룽은 아들이 묵묵히 자기 뒤를 따라오는 것만 알고 있는 것이다.

여름 농사 계획이 끝나고 집으로 돌아가는 길에 그는 흡족한 마음으로 이렇게 생각했다. '이젠 나도 늙었으니 평생 들에서 일만 할 게 아니라,

머슴들도 여럿이고 아이들도 있으니까 집에서 편히 지내야겠다.' 그러나 왕룽에게 그런 편한 날이 있을 수 없었다. 비록 아들에게 아내를 얻어 주고, 그들 모두의 시중을 들기에 충분할 만큼 계집종을 사들이고, 숙부 내외에게 그들이 하루 종일 실컷 피울 아편을 사다 주었지만 아직 평화로운 집안은 아니었다. 그것은 그의 사촌과 맏아들 사이의 갈등 때문이었다. 맏아들은 당숙에 대한 증오나 당숙의 사악한 면에 대한 깊은 의심을 절대로 떨쳐 버릴 수가 없는 것 같았다. 그는 소년 시절에 이 아저씨가 얼마나 행실이 나빴는지 잘 알고 있었다. 그래서 언제나 의심을 품고 있었다. 이즈음에도 항상 의심을 품고 찻집에도 당숙이 먼저 나가기 전에는 결코 집을 비우지 않았다. 렌화와의 사이도 한때 의심했으나 그것은 곧 풀어졌다. 렌화는 나이가 들어 나날이 몸이 뚱뚱해지고, 지금은 먹는 것이나 술밖엔 아무 생각도 않기 때문이었다. 곁에 남자가 와도 상대하지 않았다. 왕룽이 늙어서 자주 곁에 안 가는 것을 오히려 좋아할 정도였다. 왕룽이 막내아들을 데리고 들에서 돌아오니 맏아들이 그의 소매를 잡고 한구석으로 끌고 가며 말했다.

"전, 더 이상 그 자식과는 한집에서 같이 못 살겠어요. 옷에 단추도 잠그지 않고 집안을 돌아다니고, 계집종들을 엿보는 걸 더는 참을 수가 없어요."

맏아들은 당숙이 뒤채까지 기웃거린다고 말하고 싶었으나 차마 그 말은 하지 못했다. 그 자신이 아버지의 첩에게 마음이 쏠렸던 지난날의 기억이 아직도 살아 있기 때문이었다. 게다가 지금은 렌화가 나이를 먹고 뚱뚱해지니 새삼 부끄러운 생각이 들어서 아버지의 옛 기억을 불러일으키고 싶지 않았다. 그래서 그는 계집종 이야기만 했다. 밭에서 물도 빠져나갔고 대기도 습기가 없이 훈훈했기 때문에, 막내아들을 데리고 들로 나가서 기분이 좋았던 왕룽은 무척 뿌듯하고 유쾌한 기분으로 돌아왔던 터라 집안의 이런 새로운 골칫거리를 듣게 되자 화가 나서 반박했다.

"한없이 그런 생각만 하는 걸 보니 어리석은 녀석이로구나. 넌 네 아내를 너무 지나치게 좋아하게 된 모양인데, 부모가 얻어 준 아내를 세상에서 무엇보다도 중요한 보물처럼 그렇게 싸고도는 건 남자다운 짓이 아냐. 마치 아내를 창녀처럼 여봐란 듯 내세우며 사랑하는 건 남자의 도리에 어긋나는 짓이야."

맏아들은 이 말에 무척 기분이 상했다. 자기가 보잘것없는 무식한 인간처럼 돼먹지 않은 행동을 한다고 비난받는 것이 그로서는 무엇보다 두려웠던 것이다.

"제 처 얘기를 하는 게 아니에요. 우리 집에서 이런 일은 체면상 곤란하다는 것입니다."

그러나 왕룽은 귀를 기울이지 않았다. 그는 화가 나서 다시 말했다.

"어찌된 셈인지 우리 집은 밤낮 사내니 계집이니 하는 귀찮은 일뿐이구나. 나는 늙어서 지금부터라도 좀 편히 지낼까 했더니, 또 너희들이 못살게 구는구나."

그는 잠깐 사이를 두었다가 다시 언성을 높였다.

"대관절 어쩌란 말이냐?"

맏아들은 꼭 하고 싶은 말이 있었기 때문에 아버지의 성이 가라앉기를 기다렸다. 왕룽도 그것을 알고 있었기 때문에 이렇게 언성을 높였던 것이다. 맏아들은 마침내 똑똑히 말했다.

"저는 이 집을 떠나 성내에 가서 살고 싶어요. 하인들처럼 이렇게 시골에서 계속서 사는 건 우리에게 어울리지 않아요. 이 집엔 숙부네 식구들이나 살게 하고 우린 성내에 가서 사는 것이 좋겠어요."

아들의 말을 들은 왕룽은 어이없는 듯 쓴웃음을 지었다. 그는 담뱃대를 끌어당기면서 탁자 앞에 앉았다. 그리고 다시 입을 열었다. 아들의 말은 생각해 볼 가치도 없는 것이라고 여겼다.

"이건 내 집이야."

왕룽은 이렇게 아들을 무시하는 듯이 말했다.

"네가 이 집에서 살건 안 살건 그건 네 자유다. 그러나 이 집은 내 집이고 내 땅이야. 이 땅이 아니었더라면 나도 굶어 죽었을 게고, 너도 선비처럼 잘 차려입고 한가하게 돌아다닐 수는 없었을 거야. 이 훌륭한 땅이 너를 농부의 자식보다 나은 사람으로 만들어 주었어."

왕룽은 자리에서 벌떡 일어섰다. 그리고 일부로 퉁탕거리면서 가운뎃방으로 걸어가기도 하고 마루에 침을 뱉기도 하는 등 상스런 농군처럼 굴었다. 비록 한편으로는 아들의 세련된 면면이 자랑스러워 마음이 뿌듯하면서도, 또 아들을 은근히 자랑으로 여기고 있으며 그의 아들을 보면 어느 누구도 겨우 한 세대 전만 해도 그의 집안이 대지 자체에 의존해서 살았음을 상상조차 못 터여서 자랑스럽기도 했으면서도, 다른 한편으로는 그의 유약함을 경멸하고 있었던 것이다. 그러나 아들은 자기 생각을 단념하지 않았다. 그는 아버지 뒤를 쫓아다니면서 말했다.

"성내 황 부잣집이 비어 있어요. 바깥채에는 가난한 사람들이 살고 있지만 안채는 문을 닫아 놓은 채 그대로 있어요. 거기라면 조용하니까 저는 그 집을 빌리겠어요. 그 집을 빌려서 살아요. 그곳이라면 평화롭게 살 수 있어요. 아버지와 막내 동생은 논밭을 돌볼 수도 있어요. 저는 미친개 같은 아저씨가 정말 싫어요."

아들은 열심히 아버지를 설득했다. 눈에 눈물이 글썽거리고 마침내 두 볼에 흘러내려도 일부러 훔치지 않았다.

"저는 결코 아버지 말씀을 거역하지 않겠어요. 노름판에도 안 가고, 아편도 안 피우고, 아버지가 정해 주신 여자 외에는 나쁜 곳에 발을 들여놓지 않겠어요. 제발 소원이니 이것만은 들어주세요."

왕룽은 눈물 때문에 그런지 어쩐지 자신도 몰랐지만 아들이 말한 '황 부잣집'이란 말에는 마음이 움직였다. 왕룽은 지난날 그가 겁을 먹고 그 집에 들어갔던 일이며, 그곳에 사는 사람들 앞에서 부끄러워하며 서 있었던 때를 절대로 잊을 수가 없었고, 문지기에게까지 모욕당하던 일이 새삼스럽게 머리에 떠올랐다. 일생을 두고 잊을 수 없는 수치스런 기억이었다. 지금 생각해도 불쾌하기 짝이 없는 일이었다. 그는 성내 사람들에게 촌뜨기라고 멸시당해 온 것을 언제나 느꼈다.

그것을 가장 뼈저리게 느낀 것은 황 부잣집 노부인 앞에 섰을 때였다. 그래서 맏아들이 그 저택에서 살자고 졸랐을 때 이런 생각이 번개처럼 마음속에 떠올랐다. 그 광경이 눈앞에 보이는 것 같았다. '그래, 그 노부인이 나를 종처럼 내려다보던 그 높은 의자에 이번에는 내가 앉아서 다른 사람을 그렇게 호령할 수 있다.' 그는 속으로 궁리하다가 또 이렇게 생각했다. '그럴 마음만 있다면 나는 그럴 수 있어.' 그는 이런 상상을 하며 말없이 앉아 아들의 질문에는 대답도 않고 담뱃대에 담배를 재운 뒤 옆에 준비해 놓은 부싯깃으로 불을 붙여 담배를 피우며, 마음만 먹는다면 자기가 무엇을 할 수 있는지를 상상해 보았다. 그 위대함을 상징하는 크나큰 황 부잣집에 들어가 살겠다고 생각한 것은 아들이 울음으로 호소한 까닭도 아니고 숙부가 보기 싫어서도 아니다. 오직 자기 자신의 꿈인 것이다.

왕룽은 성내로 옮긴다거나 현재 상태를 바꾸어 보자는 말은 안 했으나 아들의 말을 듣고 나니 사촌이 한층 더 불쾌하게 여겨졌다. 그래서 유심히 살펴보니 그 녀석이 여종들에게 이상한 눈빛을 던지는 것이었다. 왕룽은 마음속으로 중얼거렸다. '정말 발정한 개 같은 자식과는 같이 살지 못하겠군.' 그는 숙부를 유심히 살펴보았다. 숙부는 아편을 피우고부터는 놀랄 만큼 몸이 쇠약해지고 살빛이 누렇게 되었으며 허리가 굽은 것이 갑자기 늙은 것 같았다. 기침을 하면 가래에 피가 섞여 나왔다. 숙모는 배추 밑동처럼 몸이 굵어지고 아편 물촉을 잠시도 놓지 않고 졸기만 했다. 두 사람은 이제 귀찮게 굴 기력도 없었다. 이렇게 아편은 왕룽이 원하는 대로의 구실을 해주었던 것이다.

그러나 숙부의 아들만은 혈기왕성했다. 아직 장가도 들지 않았고 정욕이 끓어올라 야수 같았다. 늙은 노인처럼 아편에 지지도 않고 꿈만으로 정욕을 만족하려 하지 않았다. 왕룽은 그가 낳을 애새끼들을 생각하니 그런 인간은 한 명으로도 신물이 날 지경이어서 그를 집안에서 결혼시키고 싶은 마음도 없었다. 사촌은 아무 할 일도 없는 것이다. 일할 필요도 없고 또 누가 일하라고 하는 사람도 없었다. 그저 밤이면 어디론지 나다녔지만, 요즈음은 멀리 떠났던 농민들이 돌아오고 지방의 질서도 회복되어 비적단이 북쪽 산 속으로 숨어 버렸기 때문에 그의 밤 출입도 없어졌다. 그는 비적단에 끼어 산 속에서 지내기보다는 왕룽의 집에서 지내는 것이 편하다고 생각하고 그들과 같이 가지 않았다. 그는 이제 밖에서 지내는 시간도 점점 줄어들었다. 그래서 눈엣가시처럼만 여겨지던 그는 집안에서 이리저리 빈둥거렸고, 한낮에도 반쯤 벌거벗은 차림으로 한가하게 잡담이나 하거나 하품을 하며 돌아다녔다. 왕룽은 어느 날 성내에 가서 둘째 아들과 의논을 했다.

"네 형이 황 부잣집 안채를 빌려 살겠다고 하는데 네 생각은 어떠냐?"

둘째 아들도 이제는 늠름한 청년이 되어 있었다. 다른 점원들 모양으로 차림도 말끔하고 사람을 대하는 태도도 훌륭했다. 그러나 체격만은 그대로 작았으며 살빛은 누렇고 교활한 눈매를 하고 있었다. 그는 거침없이 말했다.

"그것 참 좋은 생각이군요. 저도 좋아요. 그렇게 되면 집이 크니까 제가 장가들어도 같이 살 수 있고 온 집안 식구가 같이 살 수 있겠네요."

둘째 아들은 성격이 침착했다. 다른 여러 가지 일에 정신이 팔렸던 왕룽은 이 아들이 느긋한 젊은이가 되어 피도 식어서 아무런 욕정의 흔적도 보여주지 않았기 때문에 그를 결혼시키려고 구태여 애를 쓰지 않았었다. 하지만 지금 그는 둘째 아들을 소홀히 했다는 생각이 들어 좀 부끄럽게 생각하며 말했다.

"네 결혼에 대해서는 오랫동안 생각했지만 이 일 저 일로 바빠서 여가가 없었다. 그동안 흉년이 들어 잔치할 형편도 못 됐고. 이제 곧 형편이 펴질 테니 빨리 결정하기로 하자."

왕룽은 어디 적당한 혼처가 없는지 속으로 생각해 보았다.

"예. 욕구를 느낄 때마다 계집을 사느라 돈을 쓰는 것보다는 결혼을 하는 게 더 좋고, 남자란 아들을 두어야 하니까 저도 결혼을 하겠습니다. 하지만 형처럼 저한테도 읍내에 사는 집안의 아내를 구해 주시면, 그 여자는 친정 집에서는 어떻게 살았다는 따위의 얘기만 한없이 하고 제가 돈을 쓰게 만들어 화나게 될 테니까 그런 여자는 구하지 마세요."

이 말에 왕룽은 깜짝 놀랐다. 그는 맏며느리가 정숙하고 얌전하다고만 생각하고 있었다. 이런 점은 전혀 생각하지도 않았던 것이다. 그리고 둘째 아들의 말에 일리가 있고, 또 돈을 아낀다는 그 마음씨가 한없이 기뻤다. 원래 이 둘째 아들은 체격이 좋은 형 밑에 끼여서 자라다시피 했기 때문에 울고불고할 때가 아니면 별반 눈에 띄지도 않았다. 그래서 왕룽도 이 아들에게는 깊은 관심이 없었고, 더구나 성내에 보낸 뒤로는 거의 잊어버렸던 것이다. 남들이 "간혹 아들이 몇이오?" 하고 물으면 "셋이오." 하고 대꾸할 때나 비로소 그의 존재를 생각하는 정도였다. 그는 둘째 아들을 새삼스럽게 쳐다보지 않을 수 없었다. 머리는 짧게 깎아서 기름으로 잘 다듬고 올이 가는 회색 명주 두루마기를 입었는데 민첩한 동작이 무슨 비밀이라도 지킬 만큼 믿음직한 장부였다. '음, 내게 이런 자식도 있었던가!' 왕룽은 속으로 놀라면서 이렇게 입을 열었다.

"그럼 너는 어떤 색시가 좋으냐?"

둘째 아들은 미리부터 생각하고 있었던 것처럼 차분하고 거침없이 대답했다.

"저는 농가에서 자란 색시가 좋아요. 촌 지주로서 가난한 친척도 없고 지참금은 많을수록 좋고요. 얼굴은 예쁘지도 밉지도 않고 음식 솜씨가 있어 부엌 종이 많아도 능히 감독해 낼 수 있는 사람이 좋아요. 쌀을 살 때 한꺼번에 쓸데없이 많이 사지 않고, 옷감을 사면 마름질을 잘해서 헝겊 한 조각도 손바닥에 남지 않을 그런 여자여야 합니다. 저는 그런 여자를 원해요."

왕룽은 또 한 번 놀랐다. 그의 아들이지만 이런 성격의 청년인 줄은 미처 몰랐던 것이다. 자기가 젊었을 때도 이런 생각은 해본 적이 없고, 또 맏아들도 그랬다. 왕룽은 똑똑한 둘째에게 탄복하여 웃으며 말했다.

"좋아, 그런 색시를 구해 보자. 칭 서방을 내세워서 그런 색시를 찾아보자꾸나."

웃으면서 둘째 아들과 작별한 왕룽은 황 부잣집으로 향했다. 그는 돌사자가 서 있는 대문 앞에서 잠시 머뭇거렸지만 지난날과는 달리 문지기가 없었기 때문에 거침없이 안으로 들어갔다. 앞뜰은 그가 맏아들 때문에 창녀를 찾아왔던 그때처럼 추잡했다. 나뭇가지에는 빨래들이 널려 있고 여기저기에 여자들이 둘러앉아서 조잘거리며 긴 바늘로 신을 꿰매고 있었다. 흙투성이가 된 벌거숭이 아이들이 봉당에 우글우글하고 가난한 사람들이 풍기는 불쾌한 냄새가 가득했다. 왕룽은 전에 색시가 살던 방을 보았다. 문이 열려 있었는데 지금은 다른 사람이 살고 있는 모양이었다. 이것은 본 왕룽은 기뻐하며 얼른 안으로 들어갔다.

황 부자가 번창하던 시절에는 왕룽도 이들과 같은 신세로 부자들을 미워하고 두려워했다. 그러나 지금의 그는 광대한 논밭과 수많은 돈을 가졌기 때문에 파리 떼처럼 모여 있는 가난뱅이들을 경멸하지 않을 수가 없었다. 그는 그들을 추악한 인간이라고 생각하며 그들이 풍기는 냄새를 맡지 않으려고 얼굴을 돌려 숨을 죽이고 그들 사이를 지나갔다. 그는 마치 지난날의 황 부잣집 사람처럼 그들을 경멸하고 또 싫어했다.

왕룽은 이 집을 빌리겠다고 결심한 것은 아니었지만 단순한 호기심으로 들어가 보니 안채 대문은 잠겨 있고 그 곁에 노파 한 사람이 졸고 있었다. 눈여겨보니 노파는 이 집 문지기의 곰보 여편네였다. 왕룽은 놀라지 않을 수 없었다. 예전에는 살결 좋은 중년 여편네였는데 지금은 수척할 대로 수척하고 쪼그라질 대로 쪼그라지고 머리털은 백발이 되어 누런 덧니가 빠질 듯이 덜렁거리고 있었다. 이 모양이 된 문지기 여편네를 바라보려니 왕룽은 그 순간 그가 아직 젊은 농부로 아들을 안고 여기에 찾아왔던 그때부터 얼마나 긴 세월이 흘렀는지를 느낄 수 있었다. 그는 지금껏 느껴 보지 못했던 세월의 흐름을 뼈저리게 느꼈다. 그는 약간 맥빠진 소리로 말했다.

"일어나서 나를 대문 안으로 들어가게 해주시오."

노파는 눈이 잘 보이지 않는 모양인지 끔벅거리면서 급히 일어나 마른 입술을 축이며 말했다.

"이 안채를 전부 빌릴 사람이 아니면 열지 말라는 분부인데요."

왕룽은 갑자기 결심한 듯 말했다.

"암, 이곳이 마음에 들기만 하면 내가 통째로 세를 들지도 모르죠."

그는 자기가 누구라는 것도 말하지 않고 노파 뒤를 따라서 아직도 환히 기억하고 있는 안으로 들어갔다. 집안은 고요했다. 그가 지난날 음식거리를 담은 광주리를 두었던 방이 그대로 남아 있고, 황홀하게 단장한 기둥이나 기나긴 복도도 옛 모양 그대로였다. 그는 노파가 인도하는 대로 대청으로 들어가니 이 집 여종을 아내로 데리러 와서 여기에 서 있었던 자신의 모습이 머리에 떠올랐다. 주마등처럼 옛 생각이 스쳐 가는데 지금 그의 눈앞에는 그때 마나님이 은빛 공단 옷에 싸여서 여종들의 부축을 받고 앉았던 높은 의자가 단 위에 그대로 놓여 있었다. 형용할 수 없는 야릇한 기분에 싸인 왕룽은 저벅저벅 앞으로 걸어 나가서 노부인이 앉았던 의자에 걸터앉아 손을 그 앞의 탁자 위에다 얹었다. 그는 의자에 앉아 무얼 하는 것인가 하고 몽롱한 노안을 끔벅거리며 그를 쳐다보고 있는 노파를 내려다보았다. 오랜 세월을 두고 그리던 소원을 이룬 듯 그의 가슴에는 기쁨이 넘쳤다. 그는 별안간 탁자를 치며 느닷없이 말했다.

"좋아, 이 집을 내가 빌리기로 하지."

29

이 무렵의 왕룽은 어떤 결정을 내렸다 하면 정신없이 서둘러 실천에 옮기고는 했다. 나이가 많아짐에 따라 그는 무슨 일이든 서둘러 처리해 버리고, 오후에는 평화로운 마음으로 자리에 앉아 한가하게 기우는 해를 구경하고 자신의 땅을 산책한 다음 잠을 조금 자고 싶어 늘 성급하게 서둘렀다. 그는 맏아들에게 황 부잣집으로 이사하기로 했다며 모든 일을 주선하라 하고, 성내의 둘째 아들을 불러 거들게 했다.

모든 준비가 끝나자 그들은 성내로 옮겨 갔다. 먼저 렌화가 투챈과 그의 몸종의 짐을 옮기고 맏아들 내외와 그의 종들을 옮겼다. 그러나 왕룽은 곧 옮기지 않고 셋째 아들과 함께 그대로 남아 있었다. 그는 자기가 나서 자란 곳을 떠나는 것이 생각처럼 쉬운 일이 아니라는 것을 새삼 느꼈다. 맏아들과 둘째 아들이 빨리 옮기라고 권하자, "음, 음. 내가 거처할 방이나 마련해 둬라. 맘이 내키는 날 가지. 손자 놈이 태어나기 전에는 가지. 갔다가 또 생각나면 이리로 오고⋯⋯."라고 말할 뿐이었다. 아들들이 자꾸 권해도 그는 이렇게 말했다.

"그것도 그렇지만 저 천치도 생각해야지. 그 애를 데려가야 할지 말아야 할지 생각 중이야. 아무튼 그 애는 내가 돌봐야지. 내가 돌보지 않으면 제대로 밥이나 먹는지 어쩌는지 아무도 돌봐 줄 사람이 없으니까. 결국 데려가긴 해야겠지만⋯⋯."

왕룽이 이렇게 말한 것은 맏며느리가 지나칠 만큼 괴곽스러워서 이 천치 시누이를 근처에도 못 오게 했기 때문이었다. 임신하고부터는, "저런 애는 죽는 편이 나아요. 저런 애를 보면 뱃속 아이에게 좋지 않아요." 하고 얼씬거리지도 못하게 했다. 맏아들은 아내가 천치 동생을 미워하는 걸 알고 있었기 때문에 아무 말도 하지 않았다. 왕룽은 공연한 말을 했다고 생각되어 다시 부드러운 어조로 말했다.

"네 동생을 장가보낼 때까지 여기 있겠다. 칭 서방을 시켜서 혼처를 구해 보라고 했으니까 그 일이 결말날 때까지 여기에 있는 것이 좋지 않겠느냐?"

결국 둘째 아들은 설득을 포기했다. 이제 이 집에 남게 된 식구는 왕룽과 막내아들과 천치 딸, 그리고 숙부네와 칭 서방과 머슴들뿐이었다. 숙부 식구들은 이 집이 마치 자기네 집이나 된 것처럼 렌화가 거처하던 뒤채를 차지했으나 왕룽은 그다지 신경 쓰지 않았다. 삼촌은 앞으로 얼마 살지 못하리라는 것을 빤히 알았던 왕룽은 그 게으름뱅이 노인이 죽고 나면 그 세대에 대한 자신의 의무는 끝나는 셈이고, 또 혹시 사촌이 말을 잘 안 들으면 집에서 내쫓는다고 해도 욕할 사람이 아무도 없을 터여서 숙부의 그런 처사에 대해서 심한 불만을 느끼지 않았다.

칭 서방과 머슴들은 바깥채로 옮겼다. 왕룽과 막내아들과 천치 딸은 가운뎃방에 거처하기로 하고 여러 가지 심부름을 시킬 건장한 여종을 한 사람 구했다. 왕룽은 갑자기 온몸이 피로한 것 같았다. 세상일은 다 잊어버리고 밤낮 잠만 잤다. 그는 마음이 아주 평화로웠다. 그의 마음에 거슬리는 것은 아무것도 없었다. 막내아들은 말이 없을 뿐만 아니라 아버지 곁에 가까이 오려 하지 않았다. 언제나 입을 다물고 있는 이 아들의 성질이 어떤지 왕룽은 이해할 수 없었다.

얼마 지난 뒤에 왕룽은 칭 서방에게 둘째 며느릿감을 구해 보라고 했다. 칭 서방도 이젠 늙은이가 되어서 마른 갈대처럼 쇠약했다. 왕룽은 그에게 괭이나 쟁기 같은 것은 잡지 못하게 했다. 그러나 아직도 그에게는 늙고 충실한 개의 힘이 남아 있었다. 머슴이나 감독하고 추수 때 곡식 간수나 하게 했다. 그는 왕룽의 말을 듣자 세수를 하고 가장 좋은 푸른색 무명 두루마기를 입고 인근 마을로 나가 여기저기 색싯감을 보고 와서 왕룽에게 말했다.

"내가 젊기만 하다면 장가들고 싶은 색시가 있어요. 여기서 세 마을 건너서인데요, 마음도 좋고 몸도 건장한 데다 살결도 좋아요. 그저 흠이라면 잘 웃는 게 흠이지요. 색시 아버지도 이 댁과 혼사가 되기를 바라고요. 지참금도 요즘으로 보면 좋은 편이고 아버지는 지주예요. 그렇지만 제가 주인의 말씀을 듣지 않고는 말 못하겠다고 해 두었어요."

왕룽은 금방 승낙했다. 빨리 결말을 맺고 싶어 사람을 보내 이편 뜻을 전하고 혼약서에 도장을 찍고 나니 마음이 가벼워졌다. '이제는 아들 하나만 남았구나. 이 번거로운 결혼이니 하는 것도 끝나서 평화로운 생활이 바로 코앞까지 왔으니 기쁘기만 하군.' 혼약서를 주고받고 잔칫날까지 정한 그는 마음이 편해져 그의 아버지처럼 양지쪽에 나가 낮잠을 즐겼다. 칭 서방도 나이 때문에 몸을 움직이는 것이 거북해져 식사 뒤에는 졸기가 일쑤였다.

막내아들은 아직 나이가 어려서 농사일을 할 수가 없기 때문에 왕룽은 멀리 있는 토지는 가까운 마을 사람들에게 소작을 붙여도 좋겠다고 생각했다. 이 소문을 들은 마을 사람들이 소작을 하겠다고 청해 왔다. 그런 소작의 조건으로 수확물의 반을 지주인 왕룽에게 주고 나머지 반은 소작인들이 가지기로 했다. 또한 왕룽은 참깻묵, 콩깻묵 따위의 비료를 대주기로 하고, 그 대신 소작인들은 왕룽의 가족이 먹을 양식을 대주기로 했다. 이렇게 하여 왕룽은 농사일이 훨씬 편하게 되었다. 때때로 그는 성내에 가서 자신을 위해 마련해 놓은 방에서 자기도 했다. 그러나 날만 새면 성문을 빠져 나와 다시 들로 돌아갔다. 그는 신선한 흙 냄새를 맡는 것이 가장 좋았다. 그리고 그의 농장을 밟을 때면 무한한 희열을 느꼈다.

그러는 동안 왕룽에게는 다시 무거운 짐을 벗을 날이 왔다. 이제는 어느 일꾼의 아내인 건장한 하녀 이외에는 여자들이 없고 조용해진 집안에서 지내기가 답답해진 사촌이 전쟁이 벌어졌다는 소문을 듣자 안절부절못하며 말했다.

"북쪽에 전쟁이 벌어졌대요. 세상 구경도 하고 싶고 무엇이든 일을 해보고 싶어 군대에 나가 볼 생각이에요. 군복과 어깨에 멜 외국제 총을 사게 돈을 좀 주세요."

이 말을 들은 왕룽은 참을 수 없을 만큼 기뻤으나 애써 그 기쁨을 감추고 반대하는 체하면서 말했다.

"너는 숙부님의 하나밖에 없는 아들로 뒤를 이을 사람인데 전쟁터에 가면 무슨 일이 있을지 알기나 하니?"

그러나 사촌은 웃으면서 말했다.

"괜찮아요. 나는 바보가 아니니까요. 죽을 데는 안 가요. 전투가 벌어지면 끝날 때까지 어디 숨겠어요. 이젠 이렇게 지내기도 답답해서 못 견디겠고, 또 더 나이 들기 전에 낯선 곳도 좀 구경해 둬야겠어요."

왕룽은 얼른 돈을 주었다. 이때만은 기쁘게 돈을 내줄 수 있었다. 사촌의 손에 은전을 세어 주면서 그는 속으로 생각했다. '잘됐다. 제가 전쟁을 좋아해서 가니까 달렸던 혹이 하나 떨어지는 셈이지. 아무튼 전쟁은 어디선가 항상 일어나는 것이니까.' 또 이렇게도 생각했다. '그래, 전쟁터에서는 사람이 가끔 죽게 마련이니까 만일 내 행운이 계속되기만 한다면 저 녀석이 죽을지도 몰라.' 왕룽은 이런 생각이 얼굴에 나타날까 봐 매우 조심했으나 마음은 매우 시원했다. 숙모는 아들이 군사로 나간다는 말을 듣자 눈물을 지었다. 왕룽은 숙모를 위로하기 위해 아편을 더 주고 담뱃대에 불을 붙여 주며 말했다.

"그 애는 반드시 군관으로 출세할 거예요. 틀림없이 우리 가문을 빛내줄 거예요."

그 후 집안은 지극히 평화로웠다. 숙부 내외는 밤낮 누워만 있고 성내 집에서는 왕룽의 손자가 태어날 날이 가까워졌다. 그날이 가까워오자 왕룽은 성내 집에 거처하는 일이 잦아졌다. 그는 뜰을 거닐면서, 한때 호세를 자랑하던 황 부잣집에서 자신이 처자와 며느리를 거느리게 되고 손자까지 낳는다고 생각하니 감개무량했다. 마음이 이렇게 흐뭇해지자 무엇을 사도 그는 돈을 아끼지 않았다. 근사한 남국의 흑단 조각이 있는 탁자를 마련하고, 조각한 의자를 갖추고, 보통의 무명옷은 이 집에 어울리지 않는다며 가족들 옷을 전부 공단과 명주로 해주었다. 어느 누구도 누더기를 걸치지 않도록 종들까지도 푸른 무명이나 검은 무명으로 말끔하게 입혔다. 그는 맏아들의 친구들이 찾아와 그 모든 것을 보고 놀라면 자랑스럽기도 하고 기쁘기도 했다.

또 그가 먹는 음식도 차츰 사치해졌다. 그는 원래 마늘과 밀떡만 있으면 만족했으나, 요즈음은 아침 늦도록 자고 또 일을 하지 않기 때문에 그런 음식에는 입맛이 당기지 않았다. 겨울의 버섯이라든가 남해의 어물, 북해의 조개, 비둘기 알 같은 부유한 사람들이 줄어든 식욕을 돋우기 위해 먹는 것만 가려서 먹었다. 그의 아들들도 렌화도 다 같이 이런 것을 먹었다. 이렇게 모든 생활이 변한 것을 보고 투챈이 웃으면서 말했다.

"옛날 내가 이 집에 살던 때와 똑같이 됐습니다. 내가 늙어서 영감님의 시중을 못 드는 것만이 다를 뿐이에요."

이렇게 말하면서 투챈은 교활한 눈으로 힐끔 왕룽을 쳐다보았으나 그는 못 본 체했다. 그러나 그녀가 자기를 황 영감과 비교하여 영감님이라고 하는 데에 매우 만족을 느꼈다. 이렇게 아무 하는 일 없이 자고 싶으면 자고 먹고 싶으면 먹는 한가하고 사치한 생활을 하는 동안 왕룽은 손자가 태어나기만을 기다렸다. 그러던 어느 날 아침, 그가 맏아들 방 가까이 가니 며느리가 신음하는 소리가 들렸다. 아들이 나와서 그를 맞으며 말했다.

"이제 산기가 있는 것 같습니다. 그런데 투챈의 말을 들으니 산모가 골반이 좁아 난산일 거라고 해요."

왕룽은 자기 방으로 돌아와 의자에 걸터앉아서 며느리의 신음 소리를 들었다. 그러자 오랫동안 잊어버렸던 무서운 생각이 들 만큼 걱정이 되었다. 문득 부처님에게 빌어 보고 싶은 생각이 들었다. 그는 부리나케 향 파는 가게로 가서 향을 사 가지고 금빛 벽장 속에 관음보살을 모셔 놓은 가까운 절로 갔다. 그는 몹시 한가한 듯한 스님을 불러 돈을 주며 보살 앞에 향을 피우라고 하며 말했다.

"사내가 향을 피우긴 어색한 일이니 내 대신 향을 좀 피워 주오. 내 첫 손자를 볼 판인데 며느리가 성내 사람이고 골반이 좁아 난산이라서…… 내 안사람은 죽고 없어 향을 피워 올릴 사람이 있어야지……."

스님이 향을 꽂고 있는 모습을 바라보던 왕룽은 별안간 무서운 생각이 머리를 스쳤다. '만약 태어날 애가 손자가 아니고 계집아이면 어떻게 하나?' 그는 황급히 입을 열었다.

"참, 만일 아이가 손자이면 내가 보살에게 빨간 새 옷을 입힐 돈을 내겠지만 계집아이면 아무것도 없을 테니 그리 아시오."

그는 손자가 아니라 손녀가 태어날지도 모른다는 가능성을 염두에 두지 않았었기 때문에 뛰는 가슴을 억누르며 절간을 나왔다. 거리에 먼지가 두껍게 덮여 있는데도 그는 정신없이 성밖 사당으로 달려갔다. 그곳에는 밭과 땅을 지킨다는 두 개의 찰흙 인형이 여전히 앉아 있었다. 그는 향에 불을 붙이며 중얼댔다.

"우리는 대대로 지신님을 섬겼습니다. 우리 아버지도, 나도, 내 자식도 지신님의 시중을 받들어 왔습니다. 지금 내 손자가 태어날 예정인데 만약에 아들이 아니라면 다시는 지신님을 섬기지 않겠습니다."

그는 부처님과 지신님께 정성껏 축원을 하고 극히 피로한 몸으로 돌아왔다. 탁자 앞에 털썩 주저앉으니 목이 말라 차 생각이 절로 났다. 그리고 얼굴의 먼지를 훔치려니 더운 물수건이 필요해서 손뼉을 수없이 쳤으나 아무도 오지를 않았다. 그에게 신경을 써 주는 사람이 없었고 모두들 분주한 양 오가는데, 그는 누구를 붙잡고 손자가 태어났는지 물어 볼 용기조차 나지 않았다. 먼지를 뒤집어쓴 채 멍하니 앉아 있는 그를 누구 하나 거들떠보지 않았다. 그는 그냥 그대로 앉아 있었다. 거의 해가 질 무렵에야 겨우 렌화가 투챈에게 몸을 기댄 채 무거운 체중 때문에 뒤뚱거리는 작은 발로 걸어오더니 웃으며 큰 소리로 말했다.

"손자가 태어났어요. 모자가 다 건강하고 아기도 참 잘생겼어요."

왕룽도 웃음이 터졌다. 그는 자리에서 벌떡 일어서서 손뼉을 치며 다시 한 번 크게 웃고 나서 말했다.

"세상에, 내가 두려워서 어쩔 줄 모르며 첫아들이 태어나기를 기다리는 아버지 같네."

렌화가 제 방으로 들어가자 그는 다시 의자에 앉아서 생각에 잠겼다. '오란이 첫아들을 낳을 때도 이렇게까지는 마음이 쓰이지 않았는데.' 그의 머리 속에 지난날의 일이 생생하게 되살아났다. 아내는 작고 캄캄한 방에서 아무도 방안에 들어오지 못하게 하고 혼자 산고를 참으며 애를 몇

이건 낳고 또 곧 들로 나가 그와 함께 고된 농사일을 돌봤던 것이다. 그런데 이 며느리는 배가 아프다고 어린애처럼 울고불고 악을 쓰며 집안 종들을 정신도 못 차리게 굴고 또 제 남편을 문 밖에서 꼭 기다리게 하지 않는가. 왕룽은 지나간 옛 꿈을 회상하듯, 오란이 밭에서 일하는 틈틈이 가슴을 헤치고 젖을 빨리던 정경을…… 하얗고 풍요한 젖이 넘쳐흘러 땅에까지 흘러내리던 일들을 생각했다. 그런 일이 사실이었을까 싶게 옛날 이야기가 되었다. 이때 맏아들이 웃음을 담은 얼굴로 자랑스런 듯이 들어와 큰 소리로 떠들어 댔다.

"아들을 낳았어요, 아들을요. 유모를 곧 구해야겠어요. 산모 젖을 먹이면 산모 몸이 약해지고 얼굴 모양도 쭈그러져요. 성내에선 행세깨나 하는 사람이면 모두 유모 젖을 먹이거든요."

왜 자신이 슬퍼하는지를 알지 못하면서 왕룽은 슬픈 표정으로 말했다.

"그래, 며느리가 자기 아이한테도 젖을 먹이지 못한다면 할 수 없지. 꼭 그렇다면 그렇게 하는 것이 좋겠지."

아이가 태어난 지 한 달이 되던 날 왕룽의 맏아들은 아이의 출생을 축하하는 잔치를 베풀고 그의 장인을 비롯해 성내 저명 인사들을 빠짐없이 청했다. 그리고 수백 개의 계란을 붉게 물들여서 모든 손님과 선물을 보내온 여러 사람들에게 보냈다. 아이가 건강하고 통통한 아들이며 열흘을 무사히 넘기고 살아났으니 한 가지 두려움이 없어진 셈이어서 축하연은 한결 즐겁고 온 집안에 기쁨을 주었다. 잔치가 끝나자 맏아들이 왕룽에게 말했다.

"이제 우리 집도 3대가 됐으니 가문을 위해서 조상의 위패를 모시지요.

우리 집도 이만하면 대갓집이 되지 않았습니까. 오늘 같은 경사에는 조상에게 제사라도 드려야 하지 않겠어요?"

왕룽이 매우 기뻐하며 승낙하자 맏아들은 대청에다 사당을 모시고 위패를 몇 개 세웠다. 왕룽의 조부와 아버지의 것, 그리고 왕룽 자신의 것을 세우고 맏아들도 사후에 이름을 적을 수 있도록 여유를 남겨 두었다. 맏아들은 향로를 사다가 차려 놓고 거기에 향을 피웠다.

이 일이 끝나자 부처님에게 붉은 옷을 입혀 주겠다고 맹세한 것이 생각나서 그 길로 절을 찾아가 스님에게 상당한 돈을 주었다. 절에서 돌아오는 도중, 신은 마치 은혜를 주기 싫어서 선물 속에 가시를 숨겨 두는지, 밭에서 추수를 하고 있던 사내 하나가 별안간 달려와 칭 서방이 위독하다는 말을 전했다. 숨을 몰아쉬며 헐떡거리는 사내의 말을 듣고 왕룽은 노해서 말했다.

"내가 절에 가서 부처님에게만 새 옷을 바쳤더니 그 사당 지신 따위가 샘을 낸 모양이구나. 땅이라면 몰라도 아이의 출생에 대해서는 자기들이 아무런 힘도 지니고 있지 못하다는 사실을 모르는 모양이야."

점심 준비가 되어 있었지만 그는 젓가락에 손도 대지 않고, 롄화가 시원한 저녁때나 되어서 가라고 권하는 것도 듣지 않고 집을 나섰다. 롄화는 왕룽이 제 말을 듣지 않자, 종을 시켜서 기름 먹인 종이로 만든 양산을 들고 따라가게 했다. 왕룽의 걸음걸이가 워낙 빨라 젊은 여종이 양산을 받쳐들고 따라가기에는 힘이 들었다. 왕룽은 칭 서방이 누워 있는 방으로 황급히 들어서면서 큰 소리로 말했다.

"아니, 이게 다 어떻게 된 일이냐?"

방은 머슴들로 꽉 차 있었다. 그들은 경황없이 말했다.

"손수 타작을 하다가……."

"늙은 사람이니 그만두도록 해도……."

"새로 들어온 머슴이 도리깨질을 잘 못해서 칭 노인이 가르친다는 게 그만……."

"노인이 하기에는 너무 힘든 일이었어요."

왕룽은 분한 말투로 소리질렀다.

"그놈을 앞으로 끌어내!"

머슴들은 왕룽 앞에 그 사내를 끌어냈다. 사내의 정강이가 후들후들 떨고 있었다. 몸집이 크고 낯이 붉은 촌뜨기인데, 뻐드렁니가 아랫입술로 튀어나와 있고 황소 눈알처럼 눈망울이 둔한 멍청이였다. 왕룽은 떨고 있는 그 사내를 조금도 가엾게 생각하지 않고 사정없이 뺨을 갈겼다. 그리고 여종이 가지고 있던 양산을 빼앗아 그의 머리를 마구 때렸다. 아무도 말리지 않았다. 노인이라 잘못하다간 그 노기가 말리는 사람 혈관으로 들어갈까 걱정스러웠기 때문이다. 미련한 시골뜨기는 얌전하게 서서 이빨을 빨며 조금쯤 우는 소리를 냈다. 그때 침대에 누워 있던 칭 서방이 신음소리를 냈다. 왕룽은 양산을 땅바닥에 내던지고 소리쳤다.

"이따위 멍청이를 데리고 있다간 칭 서방이 죽어 버리겠소."

그는 의자에 걸터앉아 칭 서방의 손목을 잡았다. 그의 손은 떡갈나무 잎사귀처럼 시들고 작고 메마르고 가벼웠다. 이런데도 피가 흐르고 있을까 의심이 날 정도였다. 얼굴은 검은빛이 돌고 핏기조차 없어 보였다. 거우 뜨고 있는 눈에는 안개가 가린 듯 아무것도 안 보이는 표정이었고 숨결도

가빴다. 왕룽이 그에게로 몸을 수그리고는 그의 귓전에다 대고 큰 소리로 말했다.

"내가 왔어. 관은 우리 아버지 다음으로 가장 좋은 걸로 해주겠어."

그러나 칭 서방 귀에서는 피가 흘러내리고 왕룽이 하는 말을 들었는지 못 들었는지 아무런 반응도 보이지 않은 채 몹시 괴로운 듯 헐떡이더니 마침내 숨을 거두었다. 왕룽은 그의 몸에 엎드려서 그의 아버지가 죽었을 때보다도 더 슬프게 통곡했다. 그리고 좋은 관을 사 오게 하고 스님을 불러 염불을 드리도록 했다. 왕룽은 자신도 상복을 입고 상여 뒤를 따랐다. 그리고 친척이 죽었을 때와 같이 맏아들의 신에도 흰 띠를 감게 했다.

"칭 서방은 우리 집 머슴이 아니에요? 머슴이 죽었는데 흰 띠를 감으라고요?"

맏아들이 투덜댔으나 왕룽은 사흘 동안 그렇게 하도록 했다. 왕룽은 아버지와 아내를 묻은 가족 묘지에 칭 서방을 묻고 싶었으나 맏아들과 둘째아들 모두 말을 듣지 않고 불평했다.

"어머니와 할아버지를 모신 자리에 같이 묻다니요? 안 됩니다. 저희들도 머지않아 거기에 묻힐 텐데."

왕룽은 이치로서도 그렇고 또 나이가 들고부터는 집안의 시끄러운 일에 말려들고 싶지 않아 칭 서방을 가족 묘지 입구 가까운 곳에 묻기로 했다. 그것으로써 그는 자신을 위로하며 말했다.

"이젠 됐어. 칭 서방은 항상 나쁜 일이 있으면 늘 내 앞에서 막아 주고는 했으니까 이게 오히려 잘 어울려."

그는 아들들에게 자기가 죽거든 칭 서방과 가장 가까운 자리에다 묻어 달라고 부탁했다. 칭 서방이 죽고 난 뒤부터 왕룽은 성밖 땅을 둘러보는 일이 아주 드물었다. 간혹 나갔을 때라도 칭 서방이 없어 적적한 생각만 들었다. 논둑 길을 혼자서 걸을라치면 관절도 아프고 몸도 마음대로 움직여 주지를 않았다. 그리고 그는 일하는 것도 지쳤다. 그래서 약간의 토지만 남겨 두고 나머지는 소작을 주려고 내놓았다. 좋은 땅이라고 알려져 있었기 때문에 사람들이 너도나도 소작을 붙이려고 했다. 그러나 그는 한 조각의 땅도 팔지는 않았다. 소작도 일년 계약으로 했다. 그의 땅은 언제나 그의 소유인 것이다. 그리고 그는 처자가 있는 머슴을 들여 아편에만 팔려 몽롱하게 살아가는 숙부 내외를 돌보게 했다. 그러고는 늘 우울한 듯한 셋째 아들의 눈치를 살피며 이렇게 말했다.

"자, 너도 나와 함께 성내 집으로 가자. 딸애도 데리고 가야겠다. 내가 거처하는 곳이라면 그 애도 함께 있을 수 있지. 칭 서방이 죽고 나니 너도 섭섭할 게다. 그가 없으니 누가 저 애를 돌봐 주겠니. 누가 때리려고 해도 말려 줄 사람도 없을 테고, 밥 때가 돼도 거들어 주지 않을 테고, 저 사람들이 가엾은 바보를 상냥하게 대해 줄지 나도 자신이 없어. 또 칭 서방이 없으면 네게 농사일을 가르쳐 줄 사람도 없지."

그래서 왕룽은 셋째와 천치 딸을 데리고 성내 집으로 옮겨왔다. 이후 그 토벽 시골집에는 오랫동안 거의 가지 않았다.

30

　이제 왕룽이 보기에는 더 이상 바랄 것이 하나도 남아 있지 않은 듯싶었다. 양지쪽에 의자나 내놓고 천치 곁에 앉아서 졸기나 하고 담배나 태우고 그렇게 편안한 세월을 보내면 되는 것이다. 땅은 소작을 주었으니 수고를 하지 않아도 돈은 저절로 들어온다. 진작부터 이렇게 살걸 그랬다고 그는 생각했다. 만일 현재의 상태에 통 만족할 줄 모르고 항상 욕심이 많아 곁눈질을 하는 맏아들만 아니었다면 그런 생활이 그냥 계속되었을 것이다. 어느 날 맏아들이 아버지에게 말했다.

　"우리가 이곳 안채에 들어와 산다고 해서 무슨 대단한 가문이라도 되는 줄 알아서는 안 돼요. 이 집에는 아직도 이것저것 필요한 게 많아요. 이제 반 년 안으로 동생의 결혼식도 올려야 하는데 그러려면 손님용 의자도 모자라고 찻잔이나 탁자, 방의 세간도 모자라요. 게다가 손님을 청하는데 더럽고 시끄러운 빈민들이 우글거리는 저 대문을 거치게 할 수도 없는 노릇 아닙니까. 동생이 결혼해서 아이가 생기면 저 가운뎃뜰도 필요할 겁니다."

왕룽은 화려하게 차리고 서 있는 아들을 바라보다가 눈을 감으면서 담배를 한 번 세게 빨고 나더니 신음하듯 말했다.

"그래, 그래서 어쨌다는 게냐?"

맏아들은 아버지가 귀찮아하는 것을 알면서도 도리어 언성을 높여 말했다.

"바깥채도 사 버리자는 겁니다. 돈도 땅도 많으니까 어울리는 생활을 하자는 말씀이에요."

왕룽은 담뱃대를 보며 말했다.

"그래…… 땅은 내 땅인데…… 너는 그 땅에 전혀 해 놓은 게 없어."

이 말을 듣자 맏아들은 언성을 높여 소리쳤다.

"저를 선비로 만든 사람은 아버지입니다. 부잣집 아들로서 남부끄럽지 않게 살려는 아들을 아버지는 기껏 머슴과 같이 대하시는군요."

그러고는 분해서 뜰 안 소나무에다 머리를 부딪치려고 했다. 아들이 원래 불같은 성질인 것을 아는 왕룽은 행여나 다칠까 기겁을 하고 황급히 말했다.

"알았다, 네 맘대로 해라. 무엇이든 나만 괴롭게 굴지 말고……."

이 말을 듣자 맏아들은 매우 기뻐했다. 그리고 아버지의 생각이 변하기 전에 얼른 그 앞을 물러 나와 사고 싶은 것을 재빨리 사들이기로 했다. 아름다운 조각을 한 소주(蘇州)산 의자랑 탁자랑 방 입구에 드리울 비단 휘장, 그리고 크고 작은 꽃병, 벽에 걸 미인화, 족자 등등을 부지런히 사들였다. 또 그가 남방에서 보았던 석가산을 정원에다 만들기 위해 기묘한 바위들을 사들이느라 한참 동안 바삐 돌아다녔다. 이런 일을 하노라면 거의 매일 바깥쪽의 가운데뜰을 하루에도 몇 차례씩 다니지 않으면 안 되었는데, 그곳에 살고 있는 빈민들의 냄새가 견딜 수 없었다. 하는 수 없이 코를 막고 그 앞을 지나가곤 했는데 빈민들은 그가 지나가고 나면 비웃는 투로 자기네끼리 말했다.

"저놈은 제 아비 살던 집 문턱에 쌓였던 거름 냄새를 잊은 모양이지."

하지만 그는 부잣집 아들이었기 때문에 그가 지나갈 때 감히 그런 식으로 얘기하는 사람은 아무도 없었다. 그런데 명절이 되면 집세가 정해지는데, 그해 명절 즈음에 빈민들은 자기들이 살고 있는 방이며 가운데뜰의 세가 껑충 뛰어오른 것을 알았다. 그것은 왕룽의 맏아들이 그렇게 만든 것임을 모두들 알았다. 그는 머리가 영리해서 아무 말도 입 밖에 내지 않고 타관에 가 있는 황씨 아들과의 편지 왕래로 그렇게 결정지은 것이다. 황씨 아들은 누구에게 빌려 주든 돈만 많이 받으면 되는 것이니까 두말없이 승낙했다. 부자라면 제멋대로 무슨 짓이나 할 수 있는 세상이었으므로 그곳에 살던 빈민들은 그들의 횡포를 저주하며 어디 두고 보자는 마음을 품고 뿔뿔이 흩어졌다.

그러나 왕룽은 이러한 사실을 전혀 모르고 있었다. 그는 안방에만 틀어박혀 출입을 거의 않고 있었다. 만사를 맏아들에게 맡겨 놓고 자고 먹고 마시기만 했다. 맏아들은 솜씨 좋은 목수와 석공을 불러서 그 가난뱅이들이 살던 방과 뜰, 그 사이로 통하는 반월형의 가운데 문들을 수리하고 여러 곳에 연못을 파서 금붕어를 사 넣었다. 그런 일들이 만족할 만큼 아름답게 끝나자 이번에는 또 못에 연꽃과 수련을 심고 인도산의 붉은 열매가 달리는 대나무를 심는 등 그가 남방에서 봤던 것대로 온통 치장을 했다. 그의 아내가 남편이 해 놓은 일을 보려고 밖으로 나왔다. 두 사람은 모든 마당과 방을 돌아다니며 두루 살펴보고 아내가 혹 미흡하다고 하면 그는 "참, 그렇지." 하면서 곧 아내의 말대로 고쳤다.

마침내 왕룽의 맏아들이 이렇게 집을 치장하는 것이 성내 사람들에게 큰 화제가 되었다. 그들은 황 부잣집에 새 부자가 들어가더니 다 허물어진 그 집을 옛날의 화려했던 모양으로 되살렸다고 수군거렸다. 그리고 왕룽을 왕 서방이라 부르지 않고 왕대인이라든가 왕 영감이라고들 높여서 부르기 시작했다. 이 모든 공사에 들어가는 돈은 왕룽의 손에서 야금야금 조금씩 빠져 나가서 언제 그 돈이 나가는지도 잘 모를 지경이었다. 맏아들은 돈을 타낼 때는 이렇게 말했다.

"은전 백 냥이 필요합니다."

"저 문간에 돈을 들이면 새 문처럼 될 거예요."

"저쪽에는 긴 탁자를 하나 놓아야겠어요."

그러면 왕룽은 방안에서 담배를 피우다가 두말없이 돈을 꺼내 주었다. 추수 때면 그가 필요로 할 때마다 돈이 들어왔기 때문에 돈을 쉽게 내주었다. 그는 맏아들에게 얼마나 많은 돈을 내주었는지 모른다. 왕룽은 짐작조차 못하고 있었다. 어느 날 아침, 둘째 아들이 아직 해가 뜨기도 전에 와서 말했다.

"아버지, 이렇게 돈을 물 쓰듯 마구 쓰시면 어떻게 합니까? 집을 궁궐같이 만들 필요가 어딨어요. 그만한 돈을 2할로 빌려 주면 굉장한 돈이 될 텐데…… 이까짓 연못, 열매도 달리지 않는 화초, 아무 쓸모 없는 수련은 심어서 무엇 합니까?'

왕룽은 둘째 아들과 맏아들이 앞으로 이런 문제로 싸움을 벌이리라는 것을 알았으므로 그랬다가는 마음 편할 날이 없을 것이라 걱정되어 황급히 말했다.

"좋은 일 아니냐. 다 네 혼인 잔치를 성대히 하려고 그러는 게야."

그러나 둘째 아들은 조금도 기쁘지 않은 듯 비웃는 투로 말했다.

"잔치 비용이 신부의 열 갑절이나 든다는 건 우스운 일인데요. 아버지가 돌아가시면 저희들이 나누어 가질 재산이 형의 자존심 하나를 살리기 위해 쓸데없이 낭비되고 있어요."

왕룽은 둘째의 고집을 잘 알기 때문에 말을 가로막으며 말했다.

"좋아, 좋아. 더 이상 돈을 안 줄 테다. 네 말이 옳다, 옳아."

둘째는 형이 쓴 돈을 빠짐없이 적은 종이를 꺼냈다. 왕룽은 둘째가 그것을 읽으려 하자 황급히 말했다.

"나는 아직 식사 전이다. 내 나이가 되면 식사를 하기 전에는 의식이 희미하단다. 그 이야기는 딴 날 하도록 하자."

왕룽은 둘째를 그곳에 둔 채 자기 방으로 들어가 버렸다. 그날 저녁 그는 맏아들을 불러서 말했다.

"이제 집 치장은 그만 해 둬라. 이만해도 됐어. 누가 뭐라고 해도 우린 촌사람이니까."

그러자 맏아들은 자랑스럽게 말했다.

"그렇지 않아요. 성내에선 우리 집을 왕 영감님 댁이라고 부릅니다. 우리는 어느 정도 그 이름에 걸맞은 생활을 해야 옳아요. 혹시 동생이 재물에 대해서 그 자체로서의 의미 이상을 이해하지 못한다면 저하고 제 아내가 집안의 명예를 지키겠습니다."

왕룽은 나이가 많아지면서 찻집에 드나드는 일도 뜸해지고, 곡물 가게도 둘째가 일을 처리하니 나설 필요가 없었다. 그렇기 때문에 성내에서 자기의 평판이 어떤지 몰랐던 왕룽은 그 말이 한없이 기뻤다.

"그러냐? 그러나 부잣집이라 해도 땅에서 나와 거기에 뿌리를 박고 있으니까 그걸 알아야 해."

"그러나 언제까지고 흙에 머물러 있어서는 안 됩니다. 가지도 뻗고 꽃이 피어 열매를 맺어야 합니다."

왕룽은 아들이 잘난 체하는 것이 싫었다.

"옳은 말이다. 하지만 좋은 열매를 맺으려면 땅속 깊이 뿌리를 박고 있어야 해. 돈은 그만 써."

해가 저물면 왕룽은 그의 방 앞뜰에서 황혼의 정적을 즐기곤 했기 때문에 아들이 그만 돌아갔으면 했다. 이 아들이 곁에 있으면 마음이 조금도 편하지 않았다. 아들은 방들과 마당을 원하는 대로 할 만큼 했으니 적어도 당분간이나마 만족해서 이제는 아버지의 말을 기꺼이 들을 만도 했다. 그러나 아들은 나가지 않고 또 입을 열었다.

"그것은 그렇다치고 또 드릴 말씀이 있어요."

왕룽은 들고 있던 담뱃대를 내던지며 화를 버럭 냈다.

"나를 좀 조용히 내버려두면 못쓰냐?"

그러나 아들은 고집스럽게 말했다.

"제 문제가 아닙니다. 동생 문제예요. 그 애가 무식한 사람으로 성장하는 건 옳지 않아요. 공부를 시켜야 해요."

왕룽은 처음 듣는 일이라 속으로 놀랐다. 그는 오래전부터 막내가 어떻게 살아가야 한다고 결정해 놓았기 때문에 이렇게 말했다.

"우리 집에서 더 이상 글 많이 아는 놈은 필요 없어. 둘이면 충분해. 막내 놈은 내가 죽고 난 뒤에 농사일을 맡을 테니까."

"그러시니까 그 애가 밤낮 울기만 해요. 얼굴도 창백하고 몸이 그렇게 말라 있지 않습니까."

왕룽은 세 아들 중에 하나만은 농사일을 시킬 작정이었다. 막내에게 의향을 물어 봐야 한다고 전혀 의식하지 않았는데, 지금 이렇게 맏아들의 말을 듣고 보니 불의에 이마를 얻어맞은 기분이었다. 왕룽은 땅바닥에 팽개쳤던 담뱃대를 천천히 주우면서 막내아들에 대해서 생각했다. 과연 그 아이는 다른 아들들과 달랐다. 제 어미를 닮아서 언제나 말이 없고 두 형 가운데 누구하고도 닮지 않았으며 표정이 없어 도무지 그 속을 알 수 없었다.

"그래, 그 애가 공부를 하겠다고 그러든?"

왕룽은 맥없이 물었다.

"직접 물어보세요."

"그렇지만 한 녀석만은 농사를 지어야 해."

"그건 왜 그렇지요? 농사를 안 지어도 충분히 먹고살 수 있잖아요. 체면상으로도 좋지 않습니다. 세상 사람들은 아버지더러 고약한 사람이라고

그럴 거예요. 자신은 임금 같은 생활을 하면서 자식은 농사꾼을 만든다
고……."

사람들이 자신에 관해서 무슨 얘기를 하는지 아버지가 굉장히 신경을
쓴다는 사실을 알았기 때문에 아들은 약삭빠르게 말을 이었다.

"가정교사를 들여서 글을 가르치세요. 그리고 남방 학교에 보내서 훌륭
히 공부시키세요. 집안일은 제가 하고 장사는 둘째가 하니, 그 애는 제 생
각대로 하게 하세요."

왕룽은 겨우 입을 열어 그 애를 불러오도록 했다. 잠시 후 셋째 아들이
아버지 앞에 섰다. 지금껏 무관심했던 왕룽은 이 막내를 물끄러미 바라보
았다. 키가 후리후리하고 꼭 다문 입은 아버지도 어머니도 닮지 않았다.
말이 없고 정직해 보이는 얼굴만이 자기 어머니를 닮은 것 같았다. 그러
나 제 어머니보다는 잘난 것으로 말하자면, 시집보낸 막내딸을 빼놓고 그
의 자식 중에 가장 뛰어났다. 구태여 흠을 잡는다면 창백한 이마에 숱 많
은 눈썹이 앳된 얼굴에 비해 너무 굵다는 것이었다. 그리고 얼굴을 찡그
리면 검은 두 개의 눈썹이 한데 달라붙어 일직선이 되었다. 왕룽은 물끄
러미 막내를 보며 말했다.

"네가 글을 배워야 한다고 네 형이 말하는데……."

소년은 거의 입술을 움직이지 않고 말했다.

"예."

왕룽은 담뱃대의 재를 털고 새 담배를 재면서 천천히 슬픈 어조로 말했
다.

"글쎄, 그렇다면 너도 흙에서 일하는 걸 원치 않고, 아들이 남아 돌아갈

정도로 많아도 내 땅에서 일할 아들은 아무도 없다는 얘기구나."

소년은 아무런 말도 하지 않았다. 여름 두루마기를 입은 막내아들은 잠자코 서 있기만 했다. 너무나 오래도록 말이 없자 왕룽은 신경질이 나서 버럭 소리를 질렀다.

"왜 말 못해? 네가 흙에서 일하고 싶지 않은 게 사실이냐?"

소년은 단 한마디로 "예."하고 대답했다. 왕룽은 생각지 않을 수 없었다. '아무리 해도 자식들은 내 맘대로 안 되는군. 자식들이 늙은 아버지에게 걱정만 시키는데, 이런 무거운 짐을 어떻게 해야 할 것인가.' 아무튼 왕룽은 자식들로부터 모욕을 당하는 느낌이었다. 그는 다시 화를 내며 버럭 소리를 질렀다.

"네가 어떻게 되든 난 모르겠다. 보기도 싫으니 나가 버려!"

소년은 얼른 아버지 앞을 떠났다. 혼자 있게 된 왕룽은 두 딸이 아들보다 낫다고 생각되었다. 두 딸 중 하나는 천치라서 먹을 것과 헝겊 조각만 주면 언제나 만족하고, 또 하나는 시집을 보냈기 때문에 그의 마음을 괴롭히지 않는 것이었다. 이윽고 황혼이 짙어 가고 어둠이 그의 몸을 에워쌌다. 왕룽의 노여움도 어느덧 사그라지고 결국 아들들이 생각한 대로 해주기로 마음이 돌아섰다. 그는 맏아들을 불러 이렇게 일렀다.

"그 애한테 가정교사를 불러 줘라. 저 하고 싶은 대로 하게 해줘. 나를 귀찮게만 하지 말아 다오."

그리고 왕룽은 다시 둘째를 불렀다.

"들일을 할 자식이 없어졌으니 소작료나 추수 때 논밭에서 들어오는 돈은 네가 관리하도록 해라. 너는 저울도 볼 줄 알고 말질도 잘 알 테니 집의 관리인이 돼 다오."

　둘째 아들은 몹시 기뻐했다. 지금부터 모든 돈은 그의 손을 거쳐야만 하
는 것이다. 수입이 어느 정도인지도 알 수 있고, 또 집안에 쓰이는 돈이 필
요 이상으로 나가게 되면 아버지에게 말할 수도 있는 것이다. 왕룽이 어
느 아들보다도 이상히 여기는 것은 이 둘째 아들의 성격이었다. 둘째는
자신의 잔칫날이 가까워 오자 자기 일인데도 결혼 비용을 지극히 아꼈다.
음식까지 구별해서 성내 사람들에게는 좋은 음식을 내고, 소작인이라든
가 성밖 사람들에게는 따로 식탁을 차려 맛없는 음식만 내놓게 했다. 성
밖 사람들은 늘 못 먹고살기 때문에 조금 나은 음식이기만 해도 대단하게
생각하는 것이다. 또 축하 선물 같은 것도 면밀하게 계획을 세워 머슴과
종들에게는 선물을 아주 약소하게 했다. 그는 투챈에게도 겨우 은 전 두
닢을 주었을 뿐이다. 그녀는 비웃으며 많은 사람들이 있는 앞에서 일부러
들으란 듯이 이렇게 말했다.

　"진짜 대갓집은 돈 가지고 인색하지 않은 법이죠. 이 댁은 이 저택에서
살 만한 자격이 있다고는 도무지 생각할 수 없군요."

　맏아들은 이 말을 듣자 부끄럽기도 하고, 한편 그 소문이 퍼질까 두려워
그녀에게 슬그머니 돈을 집어주고 내심 동생의 처사에 분개했다. 이렇게
신부가 가마를 타고 집안으로 들어오고 손님들이 모여드는 잔칫날에도
맏아들과 둘째는 서로 다투었다. 또 맏아들은 동생이 인색한 것이 창피하
기도 하고 또 제수가 촌 여자라는 것도 싫어서 이날 잔치에 신분 있는 성
내 친구들은 청하지 않고 그의 친구들 가운데 가장 신통치 않은 몇 명만
잔치에 불렀다. 그는 경멸하며 방관만 했다. '이거 보아하니 우리 아버지

의 지위로 보면 동생이 비취 한 그릇을 얻을 수도 있는데 항아리 하나를 선택한 셈이로구먼.' 동생 내외가 손위에 대한 예의로 그들 부부에게 큰 절을 할 때에도 그는 무뚝뚝하게 약간 머리만 끄덕였을 뿐이다. 맏아들의 아내도 새침하니 건방지게 이런 경우에 하지 않으면 안 될 답례만 했을 뿐이다.

그런데 이 집의 여러 처소에 살고 있는 사람들 중에 왕룽의 손자말고는 평화롭고 아무런 부족함이 없는 사람은 한 사람도 없었다. 왕룽 자신까지도 큰 조각이 있는 침대에서 때로는 그 소박하고 어둠침침한 흙벽 집에 들어가는 꿈을 꾸었다. 거기서는 식은 차를 어디로 버려도 조각이 있는 세간을 더럽힐 염려가 없었고 한 발자국만 밖으로 나가면 자기 밭이었다. 왕룽의 아들들은 한 사람도 마음 편한 사람이 없는 것이다. 맏아들은 쓸 돈이 넉넉하지 않아 사람들 눈에 하찮은 존재로 보일까 봐, 그리고 성내에서 찾아온 사람이 방문하고 있는 동안 마을 사람들이 커다란 대문으로 걸어 들어와 그가 있는 자리에서 식구들이 창피나 당하지 않을까 전전긍긍했다. 둘째는 이와 반대로 돈을 헤프게 쓰지 않나 근심이었다. 그리고 셋째는 농가의 자식으로 허송한 세월을 되찾으려고 안간힘을 쓰고 있었다.

아무 근심 걱정 없는 사람은 아장거리며 집안을 돌아다니는 왕룽의 손자뿐이었다. 이 어린것은 이 집밖에 모른다. 아이에게는 이 집이 크지도 않고 작지도 않은 그냥 집으로 그곳에는 어머니, 아버지, 할아버지가 살고 세상에 사는 모든 사람이 살며 그의 시중을 들어 주기만 했다. 왕룽도 손자와 놀고 있을 때는 마음이 평화로웠다. 손자를 바라보거나 웃거나 넘어지는 것을 붙들어 일으키고 있을라치면 세월 가는 줄 몰랐다. 왕룽은 그의 아버지가 했던 것처럼 긴 띠로 손자를 묶어서 넘어지지 않게 걸리기도 했다. 손자는 연못 속의 물고기를 흥미롭게 가리키기도 하고 제멋대로 재잘거리고 떠들었으며 뜰의 꽃을 함부로 꺾기도 하고 무엇이든 제 마음대로 했다. 왕룽은 이런 손자에게서만 위안을 얻었다.

손자는 이 아이 하나뿐이 아니었다. 맏며느리는 충실한 여자였고 꼬박꼬박 규칙적으로 아이를 낳았다. 그리고 아이를 낳을 때마다 유모를 구해 들였다. 해마다 손자와 유모가 늘어갔다. 누가 "큰아드님 방에서 또 하나 태어납니다." 하고 말하면 왕룽은 그저 웃으며 이렇게 말했다.

"응, 얼마든지 낳아라. 먹고살 땅이 얼마든지 있으니까."

둘째 며느리가 아이를 낳았을 때도 왕룽은 기뻤다. 첫아이는 딸이었는데 그것은 마치 맏동서에 대한 체면을 세운 것처럼 되었다. 이렇게 하여 왕룽은 5년 동안 손자 넷에 손녀 셋을 얻었다. 뜰에는 아이들의 웃음소리와 울음소리가 끊이지 않았다.

5년이란 세월은 어린애나 노인이 아닌 사람에게는 잠깐 동안이다. 왕룽은 이 사이에 늙은 몽상가인 숙부 내외를 먹이고 입히고 아편을 달라는 대로 주기는 했지만 실은 숙부의 일은 거의 잊고 지냈는데, 그 세월 동안 숙부가 세상을 떠나기도 했다. 왕룽의 가족이 성내로 이사온 지 5년째 되던 겨울에는 30년 만의 강추위가 찾아왔다. 성벽 주위의 해자가 얼어붙어서 사람들이 그 위를 걸어서 왕래한 것은 왕룽의 기억으로는 처음이었다. 얼음과도 같은 찬바람이 북동쪽에서 쉴 새 없이 휘몰아쳐 양털이며 모피 옷을 입어도 추위를 막을 수가 없었다. 집안의 모든 방에 숯불을 피웠지만 그래도 입김이 하얗게 서릴 정도로 추웠다.

숙부는 벌써 오래전부터 아편만 피워 대서 살이 말라붙을 정도로 뼈만 남아 두 개의 말라 버린 말뚝처럼 날마다 침대에 누워 있기만 했고, 몸뚱이에 온기라고는 조금도 없었다. 왕룽은 숙부가 두 번 다시 자리에서 일어나지 못하게 되었으며 몸을 움직이면 피를 토한다는 말을 듣고 문병을 갔다. 숙부는 몇 시간밖에 숨이 남아 있지 않았다. 왕룽은 그리 좋다고까지는 할 수 없지만 쓸 만한 관을 두 개 사다 숙부 내외가 누워 있는 방안에 들여다 놓았다. 사후 염려는 말고 안심하라는 뜻이었다. 숙부는 떨리는 음성으로 간신히 입을 열었다.

"고, 맙, 구, 나. 네가 진정 내 자식이로구나. 어디를 떠돌아다니는지 모르는 내 친자식보다 훨씬 나아."

그러자 숙모가 말했다. 숙모는 아직도 생기가 있어 보였다.

"만일 그 아들 녀석이 고향으로 돌아오기 전에 내가 죽으면, 그 애가 대를 이을 아들을 낳도록 좋은 색시를 구해 주겠다고 약속해 줘."

왕룽은 그렇게 하겠다고 약속했다. 그는 숙부가 어느 시각에 운명했는지 몰랐다. 어느 날 저녁 하녀가 마실 것을 들고 방에 들어가 보니 이미 숙부가 죽어 있었던 것이다. 바람이 온 누리에 눈을 구름처럼 흩날리게 하던 몹시도 추운 어느 날 왕룽은 숙부의 관을 묻었다. 가족 묘지 중에서 아버지 묘보다 좀 낮게, 그리고 자기 것으로 정한 곳보다는 위에 묻었다. 그러고는 모든 가족이 상을 치러야 한다고 명령했다. 그들에게 골칫거리이기만 했지 아무것도 해준 것이 없는 이 노인의 죽음을 조금이라도 진심으로 슬퍼했기 때문이 아니라, 가족이 죽으면 훌륭한 가문에서는 마땅히 그래야 했기 때문에 그들은 한 해 동안 상장을 달았다.

숙부가 죽고 난 뒤 왕릉은 숙모를 그대로 혼자 둘 수 없어서 성내 집으로 옮기게 했다. 뜰에서 멀리 떨어진 단칸방에 누워 있게 하고, 투챈을 시켜 시종 한 사람이 붙어 있도록 했다. 숙모는 극히 만족하고 밤낮 아편을 빨며 누워만 있었다. 침대 곁 그녀의 눈앞에 관이 놓여 있는 것은 그녀에게 무한한 위안을 주었다. 왕릉은 그렇게 비대한 몸집과 혈색 좋은 살빛을 하고 큰 소리만 지르던 숙모가 무섭게만 생각되던 지난날을 돌이켜 생각하면서 지금은 여위고 깡마른 북어처럼 고요히 누워 있는 것을 이상스러워했다. 마치 몰락해 버린 황 부잣집 마나님의 운명같이 여겨졌다.

31

왕룽은 지금껏 긴 생애를 살아오며 이곳저곳에서 일어난 전쟁 이야기
를 들었지만, 젊었을 때 남쪽 도시에서 겨울을 보내던 때말고는 직접 전쟁
을 본 일이 없었다. 아이 때부터 올해는 서쪽에 전쟁이 있다든가 동쪽이
라든가 북동쪽이라는 둥 소문은 늘 듣고 있었지만, 그때보다 실감 있게 겪
은 적은 한 번도 없었다. 그에게 전쟁이라는 것은 하늘이라든가 땅이라든
가 또는 물과 같은 것이어서 왜 있는 것인지 알 수는 없으나 아무튼 있는
것만은 사실이었다. 세상 사람들이 전쟁에 나가자고 하는 말도 흔히 들었
다. 그런 말은 먹고살 길이 없어서 빌어먹는 것보다는 나을 거라고 생각
할 때였다. 그의 사촌처럼 집안에서 사는 재미가 없으니까 병정으로 나가
는 사람도 있었다. 아무튼 원인이야 어떻든 전쟁은 항상 알 수 없는 먼 곳
에서만 일어났다. 그러던 전쟁이 하늘에서 부는 때없는 바람처럼 갑자기

그의 가까이에서 일어난 것이다. 왕룽이 전쟁 이야기를 들은 것은 상점에서 점심을 먹으러 집으로 돌아온 둘째에게서였다.

"곡가가 갑자기 뛰었어요. 남쪽의 전쟁이 차츰 이리로 올라오는 모양이에요. 군대가 가까이 올수록 곡가가 올라가니까 당분간은 곡물을 팔지 말아야겠어요. 조금만 있으면 더 많이 오를 테니까요."

왕룽은 밥을 먹으면서 말했다.

"음, 그래. 희한한 일이로구나. 난 평생에 말만 들었지, 한 번도 전쟁 구경을 해 본 적이 없어. 전쟁이 어떤 것인지 궁금해서 한 번 보고 싶기도 하구나."

왕룽은 지난날 남방에서 전쟁에 붙들려 갈 뻔했던 일을 회상했다. 지금 그는 늙어서 붙들려 갈 염려는 없는 것이다. 게다가 또 그는 부자이기도 하다. 부자는 무엇이든 겁낼 일이 없다. 그래서 전쟁 이야기를 들어도 아무 관심 없이 도리어 호기심이 일어날 뿐이었다.

"곡식 처리는 네 마음대로 하렴. 네게 맡겨 둔 거니……."

그 후 왕룽은 마음 내키는 대로 손자와 놀기만 했다. 누워 있다가 먹다가 담배를 피우기도 하고 때로는 뜰의 양지쪽에서 놀고 있는 천치를 보기도 하며 하루해를 보냈다. 그러던 어느 날 어둠이 걷힌 맑은 아침에 서북방에서 갑자기 벌떼처럼 수많은 군대가 몰려왔다. 이른봄의 햇빛이 화창한 날 아침에 무엇이 지나다니는지 구경하려고 머슴과 함께 대문에 나가 있던 왕룽의 어린 손자가 회색 저고리를 입은 남자들이 길게 행렬을 지어 오는 광경을 보고는 할아버지에게로 달려가서 소리쳤다.

"할아버지 저것 봐."

기분을 맞춰 주려는 생각에 손자와 함께 문 밖으로 나간 왕룽은 길거리를 가득 채우고 성내를 가득 메우며 오는 사람들을 보았다. 묵직한 군화 소리를 내며 발맞춰 성내를 지나가는 회색 사람들의 엄청난 숫자 때문에 공기와 햇빛이 갑자기 차단되는 듯한 기분이었다. 자세히 보니 모두가 묘하게 생긴 무기 끝에 칼을 달아 메고 있었다. 병정들은 하나같이 야수처럼 무서운 표정들이었다. 어떤 군사는 아직 어린애 같으면서도 역시 그런 무서운 표정이었다. 왕룽은 황급히 손자를 끌어안으며 말했다.

"얼른 들어가서 문을 걸자. 저 사람들을 보면 못써, 아가야."

왕룽이 채 돌아서기 전에 그 많은 군사들 가운데서 그를 부르는 사람이 있었다.

"아니, 저 사람은 사촌 형님 아닌가."

이 소리를 듣고 왕룽이 그쪽을 보니 그것은 숙부의 아들이었다. 그도 똑같은 먼지투성이의 때묻은 군복을 입고 있었다. 얼굴은 다른 누구보다도 야만스럽고 흉측해 보였다. 그는 너털웃음을 터뜨리면서 동료들에게 말했다.

"자, 전우들, 여기서 묵게. 이 집은 부자고 내 친척이야."

왕룽은 그만 기겁을 하고 한동안 꼼짝도 할 수 없었다. 수많은 군사들이 물밀듯이 그의 집안으로 들어갔다. 왕룽은 그들 속에 휩싸여 어떻게 할 수가 없었다. 군사들은 넘치는 봇물처럼 앞뜰의 어느 구석 할 것 없이 밀려들었다. 어떤 자는 마루에 벌렁 눕기도 하고 어떤 자는 연못의 물을 손으로 움켜 마시기도 했다. 그리고 화려하게 조각한 탁자 위에다 함부로 총을 내던지기도 하고 아무 곳에나 침을 칵칵 내뱉고 큰 소리로 떠들어 댔다. 이 모습에 기가 질려 정신이 없던 왕룽은 손자를 끌고 맏아들의 방으로 들어갔다. 맏아들은 책을 읽다가 아버지가 들어오자 얼른 자리에서 일어섰다. 맏아들도 당황하는 아버지의 말을 듣고 어쩔 줄을 몰랐다. 하지만 당숙을 만나자 그는 욕을 해야 할지 공손하게 대해야 할지 갈피를 잡을 수가 없었다. 그저 그들의 얼굴을 바라보다가 뒤에 있는 아버지에게 신음하듯이 말했다.

"다들 총을 가졌군요."

그는 은근한 태도로 나오지 않을 수 없었다.

"자, 당숙, 집으로 돌아온 걸 환영합니다."

오촌은 너털웃음을 터뜨리면서 웃었다.

"병사들을 데리고 왔지."

"아저씨 친구 분이시라면 반가운 일이지요. 곧 식사 준비를 하지요. 앞길이 바쁘실 텐데……."

오촌은 여전히 웃음을 터뜨리면서 말했다.

"음, 그렇게 바빠 서두를 건 없어. 우리는 전투가 시작될 때까지 여기 머무르게 될 텐데 대엿새가 될지 한 달이 될지 아니면 1, 2년이 될지 모르겠어. 한동안 신세를 져야겠구먼. 식사는 준비하되 공연히 서두를 필요는 없어."

이 말에 왕룽 부자는 어안이 벙벙할 수밖에 없었다. 그러나 그들 앞에는 총칼이 번쩍이는 것이다. 싫은 얼굴을 보여서는 안 된다. 억지 웃음을 띠어 가며 간신히 야릇한 표정을 지어서 말했다.

"알았습니다. 그렇게 하고말고요."

맏아들은 접대 준비를 하기 위해서 들어가는 것처럼 살며시 아버지의 손을 잡아끌며 부리나케 안채로 들어가 빗장을 굳게 닫았다. 그들은 너무나 뜻밖의 일이라 어쩔 줄을 몰라 한동안 서로 쳐다보기만 했다. 그때 둘째가 쫓아와서 문을 두들겼다. 문을 열자 넘어질 듯 급하게 들어선 그는 숨을 헐떡이며 말했다.

　"집집마다 가난뱅이 집까지도 군사들이 꽉 차 있어요. 거절했다가는 큰 일나겠어요. 저는 이 말을 하러 왔어요. 오늘 우리 상점 점원으로 나도 잘 아는 사람이…… 매일 책상을 맞대고 있는 그 사람이 소식을 듣고 집에 돌아가 보니 아내가 병으로 누워 있는 방에까지 군사가 들어 있기에 몇 마디 했더니, 그놈들이 마치 산적꼬치를 꿰듯 그 사람을 칼로 찔러 버렸대요. 아무런 주저도 없이 그냥 쿡 찔러 죽였대요. 등까지 꿰뚫렸다는군요. 놈들이 원하는 것은 뭐든지 주는 게 좋겠어요. 될 수 있는 대로 빨리 전쟁이 딴 곳으로 옮겨지기를 빌 수밖에 없어요."

　세 사람은 침울한 얼굴로 서로 바라보았다. 그리고 이 혈기왕성하고 굶주린 사나운 병정들로부터 어떻게 여자들을 보호할 것인지 근심하는 것이었다. 맏아들은 누구보다도 먼저 그 예쁘고 현숙한 아내를 염려했다.

　"여자들은 제일 뒷방으로 옮겨 있도록 해서 밤낮 지키기로 하고, 앞문은 꼭 닫아 두고 언제든지 뒷문으로 달아날 수 있도록 해야겠어."

　그들은 지금까지 렌화가 투챈과 종만 데리고 살던 안채에 며느리들과 아이들을 전부 몰아넣고 불편이나 혼잡을 참게 했다. 그리고 맏아들은 밤낮 이들을 지켰다. 둘째도 형편대로 집에 돌아와서 밤에도 낮에처럼 열심히 지켰다. 그러나 왕룽의 사촌 동생은 친척이기 때문에 출입을 막을 수가 없었다. 그는 당당히 문을 두들겨 열게 하고 번쩍거리는 칼을 뽑아 들고는 아무 데나 돌아다녔다. 그럴 때면 맏아들은 조심스레 그의 뒤를 따라다녔는데 울화가 치밀어 올랐으나 번쩍거리는 칼 때문에 아무 말도 할수 없었다. 오촌은 여자들을 하나하나 둘러보고 비평을 했다. 맏아들의 아내를 보고는 야비하게 웃으며 말했다.

"새침하고 기품 있는 여자로구나. 성내 여자로군. 연꽃 봉오리같이 작은 발을 가졌군. 우리 조카가 색시는 제대로 잘 얻었어."

그리고 둘째의 아내에게는 이런 말을 했다.

"그래, 여긴 싱싱하고 시뻘건 고기 토막처럼 훌륭하고 튼튼한 시골 출신의 뻘건 무쪽같은 여자로구먼!"

둘째 아들의 아내는 뼈대가 굵고 몸이 비둔했다. 그러나 혈색이 좋은 얼굴이어서 결코 밉상은 아니었다. 맏아들의 아내는 얼굴이 마주치기만 하면 기겁을 하고 소매로 얼굴을 감추었지만 둘째의 아내는 그렇지 않고 활발하게 웃으면서 맞대꾸를 했다.

"뜨거운 홍당무나 붉은 고기를 좋아하는 사람도 있는걸요."

오촌은 냉큼 그 말을 받았다.

"음, 나도 좋아하지."

그리고는 그녀의 손을 잡는 시늉을 했다. 맏아들은 말을 건네서는 안 되는 남녀 간의 이 도리에 어긋난 수작을 보는 것이 창피해서 견딜 수가 없을 지경이었다. 자기보다 훨씬 지체 있는 집안에서 자란 아내 앞에서 오촌과 제수의 추태를 보기가 역겨워 아내의 얼굴을 힐끗 보았다. 오촌은 그런 눈치를 알자 심술궂게 말했다.

"그렇지. 나 같으면 이쪽 여자처럼 차갑고 맛없는 생선 조각보다 언제나 붉은 고기를 먹겠구먼."

이 말을 듣자 맏아들의 아내는 새침하게 일어나 구석방으로 들어가 버렸다. 오촌은 조심성 없이 웃어 젖히며 이번에는 담배를 피우고 있는 렌화에게 말을 걸었다.

"성내에서 자란 여자는 성미가 너무 까다로워요. 그렇잖습니까 마님?"

그는 물끄러미 렌화를 바라보며 말을 이었다.

"마님이라는 말이 정말로 잘 어울릴 만도 한 노릇이 너무나 잘 먹고 너무나 값진 음식만 먹어서인지 이렇게 산더미처럼 살이 쪄서, 만일 종형이 부자라는 걸 내가 모르고 있었다 하더라도 종형 댁을 보면 한눈에 그걸 알수 있었을 거예요. 부자 마누라들은 다 종형 댁 같은 모습이니까요."

렌화는 마님이라고 불린 것이 매우 기뻤다. 이 호칭은 큰 부잣집의 큰마누라에게만 쓰는 존칭이기 때문이다. 그녀는 살찐 목구멍을 울리면서 웃었다. 담뱃대의 재를 털어서 종에게 새로이 담배를 재우게 하고는 투챈에게 말했다.

"이 실없는 친구가 농담을 하는군."

그리고 사촌 동생에게 은근한 추파를 던졌다. 그러나 그녀는 그 옛날의 아름다운 모습이 아니다. 사람을 매혹할 아무런 힘도 없었으나 그래도 오촌은 그 모습을 보고 큰 소리로 웃으면서 말했다.

"맙소사, 옛날 솜씨가 아직도 여전하시구먼."

그는 또 한 번 웃었다. 그동안 왕룽의 맏아들은 시무룩한 얼굴로 묵묵히 서 있었다. 이윽고 왕룽의 사촌은 자기 어머니를 보러 가겠다고 했다. 왕룽은 그를 숙모의 방으로 안내했다. 숙모는 아들이 들어와도 눈을 뜨지 않을 정도로 침대에서 잠만 자고 있었다. 아들은 어머니의 침대 머리를 총부리로 쿵쿵 울렸다. 겨우 눈을 뜬 어머니는 꿈결인 양 아들을 물끄러미 쳐다보았다. 아들은 참을 수 없다는 듯이 소리를 높여 말했다.

"제가 왔는데 잠만 잡니까?"

그녀는 겨우 몸을 일으켜서 다시 한 번 아들을 보고는 이상한 듯이 말했다.

"아들이라니…… 이것이 아들……."

그녀는 한동안 아들의 얼굴을 바라보더니 어떻게 해야 좋을지 모르는 양 아편 대를 아들에게 권하는 것이었다. 그 외에는 아들을 반길 방법이 없는 것으로 생각해서인지 몸종에게 천천히 말했다.

"아편을 넣어 드려라."

그러나 아들은 어머니를 다시 들여다보더니 맥없이 말했다.

"아니, 난 싫소."

왕룽은 침대 곁에 서 있다가 사촌이 '왜 우리 어머니를 이렇게 만들었소?' 하고 나무라지나 않을까 해서 겁먹은 목소리로, "아편 값이 하루에 은화 한줌이나 들어갈 지경이어서 숙모가 덜 피우고도 만족했으면 좋겠지만, 한껏 피우고 싶어하시는데 나이도 나이니까 우리가 섣불리 노여움을 자극할 수도 없는 노릇이지." 하고 말했다. 왕룽은 일부러 탄식을 하고는 힐끗 사촌의 눈치를 살폈다. 사촌은 아무 대꾸 없이 너무도 달라진 어머니의 모습만 바라보고 있다가 어머니가 다시 누워 잠이 들어 버리자 일어서서 총을 지팡이처럼 흔들면서 나와 버렸다.

왕룽의 가족들이 집안에 아무렇게나 진을 치고 있는 그 많은 병정들보다도 가장 미워하고 무서워하는 사람은 이 사촌 동생이었다. 물론 다른 병정들도 난폭하기는 했다. 그들은 정원수의 가지를 함부로 자르기도 하고 화초를 마음대로 꺾으며 그 흉한 신발로 곱게 조각한 의자에 홈을 내기도 하고 금붕어를 기르는 곳에 자꾸만 더러운 것을 넣어서 죽은 붕어가 물 위에 떠다녀 썩곤 했다. 그러나 그런 것들은 약과였다. 왕룽의 사촌 동생이 더욱 큰 골칫덩어리였다. 그는 마음대로 안채에 드나들면서 계집종들을 못살게 굴었다. 왕룽과 아들들은 걱정이 되어 제대로 잠을 못 자서 핼쑥하고 푹 꺼진 눈으로 서로를 쳐다보곤 했다. 보다 못해 투챈이 말했다.

"별 도리 없어요. 그 사람이 여기 머무르는 동안 그 사람 마음에 드는 종을 한 사람 안겨 주는 것이 좋겠어요. 그렇지 않고는 엉뚱한 사람이 피해를 입을지 모르니……."

이제 더 이상은 귀찮은 일을 감당해 낼 수 없을 것 같아 왕룽은 투챈의 의견에 찬성했다.

"그게 좋겠군."

그는 투챈을 사촌 동생에게 보내서 그가 본 계집종 중에서 누가 가장 마음에 드는지를 물어 오게 했다. 투챈이 돌아와서 대답했다.

"마님 침대 곁에서 시중드는 얼굴이 희고 조그만 계집아이가 좋대요."

그 종은 리화(梨花)라고 하는, 흉년이 들던 해에 작고 가련한 모습으로 거의 굶어 죽어 가는 것을 왕룽이 산 아이였다. 왕룽의 가족들이 모두 불쌍하고 가엾게 여겨 투챈의 일을 거들게 하고 렌화의 담배 심부름이나 차 심부름 등 쉬운 일만 시켜 왔던 것이다.

투챈이 이런 이야기를 할 때는 마침 온 가족이 안채에 모여 있었다. 리화는 렌화의 차를 따르다가 이 말을 듣자 주전자를 떨어뜨리고는 울음을 터뜨렸다. 온 방바닥에 찻물이 홍건했으나 리화는 정신없이 렌화 앞에 엎드려 울부짖으면서 애원했다.

"마님, 살려 줘요. 저는 그 사람이 무서워요. 나는 죽어도……."

렌화는 계집종의 이러한 태도가 못마땅한 듯이 성을 발끈 내며 소리질렀다.

"그도 남자야. 남자는 처녀하고 자리를 같이 하면 누구나 다 똑같게 마련인데 넌 왜 이렇게 야단이냐?"

그리고 투챈을 돌아다보며 말했다.

"이 애를 그 사람에게 데려다 줘라."

그러자 어린 하녀는 가련하게 두 손을 모아 잡고 그 자그마한 몸을 벌벌 떨며 울다가 울부짖고 애원하면서 이 얼굴 저 얼굴 둘러보았다. 아들들은 아버지의 아내 되는 렌화에게 거역하는 말을 할 수가 없었다. 그리고 아내들도 남편들이 아무 말 없었기 때문에 따지고 들어서 이러니저러니 말할 수도 없는 노릇이었다. 셋째도 팔짱을 끼고 그 검은 눈썹을 한일자로 찡그리고는 역시 묵묵히 바라볼 뿐이었다. 이들 가족이나 종들이나 모두 서로 얼굴만 쳐다볼 뿐 방안에는 리화의 떨리는 울음소리만이 가득했다.

본래 마음씨가 여린 왕룽은 울렁거리는 마음으로 어떻게 해야 좋을지 몰라 계집아이를 바라보았다. 렌화의 마음을 거슬리게 하는 것도 어려운 일이었지만 계집아이가 불쌍했다. 이런 마음을 안 리화가 그만 왕룽 앞에 엎드려 흐느껴 울기 시작했다. 그는 리화를 굽어보고는 그녀의 어깨가 얼

마나 가냘프고 그 어깨가 얼마나 슬프게 들먹이는지를 보았고, 젊은 시절
이 오래전에 다 지나간 사촌 동생의 커다랗고 더럽고 사나운 몸뚱이가 떠
올랐다. 그는 투챈을 보며 인자하게 말했다.

"글쎄, 이 어린것을 억지로 보낼 필요는 없는데……."

왕룽의 말은 지극히 부드러웠지만 렌화는 팩 내쏘았다.

"시키는 대로 해라. 여자란 누구나 한 번씩 있는 일을 가지고 왜 그래?
왜 울고불고 이 야단이냐, 야단이."

그러나 왕룽은 인정이 많고 인자했다. 그는 렌화에게 다시 말했다.

"다른 방법을 생각해 보지. 만일 당신이 원한다면 다른 종을 사 줘도 좋
고 뭐든지 원하는 것을 사 주겠어. 다만 방법을 생각해 보도록 하지."

전부터 괘종시계와 루비 반지가 갖고 싶었던 렌화는 갑자기 입을 다물
었다. 왕룽은 투챈에게 말했다.

"그 녀석한테 가서 그 애는 나쁜 병이 있다고 해. 그래도 좋다면 보내겠
지만 우리와 마찬가지로 그것이 무서우면 다른 튼튼한 계집을 주겠다고
말해 봐."

왕룽은 곁에 있는 다른 계집종들을 둘러보았다. 모두 부끄러운 듯이 외
면을 하면서도 킥킥 웃었다. 그중 나이 스물이 넘은 듯한 계집 하나가 얼
굴을 붉히고 웃으면서 말했다.

"저라도 좋다면…… 전 이런 얘기를 많이 들었고, 그만하면 별로 흉측
한 남자도 아니니까 만일 그분만 좋다면 제가 나서 보고 싶은데요."

왕룽은 안심이 되었다.

"그래, 그렇다면 가거라."

투첸은 재빨리 그 계집에게 일렀다.

"내 뒤에 꼭 붙어서 오너라. 어쨌든 그 사람은 닥치는 대로 아무 과일이나 따먹는 그런 남자일 테니까."

그리고 두 사람은 방을 나섰다. 그러나 울음을 그친 리화는 아직도 왕룽의 발목에 붙어 있으면서 주위의 동정을 살피는 것이었다. 그녀 때문에 아직도 화가 난 렌화는 몸을 일으켜 아무 말도 없이 자기 방으로 들어갔다. 왕룽은 조용히 리화를 일으켰다. 리화는 부스스 일어나 고개를 숙인 채 섰다. 왕룽은 처음으로 그녀의 얼굴이 타원형으로 예쁘고 불그스레한 입술을 가진 귀여운 모습임을 발견했다. 그는 친절하게 말했다.

"마님의 마음이 풀릴 때까지 2, 3일 동안 곁에 가지 말아라. 그리고 그 녀석 눈에 안 띄도록 숨어 있어. 언제 그 녀석이 들어와 너를 달라고 할지 모르니까……."

리화는 정열이 가득 찬 눈으로 왕룽을 쳐다보았다. 그리고 그림자처럼 고요히 물러갔다. 사촌 동생은 달포 가량 이곳에서 지내며 생각날 때마다 계집종과 지냈다.

그녀는 그의 아이를 배고 그 말을 온 집안에 퍼뜨리며 다녔다. 그때 별안간 전쟁이 시작되어 병사들은 겨가 바람에 흩날리듯 갑자기 떠나갔다. 뒤에 남은 것은 오물과 그들이 저지른 파괴의 흔적뿐이었다. 사촌 동생은 허리에 칼을 차고 어깨에 총을 메고는 집안 사람들 앞에 서서 빈정대는 어조로 말했다.

"나는 두 번 다시 오지 않을지 모르지만 그 대신 나의 후손을, 어머니의 손자를 남기고 간다. 한 달이나 두 달 정도 묵은 곳에다 아이를 남기고 간다는 것은 누구나 할 수 있는 쉬운 일이 아니야. 그것이 군사 생활의 고마운 점이지. 뿌린 씨가 뒤에서 싹이 트면 남이 길러 주는 거야!"

그는 모두에게 코웃음을 안겨 주고 동료들과 함께 가 버렸다.

32

군사들이 떠나간 후 왕룽과 맏아들, 둘째 아들 이렇게 세 사람은 오랜만에 의견의 일치를 보았다. 그것은 쑥밭이 되다시피 한 집안을 깨끗하게 수리한다는 것이었다. 그래서 많은 목수와 미장이들을 불렀다. 머슴들을 시켜 뜰을 말끔히 청소하도록 하고 목수들에게는 깨진 의자랑 탁자를 잘 수리하도록 했다. 연못들에는 오물을 퍼내고 깨끗한 물을 넣었으며, 또다시 맏아들이 금붕어와 얼룩잉어들을 사다 넣었다. 그리고 정원수도 새로 심고 살아 있는 나무들의 가지도 모양 좋게 전정(剪定)을 해서 일년쯤 지나자 집안은 예전과 같이 화려한 모습을 되찾았다. 꽃도 아름답게 피어나고 식구들도 예전과 같이 모두 자기 방을 차지하게 되었다.

왕룽은 사촌 동생과 지내던 계집종에게 숙모의 뒷바라지를 하게 했다. 숙모의 목숨은 얼마 남지 않은 것 같았다. 죽고 난 뒤의 처리를 그 계집종

에게 시킬 작정이었다. 더욱 안심인 것은 그 계집종이 낳은 애가 다행히
도 계집아이였던 것이다. 만약 그 애가 사내아이였더라면 그녀는 잘났다
고 뽐내며 집안에서 자리를 하나 차지하려고 나섰겠지만, 계집아이를 낳
았으니 계집종이 계집종을 낳은 셈이어서 그녀의 신분은 전과 달라진 게
없었다. 왕룽은 누구에게나 정당하게 처리하는 것처럼 그녀에 대해서도
그렇게 할 생각이었다. 그래서 숙모가 세상을 떠난 뒤 그녀가 원한다면
숙모의 방과 침대를 주겠다고 약속했다. 방이 60개나 되니 한 개쯤 주어
도 아쉬울 것이 없었다. 또 왕룽은 그녀에게 돈도 약간 주었다. 계집종은
오직 한 가지를 제외하고는 충분히 만족했다. 왕룽이 돈을 주었을 때 계
집종은 그 한 가지를 말했다.

"그 돈은 저의 결혼 지참금으로 줄 수 있도록 맡아 주십시오. 그리고 만
일 귀찮지만 않으시다면 농군이나 마음씨 좋은 가난한 사람에게라도 시
집을 보내 주세요. 그러면 주인님은 덕을 쌓으시게 되는 겁니다. 부탁입
니다. 사내를 알고 나니 혼자서는 허전해서 못 살겠습니다."

왕룽은 가볍게 고개를 끄덕였다. 그리고 그것을 승낙했을 때 이런 일이
머리에 떠올랐다. '나는 이 계집아이를 가난한 사람에게 시집보낼 약속을
했다. 그러한 나도 전에는 가난한 사내로서 여편네를 얻으려고 이 집에
들어온 적이 있다.' 한동안 그는 오란의 일을 생각한 적이 없었다. 그리고
지금 그녀 생각을 하자 비통하다기보다 마음이 무거운 아련한 애수를 느
꼈다. 먼 옛날 일로 지금은 너무나도 멀리 그녀와 떨어져 버렸다. 그는 우
울하게 말했다.

"저 아편을 빨고 있는 늙은이가 돌아가시면 서방을 구해 주지. 이젠 오

래 살 목숨도 아니니까."

어느 날 아침 계집이 와서 말했다.

"이른 아침에 잠도 깨지 않은 채 노마님이 돌아가셔서 제가 입관을 시켰습니다. 그러니 이제는 약속을 지켜 주세요, 주인님."

왕룽은 자기 논밭에서 일하는 사내 중에서 누가 없을까 생각해 보다가 칭 서방을 죽게 만든 뻐드렁니의 그 젊은이를 생각해 냈다. '그렇지, 그 녀석이 좋겠군. 그때 일만 해도 녀석이 일부러 그런 것은 아니었으니까. 다른 녀석들과 마찬가지로 선량한 놈이지. 지금 그 녀석밖에 생각나지 않는군.' 왕룽은 곧 그 젊은이를 부르러 보냈다. 앞에 와 서 있는 것을 보니 그는 훌륭한 어른이 다 되어 있었지만, 여전히 예의범절도 모르고 뻐드렁니는 그대로였다. 왕룽은 야릇한 기분으로 대청마루의 큰 의자에 앉아서 두 사람을 앞에 불렀다. 그는 이 이상한 돌고 도는 세상의 쾌감을 마음껏 누리면서 말했다.

"자, 봐라. 이 여자 말인데, 네가 좋다면 아내로 맞아도 좋다. 내 사촌 동생말고는 아무도 이 여자를 모른다."

뻐드렁니가 좋아했다. 그녀는 튼튼한 시골 태생에다 마음씨가 곱고, 더구나 그는 가난했기 때문에 이런 여자가 아니고서는 결혼을 할 수도 없는 처지였다. 두 사람이 물러간 뒤 의자에서 내려온 왕룽은 이것으로써 그의 생애가 한 바퀴 돈 듯했다.

그는 평생에 해 보고야 말겠다는 일을 모두 성취한 느낌이었다. 그리고 꿈에도 생각지 않았던 여러 가지 일도 무난하게 이룩해 놓았는데, 도대체 그것이 어떻게 모두 가능했는지 그로서는 납득이 가지 않았다. 그는 이제 모든 근심을 덜어 버리고 편안히 양지쪽에서 낮잠이나 자며 지낼 수 있을 것이라고 생각했다. 그럴 만한 시기도 되었던 것이다. 그의 나이가 벌써 예순다섯이나 되었다. 손자들은 콩나물처럼 자라났다. 맏아들에겐 열 살 나는 손자를 맏이로 손자가 모두 셋이고, 둘째에게도 손자가 둘이나 된다. 머지않아 셋째도 장가를 들여야 할 것이고 그것만 끝나면 그의 삶에는 더 이상 걱정거리가 남지 않아 평화로움을 누릴 수 있으리라.

그러나 세상일이란 그렇게 생각한 대로 되는 것이 아니다. 군사들이 지나간 것이 큰 벌떼가 지나간 것처럼 곳곳에 그 독한 침을 남겨 두었다. 맏며느리와 둘째 며느리가 그때까지는 따로 살았기 때문에 사이 좋게 지냈으나, 군사들이 몰려와 있는 동안 한곳에 모여 사는 사이에 서로 굉장한 증오를 품고 몹시 미워하기 시작했다. 같이 어울려 놀던 꼬마들이 말썽을 일으켜 싸우게 되면 그대로 뛰쳐나가 자기 아이의 편을 들었다. 상대방 아이의 따귀를 갈겨 주고 자기 아이는 야단도 치지 않는 식이었다. 자기 아이는 어떤 싸움에서도 늘 옳은 것이다. 두 여자는 이렇게 반목을 굳혀 갔다. 게다가 그 사촌 동생이 시골 태생의 아내를 치켜세우고 성내 태생의 아내를 비웃은 것이 잊지 못할 사건으로 마음에 걸려 있었다. 맏아들의 아내는 손아래 동서 앞을 지나갈 때면 거만하게 몸을 젖혔다. 어느 날 서로 지나치면서 그녀는 큰 소리로 남편에게 말했다.

"뻔뻔스럽고 상스럽게 자란 계집이 식구 중에 있으니 견딜 수가 없군요. 놈팡이한테 붉은 고기라는 말을 듣고도 웃어 넘기다니 말예요."

그러나 둘째의 아내도 질세라 큰 소리로 되받아 넘겼다.

"형님은 사내한테 찬 생선 소리를 들었다고 나를 경멸하시는데……."

두 여자는 증오와 성난 표정으로 서로 노려보았다. 그러나 첫째 며느리는 예절을 지키는 것을 자부하고 있었기 때문에 그 말에 대꾸하지 않았다. 그저 묵묵히 상대방을 멸시하고 언제나 손아래 동서를 무시했다. 그러나 자기 아들이 방에서 밖으로 나가려 하자 큰 소리로 불렀다.

"상스럽게 자란 애들과 놀면 못써."

그러자 상대인 동서도 지지 않고 자기 아이들에게 말했다.

"뱀 새끼들과 놀다가는 물릴 테니까 가까이 하지 마라."

두 여자의 사이는 날이 갈수록 심각해져 갔다. 맏아들과 둘째 사이도 원만치 않았기 때문에 이 갈등은 더욱 심해질 뿐이었다. 맏아들은 성내에서 자라난, 자신들보다 신분이 좋은 자기 아내에게 경멸당하는 것을 극히 두려워했다. 둘째는 형의 씀씀이가 헤프기 때문에 분가하기 전에 재산을 마구 축내지 않을까 하는 것이 걱정이었다. 또 형의 입장에서 보면 자신이 상속받을 재산을 동생이 맡아서 관리하는 데에 불만이 있었다. 모든 돈이 아버지 손에 들어가서 아버지 손에서 나가는 것인데 그 액수를 동생은 알고 있지만 자신은 알 수 없었다. 돈 쓸 일이 생기면 마치 아이들처럼 아버지에게 타 쓰는 것이 부끄럽기도 했다. 그래서 안사람들끼리의 싸움이 곧 형제간의 싸움으로 발전하기 일쑤였고, 두 가족이 기거하는 집안이 온통 분노로 가득 차서 평화가 사라지자 낙심한 왕룽은 혀만 찼다.

또 왕룽도 롄화와의 사이가 옛날 같지 않았다. 사촌 동생으로부터 리화를 구해 준 이후로 롄화와의 사이에 갈등이 일어나기 시작했다. 리화는 그때부터 롄화의 눈에서 벗어나고 말았다. 전날과 다름없이 충실하게 하루 종일 롄화의 곁에서 담배 심부름이랑 온갖 잔일을 하고, 밤에도 롄화가 잠이 오지 않는다고 하면 렌화의 팔다리를 주무르고 온몸을 안마해 주며 비위를 맞추려고 했어도 렌화는 탐탁히 여기지 않았다. 렌화는 리화를 질투하고 있는 것이었다. 왕룽이 그녀 방에 들어올라치면 곧 리화를 바깥으로 내보내고는 왕룽에게 그 계집아이에게 맘이 있는 것이 아니냐며 투정을 부렸다. 그러나 왕룽으로서는 불쌍한 애를 구원해 준 것뿐이고 자기 딸인 천치 아이를 불쌍히 여기는 것과 마찬가지였을 뿐 그 이상 아무 생각도 없었다. 그런데 막상 이렇게 렌화가 우겨 대는 바람에 관심을 가지고 보니 과연 리화는 아름다운 계집이었다. 그 이름대로 배꽃처럼 청초했다. 그녀를 유심히 바라보노라니 이 10여 년 동안 고요히 늙어 가던 피가 새삼스럽게 끓어오르기 시작했다.

"그게 무슨 소리야? 당신은 일년에 세 번도 안 찾아가는 나를 무슨 욕정덩어리라고 생각하는 모양이지."

웃으면서 렌화에게 이렇게 대꾸하는 왕룽은 속으로는 젊은 리화에게 마음이 쏠리기 시작했다. 렌화는 다른 일에는 무식하지만 남녀 관계에 대해서만은 그렇지 않았다. 늙은 후라도 남자의 젊음이란 잠깐 다시 깰 때가 있음을 알았다. 그래서 리화를 질투하는 것이고 그녀를 찻집에 팔겠다는 말까지 꺼냈다.

그러나 한편 렌화는 늙어 버린 투챈만으로는 편히 지낼 수가 없을 뿐더러 영리한 리화를 그냥 데리고 있고 싶은 생각도 있었다. 리화는 언제나 주인인 렌화의 마음을 짐작해서 모든 것을 처리해 주기 때문에 일상 생활에 조금도 불편함이 없었다. 그래서 팔아 버리고 싶기도 하지만 다른 한편으로는 그러기가 싫었던 것이다. 렌화가 이런 걱정을 하는 것은 처음 있는 일이었다. 마침내 그녀는 이 일로 해서 신경질적이 되었고, 그녀가 이렇게 신경질을 부리자 왕룽은 한동안 렌화의 방에 가지 않았다. 다 일시적인 현상이니 날이 지나면 괜찮겠지 하고 왕룽은 생각했다. 그런데 그는 자신도 이해하지 못할 만큼 리화에게 자꾸 마음이 쏠렸다.

그때 집안의 여자들이 모두 제멋대로 날뛰는 것만으로는 걱정거리가 아직 모자란다는 듯이 왕룽의 셋째가 문제를 또 일으켰다. 언제나 말이 없는 청년이고 공부에만 정신을 팔고 있었으므로 가족들은 모두 그에게 관심이 없었다. 항상 책만 들고 있고 갈대처럼 호리호리하며, 늙은 가정교사가 충실한 개처럼 그의 뒤를 따르고 있는 것만이 가족들 눈에 띌 뿐이었다. 하지만 군사들이 이곳에 와서 머무는 동안 그들과 함께 지냈던 셋째는 그들이 늘어놓던 전쟁과 약탈과 전투에 관한 얘기를 황홀해서 아무 말도 않고 열심히 듣고는 했다. 그들이 떠난 후 그는 늙은 가정교사에게 부탁해『삼국지』,『수호지』같은 책만 구해다 읽고 그의 머리는 그런 소설 같은 모험적인 꿈에만 쏠렸다. 마침내 그는 아버지에게 말했다.

"전 제가 무엇을 해야 할지를 알아냈어요. 전 군인이 되어 전쟁터로 가겠습니다."

왕룽은 깜짝 놀랐다. 그가 지금껏 받은 충격 중에 이보다 더한 것이 없었다. 그는 버럭 소리를 질렀다.

"이 무슨 미친 소리냐? 도대체 자식놈들은 왜 나를 가만 내버려두지 않는단 말이냐!"

그러나 다음 순간 아들의 굵고 검은 눈썹이 한일자로 쭉 그어지는 것을 보자 곧 다정한 어조로 말을 잇기 시작했다.

"속담에 좋은 쇠는 못을 만들지 않고 좋은 사람은 병정이 되지 않는다고 했다. 너는 소중한 내 자식이야. 네가 군대에 나가서 여기저기 전쟁을 하고 다닌다면 내 어찌 잠을 이루겠느냐?"

그러나 청년은 결심이 굳어 있었다. 아버지의 얼굴을 바라보면서 한일자의 검은 눈썹을 약간 부드럽게 해 보였을 뿐 다시 굳은 어조로 말했다.

"그래도 군인이 되겠어요."

왕룽은 어떻게 해서라도 아들의 결심을 돌려보려고 더욱 부드러운 말씨로 말했다.

"네가 공부를 한다면 남방의 학교든, 희한한 것을 가르치는 외국 학교든 네 좋을 대로 보내 주마. 네가 군대에만 안 간다면 네 소원대로 해줄 테야. 나같이 돈도 있고 큰 농장을 가지고 행세하는 사람이 자식을 군대에 보낸다면 그런 남부끄러운 일이 어디 있겠니?"

아들은 아무 말도 없었다. 왕룽은 타이르듯이 다시 말을 계속했다.

"무엇 때문에 군인이 되겠다는 건지 그 이유나 좀 알자."

아들은 갑자기 눈을 번쩍이며 대답했다.

"지금껏 들어 보지 못한 큰 전쟁이 일어납니다. 지금까지 생각도 못했던 그런 혁명과 투쟁과 전쟁이 지나간 뒤 우리 나라에 진정 자유로운 해방이 올 것입니다."

왕룽은 놀랐다. 지금껏 셋째로부터 한 번도 들어 본 적이 없는 놀라운 말이었다.

"무슨 이야기인지 난 못 알아듣겠구나! 우리 나라가 해방되지 못한 것이 뭐란 말이냐. 먹고 싶은 대로 먹고, 또 돈도 맘대로 벌 수 있고 농사도 맘대로 지을 수 있는데. 그래서 너희들도 마음대로 입고 먹고 하질 않느냐. 그 이상의 자유란 뭐라는 거냐?"

아들은 쓴웃음을 지으면서 중얼거렸다.

"아버지는 모르실 겁니다. 나이가 많아서 아무것도 모르십니다."

왕룽은 아들의 얼굴만 쳐다보았다. 그 젊은 얼굴은 고민하는 표정이었다. 왕룽은 다시 생각해 보았다. '나는 이 아들에게 무엇이든 해주었다. 심지어는 생명까지도 주었다. 이 아들은 모든 것을 나한테서 얻었어. 심지어 나는 이 아이가 땅에서 떠나도록 허락해 주어 나 다음에 땅을 맡아 돌보아 줄 아들도 없어졌고, 우리 집안에서는 벌써 두 명이나 깨우쳤으니 그럴 필요가 없는데도 이 아이가 읽고 쓰는 걸 배우게 했어.' 이렇게 생각하면서 아들의 얼굴을 또 한 번 쳐다보았고 다시 생각에 잠겼다. '이 아이가 가진 모든 것은 나로부터 받아 간 것이 아니냐.' 그는 아들을 유심히 보았다. 아직도 어려서 갈대처럼 가냘프기는 해도 이미 어른만큼 키가 자랐다. 그러나 욕정 같은 것이 아직 눈에 띄지 않았기 때문에 그는 망설이며 작은 소리로 중얼 댔다.

"음 그렇지, 한 가지 부족한 것이 있겠다. 그래 장가를 보내 주마."

그러자 아들은 갑자기 찡그린 눈썹 밑으로 불타는 듯 번쩍이는 눈을 두리번거리며 말했다.

"그러시면 저는 정말 도망해 버리겠어요. 저는 여자로 형님들처럼 만사 해결이 되진 않습니다."

왕룽은 셋째를 잘못 보았다는 생각이 들자 변명하듯이 재빨리 말했다.

"아니, 아니…… 너를 장가보낸다는 것이 아니다. 내가 말한 것은 네가 좋아하는 계집종이라도 있다면 말이다."

"저는 다른 청년과는 다릅니다. 저는 이상이 있어요. 남다른 영광을 꿈
꾸고 있습니다. 계집이란 어디에나 있어요."

여기까지 말한 아들은 잊었던 것을 갑자기 깨친 듯이 그 교만스럽던 태
도를 고쳐 양손을 축 내리고는 평범한 어조로 다시 말을 이어 갔다.

"그뿐 아니라 우리 집 종들처럼 하나같이 못생긴 계집도 없을 거예요.
저는 관심도 없는 일이지만 혹시 관심이 있다 해도, 글쎄요, 안채에서 시
중드는 피부가 하얗고 어린 종 이외에는 이 집엔 예쁜 아이가 하나도 없어
요."

이 말을 듣자 왕룽은 그 말이 리화를 의미한다는 것을 알고 이상한 질투
심을 느꼈다. 그는 갑작스레 노인이 되어 버린 듯했다. 늙었고 백발이고
몸이 지나치게 비둔해진 것 같았다. 그리고 셋째가 떳떳한 장부인 것을
새삼 발견했다. 이 순간 그들은 부자가 아니고 한갓 두 사람의 사내인 것
이다. 청년과 늙은이인 것이다. 왕룽은 성이 났다.

"종년들에게 한눈을 팔면 못써. 집안에서의 방탕한 행동은 용서 못한
다. 우리는 훌륭하고 건전한 촌사람이니까 예의를 지켜야 해. 그따위 짓
은 절대 용서 못해."

아들은 눈을 휘둥그레 뜨고 눈썹을 올리며 말했다.

"처음에 아버지가 말씀하시지 않았습니까?"

그러고는 밖으로 나가 버렸다. 왕룽은 혼자 자기 방에 앉아서 하염없는
슬픔과 고독을 느꼈다. 그리고 중얼거렸다. '그래, 난 내 집에서도 평화를
누릴 수가 없어.' 마음속은 갈피를 잡을 수가 없어 뒤숭숭하고 가지가지

의 분노가 끓어올랐다. 왜 그런지 자신도 이해할 수 없었으나 가장 분한 생각이 치받치는 일은 셋째가 리화에게 눈독을 들인다는 점이었다.

33

왕룽은 셋째가 리화에 대해 한 말이 언제나 머리에서 떠나질 않았다. 그래서 그는 리화가 드나들 때마다 결코 눈을 떼지 않았다. 그 자신도 모르게 리화만 생각하고 있었던 것이다. 모든 마음이 거기에만 가 있었다. 그러나 누구에게도 그런 말을 하지 않았다.

그해 첫여름의 어느 날 밤이었다. 따뜻한 실바람이 신록과 꽃 향기에 묻혀 살랑대던 밤이었다. 뜰의 계수나무 밑에 앉아 있자니 꽃 향기가 코를 찌르는 듯했다. 그의 혈관에서는 청춘 시절의 그것과 같이 온몸의 피가 뛰는 것을 느꼈다. 그날은 아침부터 그랬던 것이다. 그는 땅으로 걸어나가 발 밑에 밟히는 훌륭한 대지를 느끼고 신발과 양말을 벗어 버린 채 살에 닿는 흙의 감촉을 느껴 보고 싶은 심한 충동을 느꼈다. 그러나 지금의 그는 농군이 아닌 성내의 대지주인 것이다. 맨발로 걷는 것이 남의 눈에 띄기라도 한다면 부끄러운 일이기 때문에 안절부절못하는 마음을 가라앉히려고 온종일 뜰에서 서성거렸다. 다만 렌화가 담뱃대를 물고 앉아 있는 나무 그늘 밑으로는 가지 않았다. 렌화는 남자의 마음을 잘 꿰뚫어 보기 때문에 만약 가까이 갔다가 그 들뜬 마음을 눈치챌 것이 무서웠던 것이다.

그는 혼자서 어슬렁어슬렁 거닐었다. 언제나 아옹다옹 싸우기만 하는 며느리들도 보기 싫고, 평상시라면 좋아서 상대하던 손자들도 이날만은 가까이 하고 싶지 않았다. 이 하루가 왕룽에게는 무척 지루했다. 그리고 허전한 생각이 들고 뜨거운 피가 혈관 속에서 꿈틀거렸다. 셋째가 잊혀지질 않았다. 딱 벌어진 체격에 씩씩한 얼굴, 검은 눈썹이 한일자로 붙은 모습이 눈앞에 보이는 듯했다. 그리고 리화에 대한 생각이 머리에서 사라지지 않았다. 그는 혼자 생각해 보았다. '그들은 나이가 잘 어울리겠구먼. 셋째는 이제 열여덟이지만 리화는 아직 열여덟이 못 되었을 게야.' 그는 자신의 나이가 벌써 일흔에 이른 것을 생각하고 문득 지금의 정열이 부끄러워졌다. 그리고 마음속으로 리화를 그놈에게 주는 것이 옳은 일이라고 생각했다. 그는 몇 번이고 그렇게 되풀이했다. 그럴 때마다 저리고 아픈 가슴에 칼을 들이대는 듯한 느낌이었다. 그래도 그는 자꾸 쑤시는 아픔을 참고 그렇게 생각하지 않을 수 없었다.

이 하루는 그에게 한없이 지루하고 쓸쓸한 날이었다. 해가 벌써 저물었어도 그는 그대로 뜰에 앉아 있었다. 그의 처소에 혼자 앉아 있으면서도 집안에서 그가 친구로서 찾아갈 사람은 아무도 없었다. 밤 공기는 계수나무 향기를 담뿍 품었다. 그 계수나무는 중문 바로 가까이 있었다. 그가 그 밑에 앉아 있으려니 어둠침침한 속을 스치는 사람의 그림자가 보였다. 자세히 보니 리화였다.

"리화냐?"

왕룽의 목소리는 속삭이는 것 같았다. 그녀는 황급히 발을 멈추고 그 말소리가 이상한 듯 고개를 숙인 채 귀를 기울였다. 왕룽은 자신의 목에서 흘러나오는 것 같지 않은 음성으로 그녀를 불렀다.

"이리 온……."

리화는 왕룽의 목소리를 듣고 겁에 질려 대문을 지나 주저주저하면서 그의 앞으로 다가섰다. 늙은 눈인지라 희미하기도 하거니와 어둠 속이라 리화의 모습을 똑똑히 볼 수가 없었다. 다만 그의 앞에 있다는 감촉을 느끼자 그는 곧 손을 뻗쳐 옷자락을 잡고는 거의 숨이 막힐 듯한 어조로 말했다.

"애야……."

그의 말은 여기서 멈췄다. 그는 자신이 늙었고 이 아이가 손녀뻘이라는 것을 생각하니 더 이상 입이 떨어지지 않았다. 다만 리화의 옷자락에 손을 댈 뿐이었다. 왕룽의 말을 기다리던 리화는 그가 흥분한 것을 알아채자 줄기가 부러진 꽃처럼 몸을 수그리고 미끄러져 땅바닥으로 내려가 그의 두 발을 끌어안고 엎드렸다. 그가 천천히 말했다.

"애야, 나는 노인이다. 너무 늙었어."

"저는 노인이 좋아요…… 모두 친절하시니까."

리화의 음성은 계수나무 꽃 향기처럼 어둠 속에서 하늘거렸다. 왕룽은 몸을 약간 굽히고 부드럽게 말했다.

"너같이 예쁜 애는 키가 크고 씩씩한 젊은 청년에게 시집을 가야 해…… 너같이 얌전한 애는……."

이렇게 말하면서 마음속으로는 '셋째 같은 청년에게 말이다.' 하고 중얼거렸다. 그러나 그렇게 입 밖에 내지 않은 것은 리화가 그런 생각을 한다는 것은 지극히 불쾌한 일이기 때문이다. 그러나 그녀는 말했다.

"젊은이는 친절하지 않고 사납기만 해요."

왕룽은 그의 발치에서 들려오는 자그마하고 어린애 같은 떨리는 목소리를 듣자 이 계집종에 대한 사랑이 커다란 물결처럼 마음속에서 솟구쳐 올라왔다. 그는 고요한 리화를 안아 일으켜 방안으로 데리고 갔다. 왕룽은 젊은 시절의 정열보다 노경에 들어서서의 이 색다른 애욕에 스스로 놀라지 않을 수 없었다. 리화를 사랑하면서도 그는 지금까지 다른 여자들을 대한 것처럼 열렬한 충동은 받지 않았다. 그는 고요히 리화를 품고 누워서 무겁고 늙은 살에 그녀의 청춘을 느끼는 것만으로도 만족할 뿐이었다. 낮이면 리화를 바라보는 것과 그녀의 옷이 스치는 것만으로 만족하고, 밤이면 그녀의 몸뚱이가 그의 곁에 누워 있는 것만으로 만족할 뿐이었다. 이만큼 사랑하면서도 다만 그것만으로 만족할 수 있는 그의 애욕에 왕룽 자신도 이상함을 느꼈다.

리화는 정열이 없는 계집이었다. 그녀는 왕룽에게 어버이처럼 매달릴 뿐이었다. 왕룽으로서도 리화를 한 이성으로 느끼기보다는 딸자식같이 여기는 것이었다. 자신의 집에서 웃어른인 왕룽은 그럴 필요가 없었으므로 전혀 아무 얘기도 하지 않았고, 그래서 그가 무엇을 했는지 알려지지 않았다. 그러나 누구보다도 재빨리 이 사실을 발견한 것은 투챈의 날카로운 눈이었다. 투챈은 어느 날 새벽 리화가 왕릉의 방에서 나오는 것을 보자 빙그레 웃으면서 솔개 같은 늙은 눈을 치켜뜨며 말했다.

"어쩌면…… 황 영감님과 똑같은 일이 생겼군."

방안에서 이 소리를 들은 왕룽은 곧 밖으로 나와 어색한 웃음을 지으며 일변 자랑스런 듯이 나지막한 소리로 말했다.

"난 젊은 사람한테로 시집가는 것이 좋겠다고 했는데도 그게 자꾸 늙은 사람이 좋다고 해."

"마님에게 일러바칠 멋진 얘기가 생겼군요."

투챈은 심술궂은 눈을 번뜩였다.

"나도 어떻게 해서 이렇게 된 것인지 모르겠어. 그런 생각이 없었는데 어쩌다 이렇게 됐구먼……."

"글쎄요. 어쨌든 마님한테 말씀드려야 되겠어요."

렌화가 질투할 것이 두려웠던 왕룽은 투챈에게 통사정을 했다.

"그럴 생각이라면 렌화한테 얘기는 하되 내 면전에서 렌화가 화내지 않도록 잘만 해주면 은전을 톡톡히 주겠네."

웃으면서 머리를 절레절레 흔들던 투챈은 곧 승낙했다. 왕룽이 방으로 들어와서 잠시 기다리는데 투챈이 돌아왔다.

"그 얘기를 했더니 처음엔 펄펄 뛰셨어요. 그래서 영감님이 말만 하시고 마님께 아직 사 주지 않은 외국제 외투와 보석 반지 얘기를 하고 원하는 대로 무엇이나 다 얻게 된다니까 그렇다면 좋대요. 그리고 리화는 보기도 싫으니 마님 방으로 절대 보내지 말고 영감님도 한동안 싫으니까 오시지 말래요."

왕룽은 좋아서 곧 그러라고 했다. 그는 렌화가 원하는 대로 사 주었다. 그녀의 속이 풀릴 때까지 가까이 못 간다는 것도 고마웠다. 그러나 아직 셋째가 알게 되리라는 것이 걱정거리였다. 아들들이 안다는 것이 무엇보다도 부끄러운 노릇이었다. 그는 몇 번이고 자기 자신에게 말했다. '나는 이 집 주인이 아니냐. 내 돈으로 산 종을 어떻게 하든 누가 상관할 것이냐. 하지만 부끄러운 일이다.' 그러나 다른 사람들이 할아버지라고만 여기는 남자가 아직도 정력이 있음을 깨달았을 때 마땅히 그렇듯이 그는 참회하면서도 반쯤은 자랑스러움을 느꼈다.

그는 아들들이 자기 방으로 찾아올 것을 기다리고 있었다. 아들은 한 사람씩 왔다. 처음엔 둘째가 왔다. 그는 농장이 어떻다는 둥 추수가 어떻다는 둥 여름에 가물어서 추수가 3분의 1밖에 안 될 것이라는 둥의 이야기를 늘어놓았다. 그러나 지금의 왕룽에게는 날이 가물건 비가 오건 아무 관심도 없었다. 설령 이 해의 추수가 적다고 해도 지금껏 저축해 놓은 것이 많고, 곡물 시장에 빌려 준 돈도 적지 않으며, 둘째가 돈놀이하는 거액의 돈도 있으니까 지난날처럼 날씨에 마음 쓸 필요가 없는 것이다. 그런데도 둘째는 그런 이야기를 계속했다. 그리고 이따금 눈을 사방으로 돌려 과연 자신이 들은 것처럼 새 첩이 있는지 살피려는 눈치가 있자 왕룽은 침실에 있는 리화를 불렀다.

"얘야, 차 좀 가져오너라. 아들이 왔다."

그러자 리화는 갸름한 얼굴을 복숭아꽃처럼 붉히며 고개를 숙인 채 천천히 나타났다. 아들은 지금까지의 소문을 믿지 않았던 것처럼 눈을 휘둥그레 뜨고 리화를 바라볼 뿐이었다. 그리고 아들은 리화로 해서 중단했던 이야기를 계속했다. 역시 농사일에 관한 것뿐이었다. 그리고 어느 소작인들은 아편만 빨고 게을러서 추수를 제대로 못하니 내년에는 갈아야겠다는 등의 이야기를 했다. 왕룽이 손자 녀석에 대해 묻자 백일해에 걸렸지만 이제 날씨가 따뜻해지니 염려 없을 것이라고 대답했다. 이런 이야기를 하면서 둘째는 소문을 자기 눈으로 확인한 것에 만족해서 돌아갔다. 왕룽은 비로소 안심을 했다.

그리고 바로 그날이 한나절도 다 가기 전에 맏아들이 찾아왔다. 이제 보니 그는 훤칠하고 미남이며 상당히 나이도 들고 몸도 나서 제법 중년의 티가 완연했다. 왕룽은 그 당당한 모습의 맏아들이 좀 두렵기도 해서 리화를 불러내지 않고 담배를 피우면서 기다렸다. 맏아들은 의젓하고 정중한 태도로 아버지의 건강이라든가 이것저것에 대해 물었다. 왕룽은 조용히 그저 "음, 그래……." 하고 말할 뿐이었으며 맏아들을 바라보고 있는 동안 그를 친근하게 느끼기 시작했다. 그 까닭은 덩치만 클 따름이지 성내 출신인 아내를 두려워하고 무엇보다도 품위가 없다는 인상을 줄까 봐 가장 걱정하는 맏아들을 있는 그대로 꿰뚫어 보았기 때문이다. 그리고 자기도 모르는 사이에 왕룽의 마음속에서 힘찼던 땅의 강인함이 그의 내면에서 솟구쳐 전에도 그랬듯이 다시 맏아들을 대수롭지 않게 생각했다. 그리하여 그의 빈틈없는 몸가짐도 대수롭지 않게 여겨져 갑자기 아무렇지도 않게 리화를 불렀다.

"자, 아들이 또 한 명 왔으니 차를 가져오지."

이번에는 지극히 침착한 태도로 리화가 나타났다. 오이씨 같은 얼굴이 그녀의 이름인 배꽃처럼 밝게 개었다. 그녀는 눈을 내리뜬 채 고요히 시키는 일만 하고 다시 침실로 들어가 버렸다. 리화가 찻물을 따르는 동안 부자 사이에는 말이 없다가 그녀가 침실로 사라지자 그들은 차를 들기 시작했다. 아들의 눈에는 노골적으로 감탄하는 표정이 담겨 있었는데, 그것은 한 남자를 은근히 부러워하는 다른 한 남자의 표정이었다. 묵묵히 차를 마시고 있던 맏아들이 몹시 거북한 듯이 말을 꺼냈다.

"전 사실로 믿어지지 않는 일입니다만……."

"뭘?"

"돈이 넉넉하시니까 그러시겠지만, 남자란 누구나 다 그런지 한 여자로는 만족 못하는 모양이지요. 누구나 다 그렇지요."

맏아들의 얼굴에 걷잡을 수 없는 선망의 빛이 나타나는 것을 보고 왕룽은 속으로 웃었다. 그는 맏아들이 애욕에 강하다는 사실도 알고 있었다. 그가 지금은 성내에서 자란 현숙한 아내에게 쥐여 있지만 머지않아 본성을 드러내고 말 것이라고 생각하니 더욱 우스웠다. 묵묵히 앉아 있던 맏아들은 무슨 생각이 난 듯 훌쩍 나가 버렸다. 왕룽은 담배를 피우며 이렇게 늙어서도 하고 싶은 일을 한 것이 흡족하게 느껴졌다.

셋째가 왔을 때는 벌써 밤이었다. 그는 혼자서 왔다. 왕룽은 뜰 안으로 합해져 있는 중간 방에서 탁자 위에 붉은 촛불을 켜 놓고 담배를 태우고 있었다. 그 맞은편에는 리화가 양손을 무릎에 얹고 단정히 앉아 있었다. 그녀는 아이처럼 교태를 나타내지 않고 가끔 바라보기만 했다. 왕룽은 리화를 바라볼수록 그녀를 손에 넣은 것이 만족스러웠다.

이때 갑자기 셋째가 나타났다. 어두운 뜰에서 갑자기 뛰어들었기 때문에 두 사람은 짐작을 못했던 것이다. 아들도 아무 생각 없이 뛰어든 모양이었다. 하지만 그는 이상하게 웅크린 자세로 그곳에 서 있었다. 왕룽은 이 이상한 태도를 보고 일순 지난날 마을 사람들이 산에서 산 채로 잡은 표범을 연상했다. 그 표범은 묶여 있었으나 사람에게 달려들 기세로 눈알을 번뜩였다. 셋째의 눈이 그렇게 번쩍였던 것이다. 그리고 그 눈으로 왕룽을 쏘아보았다. 그 굵고 검은 눈썹이 한일자로 무섭게 치켜올려졌다. 그는 잠시 그대로 묵묵히 서 있더니 이윽고 힘차게 말했다.

"이번에야말로 정말 군인이 되겠습니다."

아들은 리화는 거들떠보지도 않고 아버지의 얼굴만 쳐다보고 있었다. 맏아들이나 둘째는 조금도 두렵지 않던 왕룽도 태어날 때부터 지금까지 별로 거들떠보지도 않았던 이 셋째에겐 갑자기 두려운 생각이 들었다. 왕룽은 담뱃대를 문 채 무언가를 중얼거렸으나 막상 말을 하려 해도 목소리가 나오지 않았다. 다만 아들의 얼굴만 쳐다볼 뿐이었다. 아들은 거듭거듭 되풀이해서 말했다.

"전 갑니다. 군인이 되렵니다."

아들은 갑자기 리화를 돌아봤다. 웅크린 채로 얼굴이 마주친 리화는 언뜻 양손으로 눈을 가렸다. 잠시 후 아들은 돌개바람처럼 밖으로 나가 버렸다. 왕룽은 네모난 창으로 어두컴컴한 바깥을 보았다. 아들은 보이질 않고 사방은 정적에 싸여 어둡기만 했다. 마침내 그는 리화에게 시선을 돌리고는 모든 자부심이 사라진 채 무척 큰 슬픔을 느끼며 부드럽고도 겸손하게 말했다.

"리화야, 나는 너무 늙었다. 그건 나도 잘 알지. 난 굉장히 나이를 먹었어."

리화는 가렸던 손을 내리고 왕룽이 이제껏 들어 본 적이 없는 듯한 열정적인 목소리로 대답했다.

"젊은 사람은 야속해요. 저는 노인이 더 좋아요."

이튿날 아침 왕룽의 셋째가 보이지 않았다. 어디로 간 것인지 아는 사람도 없었다.

34

가을이 가고 겨울이 오기 전 여름날 같은 따뜻한 날이 잠깐 있었다. 리화에 대한 왕룽의 정열도 그러한 것이었다. 그 짧은 동안의 불꽃은 가라앉고 애욕은 그로부터 사라졌다. 그는 리화를 좋아하면서도 정열이 없었다. 마음속에서 불길이 꺼지자 갑자기 노년의 추위가 그를 찾아왔으며 왕룽은 늙은이로 되돌아갔다. 그러면서도 리화가 곁에 있는 것이 유쾌했다. 리화는 나이답지 않게 충실하고 끈기 있게 왕룽의 시중을 들었다. 왕룽도 또한 그녀에게 언제나 친절했다. 두 사람의 관계는 차차 아버지와 딸 같은 사이로 변해 가는 것이었다.

그녀는 왕룽을 위해서 불쌍한 천치 딸에게도 친절히 했다. 이것이 그를 매우 기쁘게 했다. 그래서 그는 오랫동안 자기 마음속에만 간직해 왔던 비밀을 리화에게 말했다. 오랫동안 왕룽은 이 천치 딸의 장래에 대해서

고민해 왔다. 그가 죽은 뒤에는 이 천치 딸이 죽거나 말거나 아무도 개의
치 않을 것이다. 그래서 그는 약방에서 흰 독약을 한 봉지 사 가지고 와서
자기가 죽을 때가 다가오면 천치 딸에게 먹이려고 했던 것이다. 그러나
그것은 그가 죽는 일보다 더 무서운 일이다. 지금 리화가 충실하게 시중
드는 모습을 보니 이제 그는 마음이 놓였다. 어느 날 그는 리화를 불렀다.

"내가 죽은 뒤에 저 천치를 맡을 사람은 너뿐이다. 그 애는 마음의 괴로
움도 없는 데다가 건강도 아주 좋고 근심할 일도 없어서 내가 죽은 뒤에도
오래 살 거야. 그런데 너도 알다시피 내가 죽어 버리면 그 애한테 밥을 먹
여 줄 사람도, 비 오는 날이나 추운 날에 집안으로 데려오고 햇볕이 나면
양지쪽에 데려다 줄 사람도 없어. 그 애는 줄곧 내가 돌봐 왔으니까 내가
없으면 거리에 쫓겨날지도 모른단다. 그래 부탁이니, 이걸 맡아 두었다가
내가 죽거든 이 봉지의 약을 밥에 섞어서 그 애한테 먹여 다오. 그러면 그
애도 나를 따라오게 될 테니까."

리화는 약봉지를 보자 몸을 움찔하고는 온화하게 말했다.

"전 벌레도 못 죽여요. 그런데 어찌 사람을…… 아닙니다. 영감님, 그
대신에 영감님이 저한테 친절하게 해주셨고, 제 평생 동안 어느 누구보다
도 친절하셨고 저한테 친절하셨던 유일한 분이기 때문에 차라리 그 불쌍
한 천치를 제 아이처럼 맡아서 돌보겠어요."

왕룽은 가슴이 뭉클해지면서 울고 싶은 생각이 들었다. 이런 위로의 말
은 누구에게도 들어 본 적이 없었다. 그는 진심으로 고마웠다.

"아무튼 이 약봉지를 받아 두렴. 너밖에 믿을 사람이 없으니까. 할말은
아니지만 너도 죽을 날이 있을지 모르니까…… 너마저 죽으면 아무도 없

으니까 말이다. 며느리라는 것들은 제 애들로 싸우기 바쁘고 자식들은 제 살길이 바쁠 테니까……."

왕룽의 뜻을 헤아린 리화는 그 약봉지를 받아 넣었으나 그 후 이에 대해 아무런 말도 않았다. 왕룽은 리화를 믿고 있었기 때문에 천치의 장래에 대해서 그녀에게 부탁한 뒤 비로소 안심이 되었다. 그 후 왕룽은 더욱 늙어 버려 리화와 천치 외에는 아무도 없는 그의 방에서 도무지 밖을 나가지 않았다. 때때로 그는 생각난 듯 리화를 바라보고 미안스런 듯이 말했다.

"이렇게 지내는 것이 젊은 네게 답답하지 않느냐?"

"저는 이렇게 사는 것이 좋은걸요."

"난 불이 다 타서 재만 남았고 너한테는 너무 늙었어."

"영감님은 저한테 친절하시고 저는 어떤 남자에게서도 더 이상 바라는 게 없어요."

"왜? 젊은 남자가 싫든?"

"영감님을 빼놓고는 다 싫어요. 누구든 미워요. 저를 팔아 버린 아버지도 밉고, 전 남자들의 나쁜 얘기만 들었기 때문에 다 싫어요."

왕룽은 이상한 생각이 들었다.

"너는 내 집에서 아무 일 없이 편히 자라는 줄만 알았는데."

"그렇지도 않아요. 정말 싫증나는 것뿐이었어요. 다 미워요. 젊은 사람이란 모두 싫어요."

그녀는 더 이상 아무런 말도 않았다. 왕룽은 생각해 보았다. 렌화가 그 자신이 경험한 여러 가지 이야기를 들려 줘서 남자를 무서워하는 것인가, 투챈의 음탕한 이야기에 몸서리를 내는 것인가, 아니면 그에게 차마 얘기하지 못할 어떤 일이 남모르게 리화한테 일어났었기 때문인가? 무슨 일이 있었을 것이다. 왕룽은 한숨을 지었다. 지금 그에게 가장 필요한 것은 마음의 평화였다. 리화와 천치 딸을 곁에 두고 그는 뜰에 앉아 있을 뿐이었다.

이렇게 날이 가고 달이 가고 해가 가는 동안 그는 늙었고, 지난날 그의 아버지가 양지쪽에서 졸기만 했듯이 그도 그렇게 어느 날이나 졸고만 있었다. 벌써 이 인생도 끝이라고 생각하니 만족스럽기도 했다. 드문 일이었으나 그는 간혹 다른 방에 가 보기도 했다. 렌화의 방에 가기도 했다. 렌화는 리화에 대한 말은 결코 입밖에 내지 않았으며 왕룽이 찾아오면 매우 친절히 대했다. 그녀도 이젠 늙어서 좋은 음식이나 술과 그에게서 받는 돈만으로 만족하고 있었다. 그녀와 투챈은 오랜 세월을 같이 지냈기 때문에 주종 관계라기보다는 친한 동무처럼 밤이나 낮이나 이야기를 주거니 받거니 했다. 그런 이야기는 거의가 남자들에 대한 지나간 옛 이야기로 큰 소리로 말하기가 거북스러우면 귀에 입을 대고 속삭였다. 먹고 마시고 자고 또 눈을 뜨면 지껄였다. 그리고 또 먹고 마셨다.

왕룽은 간혹 맏아들이나 둘째에게도 갔다. 그들은 그를 은근히 맞이하고 부리나케 차를 내왔다. 왕룽은 이즈음에 난 손자를 보자고도 했다. 벌써 그는 정신이 몽롱해서 무엇이든 잘 잊어버리고 같은 일을 몇 번이고 묻는 것이었다.

"내 손자가 몇이나 되는지?"

그러면 아들이 냉큼 대답했다.

"사내애가 열하나, 계집애가 여덟이요."

그러면 그는 킬킬거리고 웃으며 대꾸했다.

"한 해에 둘씩 불어나는구나. 내가 잘 알지. 그렇지?"

그가 의자에 걸터앉으면 손자들이 이상한 듯 몰려왔다. 손자들도 모두 다 큰 소년들이었다. 그는 그들이 어떻게 생겼는지 물끄러미 바라보곤 혼 잣말로 중얼거렸다.

"저놈은 제 할아버지를 닮았어. 저건 사돈 모습 그대로고, 이놈은 내 어릴 때 모습 같고."

그리고 그는 손자들에게 말했다.

"모두들 학교에 다니니?"

"네, 할아버지."

"그러면 사서(四書)를 배웠겠구나."

그러자 손자들은 이 완고한 옛 늙은이를 경멸하듯 깔깔 웃고 나서 말했다.

"할아버진 옛날 얘길 하시네. 혁명이 일어나고는 그따위 예전 글은 안 배워요."

왕룽은 한동안 생각하더니 말을 이었다.

"아, 그래 혁명, 나도 들은 적이 있다. 나는 바빠서 그런 걸 몰랐다. 농사 일 하느라고 말이야."

아이들은 킥킥 웃었다. 왕룽은 아들 방에 와서도 어쩐지 어색함을 느꼈 다. 나그네 같은 생각이 들어 곧 일어섰다. 그는 맏아들이나 둘째에게 자 주 가지는 않았다. 그리고 이따금 투챈에게 물었다.

"이젠 꽤 세월이 흘렀으니 며느리들이 싸우지 않겠지?"

투챈은 바닥에 침을 뱉고 나서 말했다.

"그 사람들 말씀이죠? 서로 앙앙거리는 고양이 같아요. 그리고 맏아드님은 마누라의 온갖 불평에 신물이 났어요. 그 여잔 남자로서는 견디기 어려울 만큼 너무 격식을 따져서 걸핏하면 친정에서는 어쨌다느니 하는 얘기만 해서 남자를 피곤하게 만들어요. 그래서 그런지 큰서방님이 첩을 들인다는 소문이 있어요. 이즈음 곧잘 찻집엘 나가시는 모양이에요."

"음……."

왕룽은 이렇게 대답하고 맏아들에 대한 생각이 머리에 떠오르는 듯하더니 곧 사라져 버리고 자신도 모르는 사이에 차 생각이 저절로 났다. 또 어떤 날은 투챈에게 이렇게 물었다.

"이렇게 오랫동안 셋째 놈이 어디에 가 있는지 누구 혹시 소문이라도 못 들었나?"

이 집안에서 투챈이 모르고 있는 일은 없었다.

"글쎄, 그 서방님은 편지도, 아무 소식도 전하질 않지만 최근 남쪽에서 온 사람이 전하는 말로는 혁명인가 뭔가에 대단한 장교가 됐대요. 혁명이 뭔지는 난 몰라요. 무슨 장사겠지요."

왕룽은 고개를 끄덕였다. 그는 셋째를 생각해 보려고 했으나 해가 저물자 차가운 공기에 뼈가 시려 전신이 아프기 시작했다. 마음이 항상 이리저리 흔들리기 때문에 한 가지 일을 오래 생각할 수 없었다. 그의 노쇠한 몸뚱이가 가장 필요로 하는 것은 식사와 따뜻한 찻물뿐이었다. 그리고 밤이 되어 추워지면 따뜻한 젊은 리화가 곁에 누워 잠자리에서 포근한 체온으로 그의 늙은 몸을 녹여 주었다.

이렇듯 봄이 가고 또 갔으며 세월이 흐를수록 그는 봄이 오고가는 것을 점점 희미하게만 의식했다. 그러나 아무리 노쇠해도 그에게 남아 있는 오직 한 가지는 땅에 대한 애정이었다. 그는 땅으로부터 멀리 떠났고 성내에다 집을 마련했고 부자가 되었다. 그러나 그의 꿈은 땅속에 그대로 스며들었다. 며칠이고 몇 달이고 대지를 잊고 있다가 봄만 오면 으레 농장에 가 보고 싶어 견딜 수가 없었다. 이제 그는 괭이를 들 힘도 없고 아무것도 할 수 없어서 다른 사람들이 밭을 갈고 있는 모습을 바라볼 뿐이었으나 그래도 한갓 희망을 가지고 나가 보는 것이었다. 때로는 몸종을 시켜서 침대를 가지고 옛날에 살던 성밖까지 가서 누워 있다가 오기도 했다. 그의 아들을 낳았고 아내가 죽은 바로 그 침실에서 말이다. 날이 새면 떨리는 손으로 잎이 피어오르는 버들가지나 복숭아꽃을 꺾어 쥐곤 온종일 가지고 있기도 했다.

봄도 가고 여름이 가까운 어느 날, 밭 둑길을 거닐던 그는 죽은 사람들을 묻은 나지막한 언덕의 담을 두른 곳에 이르렀다. 부들부들 떨리는 다리를 간신히 버티고 서서 묘들을 바라보니 죽은 사람들의 얼굴이 하나 둘 떠올랐다. 죽은 사람들은 그의 성내 집안에 살고 있는 아낙네들보다, 천치와 리화를 제외하면 그 누구보다도 생생하게 머리에 떠올랐다. 그의 생각은 몇 십 년의 옛날로 돌아가고 지나간 날의 일들이 생생하게 되살아났다. 유 생원 댁에 시집간 막내딸은 오래도록 아무런 소식도 못 들었으나 머리에 떠오르는 명주 홍실 같은 입술을 가졌던 그 애의 예뻤던 모습도 여기에 잠들어 있는 죽은 사람의 한 사람같이 추억되는 것이었다. 한동안 추억에 잠겼던 왕룽은 갑자기 생각났다.

"그렇지. 다음은 내 차례지."

그는 묘지 안으로 들어서서 찬찬히 둘러보고는 그의 아버지보다는 밑에, 칭 서방보다는 위에, 아내의 묘와는 떨어지지 않은 장소에 자신이 묻혀질 것을 생각하니 흙 속에서 자라나서 다시 그 흙 속으로 영원히 돌아갈 자기 자신이 뚜렷이 보이는 것만 같았다. 그는 중얼거렸다.

"관을 마련해야겠구나."

잊어서는 안 될 일이라고 단단히 명심하고는 집으로 돌아와 맏아들을 불렀다.

"내가 하고 싶은 얘기가 있구나."

"말씀하시지요. 듣겠습니다."

그러자 왕룽은 갑자기 무슨 말을 하려 했는지 그 사실이 까맣게 잊혀졌다. 단단히 마음먹었는데도 어느새 그의 기억에서 사라지고 만 것이다. 그는 속이 상해서 눈물이 나왔다. 그래서 리화를 불렀다.

"어딜 가셨다 오셨어요?"

"들에."

그는 리화의 얼굴을 바라보면서 대답을 기다리는데 리화가 다정스럽게 물었다.

"어디요?"

문득 기억이 되살아났다. 그는 눈물 어린 눈으로 웃으면서 소리쳤다.

"그렇지. 생각이 났다. 내가 묻힐 터를 보고 왔지. 아버지와 숙부의 묘 아래, 칭 서방 묘보다는 위에, 네 어머니의 곁이다. 그리고 내가 죽기 전에 내 관을 봐 둬야겠다."

그러자 맏아들은 꼬박꼬박 격식을 갖추는 사람처럼 소리쳤다.

"돌아가신다는 말씀은 마세요. 분부대로는 하겠습니다."

맏아들은 거대한 향목에 조각을 한 제일 좋은 관을 사들였다. 이 향목은 쇠처럼 썩지 않으며 관 이외에는 다른 데 쓰지 않는 것이다. 사람의 뼈보다 먼저 썩지 않는다는 것이다. 왕룽은 안심이 되었다. 관을 침실에 옮겨 놓고는 매일 그것을 보곤 했다. 어느 날 그는 느닷없이 말했다.

"그렇지. 이 관을 옛날 그 흙집에 갖다 놓게 하자. 얼마 남지 않은 여생을 거기서 보내다가 죽어야겠어."

아들들은 아버지의 결심이 굳은 것을 보고 어쩔 수 없이 그의 소원대로 실행토록 했다. 왕룽은 천치 딸과 리화와 몇 사람의 몸종을 데리고 그의 옛집인 흙집으로 돌아가 그곳에다 거처를 정했으며, 성내의 집은 가족에게 물려주었다.

봄이 가고 여름이 지나고 가을 추수 때가 되어 다시 겨울이 오기 전에 잠시 따뜻한 날씨가 되자 왕룽은 옛날 그의 아버지가 하던 것처럼 양지쪽 흙담에 기대어 앉았다. 그는 이제 먹고 마시는 것과 그의 땅 이외에는 아무 생각도 하지 않게 되었다. 땅에 대해서는 다만 땅 그것만 생각하는 것은 아니다. 이따금 그는 한줌의 흙을 손바닥에 올려놓고 손가락 사이에 생명이 그득한 기분을 느꼈다. 그렇게 흙을 들고 있으면 흐뭇했고, 언뜻 대지와 그의 훌륭한 관을 생각했다. 온순한 대지는 그가 찾아갈 때까지 서두르지도 않고 기다렸다.

아들들은 정성껏 아버지를 섬겼다. 그들은 매일 아니면 하루 건너서 반드시 아버지를 찾아왔다. 그리고 노인이 즐길 만한 음식을 가져왔다. 그러나 왕룽이 가장 좋아하는 것은 지난날 그의 아버지가 즐겨 먹던 뜨거운 밀가루 죽이었다. 아들들이 오지 않는 날은 몹시 섭섭했다. 그는 곁에 있는 리화에게 묻곤 했다.

"그 애들은 무엇이 그리 바쁠까?"

"다들 한창 일하실 나이가 아니에요? 일이 바쁘신가 봐요. 맏아드님은 성내의 부자들을 대표해서 무슨 요직을 맡았고 새 아내도 맞아들였으며, 둘째 아드님은 스스로 운영할 커다란 곡물상을 차리는 중이랍니다."

왕룽은 귀를 기울여 자세히 듣고 있는 듯했으나 무슨 뜻인지 알 수가 없었고, 그의 땅을 둘러보노라면 어느새 잊어버리고는 했다.

그러던 어느 날 일순간이었으나 그의 의식이 분명해졌다. 맏아들과 둘째가 찾아왔을 때였다. 그들은 늙은 아버지에게 공손히 인사를 하고 나서 문 밖에 나서서 부근의 땅을 둘러보았다. 왕룽은 묵묵히 그들의 뒤를 따랐다. 두 사람이 발을 멈추고 섰을 때 왕룽은 천천히 다가섰다. 형제는 부드러운 흙을 밟는 아버지의 발자국 소리나 지팡이 소리를 듣지 못했다. 왕룽은 둘째가 조심스러운 투로 말하는 소리를 엿들었다.

"이 땅을 팔아서 둘이 공평히 가릅시다. 형님 몫은 제가 고리로 빌리지요. 철도가 개통되면 쌀을 해안 지방으로 보낼 수 있으니까요. 그리고 저는……."

왕룽의 귀에 들린 것은 땅을 판다는 말뿐이었다. 그는 너무나 분해서 떨리는 소리를 억누르지 못하고 두서없이 소리쳤다.

"아냐, 못한다. 이 한심한 녀석들아, 땅을 팔다니?"

목이 메어 왕룽은 넘어질 것 같았다. 아들 형제가 양편에서 아버지를 겨우 부축했다. 왕룽은 울기 시작했다. 형제는 아버지를 달래며 말했다.

"아닙니다, 아닙니다. 절대로 땅은 팔지 않겠습니다."

"집안이 망하는 게야…… 땅을 팔기 시작하면……."

그의 말은 토막토막 끊어지곤 했다.

"우리는 땅을 파먹고 살아왔어. 그리고 또다시 땅속으로 돌아가야 돼. 너희들도 땅만 가지면 살 수 있어…… 누구라도 땅만은 빼앗을 수 없어……."

노인은 늙어서 적셔진 눈물 자국이 메말라 뺨에 허옇게 나 있는데도 그대로 내버려두었다. 그는 몸을 굽혀 흙을 한줌 쥐었다. 그리고 그것을 쥔 채 중얼거렸다.

"만일 땅을 파는 날에는 그것이 마지막이다."

형제는 양편에서 아버지를 부축했고 노인은 한줌의 부드러운 흙을 힘껏 쥐었다. 형제는 몇 번이고 아버지를 위로했다.

"안심하세요. 아버지, 안심하세요. 땅은 팔지 않을 테니까요."

그들은 노인의 머리 너머로 서로의 얼굴을 바라보며 미소지었다.

작가와 작품 해설

펄 벅의 생애와 작품 세계

세계적이 여성 작가 펄 벅은 1892년 6월 26일 미국 웨스트버지니아 주의 힐스보로에 있는 외갓집에서 태어났다. 본명은 펄 콘포스 시든스트리커였고 펄의 아버지와 어머니는 중국 장로교회파의 해외 전도사였다. 펄이 태어난 것은 이들 부모가 전도를 위해 중국에서 오랫동안 지낸 다음 휴가를 얻어 미국으로 돌아와 있을 때였다. 펄의 부모는 미국에서 모두 남북전쟁을 겪은 탓으로 이상주의와 인도주의를 지향했는데, 이것이 펄에게 많은 영향을 준 듯싶다.

펄이 태어나기 전에 이미 네 명의 아이가 태어났으나 그중 세 아이는 어려서 사망하고, 펄의 오빠인 에드윈만이 살아 남았을 뿐이었다. 에드윈과 펄의 나이 차이는 11살이나 되었다. 펄은 어린 시절부터 부모와 함께 중국에 있었고, 에드윈은 미국에서 홀로 학교 기숙사에 있었기 때문에 이들

남매가 서로 알게 된 것은 거의 어른이 다 되어서의 일이었다.

펄은 생후 4개월 때부터 부모와 함께 중국의 진강이라는 작은 시골 도시에서 보냈다. 이렇게 어린 시절부터 중국에서 보낸 펄은 어느 정도 자랄 때까지 그 작은 마을을 떠난 적이 없었다. 펄이 중국에 있을 무렵 중국은 소동과 혼란이 끊이지 않았고 민중의 봉기가 불길처럼 번지고 있었다. 그리하여 펄은 집에서 아버지와 어머니로부터 교육을 받게 된다. 어린 시절부터 자신의 나라인 미국 문명과 격리되었지만, 자신의 내면에 있던 중국에 대한 애정은 그녀가 자라면서 같이 자라났다. 펄이 작가가 되어서도 중국에 애착을 보인 것은 우연이 아니라, 어릴 때부터 몸과 함께 성장한 중국에 대한 애정의 또 다른 모습일 뿐이었다. 이렇게 중국에서 생활하는 동안 그녀는 자신이 미국인이라는 사실을 잊을 만큼 중국의 전통과 중국 문학에 대해서 열심히 공부했다.

1910년, 펄의 부모는 그녀를 대학에 입학시키기 위해 미국으로 돌아오게 된다. 그리고 그해 가을, 펄은 버지니아 주 리치버그에 있는 랜돌프 메이컨 여자 대학에 입학한다. 펄의 어머니는 상당히 진보적인 사고를 지닌 여권주의자였는데, 그러한 어머니에 의해 이 대학을 선택하게 된 것이다. 랜돌프 메이컨 여자 대학은 당시로서는 혁신적인 교육을 실시하고 있었기 때문이다.

펄은 그 대학에서 자신의 몸에 밴 중국식 문화를 탈피하기 위해 무진 애를 쓴다. 그녀는 차츰 철학이나 심리학, 문학에 많은 관심을 보이면서 1학년 때 첫 소설을 탄생시킨다. 그 소설은 공식적인 문단의 데뷔 형식으로 씌어진 것이 아니라 대학 신문을 위해 쓴 습작기의 소설 정도였다. 펄은 어느 정도 학교 생활에 익숙해지자 성적은 항상 상위권에 머물렀으며 서클 회장으로 선출되기도 했고, 어떤 클럽의 회원으로 초청되기도 했다. 그동안에도 대학 신문을 위한 소설을 계속 집필했다.

4학년이 되었을 때 기숙사에서 나와 오빠 집에서 살면서 문학에 대한 열정을 계속 펼쳐 나갔다. 그리하여 그 해가 끝나갈 무렵 신문과 시 부문에서 최고상을 받는다. 이렇게 화려하게 대학 시절을 보낸 펄은 마침내 졸업을 하게 되고, 그곳 대학에서 조교로 남아 있을 것을 권유하여 그 제의를 받아들인다. 그러나 중국에 계신 어머니가 병을 앓고 있었기 때문에 대학의 연구 생활을 포기하고 다시 중국으로 떠난다.

중국으로 돌아와 보니 그녀를 변화시킬 많은 일들이 기다리고 있었다. 어머니가 중병에 시달리고 있어 펄은 어머니의 간병부터 어머니의 전도 사업, 그리고 중국인 국민학교에서의 수업 등을 도맡아 하게 된다. 그녀가 이렇게 중국에서 제2의 삶을 살고 있을 때 중국은 변혁기를 맞이하고 있었다. 펄이 미국에 있을 때 이미 신해혁명을 거쳐서 국체가 완전히 바뀌었고, 곧 문화 혁명이 완성되려던 참이었다.

펄은 1917년인 25세 때 선교사이자 농업 경제 전문가인 존 로싱 벅과 결혼한다. 그리고 2년 후인 1919년에 첫아이를 낳지만 후유증이 심해 미국으로 건너가서 수술을 받게 된다. 수술은 성공적이었으나 다시는 아이를 가질 수 없다는 판명을 받는다. 이 사건은 그녀에게 큰 충격이었다. 그러한 충격도 잠시, 어머니의 병이 더욱 악화되었기 때문에 다시 중국으로 돌아오지만 그후 몇 개월이 지나자 어머니가 세상을 등지고 만다. 어머니가 세상을 떠나자 홀로 남은 아버지는 펄과 함께 살면서 선교 사업을 계속해

나간다. 펄이 작가가 된 것은 바로 이 무렵이다.

펄이 오랫동안 정성을 쏟은 작품은 다름 아닌 어머니의 일기를 소재로 하여 쓴 어머니에 대한 이야기였다. 펄은 이 작품을 1936년에 『방랑자』(『어머니의 초상』으로도 알려짐)라는 제목으로 출판한다. 그러나 펄이 발표한 최초의 저작은 『중국에서 또』인데, 중국의 사회적 변혁에 대한 감상에 가까운 에세이이다. 그 작품에 이어 『중국의 미』라는 수필을 발표한다.

펄은 『중국과 동양』이라는 글을 발표하여 로라 메신저 상을 받음으로써 자신의 입지를 확고히 한다. 이렇게 중국에 관한 많은 글을 쓰고 발표하면서 중국을 서양에 소개하는 작업에 열중했다. 펄은 글 쓰는 일에 전념하는 가운데, 어느 날 자신의 딸이 정신박약아라는 진단을 받고 커다란 슬픔에 젖게 된다. 성장하더라도 정상적인 사람이 되지 못한다는 사실은 그녀에게 청천벽력이었으며, 그러한 딸의 상태는 그녀의 경제적인 면에도 부담을 주었다. 그리하여 그녀는 글 쓰는 일에 더욱 박차를 가한다. 훗날 『자라지 않는 아이』라는 글을 쓰는데 이 글은 당시의 슬픔을 생생하게 담고 있다.

펄은 예일 대학으로 옮겨 계속 영문학을 전공하여 문학 석사 학위를 받게 된다. 1926년 남편과 함께 다시 중국으로 돌아오는 배에서 『중국 부인의 이야기』라는 글을 쓰는데, 이 글은 후에 완성되는 『동풍서풍』의 원형이 된다. 이 작품은 새로운 사상과 오래된 사상 사이에서 딜레마에 빠진 중국인 지식층 남녀에 대해 그린 것이다.

펄이 중국으로 돌아왔을 때는 이미 백인들에 대한 탄압이 시작되고 있었다. 그리하여 1900년에 그녀의 가족은 가깝게 지내던 중국인의 도움으로 간신히 일본으로 피해 목숨을 부지할 수 있었다. 중국을 자신처럼 사랑하는데도 백인이라는 이유만으로 핍박을 받아야 하는 상황에 대해 펄은 심한 갈등을 겪게 된다. 그리고 그녀의 본격적인 작품 활동도 이 무렵에 시작된다.

1928년 중국의 정치 상황이 안정되자 펄은 다시 중국에 있는 그들의 집으로 돌아오게 된다. 펄은 자신의 원고 『동풍서풍』을 미국의 출판사에 보내지만 중국에 별 관심이 없었던 때라 출판되지 못했다. 그렇게 몇 해를 보내다가 마침내 뉴욕의 어느 출판사에서 이 책을 출판하기에 이르고, 이 작품이 성공을 거두자 그녀에게 작가로서의 자신감을 가져다주는 계기가 된다. 펄은 가사를 돌보고 병으로 누운 아버지를 간병하면서, 그리고 대학 강의까지 나가면서 마침내 『대지』를 집필하기 시작한다. 『대지』가 출판될 무렵 중국의 농민들은 군벌의 압정에 시달리면서 고된 나날을 보내고 있었다. 그러나 그러한 환경에서도 대지를 믿고 사는 농민들의 모습을 『대지』에 고스란히 담음으로써 전 세계 독자들을 감동시킨다. 펄은 이 작품으로 1931년에 퓰리처상을 받게 되고, 같은 해에 『대지』의 속편인 『아들들』을 발표한다.

이렇게 큰 성공을 거둔 것과 달리 펄에게는 여러 가지 수난이 닥쳐 왔다. 일본과 중국의 전쟁, 아버지의 객사, 그리고 피신 등. 그리하여 펄은 1932년 영주할 계획으로 미국으로 돌아간다. 그해 11월, 뉴욕에서 선교 활동을 비판한 것이 문제가 되어 그녀는 선교사 자격마저 박탈당하게 되고, 1935년에는 남편과 이혼하기에 이른다. 불행의 연속이었다. 그러나

이 해에 3부작을 엮은 『대지』가 출판된다. 그리고 자신의 책을 출판하던 존 데이 출판사 사장과 결혼한 후 미국 생활에서 차츰 안정을 찾게 된다. 마침내 1938년 그녀에게 생애 최고의 선물이 주어지는데, 그것은 노벨 문학상이었다.

일찍이 인도주의 사상을 지니고 있었던 그녀의 부모와 마찬가지로 그녀 또한 인간의 고통을 위해 헌신하려 애쓰게 된다. 그리하여 미국인과 동양인의 혼혈아를 입양시키는 일에 헌신했고, 스스로도 아홉 명의 아이를 양자로 키우기도 했다. 이러한 그녀의 사회 사업이 확장되어 1941년에 '동서협회'를 설립하고, 1949년에는 혼혈아를 돌보는 '환영의 집'을 운영하기도 하며, 1964년에는 펄 벅 재단을 설립하기에 이른다. 이렇게 평생을 자신이 생각하는 것을 행동으로 옮기면서 살아온 그녀는 1973년 3월 6일 81세의 나이로 사망한다. 펄 벅은 일생 동안 동서양을 무대로 하여 80여 편의 작품을 남긴 다작의 작가로, 오늘날에도 보기 드문 세계적인 작가임에 의심할 여지가 없다.

작품 줄거리 및 해설

『대지』는 펄 벅이 세계적인 작가로 군림하는 데 결정적인 역할을 한 대표작으로, 피와 땀으로 부유한 지주가 되고 토지를 무엇보다 소중하게 생각하는 전형적인 농부의 의지가 집약된 작품이다. 가난한 농부인 왕룽은 부잣집 종으로 있던 오란과 결혼하고, 오란은 지칠 줄 모르고 일하는 헌신

적이 아내가 된다. 그녀가 남편의 농사를 도우면서 집안이 서서히 흥하게
되자 왕릉은 땅을 사들이기 시작한다. 오란은 그 사이에 두 아들과 딸을
낳는다.

얼마 후 심한 기근이 닥쳐오고 왕릉의 가족은 늙은 아버지와 함께 고향
을 등지고 남방으로 내려간다. 대도시로 간 그들은 비참한 생활을 하다가
전쟁으로 인한 폭동이 일어났을 때 오란은 약탈당하는 집에서 보석을 얻
게 된다. 이 보석 덕택에 그들은 다시 고향으로 돌아가게 되고 왕릉은 땅
을 사들여 점점 부자가 된다. 왕릉은 부유해지자 지나치게 검소한 아내의
찌든 모습에 싫증을 느낀다. 더 이상 바랄 것이 없게 된 왕릉은 급기야 성
내의 찻집에서 알게 된 렌화라는 여자를 첩으로 맞아들인다. 이제 왕릉은
많은 하인을 거느리는 '영감님'이 된 것이다.

성장한 그의 아들들은 모두 각자 자신의 길을 찾아 떠나고, 아내 오란은
병으로 죽는다. 오란이 시집오기 전에 종으로 일했던 성내의 황 부잣집으
로 이사하게 된 왕릉은 자신도 늙어 가자 성내의 집을 나와 옛집으로 돌아
가 그의 아버지가 그랬던 것처럼 양지바른 곳에서 졸면서 그의 한평생을
되새겨본다. 그러나 흙에서 태어나 흙으로 돌아가려는 왕릉의 몸과 마음
의 뒤에서는 땅을 팔기 위한 두 형제의 웃음이 교차된다.

이렇게 『대지』에는 왕릉이 가난한 농부에서 대지주가 되기까지의 과정
이 그려져 있다. 흙으로 이루어진 왕릉을 주인공으로 설정하여 그가 대지
를 위해 온 정력을 바치는 모습을 통해 땅의 가치와 노동, 검소함의 가치
를 숨김없이 드러내고 있다. 이 작품에는 역사적인 사건들이 거의 조명되
지 않았는데, 그것은 작가가 인간의 삶에 대한 보편적인 진리를 그리고자

했기 때문이다. 소용돌이치는 많은 역사적 사건 앞에서도 인간은 지금까지 살아온 것처럼 꿋꿋하게 살아가는 것이며, 그것이야말로 진정한 가치라는 것을 드러내고 싶었던 것이다.

작가인 펄 벅 자신이 동서양을 넘나들며 살았던 만큼 그녀는 그 양쪽에서 인간의 보편적인 삶을 발견할 수 있었다. 그리하여 작가는 동서양을 한데 묶을 수 있는 삶의 방식을 담은 것이다. 왕룽의 삶(토지에 대한 애착)이 모든 인간의 삶을 대표하는 것은 아니지만, 누구나 그렇게 살 수도 있다는 삶의 한 유형을 제공한다는 점에서 전 세계인의 공감을 얻기에 충분했다. 누구나 그렇게 살 수 있다는 하나의 가능성은 삶의 보편성으로 확대되기 때문이다. 이것을 감지한 작가는 간결한 문체를 통해 왕룽의 삶을 전 세계인의 삶으로 형상화하게 된다. 국경을 초월하여 전 세계인이 왕룽의 삶을 자신의 삶의 하나로 받아들일 수 있게끔 중국인의 삶을 객관적으로 그릴 수 있었던 것은 중국인의 삶이 바로 작가인 펄 벅 자신의 삶이었기 때문이다. 즉, 펄 벅의 삶은 중국인의 그것이었다.

이처럼 펄 벅은 중국의 민중 속에서 살았다. 그녀는 한 번도 자신을 외국인으로 생각한 적이 없었다. 그리하여 순수하고 객관적인 시선으로 세계인에게 중국 농민의 대서사시인 『대지』를 선물한 것이다.

작가 연보

1892년	6월 26일, 미국 웨스트버지니아 주 힐스보로에서 태어남. 태어난 지 3개월 만에 부모를 따라 중국으로 건너가 중국의 풍습을 많이 익힘.
1901년(9세)	어머니에게서 영어를, 중국인 가정교사로부터 중국어를 배움.
1907년(15세)	미국인 경영의 여학교에 잠시 다님.
1910년(18세)	버지니아 주에 있는 랜돌프 메이컨 여자 대학에 입학함.
1914년(22세)	랜돌프 메이컨 여자 대학을 졸업함. 그후 그 학교 조교로 있다가 어머니의 병환으로 다시 중국으로 돌아감.
1917년(25세)	난징 대학에서 강의를 하던 농업 전문가 존 로싱 벅과 결혼함.
1921년(29세)	첫딸이 태어남. 장로 교회파의 선교사로 활동하며 여러 대학에 출강함. 어머니가 사망함.
1923년(31세)	평론을 쓰기 시작해 『중국에서』를 〈애틀랜틱〉지에 발표.
1924년(32세)	『중국의 미』를 〈포럼〉지에, 『중국의 학생 기질』을 〈레이서〉에 발표.
1925년(33세)	딸의 진찰 때문에 미국으로 감. 코넬 대학 대학원에서 영문학을 공부함. 일년 후 중국으로 돌아오는 배 안에서 『동풍서풍』의 원형인 『중국 부인의 이야기』를 씀.

1927년(35세)   북벌군이 난징에 침입하여 가족과 일본으로 피신함.

1928년(36세)   다시 중국으로 돌아옴.

1930년(38세)   『대지』를 쓰기 시작함.『동풍서풍』출간.

1931년(39세)   『대지』출판. 베스트셀러가 되어 30개국 이상의 외국어로
               번역됨. 이 작품으로 그해 퓰리처상을 수상함.

1932년(40세)   『젊은 혁명가』,『아들들』출간. 미국으로 돌아감. 뉴욕에
               서 선교 활동을 비판한 강연으로 선교 사직을 박탈당함.

1933년(41세)   중국에 돌아와『수호지』와 단편집『본처 그리고 그 밖의
               작품』출판.

1934년(42세)   『어머니』출판. 단편집『원근』출판.

1935년(43세)   『분열된 일가』출판.『대지』,『아들들』,『분열된 일가』를
               묶어 3부작『대지』출판. 남편과 이혼함. 그후 출판사 사
               장 리처드 월시와 결혼함.『대지』로 미국 예술원 하우웰
               즈 메달 받음.

1936년(44세)   어머니에 대한 추억을 담은『어머니의 초상』, 아버지의
               모습을 그린『투쟁하는 천사』발표.

1938년(46세)   『제신(諸神)들』,『자랑스런 마음』출판. 노벨 문학상 수
               상.

1939년(47세)   『애국자』, 평론집『중국의 소설』출판.

1941년(49세)   단편집『현재와 영원』, 평론집『남성과 여성에 대하여』출
               판. 인류의 상호 이해를 위한 비영리 단체 동서협회를 설
               립함.

1944년(52세)	『영과 육』, 『어머니의 초상』, 『투쟁하는 천사』를 한 권으로 묶어 출판.
1945년(53세)	극 『최초의 아내』 상연.
1948년(56세)	동화 『해일』, 『모란꽃』 출판. 미국 아동 연구회 상 수상.
1949년(57세)	평론 『미국의 주장』, 소설 『영토』, 『영원한 사랑』 출판. 미국인과 동양인의 혼혈아를 돌보는 비영리 기관 환영의 집을 설립하고 수십 명의 혼혈아를 돌봄.
1950년(58세)	『자라지 않는 아이』 출판.
1956년(64세)	『서태후』 발표.
1957년(65세)	소설 『베이징에서 온 편지』와 동화 『크리스마스의 작은 그림들』 출판.
1959년(67세)	극 『사막에서 일어난 일』 상연.
1960년(68세)	11월, 한국을 처음 방문하여 강연함. 이때부터 한국의 전쟁 고아들에게 깊은 관심을 보임.
1962년(70세)	영화 시나리오 『사탄은 잠들지 않는다』가 소설로 출판됨.
1963년(71세)	한국 가정의 3대에 걸친 역사를 그린 소설 『살아 있는 갈대』 출판.
1969년(77세)	1, 2월에 걸쳐 마지막으로 한국을 방문하여 고아들을 직접 만남. 『양 마담의 세 딸』 출판.
1972년(80세)	담낭 수술을 받음.
1973년(81세)	3월 6일, 사망함. 펜실베이니아 주 퍼커 시의 자택 가까운 곳에 묻힘.